*Jag har aldrig skrivit med en större passion!*

這本書激發了我前所未有的寫作熱情！

——本書作者 大衛·拉格朗茲——

DAVID
LAGERCRANTZ
大衛・拉格朗茲｜著　顏湘如｜譯

# THE GIRL IN THE SPIDER'S WEB

# 蜘蛛網中的女孩

NOW A MAJOR MOTION PICTURE

# 各界好評

整個寫作的方式，基本上就是快速剪接、細緻描繪。我第一天看是從下午開始，因有事只看了兩小時。第二次從晚上九點一直看到清晨四點，無法罷手。對我來講，本書就如前三本一樣，那是一種愉快、緊張、刺激的閱讀經驗。我只能說，眞會寫，眞正有夠會寫的。

——吳念眞（導演）

我讀這本小說感覺其實有點痛苦，因爲讀了很久都是配角，主要人物都還沒出現。感覺很像是自己跌在蜘蛛網上面，爬不出來，等著作者來吃你。整個小說結構也像一個蜘蛛網，那種恐懼讓人深陷其中，走不出來，非常痛苦又非常快樂。

——小野（作家）

大衛·拉格朗茲從事過新聞業，筆觸夠鋒利，一刀揮下時代的膿包，《蜘蛛網中的女孩》並不輸給千禧年系列前作，如果你對部分新聞業者仍有末日騎士的狼狽（或想知道他們怎麼墮落至今），或想目睹民主政治爲何會被綁架成爲各種罪行遮羞布，而今這層層蜘蛛網又是如何黏上你我無法脫身？莎蘭德像個密碼，讓我們看到隨時代不斷進化的惡行，以及掙脫這共犯結構的希望，你可以把閱讀它當娛樂，但更有眞實寓於其中。

——馬欣（作家）

莎蘭德又有什麼冒險？拉格朗茲非常清楚她就是讀者想要的，前面長長的、充滿神秘感的介紹，簡直就是神作。

——李・查德（驚悚小說天王）

你會看到一個很熟悉但是有點不太一樣的莎蘭德，她會變得更加人性化，你會更加喜歡她。這本書讓我坐公車的時候過站了兩次，眞是厲害。

——范立達（資深媒體人）

莎蘭德回來了，她終於回來了，她讓我們等了好久！《蜘蛛網中的女孩》接續前三部曲，節奏依然緊湊，依然讓人愛不釋手。書裡描述的網路世界與人工智慧，已經不是未來我們觸摸不到的事，而是血淋淋就在你我身邊，即將接觸到的世界。小心！莎蘭德眞的會出現在你身邊。

——吳定謙（演員）

本書非常有可讀性，節奏明快像一部電影。女主角獨特的個性，超越在體制之外，使得整個故事充滿了神秘感。

——吳祥輝（作家）

每一個事件裡都會有很多秘密，這些秘密需要有人解讀。從「龍紋身」到「蜘蛛網」，我們一次可以讀到兩位記者作家很棒的作品，眞是非常痛快。

——李惠仁（導演）

莎蘭德的惡意跟善意，永遠都是一起衝出來的！整部小說我都在期待莎蘭德出場，因爲她每次一出來就有東西要被毀滅。我整個人的心都在她身上，完全被她迷得團團轉。

——楊雅晴（作家）

八八風災時，台灣有一位駭客XDite在一小時內建構了「莫拉克颱風災情資源網」，讓災民能快速取得資源。在我眼中她就是台灣的莎蘭德，同樣勇敢，願意挺身而出，選擇跟弱勢站在一起。

——楊斯棓（醫師）

讀這本書非常有趣，中間一直被很多事打斷，電話、LINE……想繼續讀下去不管這些訊息，結果變得很神經質。看到螢幕閃，還很自然的融入小說裡面，讀者好像也變成故事裡的張力。

——孫友聯（台灣勞工陣線秘書長）

拉格朗茲完成了這份不可能的任務，把拉森留下的莎蘭德再度帶回讀者面前。《蜘蛛網中的女孩》滿滿的千禧系列氛圍，徹底掌握前作神髓。

——《時代雜誌》

拉森眞的過世太早，幸運的是，他筆下的兩個精采人物仍能活躍下去……中莎蘭德毒的人，快去找一本《蜘蛛網中的女孩》，保證你看得比莎蘭德駭入國安局的速度還快。

——《時人雜誌》

拉森迷絕對不會失望。喜歡拉森的當代新偵探組合，千萬不能錯過女駭客與記者的最新冒險《蜘蛛網中的女孩》……轉換了作者也絲毫不影響莎蘭德與布隆維斯特的耀眼光芒。

——《紐約時報》

本書再次領我們進入天才駭客莎蘭德複雜又孤絕的迷人內心世界。

——《金融時報》

拉格朗茲仔細研究千禧系列前三本，讀者不僅可以在新書看到莎蘭德與布隆維斯特，還有那股犀利的社會批判，拉森創作的DNA原原本本地保存下來了。

——《瑞典每日新聞報》

拉格朗茲不僅挑戰成功，把拉森的智慧結晶角色完美送回來，還再度創造世界暢銷紀錄。

——《華爾街日報》

完美的驚悚氣氛……俐落的故事結構。

——《德國亮點週刊》

毫無疑問，拉格朗茲完成了艱鉅的工程，他完全掌握了千禧系列原作者拉森的精采洞見。

——《雪梨先鋒早報》

布隆維斯特有了更聰明、更符合時事的進展……想看更多千禧系列，這本值得出手。

——《英國每日快報》

前三集的讀者可以放心了……這一本不但扣緊前三本，更帶來出奇驚悚的情節。

——《英國獨立報》

好好享受吧，莎蘭德的粉絲們，這位駭客女英雄又重回舞台了！……令人尖叫連連的驚悚事件由無縫接軌的續寫者拉格朗茲完成了。事實上，如果沒放上拉格朗茲的名字，你會以爲這就是拉森寫的。

——《今日美國》

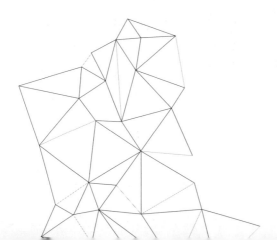

# 人物介紹

莉絲．莎蘭德：不世出的天才駭客，身上有刺青、穿洞，還有一段坎坷的過去。

麥可．布隆維斯特：《千禧年》雜誌的調查記者。莎蘭德協助他調查的海莉．范耶爾失蹤案，是他職業生涯中最重大的報導之一。後來他則幫助洗清她的殺人嫌疑，並在一場法律訴訟中支持她爭取為自己作主的權利。

亞力山大．札拉千科：簡稱札拉，又名卡爾．阿克索．波汀。叛逃到瑞典的俄國間諜，多年來一直受到瑞典國安局內某個特別小組的保護。他是莉絲．莎蘭德的父親，以前常常對她母親安奈妲．莎蘭德粗暴施虐。他同時也是一個龐大犯罪組織的首腦。

羅納德．尼德曼：莎蘭德同父異母的哥哥，一個沒有痛覺的金髮巨人。在莎蘭德的安排下遭殺害。

卡蜜拉．莎蘭德：莎蘭德的孿生妹妹，兩人關係疏遠。

安奈妲．莎蘭德：莎蘭德與卡蜜拉的母親，四十三歲死於療養院中。

霍雷爾．潘格蘭：莎蘭德昔日的監護人，是一名律師。極少數真正了解莎蘭德並得到她信任的人。

德拉根・阿曼斯基：米爾頓保全公司主管，莎蘭德的前雇主，現在偶爾也還會僱用她。另一個受她信任的人。

彼得・泰勒波利安：莎蘭德幼時的心理醫師，有性虐待狂。在莎蘭德的失能判定官司中，是檢方的主要證人。

愛莉卡・貝葉：《千禧年》雜誌總編輯，偶爾也是布隆維斯特的情婦。

葛瑞格・貝克曼：愛莉卡・貝葉的丈夫。

瑪琳・艾瑞森：《千禧年》的編輯秘書。

克里斯特・毛姆：《千禧年》的美術指導兼合夥人。

安妮卡・賈尼尼：布隆維斯特的妹妹，在莎蘭德的官司中擔任她的辯護律師。

海莉・范耶爾：富裕的企業家族後代，在少女時期失蹤，布隆維斯特與莎蘭德受她叔公亨利・范耶爾之託找到了她。她後來成爲《千禧年》股東。

漢斯－艾瑞克・溫納斯壯：行事鬼祟的商業鉅子，誘使布隆維斯特針對他的企業發表了一篇未經證實的誹謗文章，導致布隆維斯特被判入獄。莎蘭德利用自己的才能清空他的銀行帳戶予以懲罰。

伊琳・奈瑟：此女子的挪威護照落入莎蘭德手中，讓莎蘭德得以盜用她的身分。

硫磺湖機車俱樂部：與札拉千科關係密切的飛車黨。幫派成員受到莎蘭德重傷。

駭客共和國：一個駭客聯盟，以「黃蜂」爲代號的莎蘭德是其中的佼佼者，其他成員還包括瘟疫、三一和巴布狗。

秘密警察：瑞典的國安局，其中暗藏一個名爲「小組」的秘密單位，專門保護札拉千科。

楊・包柏藍斯基：斯德哥爾摩警局的刑事巡官，帶領組員調查莎蘭德一案。如今已晉升爲督察長。外號「泡泡警官」。

桑妮雅・茉迪：與包柏藍斯基合作密切的偵查佐。

葉爾凱・霍姆柏：警員，在包柏藍斯基眼中，他可能是全瑞典警界最優秀的犯罪現場調查員。

漢斯・法斯特：斯德哥爾摩警員，與包柏藍斯基不合，在調查莎蘭德期間向埃克斯壯檢察官洩漏情報。

李察・埃克斯壯：起訴莎蘭德的檢察官，如今已是檢察長。是個善於操控人也容易被金錢收買的人，在警界中被認爲只顧追求自己的飛黃騰達。

# 楔子

一年前

故事從一個夢開始，但不是特別驚奇難忘的夢，只是在倫達路公寓的某個房間裡，有一隻手不停地、規律地擊打著床墊。

從夢中醒來的莉絲·莎蘭德還是在晨光曦微中下了床，坐到電腦前面開始搜尋。

第一部

# 監視之眼

11/1　11/21

美國國家安全局是隸屬於國防部的聯邦層級機關，總部位於馬里蘭州米德堡，帕塔克森高速公路旁。

自一九五二年成立以來，國安局一直對各樣訊息進行監控，近幾年大多都在網路和電話上。其權力一而再、再而三地擴張，如今每二十四小時監視的通話與訊息數量已超過兩百億筆紀錄。

# 第一章

十一月初

法蘭斯·鮑德向來認爲自己是個不稱職的父親。

從前他幾乎不曾試著肩負起父親的角色，如今兒子都八歲了，對這份工作他仍覺得不自在。但這是他職責所在，他是這麼看的。孩子跟著前妻和她那個惹人厭的同居人拉瑟·衛斯曼同住，日子並不好過。

因此鮑德放棄了矽谷的工作，搭上飛機回家來，現在就站在亞蘭達機場前等候計程車，幾乎處於驚嚇狀態。天氣惡劣到了極點，雨水像鞭子似的打在臉上，他已經自問不下一百次：這麼做到底對不對？

像他這種完全以自我爲中心的笨蛋竟然要當全職父親，這念頭多瘋狂？他還不如到動物園去工作。他對小孩一無所知，大致說來，對人生也所知不多。最奇怪的是根本沒人要他這麼做。不管是孩子的母親或外婆都沒有來找他，哀求他承擔責任。

這是他自己做的決定。他打算挑戰爲時已久的監護權裁定，毫無預警地走進前妻住處帶兒子奧格斯回家。到時肯定會陷入混亂局面，那個討人厭的衛斯曼八成會狠狠揍他一頓。但他拋開這些念頭上了計程車，是個女駕駛，嘴裡猛嚼口香糖一面試圖找話題和他閒聊。其實就算在鮑德心情較好的時候，她也不會成功，因爲他天生不善聊天。

他坐在後座想著兒子和最近發生的一切事情。他辭去索利豐的工作並不完全是爲了奧格斯，這甚至不是主要原因。他的生活一團亂，有一刻他不禁懷疑他到底知不知道自己正在招惹什麼麻煩。當計程車駛進瓦薩區，感覺就像全身血液都流乾了，但已經無法回頭。

到達托爾斯路後，他付了車錢，拿起行李放在緊鄰大門內側的地方，只帶一只空行李箱上樓。行李箱外殼圖案是一張色彩繽紛的世界地圖，他在舊金山國際機場買的。他站在公寓門外，大口喘息，雙眼緊閉，想像著所有可能發生的打鬥與尖叫情節，同時心想：說眞的，這也怪不得他們。有誰會這麼突如其來地上門，強將小孩帶離開家？更遑論是個一直以來只管把錢匯入銀行帳戶的父親。但這是緊急狀況，因此他壓抑住逃跑的衝動，咬緊牙根按下門鈴。

起初毫無動靜，隨後門猛然打開，出現的是衛斯曼。他有雙銳利的藍眼睛、壯碩厚實的胸膛和兩隻巨大拳頭，彷彿天生就有傷害人的本錢，所以他在螢幕上才會老演壞蛋，只不過鮑德深信：他演過的角色沒有一個像眞實生活中的他這麼可惡。

「天哪，」衛斯曼喊道：「看看這是誰大駕光臨啦。是我們的天才先生耶。」

「我來接奧格斯。」鮑德說。

「你來幹麼？」

「我要把他接走，衛斯曼。」

「你在開玩笑吧。」

「我從來沒有這麼認眞過。」他正試著解釋，便看見漢娜從左側另一頭的房間走出來。的確，她已不似昔日貌美如花，因為經歷了太多不愉快，還有抽菸抽得凶又酗酒恐怕也是原因之一。然而他還是意外湧上一股激動情緒，尤其是看到她喉嚨的一處瘀青。儘管在這種情形下，她似乎仍想說幾句歡迎的話，卻始終沒有機會開口。

「你怎麼忽然間關心起孩子來了？」衛斯曼問道。

「因為奧格斯受的苦夠多了，他需要一個安定的家。」

「你以為你這怪胎有能力提供嗎？你除了盯著電腦，什麼時候做過其他事情？」

「我改變了。」他覺得可悲，一方面是因為他也懷疑自己是否真有任何改變。眼看衛斯曼移動龐大身軀、帶著鬱積的怒氣走上前來，他不由打了個寒噤。萬一這瘋子發飆，他絕對無力抵抗，這是再清楚不過了。打一開始，這根本就是個瘋狂的想法。但說也奇怪，他沒有發作、沒有大吵大鬧，只是陰陰一笑說道：「那可真是太好了！」

「什麼意思？」

「時候也差不多了，不是嗎，漢娜？大忙人先生終於展現一點責任感，太好了！」衛斯曼邊說邊誇張地鼓掌。事後回想起來，這是最讓鮑德感到震驚的：他們竟如此輕易便放手讓孩子離開。

也許奧格斯對他們而言只是負擔。真相難以斷定。漢娜朝鮑德瞄了幾眼，看不出眼神中的含意，而且她雙手發抖、緊咬著牙，卻幾乎沒問什麼問題。她本該不斷追問他、向他提出千百個要求與警告，並擔心孩子的作息被打亂才對，不料她只說：

「你真的要這麼做嗎？你應付得來嗎？」

「我是認真的。」他說。接著他們進到奧格斯的房間。鮑德已經一年多沒見到他，很羞愧自己竟忍心拋棄這樣一個小男孩。他是那麼秀氣可愛，一頭濃密鬈髮搭配細瘦身軀和一雙嚴肅的藍眼睛，格外引人注目。他兩眼直盯著一幅巨大的帆船拼圖，身體姿態似乎在大喊著「別吵我」。鮑德慢慢走向他，就像在接近一頭無法預料的未知生物。

沒想到他到底還是成功地讓孩子牽著他的手，隨他走進走廊。他永遠忘不了這一刻。奧格斯在想什麼？他覺得當下是什麼狀況？他既沒有抬頭看他也沒有看母親，對於他們頻頻揮手道別當然更是視若無睹。他只是跟著鮑德走進電梯，就這麼簡單。

奧格斯患有自閉症，也很可能智能不足，不過醫師還沒有針對後者作出明確診斷，而且遠遠看去，任誰都可能覺得他天資聰穎。他精緻的臉龐散發出一種莊嚴超然，否則至少也像在表達他認爲周遭的一切不值一哂。但若是細看，便會發現他有種深不可測的眼神。他至今尚未開口說過一句話。

這一點，他完全不符合所有醫生在他兩歲時作的預測。當時，醫生都說奧格斯很可能是屬於極少數沒有學習障礙的自閉兒，只要給予密集的行爲治療，前景相當看好。不料事情的發展絲毫不如預期，鮑德也不知道那些治療照護與輔導或甚至孩子的學校教育後來的進展，因爲他逃到美國去過自己的日子了。

以前的他眞傻。但現在他要償還這筆債，要來照顧兒子。首先他調出兒子的病歷紀錄，並打電話給各個專科醫師與教育專家，有件事立刻眞相大白：一直以來他寄去的錢都沒有用在奧格斯身上，而是一點一滴花在其他方面，十有八九是被衛斯曼拿去揮霍和還賭債了。他們似乎就任由孩子自生自滅，日復一日地重複他的強迫行爲，說不定還更糟——這也是鮑德回國的原因。

曾有一位心理醫師來電，對奧格斯手腳、胸部與肩膀上布滿不明瘀傷表達關切。據漢娜說，那是因爲兒子突然發作，前前後後劇烈晃動才會受傷。第二天鮑德便已親眼目睹一次，還嚇得手足無措。但他心想，這無法解釋那麼大面積又深淺不一的瘀痕。

他懷疑是家暴，便向一位家醫科醫師和一位與他有私交的退役警員求助。儘管他們全然無法證實他的憂慮是否爲眞，他卻愈來愈氣憤，並著手準備寄發一連串正式信函與提出種種報告，忙到幾乎把兒子都拋到腦後了。他發覺要忘記他很容易。鮑德在鹽湖灘區的住家替兒子準備了一個房間，大部分時間，奧格斯都坐在這個房間的地板上玩一些超高難度的拼圖，把數以百計的小圖片拼湊起來，結果還不是全部打散從頭再來。

起初鮑德會盯著他看得入迷，就像在欣賞偉大的藝術家工作，有時候還會突然幻想兒子可能隨時抬起雙眼說出一句成熟的話。但奧格斯一個字也沒吭過。就算拼圖拼到一半抬起頭來，目光也是直穿過他，望向俯臨大海與海面上粼粼波光的窗子，到最後鮑德也只得任由他去。他幾乎不帶兒子出門，就連屋外的院子也不去。

依法他並沒有監護權，在想出辦法解決之前，他不想冒任何風險。所以買菜——還有煮飯打掃——都由幫傭蘿蒂・拉絲珂負責。鮑德對於這類事情一竅不通。他很多事情都不在行，只熟悉電腦與演算法，因此也就更沉迷其中了。夜裡，還是和在加州一樣睡不好。

眼看官司訴訟與風暴已迫在眉睫，他每晚都會喝掉一瓶紅酒，通常是阿瑪羅尼，雖然能暫時得到舒緩，長期而言恐怕也沒什麼作用。他開始覺得狀況愈來愈糟，並不時幻想自己化成一縷煙消失不見，或是離開這裡到一個荒涼偏僻、不適人居的地方去。沒想到十一月的某個星期六，發生了一件事。那天晚上風很大又很冷，他和奧格斯走在索德毛姆區的環城大道上，凍得半死。

他們到法拉．沙麗芙位於辛肯路的家裡吃飯。奧格斯早該上床睡覺了，但那頓飯吃到很晚，鮑德傾吐了太多心事。沙麗芙對人就是有這種魔力。鮑德是在倫敦皇家學院念資訊科學時認識她的，如今沙麗芙是瑞典國內極少數水準與他不相上下的人之一，不然至少也是極少數能大致理解他想法的人之一。能遇到一個有共鳴的人，讓他鬆了好大一口氣。

他也覺得她很有魅力，但儘管經過多次嘗試，卻始終打動不了她。鮑德一向不太擅長追求異性。不料這回他們的道別擁抱差點就變成吻別，可說是往前跨了一大步。和奧格斯經過辛肯斯達姆運動中心時，他還在回味那一刻。也許下次應該請個鐘點保姆，然後說不定……誰知道呢？一段距離外有條狗在吠，接著有個女人的聲音衝著狗大喊，聽不出她是怒是喜。他望向霍恩斯路口，到了那裡可以攔計程車也可以搭地鐵到斯魯森。感覺好像會下雨。到達路口時紅燈亮起，馬路對面站了一個四十來歲、神情疲憊不堪的男人，看著有些眼熟。就在這一刻，鮑德牽起了奧格斯的手。

他只是想讓兒子乖乖待在人行道上，但立刻就感覺到了：奧格斯的手緊繃起來，彷彿對什麼東西起了強烈反應。他的眼神專注而清澈，就好像一直以來矇住眼睛的薄紗被某種神奇的力量掀開來，此時奧格斯不再凝視自己內在的複雜心思，反而像是看穿那個路口格外深遠而重大的一面。因此綠燈亮了，鮑德也不予理會，只是讓兒子站在原地凝神注視眼前景象，不知爲何他竟滿心激動，連自己都覺得奇怪。那也不過就是一個眼神，何況還不是特別開朗或歡欣的那種。但這眼神擾動了他一部分沉睡已久的記憶，讓他隱隱約約想起什麼。好久好久以來，他第一次感覺到希望。

# 第二章

十一月二十日

麥可．布隆維斯特只睡了幾個小時，因爲熬夜看伊莉莎白．喬治①的推理小說。這麼做其實有點不智。當天早上稍晚，賽納傳播的報業權威歐佛．雷文將要爲《千禧年》雜誌主持一個策略研討會，布隆維斯特確實應該好好休息備戰。

但他無意保持理智。好不容易才勉強自己起床，用Jura Impressa X7煮了一杯濃得不尋常的卡布奇諾，這台機器是不久前快遞送到家裡來的，還附了一張紙條寫道：「依你說的，反正我也不會用。」如今它矗立在廚房裡，像座美好時光的紀念碑。他與贈送者已完全斷了連繫。

最近他幾乎提不起勁來工作，到了週末甚至考慮找點新鮮事來做，對布隆維斯特這種人來說，這可是相當極端的念頭。《千禧年》一直是他的最愛、他的生命，他人生中最精采、最戲劇化的事件也多半都和雜誌社有關。但沒有什麼是永恆的，或許連對《千禧年》的愛也不例外。再說，現在開一家專作調查報導的雜誌社，時機也不對。凡是懷有遠大抱負的出版業者無不面臨失血過多的命危關頭，他不得不反省自己對《千禧年》抱持的願景，站在更高的層面上看或許是美好而眞實，卻不見得有助於雜誌社的存活。他啜飲著咖啡走進客廳，看著窗外的騎士灣水域。外頭正風雨大作。

原本秋老虎發威，讓城裡的露天餐廳與咖啡座持續營業到十月中下旬，但如今已轉變成風強雨驟的天氣，街上行人全都彎腰快走。布隆維斯特整個週末都待在家裡，卻不僅僅是天氣的緣故。他一直在進行一個野心勃勃的復仇計畫，偏偏一事無成，這可不像他——不管是以前還是後來的他。

他不是個甘居下風的人，而且不同於瑞典媒體圈無數大人物的是，他沒有過度膨脹的自我需要一再地吹噓安撫。另一方面，他也經歷過幾年的苦日子。還不到一個月前，財經記者威廉·柏格在賽納旗下的《商業生活》雜誌寫了一篇文章，標題是：「**布隆維斯特的時代結束了。**」

既然會寫這樣一篇文章，還如此受到關注，顯示布隆維斯特的地位依然穩固。沒有人會說這篇專欄文章寫得好或別出心裁，應該很容易就會被拋到腦後，因爲這不過是一個心懷妒忌的同業再度出擊。但不知爲何整件事竟鬧得沸沸揚揚，事後回想仍令人不解。一開始或許可以解釋爲一場針對新聞媒體的熱烈論戰，不料辯論卻逐漸脫軌，雖然一些重要大報置身事外，社群媒體上卻出現各種謾罵。發動攻擊的不只有財經記者和產業人士（如今敵人暫時變弱，他們當然有理由出手），還有一些較年輕的作家想趁此機會打知名度。他們指出布隆維斯特既沒有推特也沒有臉書，根本就該被當成過時的老古董，還說只有他那個年代的人才會有大把時間可

①Elizabeth George（1949-），美國推理作家，她筆下的「林尼探長」系列大受歡迎，BBC電視台曾改編成影集。

以根據自己喜好，慢慢鑽研那些落伍的怪書。也有人趁機湊熱鬧，發明一些好玩的標籤，如：「#布隆維斯特時代」。全是一堆無聊廢話，大概沒有人比布隆維斯特更不在乎了——至少他這麼說服自己。

自從札拉千科事件以來一直沒有重大報導，而《千禧年》也的確陷入危機，這些事實對他當然不利。雜誌有兩萬一千名訂閱戶，發行量還算可以，但因爲廣告所得劇減，又不再有暢銷書的額外收入，加上股東海莉．范耶爾不願再出資，因此董事會不顧布隆維斯特反對，允許讓挪威的賽納報業王國買下百分之三十的股份。這事也沒那麼奇怪，至少乍看之下不奇怪。賽納除了發行週刊和晚報之外，還擁有一個大型線上交友網站、兩個付費電視頻道和一支挪威一級的足球隊伍，和《千禧年》之流的刊物理應壓根扯不上關係。

但是賽納的代表們——尤其是出版品的負責人歐佛．雷文——一再保證他們的集團需要一項聲望卓著的產品，而且管理階層的「每一個人」都很讚賞《千禧年》，一心希望讓這份雜誌完全照常運作。「我們不是爲了賺錢！而是想做一點有意義的事。」雷文這麼說，並立刻安排一筆可觀的資金注入雜誌社。

起初賽納並未干涉編輯方面的事。一切運作如常，只是預算稍微多了些。一股新希望在編輯團隊間蔓延開來，有時候連布隆維斯特都覺得自己終於有時間專注於新聞報導，無須再爲財務煩惱。可是後來，差不多就在他開始受抨擊那段時間，氣氛變了調，賽納集團開始施壓。布隆維斯特總懷疑他們是見縫插針。

雷文宣稱雜誌社當然應該繼續保留深入追蹤、報導文學、熱切關注社會議題等等特色，但也不一定非得清一色刊登關於財務舞弊、違法行爲與政治醜聞的文章。據他說，寫寫上流社會、寫寫名人與首映會也可以是精采的報導，他還興致勃勃地談論美國的《浮華世界》和《君子》雜誌、蓋伊．塔利茲與他的經典報導〈法蘭克．辛納屈感冒了〉，還有諾曼．梅勒、楚門．柯波帝、湯姆．沃爾夫這一大堆人②。

其實布隆維斯特對此毫無異議，暫時還沒有。六個月前他自己也寫過一篇關於狗仔文化的長文，只要能找到一個嚴肅的點切入，不管要側寫什麼無足輕重的主題，他大概都願意。事實上，他總說要判斷一篇報導的好壞，關鍵不在主題，而在記者的態度。沒錯，令他不滿的是他感覺得出這話中有話：一場長期抗戰式的攻擊已經開始，而且對賽納集團來說，《千禧年》就跟其他雜誌一樣，是他們可以爲所欲爲直到開始獲利——並失去色彩——爲止的一份刊物。

因此星期五下午，一聽說雷文請來一名顧問，還要求作幾份消費者問卷調查，星期一進行分析報告，布隆維斯特直接就回家去了。好長一段時間，他或是坐在桌前或是躺在床上，構思著各種慷慨激昂的講稿，說明爲何《千禧年》必須忠於自己的理想願景：郊區裡動亂紛起、有一個公然支持種族主義的政黨進駐了國會、人民心胸愈來愈偏狹、法西斯主義抬頭、遊民與乞丐隨處可見。有太多地方讓瑞典變成一個可恥的國家。他想出許多優雅崇高的字眼，幻想著憑自己如此中肯又具說服力的口才，一次又一次征服人心。不只編輯團隊，就連整個賽納集團也如大夢初醒，決定團結一致追隨他的腳步。

②此處提及的Gay Talese（1932-）、Norman Mailer（1923-2007）、Truman Capote（1924-1984）、Tom Wolfe（1931-），均是報導文學名家。而塔利茲所寫的人物專題報導〈法蘭克．辛納屈感冒了〉，更是廣受好評，名列推動「新新聞主義」的經典作品之一。

然而腦筋清醒後他便領悟了，如果沒法從財務角度得到大家的信任，這些話就毫無分量。金錢萬能、廢話無用，簡單說就是這樣。最最重要的就是雜誌社得維持下去，然後才能著手改變世界。他開始納悶自己能不能設法弄到一個好題材。若有可能揭發重大新聞或許還能激勵編輯團隊的信心，讓他們把雷文的問卷調查和預測全都拋到九霄雲外。

布隆維斯特挖出了關於瑞典政府庇護札拉千科這樁陰謀的大獨家之後，儼然成了一塊新聞磁鐵，每天都會收到有關非法行為與可疑交易的爆料。老實說，這些大多都是垃圾，但偶爾——只是偶爾——也會冒出驚人的故事。一起普普通通的保險事件或是一樁不起眼的人口失蹤案，背後可能隱藏著什麼重大意義，誰也說不準，必須有條不紊、敞開心胸、細細檢視，於是星期六早上，他就坐在筆電和筆記本前面，小心審閱手邊所有的資料。

他一直看到下午五點，也的確發現了古怪之處，若早在十年前他肯定已經風風火火展開行動，但如今卻激不起絲毫熱情。這是老問題了，他比誰都清楚。在一個行業裡待了二、三十年，一切多半都摸熟了，就算理智上知道某條新聞應該可以寫出一篇好報導，可能還是興奮不起來。因此當又一陣冰雨狂掃過屋頂，他停下工作，改讀起伊莉莎白·喬治的小說。

這不只是逃避心理，他這麼說服自己。有時候當心思被另一件截然不同的事情占據，反而會驀然冒出很棒的點子，一塊塊拼圖可能會在瞬間拼湊到位。不過他並沒有想到任何更有建設性的東西，只覺得應該多像這樣悠哉悠哉地看些好書。到了氣候更加惡劣的禮拜一早上，他已經很起勁地讀完一本半喬治的小說，外加三本胡亂堆放在床頭櫃上許久的過期《紐約客》雜誌。

▲ ▲ ▲

此刻的他正端著卡布奇諾坐在客廳沙發上，望向窗外的暴風雨。他一直覺得又累又懶，過了好一會猛地站起身來，好像突然決定振作起來做點事情，隨後穿上靴子和冬天外套出門去。外頭簡直就像人間地獄。

又冰又溼的強風猛烈吹打，寒意徹骨，他匆匆走向霍恩斯路，鋪展在眼前的這條路顯得格外灰暗。整個索德毛姆區彷彿都褪了色，空中甚至沒有一小片鮮艷的秋葉飄飛。他低著頭、雙手抱在胸前繼續前行，經過抹大拉的瑪利亞教堂朝斯魯森走去，一直走到約特坡路後右轉。然後照常鑽進Monki服飾店和「印地戈」酒吧之間的大門，再爬上位於四樓、綠色和平組織辦公室正上方的雜誌社。在樓梯間就已經聽到嘰嘰喳喳的說話聲。

樓上人多得異常，除了編輯團隊和幾位主要的自由撰稿人，還有三個賽納的人、兩名顧問和雷文。雷文特地穿了較休閒的便服出席，看起來已經不像高層主管，還學會一些新用語，譬如開朗的一聲「嗨」。

「嗨，麥可，一切還好吧？」

「這得看你了。」布隆維斯特回答，倒不是有意表現得不友善。

但他看得出來對方把這句話視爲宣戰，於是他僵硬地點點頭，走進去坐下。辦公室裡的椅子已經排列成像個小禮堂。

雷文清清喉嚨，緊張地朝布隆維斯特看去。這個明星記者剛才在門口還活像隻鬥雞，此時卻顯得禮貌客氣、頗感興味，並沒有想找人吵架的跡象。但雷文並未因此感到安心。很久以前，他和布隆維斯特都在《快遞報》當過臨時雇員，大多都是寫些新聞快報和一大堆垃圾。但下班後在酒吧裡，他們曾經夢想著大獨家，曾經聊著自己絕不會滿足於老套又淺薄的東西，會貫徹始終深入挖掘。兩人一聊就是幾個小時。當時的他們年輕、胸懷壯志，想要全部一把抓、想要一步登天。有時候雷文還挺懷念那段日子，當然不是懷念那時的薪水、工作時數，或甚至在酒吧裡混日子、玩女人，而是夢想，他懷念夢想中蘊含的力量。有時他很渴望能再有那股衝勁，想要改變社會與新聞界，想要靠一枝筆讓世界停頓、強權低頭。連他如此自命不凡的能人也不禁納悶：**那些夢想都到哪去了？**

布隆維斯特的確一一實現了夢想，不只因為他揭發了時下幾個大新聞，也因為他確實秉持著他們曾經幻想過的熱忱與力量寫作。他從未屈服於統治階級的壓力或妥協放棄自己的理想，反觀雷文呢……其實眞正事業成功的人是**他**，不是嗎？目前他的收入恐怕是布隆維斯特的十倍，這讓他喜不自勝。挖出那些獨家有什麼用？也不能買間好一點的鄉下別墅，只能守著沙港島上那棟小破屋。拜託，那間小屋怎麼和坎城的新房子相比？根本沒得比！沒錯，他選擇的路才是正確的。

雷文沒有浸在報社裡努力苦幹，而是到賽納應徵媒體分析師的工作，還和霍孔．賽納本人培養出私人情誼，他因而致富，人生也從此改變。如今他已是最資深的記者，負責管理好幾家報社與頻道，並樂在其中。他深愛權力、金錢和一切附帶產物，卻也不得不承認偶爾還是會夢想得到另一樣東西，當然只是小小作個夢，但畢竟難免。他希望被視為優秀的作家，就像布隆維斯特，恐怕正因為如此他才會拚命鼓動集團收購《千禧年》的股份。有人私下告訴他雜誌社的營運陷入困境，總編輯愛莉卡．貝葉（也是他一直偷偷愛慕的對象）又想留住最近招募到的兩個新人蘇菲．梅爾克和埃米．葛蘭丹，除非得到一些新資金，否則不可能辦到。

總之，雷文看到一個天外飛來的好機會，可以買下瑞典媒體界一個頂尖的大招牌。不料，賽納高層──說得含蓄一點──興致缺缺，反而還聽到有人抱怨說《千禧年》已經過時，又有點左傾，而且到最後往往會和重要的廣告業者及業務夥伴鬧翻。要不是雷文極力堅持，這計畫可能也就不了了之了。他是真的堅定。他主張道，就較大面向而言，投資《千禧年》不過是一筆可有可無的小錢，或許得不到可觀利潤，卻能帶來更大得多的收穫，也就是信譽。此時此刻，賽納歷經了幾次減產與裁員，名聲已稱不上最大資產。若能收購《千禧年》的股權，就表示賽納集團終究還是在乎新聞媒體與言論自由，即使董事會對兩者都不特別感興趣，這一點卻還是能聽得明白，於是雷文的收購提議過關了。有好一段時間，看似是各方皆贏的結果。

賽納得到好的宣傳效果，《千禧年》保住了員工，還能專心致力於他們最擅長的事：經過仔細調查、用心撰寫的報導。至於雷文則是笑得有如陽光般燦爛，甚至還在作家俱樂部加入一場辯論，用他平時的謙卑態度說道：「我相信道德事業。我一直都在為調查報導努力奮鬥。」

沒想到……他不願去想。起先他對於布隆維斯特受到的抨擊並不特別在意。自從這位昔日同事一躍而上報導界的高空後，每當看見他受媒體奚落，雷文總是竊喜在心。但這回他的欣喜之情沒有持續太久。賽納的小兒子圖勒瓦對於記者說些什麼向來不感興趣，卻注意到這次的騷動，這全是拜社群媒體大肆渲染所賜。而他確實熱衷權勢也喜歡耍心機，事情發展至此讓他發現得分的機會，否則至少也能好好挫一挫董事會上老一輩人的銳氣。不久，他煽動了直到最近才開始關注這種芝麻綠豆小事的執行長，出面宣布不能讓《千禧年》享有特別待遇，他們也必須和集團裡的其他事業一樣適應新時代。

雷文才剛信誓旦旦地向愛莉卡保證過，說他不會插手編輯事務，也許只會偶爾以「朋友兼顧問」的身分表示一點意見。如今他忽然覺得綁手綁腳，好像被迫要在背後玩一些複雜計謀。他費盡心力讓雜誌社的愛莉卡、瑪琳．艾瑞森和克里斯特．毛姆接受新政策，這政策的內容其實從來沒有說清楚過——在慌亂狀態下倉倉促促生出來的東西，很少能說得清楚——但又多少得讓《千禧年》更年輕化、商業化。

雷文很自然地一再強調，絕對不可能放棄雜誌的靈魂與批判態度，其實他並不確定這麼說是何意。他只知道要讓董事們開心滿意，就必須爲雜誌注入更多魅力，並減少針對產業進行的長遠調查，因爲這些舉動可能惹惱廣告業者，爲董事會製造敵人。不過這些話他當然沒有告訴愛莉卡。

他希望能避免不必要的衝突，此時站在編輯團隊面前的他，特別花了心思穿得比平常隨興。在總公司穿上光鮮亮麗的西裝打領帶已成慣例，但他不想以這樣的裝扮刺激人，而是選擇了牛仔褲、白襯衫和一件甚至不是喀什米爾材質的深藍色V領套頭毛衣。那頭長鬈髮向來是他展現叛逆的小噱頭，今天也紮成馬尾，就像電視上那些言詞犀利無比的記者。不過最重要的是他一開口就是謙遜的語氣，上管理課時老師都是這麼教的。

「大家好，」他說：「天氣眞是糟糕！以前我已經說過很多次，但仍樂於再重複一遍：我們賽納能陪伴各位走這段旅程，眞是無上的光榮，對我個人更是意義非凡。能爲《千禧年》這樣的雜誌奉獻心力，讓我的工作更具意義，這使我想起自己進入這一行的初衷。麥可，你記不記得我們以前常常坐在劇院酒吧裡，夢想著一起幹一番轟轟烈烈的大事？一邊說，酒可也沒少喝，哈哈！」

布隆維斯特似乎不記得了。但雷文沒有這麼好打發。

「放心吧，我不是想緬懷往事，也沒有理由這麼做。」他說道：「那時候，我們這個行業的銀彈要多得多。光是爲了報導一個鳥不生蛋的地方發生的小小命案，就會租用直升機、包下當地最豪華的旅館一整層樓，事後還會買香檳慶功。你們知道嗎？我第一次要啓程到國外出差前，向當時的外國特派員伍夫．尼爾森打聽德國馬克的兌換匯率。他說：『我也不知道，匯率都是我自己訂的。』哈哈！所以當時我們常常給自己的費用灌水，你記得嗎，麥可？那可能是我們最有創意的時期了。總而言之，我們要做的就只是盡快讓東西印出來，反正怎麼樣都能賣得很好。但是今非昔比了，這大家都知道。我們如今面臨激烈的競爭，現在報章雜誌想要賺錢可不容易，所以我認爲今天應該稍微來談談未來的挑戰。我絕不敢妄想能教各位什麼，只是提供一點情況讓大家討論。我們賽納委外做了一些關於《千禧年》讀者屬性與大衆觀感的問卷調查，有些結果可能會讓你們略感吃驚。但各位不該因此氣餒，反而應該視爲挑戰，而且別忘了，現在外界環境正在發生完全失控的變化。」

雷文略一停頓，心中嘀咕著「完全失控」一詞是否用錯了？自己是否太努力想顯得輕鬆又有朝氣？一開始用這種口氣說話又是否過於戲謔，像在聊天？要是霍孔．賽納就會說：「要說那些薪水超低的記者有多沒幽默感就有多沒幽默感。」但不會的，我會處理好，他暗下決定。我會讓他們都站到我這邊來！

約莫在雷文解釋說所有人都有必要思考雜誌社的「數字成熟度」時，布隆維斯特就已經放空了，所以他沒聽見雷文說年輕一代其實並不知道《千禧年》或麥可．布隆維斯特是誰。不巧的是，他就在這個時候覺得受夠了，便走出去到茶水間，因此他也不知道那位挪威顧問阿朗．

鄔曼堂而皇之地說：「眞可悲，他就那麼怕被遺忘嗎？」

但事實上，這是布隆維斯特此時最不在意的事。看雷文似乎認爲消費者問卷調查將能拯救他們，他很氣憤，創造這份雜誌的又不是那該死的市場分析，而是如火般的熱情啊。《千禧年》之所以能走到今天，是因爲他們將信念投入其中，投入他們覺得正確又重要的事，而不試圖去猜測風向。他在茶水間裡呆站了一會，心想不知愛莉卡要過多久才會來。

答案是大約兩分鐘。他試著從高跟鞋的聲音估計她的生氣程度。但等她站到他身旁時，卻只沮喪地笑了笑。

「怎麼了？」她問道。

「只是聽不下去。」

「你應該知道你這樣做會讓人覺得超級尷尬吧？」

「知道。」

「我猜你應該也明白只要我們不點頭，賽納什麼也做不了。掌控權還是在我們手上。」

「才怪。我們是他們的人質呀，小莉！妳還不懂嗎？要是不照他們的意思做，他們就會抽手，到時我們就只能光著屁股乾坐在那裡了。」他怒氣沖沖地大聲說道。見愛莉卡搖搖頭噓了一聲，才又放低聲音說：「對不起，是我在鬧脾氣，不過我現在要回家了，我需要好好想想。」

「你最近的工作時數未免太短了。」

「我想我還有很多加班時數沒補休完。」

「這倒也是。今晚想不想有人作伴？」

「不知道。我眞的不知道，愛莉卡。」他說完便離開雜誌社，走上約特坡路。

狂風冰雨吹打得他咒聲連連，一度甚至想衝進口袋書店，再買一本英文偵探小說來逃避現實。不過最後還是轉進聖保羅街，就在經過右手邊的壽司店時手機響了。本以爲一定是愛莉卡，沒想到是女兒佩妮拉，他這個父親已經因爲爲女兒做得太少而心懷愧疚，她肯定是故意挑這最壞的時機來連絡他。

「嗨，親愛的。」他說道。

「什麼聲音那麼吵？」

「應該是暴風雨的聲音。」

「好啦，好啦，我很快就說完。我申請到畢斯科普斯阿諾學院的創意寫作班了。」

「這麼說妳現在想當作家囉。」他的語氣太刻薄，近乎譏諷，無論如何都對她不公平。

他本該說聲恭喜，祝她好運就得了，只是佩妮拉這麼多年來一直很不順，老是在基督教派與課程之間跳來跳去，一事無成，如今又再次改變方向，實在讓他感到筋疲力竭。

「我好像沒有感受到一丁點的喜悅。」

「抱歉，佩妮拉，我今天狀況有點不好。」

「你的狀況什麼時候好過？」

「我只是覺得以目前的大環境看來，寫作恐怕不是好的選擇。我只是希望妳能找到眞正適合妳的路。」

「我不會像你那樣寫一些無聊的新聞。」

「那妳打算寫些什麼？」

「我要投入眞的寫作。」

他也沒問什麼叫眞的寫作，就說：「那好。妳錢夠用嗎？」

「我在韋恩咖啡館打工。」

「今晚要不要過來吃飯，我們可以談談？」

「爸，我沒時間。只是跟你說一聲。」她說完便掛斷電話，儘管他試著正面看待她的熱忱，卻只是讓心情更糟。他抄捷徑穿越瑪利亞廣場和霍恩斯路，回到貝爾曼路的公寓。

有種好像才剛剛離開的感覺。他甚至有種奇怪的感覺，像是失業了，即將展開新生活，到時會有大把大把的時間，不用再拚命工作。有那麼一剎那，他想把房子打掃乾淨，因爲雜誌、書和衣服丟得到處都是。後來還是改變主意，從冰箱拿出兩瓶Pilsner Urquell啤酒，坐到客廳的沙發上，更清醒地把一切事情想透徹，盡量以體內有一點點啤酒時最清醒的狀態思考。

再來該怎麼辦？

他完全沒概念，最令人擔憂的是他無心戰鬥，反而異常認命，就好像《千禧年》正慢慢溜出他的興趣範圍。也該做點新鮮事了，不是嗎？他自問道。隨即想起凱莎．歐克絲丹，她是個相當迷人的人，他們偶爾會相約一塊喝幾杯。歐克絲丹是瑞典電視台「特派調查」節目的製作人，已經試圖延攬他多年。不管她提出什麼條件，也不管她如何鄭重其事地保證全力支持、絕不干涉，他都不爲所動。《千禧年》一直都是他的家、他的靈魂。可是現在……也許他應該抓住機會，也許「特派調查」的工作能讓他重燃熱情。

手機響了，他一度感到高興，並暗自發誓：無論是愛莉卡或佩妮拉，他都會心平氣和認眞傾聽。結果都不是，未顯示來電號碼，因此他帶著戒心接起。

「是麥可．布隆維斯特嗎？」對方聲音聽起來很年輕。

「我是。」他說。

「你有時間談談嗎？」

「可能有，如果你能自我介紹一下。」

「我叫李納斯．布蘭岱。」

「好，李納斯，有什麼需要我效勞的？」

「我要爆料。」

「說來聽聽。」

「如果你肯移駕到對街的『主教牧徽』酒吧跟我碰面，我就告訴你。」

布隆維斯特惱火了，不只因爲那專橫的口吻，還因爲自己的地盤受到侵犯。

「在電話上說也一樣。」

「這種事不應該在開放的線路上討論。」

「我怎麼覺得跟你說話很累呢，李納斯？」

「可能是你今天過得不順。」

「我今天**的確**過得很不順，你說對了。」

「你看吧。到主教酒吧來，我請你喝杯啤酒，順便告訴你一件驚人的事。」

布隆維斯特只想回嗆一聲：「別指使我！」但不知爲何，或許是因爲現在除了坐在頂樓公寓思索未來之外，沒其他的事可做，所以他回答說：「我可以自己付錢。不過好吧，我去。」

「明智的決定。」

「但李納斯……」

「怎麼了？」

「你要是拉哩拉雜跟我說一堆瘋狂的陰謀論，像是貓王沒死啦、你知道射殺首相帕爾梅的凶手是誰啦之類的，我馬上就掉頭回家。」

「沒問題。」李納斯說。

# 第三章

十一月二十日

艾德溫．尼丹姆（有時被稱爲艾德老大）不是美國境內酬勞最高的安全技術人員，卻可能是最頂尖的。他在南波士頓區和多徹斯特區一帶長大，父親是個超級窩囊廢、爛酒鬼，平時在港口打打零工，但經常喝酒喝得不見蹤影，酒後鬧事進看守所或醫院的情形也屢見不鮮。但他去喝酒作樂卻是家人最快活的時候，算是給大家一點喘息的空間。每當艾德的父親勉爲其難地待在家裡，就會把老婆打得遍體鱗傷。有時候艾德的媽媽會把自己反鎖在廁所裡好幾個小時，或甚至好幾天，邊哭邊發抖。聽說她才四十六歲就因爲內出血去世，艾德的姊姊也染上快克毒癮，對此誰都不感到訝異，至於不久之後剩餘的家人隨時可能面臨無家可歸的命運，也就更不令人驚訝了。

童年的經歷已註定艾德一生風波不斷，十來歲便加入一個自稱「幹幫」的幫派。他們是多徹斯特的麻煩人物，一天到晚幫派械鬥、暴力傷人、搶劫雜貨店。艾德從小的相貌就帶有些許暴戾，加上他從來不笑，上排還缺了兩顆牙，更顯得駭人。他身材高大魁梧、天不怕地不怕，臉上老是帶傷，不是和父親打架就是幫派幹架留下的。學校老師多半怕他怕得要命，每個人都深信他的下場要不是坐牢就是頭部中彈。然而有幾個大人開始留意到他了——無疑是因爲他們發現在他目光炯炯的藍眼珠裡，不只有攻擊與暴力。

艾德求知若渴，這股壓抑不住的能量讓他能夠用搗爛公車內裝的精力，很快地讀完一本書。放學後他往往不想回家，寧可繼續待在所謂的資訊教室裡，那裡頭有幾部電腦。他一坐就是幾個小時。有一位姓拉松（聽起來像是瑞典姓氏）的物理老師，發現他電腦能力特別強，接著在社工介入後，他得到一筆獎學金，並轉學到另一所學生普遍較用功的學校。

他的課業表現突飛猛進，獲得許多獎學金與榮譽，最後還進了麻省理工學院的電機工程與資訊科學系就讀——以他種種的不利條件看來，這簡直有如奇蹟。他的博士論文探討一般對於新的非對稱式加密系統①（如ＲＳＡ）某些特有的恐懼，隨後陸續接下微軟和思科的高階職位，最後才被延攬進馬里蘭州米德堡的國家安全局。

即使拋開青少年時期的犯罪行爲不論，他的資歷也不符合這個職務。大學時期他大麻抽得很凶，也曾一度大談社會主義或甚至是無政府主義的理想，還因爲傷人被逮捕過兩次——不是什麼重大案件，只是在酒吧打架。他的脾氣依然火爆，凡是認識他的人都盡可能不去招惹他。

然而國安局看到了他的其他長才，除此之外，也因爲那是二〇〇一年秋天。當時美國的資安部門極缺電腦技術人員，幾乎是誰都聘用。接下來的幾年間，誰也沒有質疑艾德的忠誠度——又或是他的愛國情操——就算有人想質疑，他的優勢也總能蓋過缺點。

艾德不只是天賦異稟，他還有一種略帶偏執的個性、一種追求精準的狂熱和風馳電掣般的效率，在在顯示他正是負責爲美國最高機密部門建立資訊安全系統的最佳人選。他的系統肯定無人能破解。對他而言，這關乎個人榮辱。他很快就讓自己成爲米德堡不可或缺的人，甚至到了不時有人大排長龍等著向他諮詢的地步。怕他的人不少，因為他經常口出惡言，還曾經叫國安局的頭兒去死，就是那個傳奇人物查爾斯．歐康納上將。

「動一動你他媽的那個忙碌的腦袋瓜想想，很可能就會明白了。」當上將試圖評論他的工作，艾德如此咆哮道。

但歐康納和其他所有人都忍氣吞聲。他們知道艾德又吼又叫是有道理的——可能因為同事對於資安規定一直粗心大意，或者根本不知道自己在說什麼。儘管以他被授權的層級，差不多什麼訊息都能取得，也儘管近幾年來，國安局已被左右兩派人士視為魔鬼的化身、歐威爾筆下的老大哥，而飽受猛烈抨擊，他仍不只一次涉入部門裡的其他業務。在艾德看來，只要他的安全防護系統保持精準完美，組織想幹麼都行。由於他尚未成家，多少相當於住在辦公室裡。

偶爾喝起酒來，他會變得對過去異常傷感，但除此之外，並無跡象顯示他曾將自己的工作內容告訴外人。在外邊的世界裡，他始終守口如瓶，要是有人問起他的職業，他總有一套反覆演練多次的掩護說詞。

他之所以能平步青雲，成為國安局最資深的安全主管，並非運氣也不是靠著陰謀或操作。艾德和手下的團隊加強了內部監控，「以免忽然冒出新的告密者，給我們來個迎面痛擊」，並在連續幾天不眠的夜裡創造出他暱稱為「翻不過的牆」或「凶猛小警犬」的東西。

「沒有得到允許，哪個王八蛋都進不來，哪個王八蛋都不能亂搜亂找。」他這麼說道，而

①非對稱式加密系統（Asymmetric Cryptography），又稱公鑰加密系統，使用者可透過公開的金鑰對資料進行加密，再由另一位使用者根據他持有的私鑰來解密，取得資料。

且非常引以爲傲。

他一直都很自傲，直到十一月災難發生的那個早上爲止。一開始那是個晴朗美好的日子。艾德挺著累積多年而成的大肚腩，以獨特的姿態從咖啡機那頭搖搖擺擺晃了過來。他憑仗自己的資深地位，全然不顧服裝規定，穿的是牛仔褲搭配紅色法蘭絨格紋襯衫，襯衫腰圍處的釦子沒全扣上。他嘆了口氣坐到電腦前面。今天人不太舒服，背部和右膝蓋發疼，讓他忍不住暗暗咒罵老同事亞羅娜·卡札雷斯不該在前一晚千方百計說服他出去跑步。她根本就是虐待狂。

幸好沒有超級緊急的事情要處理，只須發送一則內部備忘錄，告知與大型IT公司合作的COST計畫負責人一些新程序，他甚至更改了代號。但工作並未持續太久，才剛剛用他慣有的浮誇口氣寫了幾句：

〈爲免任何人再度受愚蠢習性所誘惑，也爲了讓所有人提高警覺，像個偏執的優秀資訊組幹員該有的樣子，我只想指出……〉

就被警示音打斷了。

他並不怎麼擔心。他的警告系統非常敏感，資訊流中稍有偏差就會有反應。一定是發生異常現象，可能是通知有人試圖超越權限作業或是某些小干擾。

結果他根本還來不及探查，才一轉眼就發生十分詭異的事，詭異到讓他有好幾秒鐘都不肯相信，只是坐在那裡瞪著螢幕看。不過他當然知道是怎麼回事。有個遠端存取木馬侵入了國安局內部網站NSANet。要是在其他地方，他會暗想：**這些王八蛋，非整死他們不可**。但這裡是管控最嚴密的地方，他與手下今年才仔仔細細耙梳過上百萬次去偵測每個細微弱點，這裡，不、不，不可能，這種事不可能發生。

他不知不覺閉上眼睛，彷彿希望看不見，一切就會消失。但當他重新睜眼看著螢幕，剛才起頭的句子已經寫完了。他的句子底下自動填上了：

〈你們應該停止所有的非法活動。其實這很簡單明瞭。監視人者，人恆監視之。這裡頭蘊含著基本的民主邏輯。〉

「天啊，天啊，」他喃喃地說，至少這代表他已漸漸恢復些許鎮定。不料文字仍繼續出現：

〈放鬆一下，艾德。你何不開車到附近兜兜風。我Root②了。〉

看到這裡，他大喊了一聲。「Root」一字讓他整個世界隨之崩解。約莫一分鐘的時間裡，電腦系統最機密的部分快如閃電地運作著，他真的覺得心臟病就要發作。此時只模模糊糊意識到開始有人圍聚在他的桌旁。

主教牧徽酒吧裡人不多。這種天氣讓人不想出門，連住家附近的酒吧也不想光顧。然而布

② Root是每一套Unix或Linux作業系統預設的管理者帳號，權限最大，能夠進入所有的資料夾。

隆維斯特一進門就聽到叫嚷與笑聲，還有一個粗啞的聲音高喊：「小偵探布隆維斯特！」

出聲的男子有張紅潤的胖臉，頭上頂著一圈鬈髮，留了一撇講究的小鬍子，布隆維斯特在這一帶見過很多次。他好像叫亞納，每天下午兩點亞納都會準時來酒吧報到。今天顯然來得比平時早，和另外三名酒伴坐在吧台左邊的桌位區。

「是麥可．布隆維斯特。」布隆維斯特面帶微笑糾正他。

亞納與友人大笑起來，好像布隆維斯特的眞名是天底下最大的笑話。

「有什麼精采獨家嗎？」亞納問道。

「我想把主教牧徽裡骯髒下流的勾當全部公諸於世。」

「你認爲瑞典人已經準備好接受這種報導了嗎？」

「應該還沒。」

事實上布隆維斯特很喜歡這群人，雖然與他們的交談全是信口胡謅的戲謔之言，但這些人是當地景致的一部分，讓他在這一區有歸屬感。當其中一人喊出：「聽說你已經玩完了。」他一點也不生氣。

這話不僅沒有激怒他，反而讓這整個抨擊他的事件，恰如其分地跌到低下而接近鬧劇的程度。

「我已經玩完十五年了，酒瓶兄弟你好啊，所有好事都會過去。」他引述詩人佛勒汀③的詩句，一面四下張望，看看是哪個人吃了熊心豹子膽，竟敢指使一個疲憊的記者到酒吧來。由於除了亞納與他的酒伴之外別無他人，他便朝吧台的阿密爾走去。

阿密爾又高又胖，一派樂天又勤奮，是四個小孩的父親，經營這家酒吧已有數年。他和布隆維斯特結為好友，不是因為布隆維斯特是特別熟的常客，而是因為他們倆以截然不同的方式互相幫助過。曾有一、兩次布隆維斯特在家招待女性客人，卻沒時間到酒品專賣店買酒，阿密爾便為他提供一、兩瓶紅酒，而布隆維斯特也曾幫助過阿密爾一位沒有身分的朋友寫信給相關單位。

「什麼風把你這位貴客給吹來了？」阿密爾問道。

「我來見一個人。」

「很有意思的人嗎？」

「應該不是。莎拉還好嗎？」

莎拉是阿密爾的妻子，剛剛動過髖關節手術。

「還在哀哀叫，吃止痛藥。」

「聽起來很辛苦。替我跟她問聲好。」

「好的。」阿密爾說，隨後兩人東拉西扯了一下。

但李納斯沒有現身，布隆維斯特心想這八成是個惡作劇。不過話說回來，要惡整人還有比騙你到鄰近酒吧更好的做法，因此他又多待了十五分鐘，聊一些有關金融與健康的話題。然後正轉身走向大門準備離開，李納斯出現了。

誰也不明白嘉布莉．格蘭最後怎麼會進入瑞典國安局，而最不明白的人就是她自己。一直

---

③ Gustaf Fröding（1860-1911），瑞典知名詩人，曾獲得諾貝爾文學獎提名。

以來，人人都認定她是那種前途一片光明的女孩。昔日同住在耶秀姆高級郊區的女性友人看她都三十三歲了，既沒名氣也沒錢，也沒嫁給有錢人（其實是根本就沒嫁出去），都為她著急。

「妳是怎麼回事啊，嘉布莉？妳想當警察當一輩子嗎？」

大部分時間她都懶得回嘴，也懶得指正自己不是警察，而是被挖角去當分析師了，而且她最近正在外交部寫一些具有空前挑戰性的主題，又或是暑假期間她都在《瑞典日報》擔任寫社論的資深記者。除此之外的工作，其實大多都不能談，因此她乾脆保持沉默，即使任職國安局被視為極其低下的工作也只能忍耐——不只有那些勢利的朋友這麼想，身邊的知識分子更是這麼想。

在他們眼中，秘密警察就是一群行動笨拙、思想右傾的白癡，為了一些基本上屬於種族歧視的理由，就對庫德人和阿拉伯人窮追猛打，但為了保護前蘇聯間諜，即便犯下重罪或侵犯人權也絲毫不會良心不安。說真的，有時候她也有同感。組織裡有無能的人也有不健全的價值觀，而札拉千科事件至今仍是一大污點。不過這只是一部分事實。振奮人心且重要的工作也同時在進行著，尤其是人事大幅改組之後的現在，有時她感覺到最能了解目前世界各地動盪局勢的地方就在國安局，而不是在任何社論文章或演講廳中。不過當然了，她仍時常自問：**我是怎麼來到這裡，又為什麼會待下來？**

說到底，有一部分原因可能就是虛榮心。當初連絡她的不是別人，正是新上任的國安局長海倫娜·柯拉芙。她說經過這麼多風波和輿論的撻伐，招聘新人的方式必須重新思考，我們需要「引進大學裡真正的精英，而老實說，嘉布莉，妳就是不二人選」。一切就這麼定了。

嘉布莉首先受聘為反間諜分析師，後來加入產業保護小組。她年輕，有種中規中矩的魅力，雖然被取了「爸比的小情人」「目中無人的上流賤貨」等綽號，但她反應快、吸收力強、想法不受限於框架，是新進人員中的明日之星。而且她會說俄語，是就讀斯德哥爾摩經濟學院時學的，不用說，當時的她肯定是個模範學生，卻始終不是那麼熱衷學業。她夢想的不只是從商度日的生活，因此畢業後便去應徵外交部的工作，也當然順利錄取。但她覺得在這裡也不特別刺激有趣——外交官太死板，頭髮梳得太油亮整齊了。就在這時候，柯拉芙找上了她。如今嘉布莉已經在國安局工作五年，雖然過程不怎麼順利，但才能終於逐漸受到肯定。

這是難熬的一天，而且不只是因為天候惡劣。組長拉尼亞．歐洛夫森一臉陰沉不快地出現在她辦公室，告訴她出任務的時候最好別搞曖昧。

「搞曖昧？」

「有人送花來了。」

「那是我的錯嗎？」

「是，我確實認爲妳有點責任。我們實地出任務的時候，隨時都要展現紀律和矜持。我們代表的是一個絕對重要的公共部門。」

「眞是太棒了，親愛的歐洛夫森，跟你在一起總能學到一點東西。現在我總算明白，愛立信電信公司的研發主管之所以分不清一般的禮貌行為與搞曖昧，責任全都在我。我現在知道了，當男人看到單純的微笑就以爲有性暗示，而且沉醉在這種完全一廂情願的想法中，我應該怪自己。」

「別傻了。」歐洛夫森說完便消失不見。事後她很後悔回了嘴。

像這樣發洩很少會有好處。但話說回來，這種鳥事她已經忍耐太久，也該挺身爲自己說說話了。她很快將桌面清理乾淨，拿出英國政府通訊總部送來的一份關於俄國對歐洲軟體公司進行產業間諜活動的報告，之前一直還沒有時間看。這時電話響了，是柯拉芙。嘉布莉很開心，她都還沒有打電話去申訴或抱怨，反而先接到電話了。

「我直接說重點，」柯拉芙說：「我接到美國來的電話，事情有些緊急。妳能不能用妳的思科網路電話④接？我們安排了一條安全線路。」

「當然可以。」

「好，我要妳幫我分析一下訊息，看看裡頭有沒有什麼。聽起來很嚴重，可是我不太懂這人傳過來的訊息，喔對了，她還說認識妳。」

「接過來吧。」

是美國國安局的亞羅娜．卡札雷斯，不過有一度嘉布莉很懷疑眞的**是她**嗎？她們最後一次碰面是在華盛頓特區的一場會議上，當時亞羅娜是個自信滿滿、魅力十足的演說者，她將演說主題以略爲婉轉的方式描述爲積極的訊息監控——其實就是電腦入侵。散會後她們倆一塊去喝了幾杯，嘉布莉幾乎是情不自禁地對她深深著迷。亞羅娜抽小雪茄菸，有著低沉性感的嗓音，說起那些強有力的簡短俏皮話與經常夾帶的性暗示很搭。但此時在電話上的她聽起來頗爲困惑，有時說著說著也不知怎地就亂了頭緒。

布隆維斯特其實猜不到出現的會是什麼樣的人，也許是個時髦的年輕人，一個不折不扣的紈褲子弟。不料到來的人看起來像個流浪漢，短小身材，穿著破爛的牛仔褲，深色的長髮許久未洗，眼神中帶有些微睡意與鬼祟。他大概二十五歲，也可能更年輕，皮膚狀況很差，額前的頭髮垂下來遮住眼睛，嘴巴上還有一處潰爛，看起來相當嚇人。李納斯不像是握有重要獨家的人。

「你應該就是李納斯．布蘭岱吧。」

「沒錯。抱歉遲到了。剛好遇到一個認識的女生。我們高一同班，她……」

「我們還是趕快辦正事吧。」布隆維斯特打斷他，並帶路前往酒吧內側的一張桌子。

當阿密爾帶著謹慎低調的笑容來到桌旁，他們點了兩杯健力士啤酒，然後安靜地坐了幾秒鐘。布隆維斯特不明白自己爲何這麼焦躁不耐，這不像他，或許和賽納之間鬧出的這些風風雨雨畢竟還是擾亂了他。他衝著亞納那夥人笑了笑，他們全都瞪大雙眼緊盯著他二人。

「我就開門見山地說了。」李納斯說道。

「聽起來是好主意。」

「你知道『超技』嗎？」

布隆維斯特對電玩遊戲所知不多，但連他都聽說過「超技」。

「知道，聽過。」

「只是聽過？」

「對。」

「這麼說你也就不知道這個遊戲之所以與衆不同，或至少之所以這麼特別，是因爲它有一

④思科網路電話的本體像按鍵式電話機，另附有顯示螢幕，可呈現另一端使用者的畫面，它本身也有攝影機，能擷取本地端畫面，讓對方看見。

個人工智慧功能，可以讓你和一個玩家溝通戰略，而你卻無法肯定和你交談的是真人還是數位產物，至少一開始無法確定。」

「是嗎？」布隆維斯特回應道，他壓根不在乎一個破電玩遊戲的複雜細節。

「這是這項產業一個小改革，而我正好也參與了研發。」李納斯說。

「恭喜。這麼說你肯定賺翻了。」

「問題就在這裡。」

「什麼意思？」

「我們的技術被偷走了，現在『真實遊戲』賺進了數十億，我們卻一毛錢也拿不到。」

這套說詞布隆維斯特以前就聽過。甚至有一位老太太聲稱《哈利波特》全是她寫的，卻被羅琳用心電感應術給偷走了。

「所以事情是怎麼發生的？」他問道。

「我們電腦被駭了。」

「你怎麼知道？」

「國防無線電通訊局的專家確認過，你想要的話我可以給你名字，另外還有一個……」

李納斯沉吟不語。

「什麼？」

「沒什麼。不過就連國安局也插手了，你可以找那裡的嘉布莉．格蘭談談。她是分析師，我想她會證實我的說詞。她去年發表的一份公開報告中提到過這件事。我這裡有文件編號……」

「換句話說，這不是新聞。」布隆維斯特插嘴道。

「對，不算是眞的新聞。《新科技》和《電腦瑞典》都寫過。可是因爲法蘭斯不想談，有一、兩次甚至還否認有入侵行爲發生，所以報導始終不深入。」

「但這就是個舊聞。」

「應該可以這麼說。」

「那我爲什麼要聽你說呢，李納斯？」

「因爲現在法蘭斯好像明白發生什麼事了。我想他就坐在火力強大的炸藥上面，他對於安全防護變得瘋狂到極點，電話和電子郵件只用超高加密模式，而且剛剛買了一套新的防盜警報系統，包含攝影機、感應器等等一堆亂七八糟的。我認爲你應該和他談談，這也是我來找你的原因。像你這樣的人也許能讓他開口，他不聽我的。」

「所以你指使我到這裡來，就是因爲一個名叫法蘭斯的人看起來好像坐在炸藥上。」

「不是一個叫法蘭斯的人，布隆維斯特，而是法蘭斯．鮑德本人，我沒說嗎？我是他的助理之一。」

布隆維斯特搜尋記憶，唯一想得起來姓鮑德的只有那個女演員漢娜．鮑德，天曉得她後來怎麼樣了。

「他是誰？」他問道。

他看到對方的表情充滿鄙夷，不禁嚇了一跳。

「你都住在哪裡啊？火星嗎？法蘭斯．鮑德是個傳奇人物，是個家喻戶曉的名字。」

「眞的？」

「拜託，是眞的！」李納斯說：「去Google一下就知道了。他二十七歲就成爲資訊科學的教授，二十年來一直都是研發人工智慧的權威。他在開發量子計算和類神經網路方面的成就，幾乎無人能及。他有個聰明絕頂、前後顚倒的大腦，開創性的思路徹底顚覆傳統，你應該也能想像得到，電腦產業已經追著他跑了好多年。不過長久以來，鮑德都不肯受聘，他想獨自作業。其實也不完全是獨自一人，他總會把一些助理操到不成人樣。他想要看到成果，老是說：『沒有什麼是不可能的。我們的工作就是要拓展新領域……諸如此類的話。』偏偏就有人買他的帳，凡事都肯替他賣命。對我們這些電腦癡來說，他就是全能的上帝。」

「聽得出來。」

「但可別以爲我是什麼追星族，絕對不是。這是要付出代價的，我比誰都清楚。跟在他身邊能做出一番大事，卻也可能粉身碎骨。鮑德甚至不被允許照顧自己的兒子。他把事情搞砸了，而且不可原諒。有很多不同說法，據說他有助理遇到瓶頸無法突破，一生就這麼毀了，天曉得還有什麼。但雖然他一直有強迫性的人格，卻從來沒有像這次這樣。我直覺他一定有什麼重大發現。」

「你直覺。」

「你要明白，平常他不是個疑神疑鬼的人。應該說恰恰相反——以他在處理的事情來說，他從來是一點也不夠疑神疑鬼。如今他竟然把自己反鎖在家裡，幾乎足不出戶。他好像很害怕，但平常他眞的是一副天不怕地不怕的樣子。」

「而他在做電玩遊戲？」布隆維斯特毫不掩飾自己的質疑。

「這個嘛……因爲他知道我們都是遊戲迷，很可能覺得應該讓我們做自己喜歡的東西。不過他的人工智慧計畫用在這方面也很適合。這是完美的測試環境，我們也得到很棒的結果，開拓了新領域，只不過……」

「說重點，李納斯。」

「重點是鮑德和律師爲這項技術最創新的部分申請專利，就在這時候受到第一次打擊。『眞實遊戲』的一位俄國工程師剛好趕在這之前匆匆遞出申請書，阻絕了我們的專利，這幾乎不可能是巧合。但這也沒那麼要緊，專利只是隻紙老虎，有意思的是他們到底是怎麼打探出我們在做些什麼。我們每個人對鮑德都忠心耿耿，連命都可以不要，所以只有一個可能：儘管採取了一切防護措施，還是被駭客入侵了。」

「然後你們就連繫了國安局和國防無線電通訊局？」

「一開始沒有。鮑德對那些打領帶、朝九晚五的人沒什麼好感，他比較偏愛整夜癡迷地黏在電腦前面的笨蛋，所以他去找一個他在其他地方認識的駭客怪咖，那女的馬上就說我們被入侵了。她看起來也不是特別可靠，要是我就不會僱用她，你懂我的意思吧，說不定她只是胡說八道。不過後來國防無線電通訊局的人證實了她的主要結論。」

「但沒有人知道是誰入侵你們的電腦？」

「不，不，追蹤駭客入侵往往只是浪費時間。但對方肯定是專業好手。我們的ＩＴ防護可是下足了工夫。」

「現在你懷疑鮑德可能有其他發現？」

「鐵定有，否則他舉止不會這麼怪異。我敢說他在索利豐一定聽到了什麼風聲。」

「他在那裡工作？」

「對，也夠奇怪的。我剛才跟你說過，鮑德本來都不肯被電腦大企業綁住，寧可當個局外人，只注重獨立性，不願成爲商業勢力的奴隸，而且從來沒有人像他做得這麼徹底。沒想到就在我們的技術被竊取，所有人被殺得措手不及的時候，他忽然上班去了，而且竟然還是索利豐，誰也搞不明白。對啦，他們給的條件除了巨額薪水，還有無限的自由之類的廢話，也就是說你想幹麼就幹麼，可是要替我們做事。這聽起來可能很令人心動，任誰聽了肯定都會心動，除了法蘭斯・鮑德之外。不過有一堆公司，包括Google和蘋果，都向他提出過類似條件。爲什麼這次他忽然感興趣了？他始終沒有解釋，就這麼打包行李走人了，我聽說一開始一切都很順利。鮑德繼續開發我們的技術，我想他們老闆尼可拉斯・戈蘭特已經開始幻想數十億的進帳，興奮得不得了。沒想到接著就發生了一件事。」

「一件你其實所知不多的事。」

「對，我們失去了連繫。鮑德幾乎和所有人都失去了連繫。但以我的了解也足以知道事態一定很嚴重。他向來鼓吹開放，狂熱地談論什麼群衆的智慧，說運用多數人的知識有多重要，完全是Linux式的思考⑤。可是在索利豐，他先是保密保得密不透風，就連最親近的人也無從得知，然後砰的一下，他遞出辭呈回家去了，現在就整天坐在鹽湖灘區的家裡面，連院子也沒踏出一步，更不在乎自己變成什麼鬼樣子。」

「所以，李納斯，你要說的就是有個教授好像受到壓力而變得不在乎自己的外表——不過他從來不出門，鄰居又是怎麼看到他的鬼樣子？」

「沒錯，可是我認爲……」

「你聽我說，這可能是個有趣的故事，我懂。只可惜我沒興趣，我不是ＩＴ線的記者，就像前幾天有個人寫了一句很聰明的話，說我是山頂洞人。我建議你去找《瑞典晨間郵報》的勞爾．席瓦森，他對那個領域瞭如指掌。」

「不，不行，席瓦森不夠分量。這遠遠超過他的理解能力。」

「我想你低估他了。」

「好啦，別這麼膽小。這可能是你東山再起的機會呀，布隆維斯特。」

阿密爾正在擦他們附近的一張桌子，布隆維斯特對他露出疲憊姿態。

「我可不可以給你一點建議？」布隆維斯特說。

「什麼……？好啊……當然可以。」

「下次你要爆料，別試圖向記者解釋他能從裡頭得到什麼好處。你知道有多少人跟我彈過這種老調嗎？『這將會是你職業生涯中最大的新聞，比水門案還大！』如果能夠只提供一些實際的基本訊息會更好，李納斯。」

「我只是想說……」

「對，你**到底**想說什麼？」

「你應該和他談談，我覺得他會喜歡你，你和他一樣都是那種不妥協的人。」

李納斯好像突然間失去了自信，布隆維斯特不禁自問是否表現得過度強硬。一般來說，對於來向他爆料的人，不管聽起來有多荒謬離奇，他都會盡量表現得友善、給予鼓勵，不只是因

⑤Linux式的思考，是指開放原始碼運動的公眾授權風潮，也就是開放程式的原始編碼讓一般大眾可以自由更改、分享、使用。

爲聽似瘋狂的事也可能寫成一篇好報導，還因爲他認知到自己往往是他們的最後一根稻草。很多人都是因爲已經沒有人願意聽才來找他，他是最後的希望，絕對沒有理由輕蔑以對。

「其實，」他說道：「我今天過得眞的很不順，我不是故意語帶譏諷。」

「沒關係。」

「你知道嗎？」布隆維斯特說：「這個故事裡頭的確有件事讓我感興趣。你說有個女駭客去過你們那裡。」

亞羅娜不是個緊張型的人，也很少會不知所云。她現年四十八歲，高大、直率，擁有性感的身材和一雙聰慧的小眼睛，直看得人惶惶不安。她常常像是能看透人心，也受不了對上司過於畢恭畢敬，罵起人來，對誰都不留情面，就算司法部部長來了也一樣。這便是艾德老大和她這麼合得來的原因之一。他們倆都不看重位階，只在乎能力。

然而，和瑞典國安局首長講電話時她卻完全失控。這不關柯拉芙的事，而是因爲她背後開放式的辦公室裡正在上演一齣驚天動地的戲碼。坦白說，他們對艾德大發雷霆早就習以爲常，但這次她立刻就感覺到事態的嚴重性非比尋常。

艾德彷彿癱瘓了。亞羅娜在電話線上語無倫次時，大夥就圍在他身邊，個個滿臉驚恐，無一例外。但或許因爲驚嚇過度，亞羅娜並沒有掛斷電話或是說稍後再打，而是任由對方將電話轉給嘉布莉，就是她在華盛頓認識並企圖引誘的那個年輕迷人的分析師。儘管亞羅娜並未成功和她上床，卻留下極歡暢的感覺。

「嗨，親愛的，妳好嗎？」她問道。

「還不錯，」嘉布莉回答道：「現在我們這裡狂風暴雨，不過其他都很好。」

「上次見面眞的很愉快。」

「可不是嘛。隔天我宿醉了一整天。但我想妳打電話來應該不是想跟我約會。」

「可惜不是。我打來是因爲我們發現有跡象顯示一位瑞典科學家面臨嚴重威脅。」

「是誰？」

「我們花了很長時間才弄懂這個訊息，本來甚至猜不出事關哪個國家。是加密的通訊，而且只用曖昧不明的代號，但是我們利用其中的幾塊小拼圖，終究還是……在**搞什**……？」

「怎麼了？」

「等一下……！」

亞羅娜的電腦螢幕閃了幾下之後變黑，而她放眼所見，整個辦公樓層的電腦都發生同樣情形。她一下子不知該如何是好，但還是繼續講電話，畢竟有可能只是停電，雖然頭上的電燈好像沒事。

「我還在。」嘉布莉說。

「謝謝，感激不盡。眞是抱歉，這裡亂成一團。我剛剛說到哪裡？」

「妳說到拼圖。」

「啊，對，我們一一拼湊推斷，因爲不管多想展現專業，總會有個粗心的人，又或是……」

「什麼？」

「嗯……洩漏口風的人，說出了地址或其他訊息，這回比較像……」

亞羅娜再度沉默。辦公室裡來了訪客，而且不是別人，正是國安局裡能直達白宮的最資深長官之一強尼．殷格朗中校。殷格朗力持鎮定，甚至還跟坐在較遠的一群人開玩笑。但騙不了任何人。在他優雅、黝黑的外貌底下——自從當了歐胡島密碼中心的負責人之後，他一年到頭都曬得很黑——可以感覺到他神情帶著緊張，此時他似乎想讓每個人都聆聽他說話。

「喂，妳還在嗎？」嘉布莉在電話另一頭問道。

「可惜不能再繼續說了，我再打給妳。」亞羅娜說完便掛斷電話。那一刻她的確變得憂心忡忡。

四下有一種發生了可怕事情的氛圍，也許又再度遭到重大的恐怖攻擊。但殷格朗仍持續安撫，儘管上唇邊和額頭冒著汗，他還是一再強調沒什麼大不了。他說，很可能就是雖然有重重的嚴密把關，還是被一隻病毒跑進了內部網路。

「爲了安全起見，我們關閉了伺服器。」他這麼說道，一度還眞的成功安撫了人心。大家似乎都在說：「搞什麼啊，一隻病毒也值得大驚小怪。」

但緊接著殷格朗開始語焉不詳地說了一堆，亞羅娜忍不住大喊：

「告訴我們到底是怎麼回事！」

「還不太清楚。不過我們的系統可能被駭了。等情況較爲明朗再向大家說明。」殷格朗說話時顯得擔心，辦公室隨即響起一陣竊竊私語。

「又是伊朗人嗎？」有人質疑。

「我們認爲……」殷格朗沒有把話說完。一開始就應該站在這裡負責解釋的艾德冷不防地打斷他，站起身來，粗壯得活像隻熊，不可否認此時此刻的他確實氣勢非凡。片刻前那個洩氣的艾德不見了，現在的他展現出一種毅然決然的態度。

「不是，」他咬牙切齒地說：「是駭客，是他媽的超級駭客，我非把這混蛋閹了不可。」

「那個女駭客和這件事其實關係不大，」李納斯小口小口啜著啤酒說：「她恐怕比較像是鮑德的社交規畫。」

「不過她好像滿厲害的。」

「也可能只是運氣。她說了一大堆廢話。」

「這麼說你見過她？」

「見過，就在鮑德去矽谷之後。」

「那是多久以前？」

「差不多一年前。我把我們的電腦搬到我在布蘭亭街的公寓。說得含蓄一點，我過得不太好，單身、破產又常常宿醉，住的地方像豬窩一樣。當時我剛和鮑德通過電話，他像個囉嗦的老爸叨念個沒完，說什麼：別從她的外表評斷她，表象有可能會騙人之類的。拜託，他竟然跟**我**說這種話！我自己也不算是標準女婿型的人，我這輩子從來沒穿西裝打領帶過，要是有誰知道駭客長什麼樣，那就是我了。反正就是這樣，然後我就坐在家裡等那個女生，心想她至少會敲敲門，沒想到她直接開門就走進來了。」

「她長什麼樣子？」

「超級恐怖……但也有一種詭異的性感。不過很可怕！」

「李納斯，我不是叫你給她的長相打分數，我只是想知道她的穿著打扮，或者她有沒有提起自己的名字？」

「我不知道她是誰，」李納斯說：「但我確實在什麼地方看過她，應該不是什麼好事。她身上有刺青穿洞，就像個重金屬搖滾樂手或哥德族或龐克族，還有她簡直瘦得不成人形。」

布隆維斯特幾乎是毫無意識地向阿密爾打了個手勢，請他再上一杯健力士。

「然後呢？」他問道。

「該怎麼說呢？我大概是覺得不必馬上開工，所以就坐在床上——說實在的也沒其他地方可坐——提議先喝點東西。結果你知道那時候她做了什麼嗎？她叫我出去。她把我趕出自己家，好像這是天底下再自然不過的事，我當然拒絕了。我就說：『其實我就住在這裡。』她卻回說：『出去，滾蛋。』我發現自己別無選擇，只好出去一會。等我回來，看到她躺在我床上抽菸，多變態啊？她在看一本關於弦理論之類的物理學書，大概是我看她的眼神不對勁吧，我哪知道，總之她劈頭就說她沒打算跟我上床，一點都沒有。『一點都沒有，』她這麼說。我想她連一次都沒有正眼看過我。她只說我們中了木馬病毒，一種遠端存取木馬，說她看出了入侵的模式和程式設計上的原創度。『你們曝光了。』她說，然後就走了。」

「沒有說再見？」

「連個再見什麼的也沒說。」

「眞是的。」

「不過老實說，我覺得她只是在唬爛。過沒多久，國防無線電通訊局的人也作了同樣的檢測，他應該更了解這類攻擊吧，他說得很清楚：不能下這樣的結論，因爲不管他怎麼搜尋我們的電腦，都沒有發現任何舊的間諜軟體。但他還是猜測我們被駭了——喔對了，他叫莫德，史蒂芬．莫德。」

「那個女的，有沒有作任何的自我介紹？」

「我的確有點逼問她，但她只肯說——而且態度很粗魯——說我可以叫她皮皮。這顯然不是她的眞名，不過……」

「不過什麼？」

「我倒覺得跟她很配。」

「你知道嗎？」布隆維斯特說：「我本來已經打算回家了。」

「對，我注意到了。」

「但現在一切有了重大變化。你不是說你的鮑德教授認識這個女的嗎？」

「是啊。」

「那麼我想盡快跟他談談。」

「因爲那個女的？」

「可以這麼說。」

「好吧，」李納斯若有所思地說：「但你是找不到任何關於他的連絡資訊的，我也說過，他整個人變得神秘兮兮。你用iPhone嗎？」

「對。」

「那就別提了。鮑德認爲蘋果多少被國安局掌控，要跟他通話，你得先買一支Blackphone⑥，

⑥ Blackphone是為了保護隱私而特製的手機，透過特殊平台把撥號資訊與簡訊都加密防護，讓第三方無法竊聽竊取訊息內容。

或至少借一支Android手機，下載一個特殊的加密程式。但我會安排讓他連絡你，你們再約個安全的地方碰面。」

「太好了，李納斯，謝謝。」

# 第四章

十一月二十日

　　亞羅娜再次來電時，嘉布莉正穿上外套準備回家。起初她有點不耐，不只因爲前一次談話的混亂，也因爲她想在暴風雨失控前下班。新聞廣播預報風速將會高達每秒三十公尺，氣溫也會降到零下十度，今天穿的衣服不夠暖。

「抱歉拖這麼久，」亞羅娜說：「今天早上我們都快瘋了，亂七八糟。」

「這裡也是。」嘉布莉客套地說，眼睛卻看了看手錶。

「不過我之前也說了，我眞的有重大事情要告訴妳，至少我這麼認爲。要分析並不容易。我剛剛開始查一群俄國人，這我說過了嗎？」亞羅娜問道。

「沒有。」

「其實八成也有德國人和美國人涉入，也許還有一個或多個瑞典人。」

「妳說的是什麼樣的一群人？」

「罪犯，不再搶銀行或販毒的高級罪犯。現在他們轉而竊取企業的秘密和商業機密資訊。」

「黑帽駭客①。」

「他們不只是駭客，還會勒索和賄賂人，甚至有的會犯下老式的罪行，譬如殺人。說實話，我對他們知道的還不多，多半是代號和未經證實的連結，另外有兩、三個眞名，是比較資淺的年輕電腦工程師。這群人積極參與了疑似產業間諜活動，所以案子才會送到我桌上來。我們擔心美國的尖端科技可能已經落入俄國人手中。」

「我明白。」

「但是要逮到他們可不容易。他們精通加密，不管我怎麼試，都無法得到更進一步的訊息，只知道他們的老大叫薩諾斯②。」

「薩諾斯？」

「對，從薩納托斯衍生來的，就是希臘神話裡的死神，夜神妮克絲的兒子，睡神希普諾斯的孿生兄弟。」

「眞有間諜的味道。」

「其實很幼稚。薩諾斯是漫威漫畫裡的一個大壞蛋，妳知道吧？就是以浩克、鋼鐵人和美國隊長爲主角的那個系列。第一，這漫畫沒那麼俄國，但更重要的是它……該怎麼說呢？」

「既戲謔又傲慢？」

「對，好像一群趾高氣昂的大學生在胡鬧，眞的把我惹惱了。事實上，這件事有很多地方讓我擔心，所以當我們透過訊息監控得知其中有某個人想脫隊，我才會那麼激動。我們也許可以從這個人身上打探到一點內情，只要能比對方早一步掌握到他。不料當我們更仔細地查探之後，才發覺事情完全不如我們所想。」

「怎麼說？」

「退出的那人不是什麼罪犯，相反地，他正是因為太老實才想辭去工作，因為公司裡有這個組織派去的間諜。他可能是碰巧取得了某些重要資訊……」

「說下去。」

「依我們看，這個人現在正面臨重大威脅。他需要保護，但直到最近我們都一直不知道上哪找他，甚至不知道他任職的公司。但現在我們應該已經鎖定目標了。」亞羅娜說道：「是這樣的，過去幾天裡，他們當中有個傢伙提到某個人，說：『都是他害所有該死的T化為泡影』。」

「該死的T？」

「對，奇怪的暗語，但有個好處就是很明確，可搜索度高，雖然關於『該死的T』仍毫無所獲，但通常T——就是以T開頭又和公司行號有關的字，我說的當然是高科技公司——總是一再把我們引向同一個結果，那就是尼可拉斯．戈蘭特和他的格言：有容、有才、有團隊（Tolerance、Talent、Teamwork）。」

「妳說的是索利豐對吧？」嘉布莉問道。

---

①Black Hat，在未經許可下，利用公共通訊網路，如網際網路和電話系統，登入他人系統的駭客；相對的，白帽駭客（White Hat）是指負責偵錯和分析電腦保安系統的駭客。

②Thanaos，漫威超能英雄裡亦正亦邪的角色，綽號「瘋狂的泰坦」，是神族一員，體能過人，又擁有讀心術、念力等超能力。

「我們是這麼認爲。至少感覺上所有拼圖都到位了，於是我們開始調查最近有誰離開了索利豐。這家公司員工的離職率一向非常高，這其實也是他們企業哲學的一部分：才能應該要流通。但我們開始具體地思考那些T的意思，妳對這些熟悉嗎？」

「就只有妳告訴我的部分。」

「那是戈蘭特的創新秘訣。所謂包容就是要敞開心胸接受非傳統的觀念和非傳統的人。才能，不只能達到成果，還會吸引其他傑出人士，有助於創造一個讓人想加入的環境。而這些有才能的人必須組成一個團隊。我相信妳也知道，索利豐一直是個了不起的成功典範，在一系列領域中產生出創新技術。但後來忽然新冒出一個天才，是個瑞典人，都是他……」

「……害所有該死的T化爲泡影。」

「對了。」

「那個人是法蘭斯．鮑德。」

「對了。我認爲他平常在包容或團隊合作方面並沒有問題，可是打從一開始，他似乎就有點像個毒瘤。他什麼都不肯和別人分享，而且才一眨眼工夫就破壞了公司研究精英之間的融洽關係，尤其是在他開始指控別人偷竊抄襲之後。他也和老闆大鬧了一場。不過戈蘭特不肯告訴我們原因，只說是私事。不久，鮑德就辭職了。」

「我知道。」

「他的離開可能讓大部分人都鬆了口氣。工作氣氛變得比較緩和，大家也都重新開始互相信任，至少在某個程度上是如此。可是戈蘭特並不高興，更重要的是他的律師們也不高興。鮑德把他在索利豐研發的一切都帶走了，也可能是因爲沒有人確實知道他帶走了什麼，還有傳言說他有某些重大發現可能革新量子電腦，索利豐正在研究這個。」

「純粹就法律觀點而言，他所有的開發成果都屬於公司而不是他個人。」

「沒錯。所以儘管鮑德不斷抱怨別人偷竊，到頭來他自己才是小偷。如今妳也知道，事情隨時可能鬧上法庭，除非鮑德能用他手上的籌碼去恐嚇律師。他說那項訊息是他的保命符，或許眞是如此。但就最壞的情形看，那也可能是……」

「……他的索命咒。」

「這正是我擔心的。」亞羅娜說：「我們發現一些更明確的跡象顯示有件重大事情正在進行中，妳的老闆跟我說妳也許能幫我們解謎。」

嘉布莉看著此時正在外頭肆虐的暴風雨，一心只想趕快回家，遠離這一切。但她還是脫下外套重新坐下來，心中深感不安。

「我能幫什麼忙？」

「妳覺得他發現了什麼？」

「這是不是意味著你們還沒能竊聽到他或入侵他的電腦？」

「親愛的，我不會回答這個問題，不過妳怎麼想呢？」

嘉布莉回想起才不久之前，鮑德站在她的辦公室門口，喃喃地說他夢想著「一種新生活」——也不知道那是什麼意思。

「也許妳知道，」她說：「他進索利豐之前，我和他見過面，因爲他聲稱自己的研究結果被偷了。我沒怎麼把他放在心上。後來他回來以後，組織裡在討論要提供他某種形式的保護，於是我又見了他兩、三次。他最後那幾個禮拜的變化著實驚人，不只剃光鬍子、頭髮梳理得整整齊齊、變瘦了些，人也變得較圓融，甚至有點沒自信。看得出來他很驚慌，有一度也的確說了他覺得有人想傷害他。」

「怎麼個傷害法？」

「他說倒不是身體上的傷害，他們的目標比較在於他的研究和名聲。但我不認為他內心真的相信他們會就此罷手，所以我建議他養條看門狗。我覺得對於一個住在郊區，房子又那麼大的人，狗會是最好的同伴。但他不聽，而且口氣嚴厲地說：『我現在不能養狗。』」

「妳覺得是為什麼？」

「真的不知道，但我覺得他好像有什麼心事，當我替他安排在家裡裝一套精密的警報系統，他並沒有太抗拒。剛剛才安裝好。」

「誰去裝的？」

「我們經常合作的公司，米爾頓保全。」

「好，但我還是建議讓他搬到一處安全屋。」

「有那麼糟嗎？」

「我們認為確實有風險。」

「好吧，」嘉布莉說：「如果妳送一些文件過來，我馬上去跟上級說一聲。」

「我盡量，但沒有把握能拿到什麼。我們現在……電腦有些問題。」

「你們這樣的單位真能出這種事嗎？」

「對，妳說得對。我再跟妳連絡，親愛的。」她旋即掛斷電話。嘉布莉靜坐不動，望著暴風雨狂打在窗上，勁道愈來愈凶猛。

隨後她拿起Blackphone打給鮑德，任由電話一聲響過一聲。她不只是想警告他，確保他立刻搬到安全之處，另外也想知道當初他說「最近這幾天我一直夢想著一種新生活」是什麼意思？

誰都不會相信這一刻，鮑德正全心全意在照料兒子。

李納斯走後，布隆維斯特又多坐了片刻，一面喝著他的健力士，一面盯著外頭的狂風大雨。他身後，亞納那夥人不知爲了什麼事放聲大笑，但他想事情想得太專心，完全沒聽到，甚至連阿密爾坐到他身邊正在轉述最新天氣預報，他也渾然不覺。

氣溫已經降至零下十度。預估今年第一場雪就要下了，而且絕不是宜人或如詩如畫的景象，而會是一場國內已許久未見的猛烈暴風雪，並將連帶引爆各種災難。

「可能會有颶風級的陣風。」阿密爾說道，依然心不在焉的布隆維斯特只回一句：「很好。」

「好？」

「是啊……我是說……總比完全沒有天氣變化要好。」

「大概吧。不過你還好嗎？你好像受了刺激，這次面談沒有幫助嗎？」

「當然有，還不錯。」

「但你聽到的事情讓你心情煩躁對吧？」

「我也說不上來。現在所有的事都亂糟糟，我在考慮離開《千禧年》。」

「我覺得基本上你就**等於**那本雜誌。」

「我本來也這麼想。但或許每件事都會有盡頭吧。」

「恐怕是這樣沒錯。」阿密爾說：「以前我老爸常說連永恆也有盡頭。」

「這是什麼意思？」

「我想他是在說永恆的愛情。這話說完沒多久，他就丟下我媽媽走了。」

布隆維斯特低聲一笑。「我自己對永恆的愛情也不怎麼拿手。另一方面……」

「怎麼樣，麥可？」

「有個我以前認識的女人……她已經好一段時間杳無音訊。」

「詭異。」

「是啊。但現在我聽說了一點她的動靜，至少我覺得是她。可能是因爲這樣，我的表情有點古怪。」

「對。」

「我還是回家好了。多少錢？」

「改天再算吧。」

「那好，保重囉，阿密爾。」他說完從那群常客身邊走過，聽著他們隨口丟出幾句評語，然後一腳踏入暴風雨中。

那是一種瀕死的經驗。陣陣強風直接吹透他的身體，但他仍定定站了好一會，沉浸在往日回憶裡。他想到瘦骨嶙峋的蒼白背上的龍紋刺青，想到在調查一件長達數十年的人口失蹤案時，在赫德比島上度過一段天寒地凍的日子，還想到哥塞柏加農場內一個被挖開的墓穴，有個女人若非堅持著不肯放棄，險些便長眠於此。之後他才慢慢地走回家。不知怎地，門就是打不開，害他轉了半天鑰匙。他踢掉腳上的鞋子，坐到電腦前面，鍵入「法蘭斯．鮑德，教授」搜尋資料。

但他煩亂地難以專注，而是在心裡納悶著（以前也曾無數次想過）：她消失到哪裡去了？除了從她的前雇主德拉根．阿曼斯基處得到過些許消息之外，他沒有聽過關於她的隻字片語。她彷彿就這麼人間蒸發，雖然他們多少可以說住在同一區，他卻從未瞥見過她的身影。

當然，那天出現在李納斯公寓的有可能是別人。有可能，但可能性不大。除了莎蘭德，還有誰會那麼大喇喇地闖入？一定是莎蘭德，而且皮皮……分明就是她。

她菲斯卡街住處門鈴上方顯示的名字是「V．庫拉」，而他很清楚她為何不用眞名。因為這個名字和國內有史以來難得一見、衆所矚目的一起審判案有關，搜尋度太高。坦白說，這個女人像陣煙一樣消失無蹤也不是頭一次了。不過自從他因為她將一篇有關他的調查報告寫得太詳盡，而到倫達路敲開她的門把她臭罵一頓之後，他們倆從未分開過這麼久，感覺有點奇怪不是嗎？莎蘭德畢竟是他的……唉，說實話，她到底算什麼呢？

幾乎稱不上是朋友。朋友會見見面，朋友不會這樣不告而別，朋友不會只靠著入侵電腦來連絡。但他還是覺得和莎蘭德之間有一種牽繫，最重要的是他擔心她。她的前監護人霍雷爾．潘格蘭常說，莉絲．莎蘭德總能度過難關。雖然經歷過可怕的童年，但也或許因為如此，她的生命力特別強。這很有可能是事實，但誰說得準呢？像她這種背景的女人，加上愛得罪人的怪癖，實在難說。也許她眞的瘋了，六個月前阿曼斯基和布隆維斯特相約在「貢多拉」餐廳吃午飯時，曾這麼暗示過。那是一個春日的星期六，阿曼斯基提出邀約，請他喝啤酒、烈酒，也請吃飯。雖然表面上像兩個老朋友聚餐，但阿曼斯基無疑只想談論莎蘭德，幾杯酒下肚後，整個人陷入了感傷的情緒中。

阿曼斯基跟布隆維斯特說了不少事情，其中提到他的公司米爾頓保全曾經為荷達崙一家養老院安裝過一些個人警報裝置。器材很不錯，他說。

但就算是全世界最好的設備，一旦失去電力也沒轍，又沒有人想到去修理一下，事情就這麼發生了。某天深夜養老院停電，那天晚上某個住戶跌倒摔斷大腿骨，是一位名叫露特．歐克曼的女士，她就躺在原地好幾個小時，不停地按警報按鈕都無人回應，到了早上已經情況危急。由於當時媒體正好都在熱烈探討對年長者的照顧疏失，這整件事便成了大新聞。

所幸老婦人熬了過來。但說巧不巧，她剛好正是瑞典民主黨某位大老的母親。當該黨網站「解析」突然出現阿曼斯基是阿拉伯人的訊息——順帶說明一下，他雖然偶爾會被戲稱為「阿拉伯人」，事實上根本不是——網站立刻被貼文灌爆。有數以百計的匿名網友說「讓黑鬼提供科技服務」就會發生這種事，阿曼斯基實在難以接受，尤其這些情緒性發言影響到他的家人。

不料，彷彿變魔術似的，所有的貼文忽然不再是匿名。那些發文者的姓名、地址、職稱、年齡全都一覽無遺，排列得工工整整，像填了表格一樣。整個網站可以說是完全透明了，當然也能清楚看到發文者不只是一些怪人瘋子，還有許多具有一定地位的公民，甚至還有一些是阿曼斯基的同業競爭者，接下來很長一段時間，這些原本匿名的攻訐者完全無能為力，他們不明白這是怎麼回事。最後終於有人設法關閉了網站，但沒有人知道是誰發動攻擊——除了阿曼斯基之外。

「這是典型的莎蘭德作風，」他說：「你知道嗎？我已經八百年沒有她的消息，滿心以為她不會在乎我的死活，說不定她誰也不在乎。沒想到會發生這種事，眞不可思議。她竟然挺身替我出氣。我用電子郵件寄了一封熱情洋溢的感謝信，她出乎我意外地回信了。你知道她寫了什麼嗎？」

「不知道。」

「只有一句話：『你怎麼能保護在東毛姆區開診所的爛人桑瓦呢？』」

「桑瓦是誰？」

「一個整形外科醫師，因爲受到威脅，由我們提供貼身保護。他替一個愛沙尼亞的女人作豐胸手術時毛手毛腳，而那個女人恰巧是一個知名罪犯的女友。」

「不妙。」

「就是。可以說是不智之舉。我給莎蘭德的回信中寫道，我跟她一樣，並不覺得桑瓦是上帝的小天使。但我指出我們沒有權利作這樣的評判。就算是沙豬也有資格獲得某種程度的安全維護。既然桑瓦受到嚴重威脅，前來請求協助，我們就提供協助——只是多收了一倍費用。」

「不過莎蘭德不買你的帳？」

「她沒回音，至少沒有回信，但可以說給了另一種不同形式的答覆。」

「什麼意思？」

「她大步走到我們派駐在診所的警衛面前，叫他們保持冷靜。我想她甚至替我向他們致意。然後就直接穿過所有的病患、護士和醫生，走進桑瓦的診間，打斷他三根手指，還對他極盡恐嚇之能事。」

「我的天啊！」

「這麼說太客氣了，她根本就是個瘋婆子。竟然當著那麼多證人的面做這種事，而且還是在醫生的診間。事後當然引起大騷動，打官司、被起訴，一堆狗屁倒灶的事鬧得風風雨雨。你想想嘛，有人大排長龍等著這個醫生做一連串大有利潤的隆乳豐臀手術，你卻打斷他的指頭……這種事情，頂尖的律師怎麼看都能看到鈔票的影子。」

「後來怎麼了？」

「沒事，後來就不了了之了，似乎是因爲醫生自己不想把事情鬧大。但不管怎麼說，麥可，這實在太不正常了。沒有一個心智正常的人會在光天化日下，氣沖沖地跑進整形名醫的診間打斷他的手指。莎蘭德也不例外。」

布隆維斯特心裡卻想這事聽起來很合邏輯，或者應該說很合莎蘭德的邏輯，這方面他多少算是專家了。他一刻也不曾懷疑，那個醫生絕不只是找錯對象毛手毛腳這麼簡單。但即便如此他仍忍不住暗忖，在這起事件中莎蘭德是不是搞砸了？哪怕只是就風險分析來看。

他忽然想到她也許是**故意**想要再惹麻煩，想再給生活添加幾分趣味。但這麼想可能不公平，畢竟他對她的動機或目前的生活一無所知。暴風雨打得窗玻璃哐哐作響，他坐在電腦前搜尋鮑德的資料，想到他們倆以這種間接方式巧遇，不禁試圖從中看出一些趣味。看起來莎蘭德還是沒變，說不定——誰曉得呢？——她還送給他一個報導的題材。打從一開始李納斯就惹他不痛快，可是當莎蘭德掉進故事裡頭來，他便以新的角度看待整件事。如果她特意撥空去幫助鮑德，那麼他至少可以更進一步檢視這項線索，運氣好的話，也許還能順便多得到一點關於莎蘭德的消息。

先不說別的，她爲什麼會扯進這件事呢？

她畢竟不單純只是個流動的ＩＴ顧問。沒錯，看到不公不義的事她有可能勃然大怒，但一個對自己身為駭客毫不感到愧疚的女人，竟然為了電腦被入侵一事發火，不免有些令人驚訝。打斷整形醫師的手指，還可以理解。可是對駭客不爽？這簡直就像拿石頭砸自己的腳。

背後一定有什麼隱情。也許她和鮑德相識，這並非難以想像的事，於是他試著把兩人的名字放在一起搜尋，卻毫無收穫，至少是毫無實用的收穫。

他轉而只針對鮑德。鍵入教授的名字得到兩百萬筆結果，但多數都是科學文章與評論。鮑德似乎沒有接受過訪問，因此舉凡他生活的點點滴滴都帶有一種神秘虛飾的表象，好像都經過心懷仰慕的學生加以美化。

鮑德小時候似乎被認為有點智能障礙，直到有一天，還在埃克勒島上學的他走進校長辦公室，指出高一數學課本裡一個關於所謂虛數的錯誤。這項錯誤在後來的版本中訂正了，鮑德也在次年春天的全國數學競賽中獲得優勝。據說他能把句子倒著說，還會自己發明長長的迴文③。他早期在學校寫過一篇作文，後來發表在網路上，文中嚴詞批評H. G.威爾斯的科幻小說《世界大戰》④，因為他無法理解為什麼在各方面都比我們優秀的生物，竟然連火星與地球的細菌叢差異這麼基本的常識都不知道。

中學畢業後，他進入倫敦皇家學院攻讀資訊科學，論文主題是被視為具有革命性的類神經

③迴文（Palindrome），不論從左到右或右到左念起來都是一樣。例句：Madam, I'm Adam.（夫人，我是亞當。）

④H. G. Wells（1866-1946），英國小說家、記者，其著作《時間機器》對科幻文類影響深遠。這邊提到的小說《世界大戰》描述火星人進攻，企圖控制地球，人類科技落後，全然無法對抗。

網路的演算法。他成爲斯德哥爾摩皇家科技學院有史以來最年輕的教授，並入選爲瑞典皇家工程科學院院士。他被認爲是當今有關「科技奇異點」這個假設概念——也就是電腦智慧將會取代人腦的狀態——的世界級權威。

在大多數照片裡，他都像個邋邋遢遢、頭髮橫七豎八的小眼山怪。但他卻娶了光采照人的女演員漢娜·林德。夫妻倆育有一子，根據晚報以「漢娜的巨慟」爲題的報導，這個孩子智能低下，不過看起來倒是毫無異常，至少從報上的照片看不出來。婚姻觸礁了，在納卡地方法院上演了一場激烈的監護權爭奪戰，過程中不可一世的戲劇界奇葩拉瑟·衛斯曼也加入戰局，毫不客氣地說根本不該讓鮑德照顧兒子，因爲「比起兒童的智慧，他更在乎電腦的智慧」。布隆維斯特集中精神試圖了解鮑德的研究，因此端坐好長一段時間，全心投入一篇關於量子電腦處理器的文章。

之後他進入「文件夾」打開大約一年前建立的一個檔案，檔名叫「莉絲資料」。不知道她還會不會駭入他的電腦，但他忍不住希望她會，並嘀咕著是否應該打一句簡短的問候。私人長信不合她的口味，最好寫個簡潔、有點像暗語的東西。他寫道：

〈我們應該如何理解法蘭斯·鮑德的人工智慧？〉

# 第五章

十一月二十日

電腦螢幕上閃現出一串字：

〈任務完成！〉

瘟疫發出一聲沙啞、近乎瘋狂的吶喊，這樣大喊或許並不明智，不過就算鄰居剛好聽到，作夢也想不到他在喊些什麼。瘟疫的家看起來不像是發動高階國際資訊安全攻擊的場所。

這裡比較像一個接受社福救助的人可能出沒的地點。瘟疫住在松比柏的霍克林塔大道，一個明顯暗淡無光的地區，到處只見單調褪色的四層樓磚房，他的公寓本身更是毫無值得稱道之處。裡面散發著一股發酸的霉味，書桌上布滿各式各樣的垃圾，有麥當勞的包裝盒和可樂罐，有從筆記本撕下來揉成一團的紙張，還有好幾個沒洗的咖啡杯和空的糖果包裝袋。儘管有些東西確實丟進了（已經好幾星期沒倒的）垃圾桶，但在屋裡每跨出一步，還是很難不踩到碎屑或沙粒。但凡是認識他的人，對此都不感到吃驚。

瘟疫不是一個經常洗澡更衣的人。他整個人生都在電腦前面度過，即便不是在工作也一樣；他是個龐然大物，體重過重，臃腫又邋遢，想留一把大鬍子，卻早已長成一叢亂糟糟的雜草。他的體態嚇人，移動時習慣發出呻吟。但此人有其他才能。

他是個電腦巫師，是個能在虛擬空間中自由來去的駭客，能力在這個領域裡恐怕僅次於一人，那就是在此次案例中的一個女人。光是看到他十指在鍵盤上輕快彈跳，就是一大享受。他在較具體的世界裡有多笨重遲鈍，在網路世界裡就有多輕快靈巧。這時樓上有個鄰居在重重踩踏地板，可能是楊森先生，他便在此轟然聲中回覆剛收到的訊息：

〈黃蜂，妳這個要命的天才。應該給妳立個雕像才對！〉

寫完後他往椅背上一靠，露出愉快的笑容，一面回想這一連串的事件，多享受一下勝利的滋味，然後才開始追問黃蜂每一個細節，並確保她把所有痕跡都清除乾淨了。不能讓任何人追蹤到他們，一個都不行！

他們不是第一次惡搞強權組織，但這次又更上一層樓，駭客共和國（她所屬的一個只收特定成員的團體）裡其實有許多人都反對這個主意，尤其是黃蜂本人。只要有必要，黃蜂可以和任何你說得出名號的機關或個人較量，但她不喜歡為鬥而鬥。

她不喜歡那種幼稚無聊的駭客行為。她不會單純為了炫技而駭入超級電腦。黃蜂想要的是一個清楚的目標，而且她一定會分析所有可能的後果。不管要滿足何種短期需求，她都會權衡長期的風險，如此看來，駭入美國國安局不能說是合理的做法。然而她還是被說服了，至於為什麼，誰也不大清楚。

也許她覺得無聊，想製造一些紛亂，以免悶死。不然就是她已經和美國國安局起衝突，因此說到底入侵行動也不過就是她在報私仇，共和國裡有人這麼說。但也有些人連這點都質疑，認為她是想找資訊，說她自從父親亞力山大．札拉千科在約特堡的索格恩斯卡醫院遭謀殺後，便一直在搜索什麼。

但是誰也不確定。黃蜂向來有很多秘密，其實她的動機為何並不重要，又或者他們試著這麼說服自己。假如她準備幫忙，那麼就應該心存感激，乾脆地接受，不用去擔心她一開始意興闌珊或是幾乎毫無反應的事實。至少她已經不再鬧彆扭，不管是誰似乎都不能再奢望更多。

他們比大多數人都清楚，最近幾年美國國安局已毫無節制地越界。如今該組織不再局限於竊聽恐怖分子與可能發生的國安危機，或只是外國元首與其他重量級人物，而是無所不聽，或者可以說幾乎無所不聽。網路上數百萬、數十億、數兆的通訊與活動都受到監視與記錄，隨著一天天過去，美國國安局愈來愈得寸進尺，愈來愈深入窺探每個人的私生活，搖身變成一隻無邊無際、隨時監視的邪惡之眼。

的確，在駭客共和國，誰也不能自詡擁有更高道德。他們每一個人都曾設法進入一部分與自己無關的數位版圖。那可以說是遊戲規則。駭客，不論好壞，就是個跨越界線的人，就是要藉由這樣的作業打破規則，擴展自己的知識領域，不一定在乎公私之間的分際。

不過他們並非沒有道德規範，最重要的是他們知道也親身體會過權力如何令人腐化，尤其是不受控制的權力。如今最惡劣、最寡廉鮮恥的駭客，竟已不再是單打獨鬥的反叛者或罪犯，而是想要控制人民、如巨獸般的國家機器，想到這點，所有人都悶悶不樂。於是瘟疫、三一、巴布狗、飛力帕、薩德、阿貓與所有駭客共和國成員決定反擊，侵入美國國安局電腦，想辦法和他們一較高下。

這任務可不簡單，有點像是從諾克斯堡①金庫偷取黃金，而像他們這樣高傲的笨蛋，是不會以侵入系統自滿的。他們還想取得超級使用者權限，也就是Linux語言中的「Root」，爲此他們必須找到系統中未知的漏洞，進行所謂的零時差攻擊②——首先攻擊國安局的伺服器平台，接著再進入組織的內部網路NSANet，該機關的通訊監控便是從這裡遍及全世界。

這回照常先來一點社交工程。他們必須取得系統管理員和資料分析師的名字，美國國安局內部網路的複雜密碼就掌握在他們手上。要是剛好有哪個粗心大意的蠢蛋在安全防護的例行公事上有所疏忽，那也無妨。事實上，透過他們自己的連繫便找出了四、五個名字，其中一人叫理查．傅勒。

傅勒是美國國安局負責監督內部網路的資訊系統緊急應變小組的一員，時時都在留意各種外洩與滲入。傅勒的資歷相當不錯，哈佛法學院畢業、共和黨員，曾打過四分衛，如果他的履歷可信，是個夢幻般的愛國人士。但巴布狗透過他一位昔日戀人發現他也是躁鬱症患者，可能還有古柯鹼毒癮。

他一興奮起來，什麼蠢事都做得出來，例如打開檔案和資料夾之前沒有先放進所謂的「沙盒」③裡面，這是必要的安全守則。另外他雖然有點狗腿卻非常英俊，有人——八成就是巴布狗自己——想到一個主意，說應該讓黃蜂到他巴爾的摩的家鄉和他上床，給他使個美人計。

黃蜂叫他們去死。

下一個主意也被她否決了。他們想要編寫一個資料夾，內含看似炸彈的訊息，具體地說是關於米德堡總部的滲入與外洩。然後由瘟疫和黃蜂開發出一種具高度獨創性進階的木馬病毒惡意程式，植入其中。他們計畫在網路上鋪線索引誘傳勒注意到這個檔案，運氣好一點的話，還能讓他激動到疏忽了安全防護。這計畫的確不賴，不用冒著可能被追蹤到的風險主動侵入，就能進入國安局的電腦系統。

黃蜂說她不會坐等那個呆瓜傳勒掉進陷阱。她不想仰賴別人犯錯，而且常常唱反調、不合作，所以當她忽然想要親自接手整個行動，誰也不感詫異。雖然有幾個抗議的聲音，最後全都屈服了，但她仍不忘下達一連串指令。黃蜂仔細記下他們好不容易取得的系統管理員名稱與詳細資料，另外有關所謂的指紋辨識，也就是伺服器平台與作業系統的對應，她也主動開口要求協助。但在這之後，她便關上與駭客共和國及外界之間的大門，瘟疫給了她一些建議，諸如不要使用自己的代號、化名，也不要在家裡操作，應該使用假身分找個偏遠的旅館，以免被美國國安局的獵犬給追蹤到，但他不認爲她聽得進去。不用說也知道，她什麼事都一意孤行，瘟疫能做的就是坐在松比柏家裡的書桌前，繃緊神經等待著。因此他仍不知道她是怎麼做的。

---

①Fort Knox，位於美國肯德基州，是存放美國黃金的金庫，同時也是陸軍裝甲中心，防護十分嚴密。

②零時差攻擊（Zero-day Attack），駭客利用已知漏洞，在官方尚未發布軟體或系統的更新、修復之前實行攻擊。由於要在最短時間內進行攻擊，才能得逞，因此被稱為「零時差」攻擊。

③沙盒（sandbox），模擬的電腦系統環境，以測試應用程式，多半用於惡意程式或檔案的偵測，例如模擬一段很長的執行時間或特定的系統存取動作，使潛伏的惡意程式以為已經進入能夠執行指令的狀態，而開始活動，如此偵測系統就能判定該應用程式或檔案具有安全威脅。

有件事他倒是很確定：她成就了一個傳奇。外頭狂風呼嘯之際，他推開桌上一些垃圾，身子往前傾在電腦上打起字來：

〈說說看有什麼感覺？〉

〈空空的。〉這是她的回答。

空空的。

就是這種感覺。莎蘭德差不多一個星期沒闔眼了，恐怕也吃喝太少，現在的她頭疼、眼睛充血、雙手發抖，最想做的就是把所有設備都揮掃到地上。一方面她是滿意的，不過幾乎不是為了瘟疫或其他駭客共和國成員所猜想的理由。她滿意是因為她正在留意監測一個犯罪集團，正好藉此得到一些相關的新訊息，也找到證據證明一段原本只是令她懷疑的關係。不過她沒說出來，卻也驚訝其他人竟以為她會為了好玩而駭入電腦系統。

她不是荷爾蒙衝腦的青少年，不是追求刺激、愛炫的白癡。只有在目的非常明確的情況下，她才會作如此大膽的冒險，不過很久以前，侵入電腦對她而言確實不只是工具。在最淒慘的童年時期，這曾經是她的逃避之道，感覺上生活比較不那麼受約束。有了電腦的幫助，她可以衝破橫阻眼前的障礙，體驗片刻的自由。目前的情況恐怕也有那麼一點成分在。

首先她展開追蹤，從此每當天剛濛濛亮她就會從夢中醒來，而夢到的總是一隻拳頭不停地、規律地擊打著倫達路的床墊。她的敵人躲藏在煙幕後，可能正因如此莎蘭德最近才會格外彆扭難相處。就好像從她身上新散發出一種陰沉感。除了身材魁梧、喋喋不休的拳擊教練歐賓茲和兩、三個男女情人之外，她幾乎不見任何人。她現在看起來狀況比以前都更糟，披頭散髮、目露凶光，儘管有時候會努力嘗試一下，聊天的口才仍未見長進。

她要麼實話實說，要麼一聲不吭，至於菲斯卡街這棟公寓……本身就很精采。這裡大到可以容納有七個小孩的家庭，但自從她擁有這個地方以來，完全沒有裝潢也沒有把它布置得像個家。屋內只有幾件看似隨意擺置的宜家家具，連個音響都沒有，或許是因爲她不懂音樂，比起貝多芬的作品，微分方程式能讓她看到更多旋律。但她的財富卻足以媲美呂底亞末代國王克羅索斯④。她從漢斯—艾瑞克・溫納斯壯那個騙子那裡偷來的錢，已經增加到略多於五十億克朗，所以想買什麼都買得起。只不過就某方面來說，財富並未使她的性格產生重大改變，要有的話也許是變得更無所畏懼，而她最近做的一些事情也的確愈來愈極端。

溜進美國國安局內部網路或許是越線了，但她認爲有此必要，而且連續幾天不分晝夜地完全投入。如今結束了，她瞇起疲倦的雙眼凝視著擺成直角的兩張工作桌。她的設備包括事先買來的普通電腦和測試用的電腦，裡頭安裝了複製的國安局伺服器和作業系統。

她在測試電腦上跑了自己的模糊測試程式⑤，搜尋平台的錯誤與小漏洞。接下來進行除錯、黑箱滲透測試⑥與各種第二階段測試的攻擊。這一切結果組成了她工具包的基礎，其中包

④Croesus，中亞古國呂底亞（Lydia）的末代君王。由於該國可能是最早使用錢幣的國家，貿易相當繁榮，富強一時。到了克羅索斯在位期間，國力進入全盛時期。

⑤模糊測試是一種檢測軟體或系統安全漏洞的技術，是透過隨機生成的大量數據，發送給受測方，檢測其反應與是否存在漏洞。

括她的遠端存取木馬，所以禁不起一丁點疏失。她正從頭到尾仔仔細細檢查整個系統，這正是她在家裡安裝一個複製伺服器的原因。要是直接在實際平台上動手，國安局的技術人員馬上就會察覺。

如此一來，她便能日復一日心無旁騖地工作，就算偶爾離開電腦，也只是到沙發上瞇一下或是把披薩放進微波爐加熱。除此之外，她都在不停地工作直到眼睛痠痛，尤其專注於她的「零時差攻擊刺探」軟體，這個軟體不僅能刺探、利用未知的安全漏洞，還能在她實際進入系統後立即更新她的狀態，完全令人瞠目結舌。莎蘭德寫出的程式不只給予她系統的管理權限，也讓她幾乎能夠遠距離徹底掌控一個她只是一知半解的內部網路。這才是最不可思議的地方。

她不只要侵入，還要更深入到內部網路 NSANet，這是個封閉獨立的宇宙，與一般網路幾乎毫無連繫。她看起來也許像個在學校裡所有科目都不及格的青少年，可一旦給她電腦程式的程式原始碼和一個合理的執行環境，她的大腦就馬上卡嗒卡嗒運轉起來。她所製造的正是一個經過改良的全新惡意程式，一個有了自己生命的進階木馬。

她找到之前在柏林買的 T-Mobile 預付卡，裝進電話，然後用它上網。也許她還應該遠赴世界另一個角落，改扮成她的替身伊琳·奈瑟。

如果美國國安局的資安人員夠勤奮，掌握了情況，或許真能一路追查到她在這一區使用的挪威電信基地台。不會查到水落石出，至少以目前的技術不可能，但還是會很接近，這可說是天大的壞消息。然而她認爲坐在家裡的好處蓋過了風險，何況她確實已盡可能採取一切防護措施。她和絕大多數駭客一樣使用 Tor 匿名網路⑦，藉此她的通訊路徑便能在千萬名用戶之間變換隱藏。但她也知道就算 Tor 也不是滴水不漏，美國國安局便使用一個代號為EgotisticalGiraffe的技術破解了該系統，因此她又花更長時間改善自己的個人安全防護，然後才發動攻擊。

她就像刀片削紙般切入平台，但終究還是不能過度自信。事前已經取得系統管理員的名稱，現在必須很快地確認他們的位置，在他們的某個檔案裡植入她的木馬病毒，進而在伺服器網路與內部網路之間建立一座橋梁，這一切都絕非易事。在這期間，絕不能讓警鈴或防毒程式嗚響起來。最後她利用一個名叫湯姆．布雷肯里治的人的身分滲透進NSANet，緊接著……她身上的每塊肌肉都緊繃起來。在她眼前，在她那雙使用過度、數夜未眠的眼前，奇蹟發生了。

她的木馬帶著她不斷往前再往前，進入這個最機密的機密之地，而她非常清楚要往哪裡去。此時她正在前往Active Directory⑧（或是類似結構）去更新自己的狀態。在這個熱鬧非凡的宇宙裡，她將從不受歡迎的小訪客變成超級使用者，一旦成功後，她會試著將系統大致瀏覽一遍。這不簡單，事實上多少有點像不可能的任務，再說她的時間也不多。

她迅速地掌握搜尋系統，找出所有的密碼與表達式與參考值等等外人無法理解的內部火星

---

⑥滲透測試比模糊測試更為實際，通常是用專門測試軟體或僱用資安專家、駭客發動模擬攻擊，試圖取得其管理者帳號與系統的權限，藉此確認受測方能否防禦得了同類型的惡意行為。

⑦Tor（The Onion Router），又稱洋蔥路由，一種網路匿名技術，透過一層層加密與變換路徑，讓使用者不會被追蹤到。

⑧Active Directory，企業內部網路的身分認證系統，記載企業所屬的電腦設備與使用者身分資訊，凡要存取內部網路上的檔案伺服器和印表機，都必須通過帳號、密碼的驗證程序才行。

文。她正想放棄時，忽然發現一個標示爲「極機密，禁止對外（不可向外國透露）」的文件。文件本身並無特別值得注意之處，但加上索利豐的齊格蒙．艾克華和國安局策略技術保護處的電腦幹員之間的兩、三次通訊連結，就變成一顆炸彈了。她面露微笑，記住每個小細節。接著她又瞥見另一個似乎相關的文件。這份文件經過加密處理，她別無他法只能複製下來，哪怕這麼做會觸動米德堡的警鈴。她恨恨地咒罵一聲。

情況漸漸變得危急，再者她還得繼續她的公務——如果能說是公務的話。她信誓旦旦地向瘟疫和其他駭客共和國成員保證過，會讓美國國安局顏面掃地，所以她努力地想找出該和誰溝通，該讓誰收到她的訊息。

她最後決定的人選是艾德溫．尼丹姆，艾德老大。與IT安全防護有關的地方一定都會出現他的名字，當她很快地在內部網站找到一些關於他的資訊後，也不得不肅然起敬。艾德是個傑出人才，但她打敗了他，有一度她還再三考慮要不要讓計畫曝光。

她的攻擊會造成軒然大波，但這正是她的目的，於是仍決定放手一搏。不知道幾點了。既像夜晚也像白天，既像秋天也像春天，只是在意識深處隱隱然感覺到城市上空的暴風雨正逐漸加劇，就好像天氣也配合她的突擊同步進行。在遙遠的馬里蘭州，艾德開始動手寫電子郵件。

沒寫多久，一轉眼她已經接續他的句子寫道：

〈你們應該停止所有的非法活動。其實這很簡單明瞭。監視人者，人恆監視之。這裡頭蘊含著基本的民主邏輯。〉

有一刻這些話看起來都很中肯。她細細品嘗那辛辣甜美的復仇滋味，之後便拖著艾德老大一路穿梭過系統。他二人在一整個閃爍不定的世界裡雀躍舞動、橫衝直撞，而那個世界裡充滿了理應不計任何代價都要隱藏的事物。

這是個令人悸動的經驗，毫無疑問，可是……當她離線，所有的登錄檔案自動刪除後，後遺症就來了。這就像和錯的對象產生高潮的後果，幾秒鐘前看似再有理不過的那些句子，此時愈聽愈覺得幼稚，也愈來愈像普通駭客說的廢話。她忽然好想把自己灌到忘卻一切。她拖著疲憊的腳步走進廚房，拿了一瓶杜拉摩威士忌和兩、三瓶啤酒來潤喉，然後坐到電腦前面喝了起來。不是慶祝，已經沒有勝利感留存在她體內。有的只是……什麼呢？對抗吧。

她喝了又喝，外面風雨狂嘯，恭賀歡呼源源不絕地從駭客共和國湧來。但現在的她絲毫不爲所動。她幾乎連坐直的力氣都沒有，就這麼急急地往桌面上大手橫掃，然後無動於衷地看著酒瓶和菸灰缸摔落在地。這時她想起了布隆維斯特。

肯定是酒精作祟。每當她喝醉，腦子裡總會忽然蹦出布隆維斯特來，就像老情人一樣。於是她有些迷迷糊糊地侵入了他的電腦。她仍有捷徑能進入他的電腦系統——那裡畢竟不是美國國安局——一開始她還嘀咕著自己到底在做什麼。

她還在乎他什麼？他都已經是過去式，只是她曾經碰巧愛上的一個迷人的笨蛋，她不會再犯同樣的錯誤。還不如就此離開，幾個禮拜都不再看其他電腦。不過她還是繼續留在他的伺服器上，接著一轉眼間，她整張臉亮了起來。該死的小偵探布隆維斯特建立了一個名叫「莉絲資料」的檔案，而且在裡面問了她一個問題：

〈我們應該如何理解法蘭斯‧鮑德的人工智慧？〉

她忍不住微微一笑，一部分是因爲鮑德。他和她是同一類的電腦癡，熱衷於原始碼與量子處理器與邏輯的潛力。但她微笑的主要原因還是布隆維斯特竟然和她碰到同一個情況，儘管內心爲了要不要直接關機上床睡覺掙扎了好一會，她還是回信了：

〈鮑德的智慧一點也沒有人工成分。最近你自己的又如何？〉

〈還有，布隆維斯特，如果我們創造出一部比我們聰明一點的機器，會怎麼樣？〉

然後她走進其中一間臥室，衣服也沒脫倒頭就睡。

# 第六章

十一月二十日

儘管滿懷誠意想當個全職父親，又儘管在霍恩斯路上的那一刻充滿希望與激動，鮑德仍再度陷入那深沉的專注，外人看了可能會誤以爲他在發怒。此時他頭髮倒豎、上唇因冒汗閃閃發亮，而且至少已經三天沒有洗澡刮鬍子。他甚至還咬牙切齒。對他而言，世界與外頭的風雨早在數小時前便已不存在，他甚至沒有注意到腳邊的情形。底下有一些細碎、古怪的動靜，好像有貓或寵物爬過，過了好一會他才發覺是奧格斯在桌子下面爬來爬去。鮑德茫然地看著他，彷彿那一連串程式碼仍像薄膜似的包覆在眼前。

「你在幹麼？」

奧格斯抬起頭，流露出清明的懇求眼神。

「什麼？」鮑德問道：「什麼啊？」就在這時候怪事發生了。

孩子從地上拿起一張寫滿量子演算法的紙，興奮地一手在紙上來回移動。鮑德一度以爲這孩子又要再度發作，但沒有，奧格斯倒像是假裝在寫字。鮑德感覺到全身緊繃起來，並再次想起一件重要而遙遠的事，就跟那天穿越霍恩斯路有相同感覺。不過這回他知道原因。

他回想起自己的童年，當時數字與方程式比人生本身更重要。他頓時精神一振，失聲高喊：「你想做算術，對不對？當然是了，你想做算術！」於是他連忙去拿來幾枝筆和A4格紋紙，放到奧格斯面前的地板上。

然後他寫下他所能想到最簡單的數列：費氏數列，其中每個數字都是前兩個數字的和：一、一、二、三、五、八、十三、二十一，然後在接下來的數字（三十四）留下空白。但他忽然想到這個可能太簡單了，便又寫下一個等比數列：二、六、十八、五十四……其中每個數字都乘以三，因此接下來應該是一六二。他心想，天才兒童解這種問題不需要很多先備知識。鮑德不知不覺作起白日夢來，幻想著兒子根本不是智障，而是他本身的加強版。他自己也是很晚才會說話、會與人互動，但早在他開口說第一句話之前，便已了解數學式。

他在孩子身邊坐等許久，但什麼事也沒發生，奧格斯只是用呆滯的目光瞪著這些數字。最後鮑德丟下他，自行上樓喝了點氣泡水，隨後又重新安坐到餐桌前繼續工作。但如今已無法專注，便開始心不在焉地翻閱最新一期的《新科學家》。大約過了半小時，他又下樓去看奧格斯，只見兒子還是保持著跟他剛才離開時一樣的姿勢，動也不動地跪坐著。接下來鮑德發現一件離奇的事。

頓了一下，他才驚覺自己看到的是一件不可思議到極點的事。

漢娜．鮑德正站在托爾斯路家中的廚房裡，抽著無濾嘴的王子牌香菸，身上穿著藍色睡袍和一雙老舊的灰色拖鞋，雖然秀髮濃密並依然頗具姿色，卻顯得憔悴。她的嘴唇腫起，眼周化了濃妝，但不全然是為了愛美。漢娜又挨打了。

不能說她已經習慣，沒有人會習慣這種暴力虐待，只是這已是她每天生活的一部分，她幾乎已記不得從前那個快樂的自己。恐懼成了她性格中的自然元素，她每天抽六十根菸還要吃鎮定劑，至今已有一段時間。

這陣子她已經知道衛斯曼很後悔對鮑德那麼大方，其實這件事從一開始就令人費解。衛斯曼一直很倚賴鮑德爲奧格斯寄來的錢，長期以來他們都靠這些錢度日，他還常常叫漢娜寫信謊稱帶孩子去看某個教育專家或接受矯正治療，而有一些額外開銷，但很顯然討來的這些錢根本沒有用在類似用途上。所以才奇怪呀。他爲何會放棄這一切，讓鮑德將孩子帶走？

漢娜心底深處是知道答案的。是因爲酒精引發的狂妄。是因爲ＴＶ４電視台一齣新的偵探影集答應給他一個角色，讓他更加信心大增。但最主要還是因爲奧格斯。衛斯曼覺得這孩子詭異得讓人發毛，只是漢娜完全無法理解，怎會有人討厭奧格斯呢？

他老是坐在地上玩拼圖，完全不煩人。不過他有種奇怪的眼神，是往內看而不是往外看，一般人見了往往會笑說這孩子的內心世界肯定非常精采，這偏偏就讓衛斯曼感到焦躁。

「天啊，漢娜！他想要看穿我。」他會失控大喊。

「你不是說他只是個白癡。」

「他是白癡沒錯，但感覺還是有點奇怪。我覺得他恨我。」

這絕對只是胡說八道。奧格斯根本看也沒看衛斯曼一眼，老實說他誰也不看，肯定也沒有憎恨任何人的能力。外面的世界會擾亂他，他還是待在自己的泡泡裡最快樂。可是發起酒瘋的衛斯曼總認爲這孩子在計畫什麼陰謀，八成就是爲了這個，他才會讓奧格斯和錢從手中溜走。可悲。至少漢娜是這麼解讀。但是現在當她站在洗碗槽邊緊張地猛抽香菸，菸草都黏到舌頭上了，卻不禁懷疑會不會眞有什麼。也許奧格斯**眞的**恨衛斯曼。也許他**眞的**想爲了自己挨的那些拳頭懲罰他，也許……漢娜閉上眼睛咬咬嘴唇……這孩子也恨她。

自那天起她開始產生這些自我憎惡的感覺，到了晚上，一種幾乎難以承受的渴望湧上心頭，她也不由得懷疑自己和衛斯曼會不會眞的傷害了奧格斯。

不是因爲奧格斯在數列中塡入了正確答案，像鮑德這樣的人不會對這種事有特別強烈的感覺。不是這個，而是他看見數字旁有一樣東西。乍看之下像是照片或圖畫，但其實是一張素描，確切地畫出了他們那天傍晚過霍恩斯路時遇見的紅綠燈，再微小的細節也都巧妙地捕捉到了，呈現出一種百分百的精準。

畫中散發出光輝。沒有人教過奧格斯怎麼畫立體畫，或是怎麼處理光與影，他卻似乎能完美地掌握這些技巧。交通號誌的紅燈對著他們閃，霍恩斯路上秋天的夜色將它包圍，而路中央還可以看到當時鮑德也注意到並隱約覺得眼熟的男人。男人眉毛以上的頭部被截斷了，他的表情顯得驚恐，或至少是慌亂不安，彷彿是被奧格斯看得慌亂了起來，而且他走路搖搖晃晃，但天曉得這孩子怎能畫得出來。

「我的老天，」鮑德說：「這是你畫的嗎？」

奧格斯沒有點頭也沒有搖頭，只是望向窗戶，鮑德登時有一種非常奇怪的感覺，好像自己的人生從此再也不一樣了。

漢娜需要出去添購點東西。冰箱都空了。衛斯曼隨時可能回家，要是連瓶啤酒都沒得喝，他會不高興。但外面的天氣糟透了，她便拖著沒出門，而是坐在廚房裡抽菸，哪怕抽菸對皮膚有害，對什麼都有害。

她滑著手機將連絡資訊瀏覽了兩、三遍，希望能有個新名字出現，不過當然還是只有原來那批人，他們全都對她厭倦了。雖然明知不妥，她還是打給了蜜雅。蜜雅是她的經紀人，很久以前兩人還曾是最要好的朋友，夢想著要一起征服世界。如今漢娜卻是蜜雅內疚的源頭，她那些藉口已經多到數不清。「女演員有了年紀可就不容易了，叭啦叭啦叭啦。」何不直接把話說白了？「妳看起來好蒼老，漢娜，觀衆再也不喜歡妳了。」

不過蜜雅沒接電話，這樣倒也好，反正通上話對她們倆都沒好處。漢娜忍不住往奧格斯的房間裡看，只爲了體會失去的痛楚，這種痛讓她覺悟到自己這一生最重要的任務——爲人母——已然失敗。說起來有點變態，她竟在自憐的心態中尋求安慰，當她站在原地想著是不是該出去買點啤酒，電話鈴響了。

是鮑德。她做了個鬼臉。這一整天她都好想——可是不敢——打電話給他，把奧格斯討回來，不只因爲她想念孩子，更不是因爲她認爲兒子跟著自己會比較好。純粹只是爲了避免發生不幸。

衛斯曼想再拿到兒子的撫養費，她暗忖：**萬一他跑到鹽湖灘去主張自己擁有的權利，天曉得會發生什麼事**。他說不定會把奧格斯拖出屋子，嚇得他半死，再把鮑德痛打一頓。她得警告他一聲。不料當她拿起話筒打算跟鮑德說這件事時，卻根本插不進話。他一口氣滔滔不絕地說著一件怪事，說什麼「眞的太了不起、太不可思議」了，諸如此類。

「對不起，法蘭斯，我聽不懂。你在說什麼？」她問道。

「奥格斯是個『學者』①，他是天才。」

「你瘋啦？」

「正好相反，親愛的。我終於清醒了。妳得過來一趟，眞的，現在就來！應該只能這樣了，不然妳不會明白。計程車錢我付，我保證妳看了會瘋掉。他肯定有過目不忘的本事，妳懂嗎？而且也不知道他是怎麼辦到的，自己就學會了立體畫的訣竅。畫得好美、好精確呀，漢娜。它閃著來自另一個世界的光。」

「什麼東西？」

「他的紅綠燈。妳沒在聽嗎？我們那天晚上經過的紅綠燈，他爲它畫了一系列完美的畫，其實不只完美而已……」

「不只……」

「該怎麼說呢？他不只是照著畫而已，漢娜，不只是複製得一模一樣，他還加了其他東西，一種藝術面向。他的畫有一種非常奇特的熱情，矛盾的是也有一種絕對精準的感覺，就好像他甚至對軸側投影有些許了解。」

「軸……」

「那不重要！反正妳得過來看看。」他說，這時她才漸漸聽懂了。

奥格斯突然像個大師一樣——至少據鮑德所說——畫起畫來了，若是眞的當然再好不過。只可惜漢娜還是不快樂，一開始她不明白爲什麼，後來才幡然醒悟。因爲事情發生在鮑德家。事實顯示，這孩子跟著她和衛斯曼同住多年，從來沒發生過這種事。他只會坐在那裡拼拼圖、玩積木、一聲不吭，只會脾氣一發作就發出刺耳的尖叫聲，身體前後劇烈晃動，惹人不快。現在呢，哇，才跟爸爸住了幾星期就成了天才。

太過分了。不是她不替奧格斯高興，但就是心痛，最糟的是她並沒有感到應有的驚訝。相反地，她彷彿早有預感，不是預感到兒子會畫出精細且栩栩如生的交通號誌，而是預感到表面底下還有一些什麼。

她是從他的眼睛感覺到的，每當他情緒興奮，那眼神便好似記錄下了周遭環境的每個小細節。她也在其他地方感覺到了，例如孩子傾聽老師上課的模樣、孩子翻閱著她買給他的數學書本時的緊張神情，最主要則是他寫的數字。那些數字倒沒什麼奇怪，只是他會連著好幾小時寫下一系列大到令人費解的數目。漢娜確實曾努力想去理解，或者至少抓住其中的重點，但不管她怎麼試都解不出來，現在她心想自己錯過了某些重要的事。她太不快樂、太封閉，無暇去探究兒子心裡在想什麼，不是嗎？

「我不知道。」她說。

「不知道什麼？」鮑德氣憤地問。

「不知道能不能去。」她正說著便聽到前門有騷動。是衛斯曼帶著老酒友羅傑．溫特進門來了，她嚇得畏縮起來，喃喃地向鮑德道歉，心裡則不斷想著自己眞是個壞母親——這麼想已不下千次。

---

①savant，又稱「學者奇才症候群」，這類人有發展過程失常、心智缺失症狀，卻又具有驚人的能力與才華，例如記得上千本書的內容、聽過一次就能彈奏鋼琴協奏曲。

鮑德站在臥室的方格地板上，手裡拿著電話咒了一聲。他把地板鋪成方格圖案是爲了投合他有條不紊的精確性格，可以看到方格無窮盡地延伸倒映在床鋪兩側的衣櫥鏡子裡。有時候，他會把鏡中大量繁殖的方格看成一個生氣勃勃的謎題，一個從簡圖中冒出來、有了自己生命的東西，正如同從神經元生出的思緒與夢想，或是從二進碼產生的電腦程式。但這個時候，他卻沉浸在截然不同的思緒裡。

「好兒子呀，你媽媽是怎麼了？」他說出聲來。

坐在他旁邊吃著起司醃黃瓜三明治的奧格斯抬起頭來，表情專注，鮑德頓時有種奇怪的預感，覺得他即將說出成熟有智慧的話來。但這顯然是癡心妄想。奧格斯沉默一如既往，對於年華老去、受忽視的女人也一無所知。鮑德之所以會興起這樣的念頭當然是因爲那些畫。

在他看來，這幾張畫——到現在已有三張——證明了他不但具有藝術與數學天賦，還有某種智慧。這些作品在幾何學的精確度方面是那麼成熟複雜，鮑德實在無法相信以奧格斯的有限心智能畫得出來，也或許他是不想相信，因爲他老早就知道這是怎麼回事。

身爲自閉兒的父親，鮑德早就略微察覺許多家長都希望孩子有學者般的腦袋，可以當作安慰獎來彌補認知缺陷的診斷。但這樣的機率並不高。

根據一般估計，只有十分之一的自閉兒具有某種學者天賦，而且這些才能雖然往往伴隨著驚人記憶與入微的觀察力，卻不像電影中描畫得那麼神奇。譬如，有些自閉症的人可以說出某年某月某日是星期幾，時間範圍涵蓋數百年，在某些極端的案例中，甚至可長達四千年。

也有人對於某個狹小領域無所不知，例如公車時間表或電話號碼。有人能心算極大數目，或是記得自己人生每一天的天氣狀況，或是不看錶就能說出現在是幾點幾分幾秒。總之有形形色色、或多或少堪稱卓絕的才能，據鮑德所知，擁有這類技能的人被稱爲奇才學者，相較於在其他方面的障礙，這些才能的表現顯得相當突出。

還有一群人更罕見得多，鮑德希望奧格斯就屬於這一類：也就是所謂的天才學者，他們的才能不管怎麼看都是頂尖。金．皮克便是一例，他也是電影《雨人》②的靈感來源。金有嚴重的智障，甚至無法自行穿衣，但卻背下了一萬兩千本書的內容，而且幾乎所有與事實有關的問題，他都能在刹那間回答。他有「金電腦」的稱號。

或者是史蒂芬．魏爾夏，一個患有自閉症的英國男孩，幼時極度封閉，直到六歲才說出第一個字，而且剛好是「紙」。到了七歲，只要很快看過一眼，史蒂芬便能完美且鉅細靡遺地畫出建築群。他被安排搭乘直升機飛越倫敦上空，回到地面後便畫出整座城市令人目眩神迷、難以置信的全景圖，並帶有美妙的個人筆觸。

如果鮑德理解得沒有錯，他和奧格斯看待紅綠燈的方式必然大不相同。不僅僅因爲孩子就是專心得多，也因爲鮑德的大腦會即刻刪除所有非必要因子，以便專注於紅綠燈的關鍵訊息：走或停。他老想著沙麗芙，觀察力多半因此變遲鈍了，而奧格斯肯定看到了十字路口完完整整的模樣，一點蛛絲馬跡都沒放過。

之後他就把那幅景觀像優美的蝕刻版畫一樣帶著走，直到過了幾個星期才覺得有必要把它呈現出來。最奇怪的是他不只單純地臨摹了紅綠燈和那個男人，還賦予一種令人不安的光線，

②*Rain Man*，一九八九年奧斯卡最佳影片，描述自閉卻有高強記憶力的哥哥，與分開多年的弟弟相會，並前往賭城冒險的故事。

鮑德就是拋不開一個想法，總覺得奧格斯想對他說的不只是：看看我的本事！他凝視這些畫已不下百次，這回彷彿有根針刺入心臟。

他感到害怕，卻不明所以。那個人似乎不太對勁。他的眼神炯炯發亮而嚴峻，下巴緊繃，嘴唇出奇地薄，幾乎像是不存在。儘管這幾乎構不成憎惡他的理由，但不知為何看著他愈久愈覺得他可怕，驀地鮑德感覺到一股冰冷恐懼襲將上來。

「兒子，我愛你。」他喃喃自語，幾乎沒有意識到自己在說什麼，同樣的話可能重複了一、兩遍，直到這些字眼愈聽愈陌生。

他感受到一種新的痛楚，因爲他發覺自己從來沒說過這幾個字，從最初的震懾中恢復之後，才猛然驚覺這其中有種卑劣的成分。難道他愛兒子是因爲他的特殊才能？如果是的話，那還眞是典型的他。他這輩子一直都執迷於成就。

他從不爲那些不屬於創新或高技能的事物費神，無論在離開瑞典或矽谷時，他都同樣想也沒想到奧格斯。鮑德自己一心只忙著追求卓越的發現，基本上在他的計畫中，兒子只不過是個惱人的東西。

但現在情況不同了，他暗自發誓。他會將研究與最近幾個月折磨著他的一切擱置一旁，全副心思都放在兒子身上。

他要成爲一個全新的人。

# 第七章

十一月二十日

雜誌社發生了另一件事，不好的事。但愛莉卡不願在電話上詳述，而是提議到他的住處來。布隆維斯特試圖打消她的念頭：

「妳那美麗俏臀會凍僵的！」

愛莉卡沒理會他，要不是她說話語氣不尋常，他倒是很樂見她如此堅持。打從離開辦公室後，他就迫不及待想跟她說話，也許還想把她拉進臥室扒去她的衣服。但他隱約感覺得到現在這是不可能了。她聽起來心煩意亂，只嘟噥一句「對不起」，卻只是讓他更擔心。

「我馬上搭計程車過去。」她說。

她還要好一會兒才會出現，無聊之餘，他走進浴室照鏡子。他的狀況肯定大不如前了，一頭需要修剪的亂髮，眼睛底下也出現眼袋。基本上這都是伊莉莎白．喬治害的。他咒罵一聲走出浴室，開始動手清理。

至少這是愛莉卡唯一無法抱怨的事。無論他們認識多久、生活上交織得多密切，他至今仍爲潔癖所苦。他是勞工的兒子也是單身漢，而她是上流社會的已婚婦女，在鹽湖灘還有一個完美的家。無論如何，他讓住處看起來體面些總是無傷大雅吧。他把碗盤放進洗碗機，擦乾水槽，垃圾拿出去丟。

甚至還有時間吸客廳地板的灰塵、給窗台上的花澆水、整理書架和雜誌架之後，門鈴才響起。除了門鈴，還傳來不耐的敲門聲。他一開門簡直嚇壞了。愛莉卡整個人都凍僵了。

她渾身抖得厲害，但不只是因爲天氣。她連帽子也沒戴，漂亮的髮型被風吹亂，右邊臉頰有一處像是擦破皮，早上並沒看到。

「小莉！妳沒事吧？」他問道。

「我的美麗俏臀都凍壞了。攔不到計程車。」

「妳的臉怎麼了？」

「滑倒摔的。大概有三次吧。」

他低頭看著她腳上那雙暗紅色高跟義大利皮靴。

「妳還穿了恰當的雪靴呢。」

「是啊，完美得很。更別提我早上出門時決定不帶保溫瓶了，多英明啊！」

「來吧，我替妳暖暖身。」

她撲進他懷裡，當他將她抱緊，她卻抖得更厲害。

「對不起。」她再次說道。

「爲什麼？」

「因爲所有的事。因爲賽納。因爲我是個笨蛋。」

「別說得這麼誇張，小莉。」

他撥落她頭髮和額頭上的雪花，並仔細瞧了瞧她的臉頰。

「不，不是的，我全都告訴你。」她說。

「不過妳先把衣服脫掉，泡個熱水澡。想不想喝杯紅酒？」

她想，然後端著酒杯泡澡泡了許久，當中又重斟兩、三次。他坐在馬桶蓋上聽她說，儘管全是壞消息，談話中卻有一種和解的味道，彷彿最近在兩人之間築起的牆正一步步被突破。

「我知道你從一開始就覺得我是笨蛋。」她說：「不，別否認，我太了解你了。不過你得理解克里斯特、瑪琳和我別無選擇。我們網羅到埃米和蘇菲，眞的感到很驕傲，他們可以說是目前最炙手可熱的記者，對吧？這大大提升了我們的聲譽，顯示《千禧年》還很活躍，也引起極大回響，《摘要》雙週刊和《傳播日報》都有十分正面的報導。就好像回到風光的往日，而且我曾向蘇菲和埃米保證雜誌社將會有穩健的未來，這一點我個人感觸特別深刻。我說：『我們的財務穩定，有海莉．范耶爾在背後撐腰。我們會有錢可以做很棒的深入報導。』你知道嗎？我自己眞的也相信。沒想到……」

「沒想到天塌下來了。」

「沒錯，而且不只是報章雜誌的危機，或廣告市場的瓦解，和范耶爾集團的整體情況也有關聯。不知道你明不明白他們裡頭有多亂。有時候我覺得幾乎就像一場政變。家族裡一大群反動的老男人，其實女人也是——說眞的，你應該比誰都了解他們。一群有種族歧視、思想倒退的老人聯手往海莉背後捅一刀，我永遠忘不了她打來的那通電話。她說：我摔了個大跟頭，被打垮了。當然，她爲了振興集團、讓集團現代化所作的努力，接著又決定指派維克多．高德曼拉比的兒子大衛爲董事，確實惹惱了他們，但我們也脫不了干係，這你是知道的。安德雷剛剛針對斯德哥爾摩的乞丐寫了一篇報導，我們全都認為是他有史以來寫得最好的一篇，到處有人引述，連外國也不例外。可是范耶爾家的人……」

「認爲那是左派的垃圾言論。」

「還更難聽呢，麥可——說他在替一群『連工作都懶得去找的懶傢伙』宣傳。」

「他們這麼說？」

「差不多是這樣。我猜和報導本身無關，那只是他們的藉口，想藉此進一步削弱海莉在集團內的角色。他們想把亨利和海莉支持的一切全部中斷。」

「白癡。」

「就是說啊，但其實那對我們的幫助不大。我還記得那段日子，感覺就好像突然失去支援，我知道，我知道，我應該多讓你參與才對。只是我以爲要是讓你專心寫你的報導，對我們所有人都有好處。」

「結果我還是沒交出什麼像樣的東西。」

「你盡力了，麥可，你眞的盡力了。不過我要說的是就在那個時候，當一切跌到谷底，雷文來電了。」

「應該是有人向他密報了情況。」

「一定是，甚至不用我說你也知道，一開始我是抱持懷疑的。賽納感覺很像最低級的八卦小報，但雷文一如往常地鼓動那三寸不爛之舌，讓它大大改觀，他還邀請我去坎城的豪華大別墅。」

「什麼？」

「對不起，這個我也沒跟你說，大概覺得丟臉吧。反正我正好要去參加影展，替一位伊朗導演作側寫。你知道的，就是因爲拍了十九歲少女莎拉被人用石頭打死的紀錄片而遭到迫害的那個導演。我心想讓賽納幫忙出旅費倒也無妨。總之，我和雷文徹夜長談，還是沒有消除我的疑慮。他自吹自擂到荒謬的地步，把遊說的十八般武藝全施展出來。但最後我還是開始聽他說了，你知道爲什麼嗎？」

「因爲他的性技巧高超。」

「哈，不對。是因爲他和你的關係。」

「這麼說他是想和我上床？」

「他對你無限仰慕。」

「狗屁。」

「不，麥可，這下是你錯了。他熱愛他的權力、金錢和坎城的別墅，但更甚於此的是，他很懊惱自己不像你那麼酷。要說信用的話，他很窮，你卻超級富有。他內心深處很希望能夠像你，我馬上就能感覺得到，但沒錯，我也應該要察覺到那種羨慕有可能變得危險。你應該知道這次大受抨擊是怎麼回事吧？你不妥協的態度讓人覺得自己可悲。你的存在一再讓他們想起自己出賣了多少，你愈受到稱讚，他們就愈顯得微不足道。這樣一來，他們反擊的唯一方法就是把你拖下水。那些屁話還給了他們一點點尊嚴——至少他們是這麼想的。」

「謝了，愛莉卡，不過我真的一點都不在意那些抨擊。」

「我知道，至少我希望自己多在意一點。但我那時認爲雷文是真的想加入我們，想成爲我們的一分子。他希望利用我們的名聲沾點光，我認爲這是好的動機。如果他抱有想和你一樣酷的野心，那麼他便無法忍受讓《千禧年》變成賽納旗下一項平凡無奇的商品。假如他因爲毀了瑞典最具傳奇性的雜誌之一而出名，就算本來還僅存的一點信用也會從此化爲烏有。所以我眞的相信他說他和集團都需要一家聲譽卓著的雜誌社，說他只是希望幫助我們寫出我們相信的那種報導。坦白說，他的確想要插手雜誌社的事務，但我視之爲虛榮心，認爲他是想炫耀，想對他那些雅痞朋友說他是我們的公關顧問之類的。我怎麼也想不到他竟敢試圖染指雜誌的靈魂。」

「偏偏這正是他現在在做的事。」

「很不幸，的確如此。」

「那麼妳那精采的心理學理論從這裡頭得到什麼結論？」

「我低估了投機心理的力量。你也看到了，在這一波抨擊你的言論開始前，雷文和賽納的行爲都中規中矩，但在這之後……」

「他在利用機會。」

「不，不是他，是另一個人，一個想抓住他把柄的人。我後來得知雷文費了很大工夫，才說服其他人支持他買下雜誌社的股權。你應該想像得到，在賽納不是每個人都有新聞記者的自卑情結，他們大多只是普通的生意人，瞧不起爲重要大事辯護的所有言論。他們形容雷文那是『假理想主義』，也正是這個激怒了他們，因此在針對你的抨擊當中，他們剛好逮到機會勒索他。」

「天哪，我的天哪。」

「你難以想像。一開始看起來還可以，畢竟我們多少得因應市場需求，而且你也知道，我覺得有些意見聽起來相當不錯。畢竟我花了大把時間在思考怎麼樣才能打入年輕讀者群。我眞的覺得我和雷文有過具有成效的對話，所以他今天發表的談話我並不太擔心。」

「我注意到了。」

「但那是在一切陷入不可收拾的混亂局面之前。」

「妳在說什麼？」

「就是你破壞他演說所引起的騷動。」

「我什麼也沒有破壞，愛莉卡，我只是離開而已。」

愛莉卡躺在浴缸裡，啜一口紅酒，然後露出一抹落寞的苦笑。

「你什麼時候才會知道自己是麥可．布隆維斯特？」她說道。

「我想我已經開始領悟到了。」

「看來並沒有，否則你應該明白在一場關於自己的雜誌社的演說中途離席，這就是件大事，不管布隆維斯特是不是有意要把事情鬧大。」

「那麼我爲自己的破壞行爲道歉。」

「我不是在怪你，現在不了，相信你看得出來，現在是我在道歉。是我讓我們陷入這個局面。反正不管你有沒有中途離開，結果很可能都不如預期。他們只是在等待機會打擊我們。」

「到底發生什麼事？」

「你走了以後我們都很洩氣，而自尊心再次受到打擊的雷文也不管什麼演說不演說了。他說：『沒有用。』他打電話回報他老闆，話八成說得有點重。我猜我原本寄予希望的那股羨慕之情已經轉變成小心眼的懷恨。大約一個小時以後，他又回來說集團準備全力支援《千禧年》，並運用所有管道行銷這本雜誌。」

「妳聽了不覺得高興。」

「對，早在他說出第一個字之前我就知道了，從他的表情就看得出來。他臉上散發出一種交織著害怕又得意的神色，起初他不知道該從何說起，大多只是含糊其詞地說集團希望我們多深入探討商業話題，加上以較年輕讀者爲對象的內容，加上多一點名人的消息。誰知道……」

愛莉卡閉上眼睛，撥梳著溼髮，接著將剩下的酒一飲而盡。

「怎麼樣？」

「他說他要你離開編輯團隊。」

「他說**什麼**？」

「當然無論是他或集團都不能直截了當地說出來，他們更承受不起『布隆維斯特遭賽納開除』之類的標題，所以雷文話說得漂亮，說他想給你更大的自由空間，讓你專心做你最拿手的事情，就是寫報導。他提議策略性地將你派駐倫敦，還讓你享受優厚的特派記者待遇。」

「倫敦？」

「他說瑞典是個小池塘，容不下你這條大鯨魚，但你知道他的意思。」

「他們覺得要是我繼續留在編輯團隊，他們就無法貫徹改革嗎？」

「差不多是這個意思。但話說回來，當我和克里斯特與瑪琳直接拒絕，說這件事沒有商量餘地時，他們應該也不覺得驚訝。安德雷的反應就更不用說了。」

「他做了什麼？」

「跟你說這個實在好尷尬。安德雷站起來說他這輩子沒聽過這麼可恥的事，說你是我們國家最好的資產之一，是民主與新聞界的驕傲，還說賽納集團的人都應該慚愧得抬不起頭來。他說你是個偉人。」

「他是故意誇大其詞。」

「不過他是個好青年。」

「他的確是。結果賽納的人怎麼做？」

「雷文當然有所準備，他說：『隨時歡迎你買下我們的股份，只不過……』」

「股價已經漲了。」布隆維斯特替她把句子說完。

「沒錯。他說不管用什麼基礎來評估，都會顯示賽納的股權轉讓價格至少應該是當初買價的兩倍，因為他們創造了額外的價值與商譽。」

「商譽！他們瘋啦？」

「看起來一點也沒有，不過他們很聰明，想要唬弄我們。我懷疑他們是不是打算一箭雙鵰：完成一樁好交易，同時讓我們破產，以便剷除一個競爭者。」

「那我們到底該怎麼辦？」

「拿出我們的看家本領啊，麥可，拚出個你死我活。我會拿出一點自己的錢買下他們的股份，努力讓這本雜誌成為北歐最棒的雜誌。」

「這當然好了，愛莉卡，但接下來呢？我們最後會陷入連妳也無能為力的財務困境。」

「我知道，但沒關係。比這個更艱難的情況我們都熬過來了。你和我可以暫時不支薪，我們沒問題的，對不對？」

「一切都總有結束的一天，愛莉卡。」

「別說這種話！永遠別說！」

「即使這是實話？」

「尤其是這樣。」

「好吧。」

「你沒有什麼正在進行中的東西嗎？」她說：「隨便一點什麼可以震撼瑞典媒體界的東西？」

布隆維斯特將臉埋入手中，不知爲何忽然想起女兒佩妮拉。她說她不會像他一樣，而是要寫「眞的」，也不知道他寫的東西有什麼不「眞」之處。

「好像沒有。」他說。

愛莉卡用力地拍打一下浴缸裡的水，濺溼他的襪子。

「拜託，你肯定有點什麼。這個國家就屬你得到的密報最多了。」

「大部分都是垃圾。」他說：「不過也許……我現在正在查一個東西。」

愛莉卡從浴缸坐直起身子。

「是什麼？」

「算了，沒什麼。」他打了退堂鼓。「只是我一廂情願的想法。」

「在這種情況下，我們就得一廂情願。」

「沒錯，可是都只是一團煙霧，什麼證據也沒有。」

「但你心裡有幾分相信，對不對？」

「也許吧，但那是因爲一個和故事本身毫無關係的小細節。」

「什麼？」

「我的老戰友也出現在裡頭。」

「姓氏開頭是莎的那個？」

「正是她。」

「那就更有看頭了。」愛莉卡說著跨出浴缸，一絲不掛美麗動人。

# 第八章

## 十一月二十日晚上

奧格斯跪坐在臥室的方格地板上，看著兩顆青蘋果和一顆柳橙構成的靜物擺設，旁邊一只藍色盤子上還點著蠟燭，這是父親特別替他安排的。但什麼事也沒發生。奧格斯眼神空洞望著窗外的風雪，鮑德不禁懷疑：**給這孩子一個主題有意義嗎？**

他兒子只須往某樣東西瞄上一眼，印象就能深植於心，所以又何須旁人替他選擇該畫什麼？尤其是他這個當父親的。奧格斯腦子裡肯定裝了成千上萬的影像，也許一個盤子和幾顆水果說有多不對勁就有多不對勁。鮑德再次自問：兒子畫的紅綠燈是不是想傳達什麼特別的訊息？這素描並非漫不經心的隨意觀察結果，相反地，那紅燈閃亮得有如一隻惱怒不祥的眼睛，說不定——鮑德又哪會知道？——走在行人穿越道上那個男人讓奧格斯感到受威脅。

這一天鮑德已經凝視兒子無數次。眞丟臉，不是嗎？以前他總以爲奧格斯古怪難以理解，如今不由得懷疑其實兒子和他很相像。鮑德年少時，醫生不太喜歡作診斷，當時遠比現在更可能以一句「性格古怪」草草打發了事。他本身肯定和其他孩子不一樣，他太一本正經，臉上總是一號表情，在學校的遊戲場上誰都覺得他無趣。他也覺得其他孩子不怎麼有趣，於是躲進數字和方程式的世界，不需要開口便盡量不開口。

專家很可能不會將他和奧格斯歸爲同一類自閉症患者，但在今日卻可能給他貼上亞斯柏格症的標籤。他和漢娜都認爲早期診斷會有幫助，結果幾乎什麼也沒做，直到現在兒子都八歲了，鮑德才發現他有數學與空間方面的天賦。漢娜和衛斯曼怎會沒注意到呢？

儘管衛斯曼是個混蛋，漢娜基本上卻是個細心的好人。鮑德永遠忘不了他們的第一次邂逅。那是瑞典皇家工程科學院的頒獎晚會，在斯德哥爾摩法院舉行。當時他獲頒一項他自己毫不在意的獎，一整個晚上無聊得只想趕快回到家中電腦前，忽然有個他隱約有點印象的美女——鮑德對名人界的認識很有限——走上前來與他攀談。鮑德只當自己還是塔普斯壯中學那個只會讓女生輕蔑以對的書呆子，不明白像漢娜這樣的女人看上他哪一點。他很快就發現，那個時候的她正值事業巔峰，而當晚她竟誘惑他、與他發生關係，從來沒有一個女人對他這樣過。接下來或許是他這一生最快樂的一段日子，只不過……二進碼戰勝了愛情。

他工作到最後婚姻終於破裂。衛斯曼上場，漢娜的情況愈來愈糟，奧格斯恐怕也一樣，鮑德當然應該怒髮衝冠，但他知道自己也有責任。他花錢買到了自由，不必爲兒子的事煩心，或許監護權聽證會上說他選擇了人工智慧的夢想而拋棄自己兒子的那番話，道出了事實。他眞是個超級大白癡。

他拿出筆電搜尋更多關於學者技能的資訊。他已經訂購一些書，打算和平時一樣自學所有相關知識。他不會讓任何一個混蛋心理學者或教育專家抓到錯處，告訴他奧格斯此時需要些什麼，他會比他們所有人都更清楚，於是他繼續不斷地搜尋，最後有個名叫娜蒂雅的自閉症女孩的故事吸引了他的注意。

羅娜．賽夫的《娜蒂雅：擁有神奇繪畫能力的自閉兒案例》與奧立佛．薩克斯的《錯把太太當帽子的人》兩書中，都描述了她的遭遇，鮑德讀得入迷。她的故事扣人心弦，而且兩人在許多方面都很相似。娜蒂雅和奧格斯一樣，出生時看起來非常健康，直到後來雙親才逐漸察覺有些不對勁。

這女孩一直沒有開口說話，也不直視人，不喜歡肢體接觸，對母親的微笑與嘗試溝通的意圖沒有反應。大部分時間都安靜、內向，還會不由自主地將紙張撕成細條。直到六歲，她都沒有說過一句話。

但她卻能像達文西一樣畫畫。早在三歲那年，突如其來地就畫起馬來了。與其他小孩不同的是，她不是從一整隻動物開始畫，而是從某個小細節開始，例如馬蹄、騎士的靴子、馬尾等等，最奇怪的是她畫得很快。她以驚人的速度將這些部位東拼西湊，直到呈現出完美的整體，可能是奔馳或漫步的馬。根據自己的親身體驗，鮑德在青少年時期就知道要畫一隻行進中的動物有多困難，無論如何努力嘗試，結果總是顯得不自然或僵硬。至少要大師級的技巧才能細細描繪出動作中的輕盈感。娜蒂雅三歲時便已是大師。

她的馬有如完美的停格畫面，繪畫的筆觸靈巧，明顯看得出並未經過長期訓練。她純熟的技巧如洩洪般爆發出來，讓同時期的人爲之驚艷。她怎能迅速地畫上幾筆，便跳越過藝術史上數百年的發展歷程？澳洲專家艾倫．史奈德與約翰．米契研究過這些畫後，在一九九九年提出一個理論，後來逐漸爲衆人接受，大意是每個人天生都有達到那種技巧境界的能力，只是大多數人的天分被封閉住了。

舉例而言，倘若我們看到一個足球，不會馬上理解到那是一個立體的物體，而是要在大腦經過一連串閃電般的細節處理過程：分辨陰影的方位以及深度與色調的差異，然後才能對形體下一定的結論。這一切都在無意識中進行，但必須先分別檢視各個部分，才能得知眼前看到的是球而不是圓圈這麼簡單的事實。

隨後大腦會產生出最後形體，這個時候我們便不再看到最初映入眼簾的那些細部，就好比無法將樹木看成木材一樣。但是米契和史奈德覺得只要能重現內心的原始影像，就能以全新的方式去看世界，或許還能重新創造世界，就像娜蒂雅完全沒有受訓練也能做到的事。

娜蒂雅看到了尚未經過大腦處理的無數細節，所以才會每次都從馬蹄或鼻子等個別部位畫起，因爲我們所感知到的整體尚未存在她的內心。儘管在理論中看到一些問題，或至少有一些疑問，鮑德還是覺得這個想法很有意思。

從許多方面來說，這都很像他在研究工作中一直在尋找的獨創觀點：絕不將任何事物視爲理所當然，而是看穿顯而易見的表象，深入直視小細節。他愈加沉迷於這個主題，欲罷不能地往下讀，最後忽然冷不防地打了個哆嗦，甚至大喊出聲，同時瞪著兒子看，一陣焦慮油然而生。這和研究發現毫無關係，而是看到娜蒂雅第一年上學的情形。

娜蒂雅被送進一家專收自閉症兒童的學校，教導重點放在讓她開口說話。這女孩有一些進步——她說話了，一字一句慢慢開始。但付出了極大代價。她開口之後，掌控蠟筆的才華隨之消失，據作者羅娜·賽夫說，就好像一種語言取代了另一種。娜蒂雅從原來的藝術天才變成有嚴重障礙的自閉女孩，雖然能說一點話，卻喪失了原本震驚全世界的才華。這樣值得嗎？就只爲了說幾句話？

不值得，鮑德想這麼大喊道，或許是因爲他一直準備要不計代價成爲他這個領域的天才。

絕不能平凡無奇！他一生都以此爲宗旨，然而……聰明如他自然明白，他本身的精英原則如今不一定是正確指標。幾幅令人讚嘆的畫作，也許根本比不上能開口討杯牛奶喝，或是和朋友或父親交談幾句。他又哪能知道呢？

但他不願去面對這樣的選擇。這是奧格斯出生至今所發生過最美好的事，要他放棄他辦不到。不行……就是不行。沒有一個家長應該作此決定，畢竟誰也無法預料怎麼做對孩子最好。

他愈想愈覺得不合理，他發現自己並不相信，又或者他根本**不想**相信。娜蒂雅畢竟只是一個案例。

他必須找出更多案例。但就在此時電話響了，這幾個小時當中電話響個不停，有一通未顯示號碼，另一通是前助理李納斯打來的。他愈來愈不想花時間應付李納斯，甚至不確定還信不信任他——總之現在眞的不想跟他說話。

不過這通他還是接了，可能純粹出於緊張。是嘉布莉．格蘭，國安局那個美麗的分析師，他臉上終於露出微微笑意。比起沙麗芙，嘉布莉幾乎不遑多讓。她有一雙美得閃閃動人的眼睛，而且十分機敏。他向來抵擋不住聰明女人的魅力。

「嘉布莉，」他說道：「我很想跟妳談，但我現在在忙，沒空。」

「聽了我要跟你說的話，你肯定有空。」她的口氣嚴肅得出人意外。「你有危險。」

「胡說八道，嘉布莉！我告訴妳，他們可能會告得我傾家蕩產，但最多就是這樣了。」

「法蘭斯，很抱歉，但我們得到一些新的消息，而且消息來源非常可靠。看起來確實有風險。」

「什麼意思？」他心不在焉地問，電話夾在肩膀和耳朵之間，一面正在瀏覽另一篇關於娜蒂雅失去天賦的文章。

「我發現訊息很難評估，這點我承認，可是我很擔心，法蘭斯，你一定不能掉以輕心。」

「那好吧，我鄭重承諾我會格外小心，我會照舊待在家裡。不過我剛才說了，我現在有點忙，何況我幾乎可以確信是妳錯了。在索利豐……」

「當然，當然，我也許錯了。」她插嘴道：「這也不無可能。但萬一我說對了呢？萬一真有那麼一丁點的可能性是我說對了呢？」

「那……」

「法蘭斯，你聽我說。我想你說得沒錯，在索利豐沒有人想傷害你，那畢竟是個文明的公司。不過公司裡好像有某個人或某些人，和一個在俄國與瑞典活動的犯罪組織有連繫。威脅是從這裡來的。」

這時鮑德首次將目光移開電腦螢幕。他知道索利豐的艾克華在和一群罪犯合作，他甚至得知那夥人的首腦的幾個代號，但他不明白他們爲什麼要對他不利。或者他是明白的？

「犯罪組織？」他喃喃說道。

「對，」嘉布莉說：「就某方面來說不也合理嗎？一直以來你說的約莫就是這些，不是嗎？你說一旦開始竊取另一人的點子，並利用這些點子賺錢，那就已經越線了。從那時開始情況就一路惡化。」

「我想我說的其實是你們需要一大群律師。有了一群精明的律師，才能安全地隨意竊取你們想要的東西。律師是我們這個時代的職業殺手。」

「好吧，也許是這樣，但你聽我說：你的貼身保護令還沒得到批准，所以我想讓你搬到一個秘密地點。我來接你。」

「妳在說什麼?」

「我想我們必須馬上行動。」

「不可能。我和……」

他沉吟著。

「你那邊還有別人?」

「不，沒有，只是我現在哪都不能去。」

「你沒有聽到我說的話嗎?」

「我聽得一清二楚。但請恕我直言，我覺得那多半都是臆測。」

「臆測是評估風險的基本工具，法蘭斯。而且和我連絡的人……我其實應該不能說的……是美國國安局的幹員，他們一直在監視這個組織。」

「美國國安局!」他嗤之以鼻。

「我知道你不信任他們。」

「說不信任未免太客氣了。」

「好，好，不過這次他們是站在你這邊，至少這名幹員是。她是個好人。她從監聽當中得到某個訊息，非常可能是計畫要除掉你。」

「我?」

「根據各種跡象顯示。」

「『非常可能』和『跡象顯示』……聽起來都很含糊。」

奧格斯伸手拿過鉛筆，鮑德注意了他一會。

「我不走。」他說。

「你在開玩笑吧。」

「不，我沒有。妳要是得到更多訊息，我會很樂意離開，但不是現在。再說，米爾頓安裝的警報系統非常好，到處都有攝影機和感應器。而且妳最清楚我是個頑固的混蛋，對吧？」

「你身邊有任何武器嗎？」

「妳在講什麼，嘉布莉？武器！我所擁有最危險的東西就是新買的起司刀。」

「你知道嗎……」她話懸在這兒沒說完。

「什麼？」

「不管你要不要，我都會安排人去保護你，而你恐怕根本不會發現。但既然你這麼固執得要命，我再給你一個建議。」

「說吧。」

「公開，把你知道的告訴媒體，那麼，要是你夠幸運，他們再想除掉你也沒意義了。」

「我再考慮一下。」

鮑德留意到嘉布莉的聲音有點漫不經心。

「好嗎？」他問道。

「等一下，」她說：「有人打電話進來，我得……」

她轉走了，而理應有其他更多事情需要思索的鮑德，卻發現自己滿腦子只有一個念頭：要是教奧格斯說話，他會失去畫畫的能力嗎？

「你還在嗎？」過了一會，嘉布莉問道。

「當然。」

「我恐怕得掛電話了。但我保證會盡快安排讓你得到一些保護。我會再跟你連絡。保重了！」

他嘆了口氣掛上電話，再次想到漢娜、想到奧格斯、想到反映在衣櫥門上的方格地板等等，在此時此刻看似毫不相關的人事物。他幾乎是魂不守舍地自言自語：「他們想對我不利。」

他看得出來這並非不合理，只是他一直不肯相信會真的訴諸暴力。不過說真的，他哪能知道什麼？什麼也不知道。何況，他現在也無心處理這件事。他繼續搜尋關於娜蒂雅的資訊，看看和兒子會不會有所關聯，但這根本是失去理智，等於把頭埋在沙堆裡。他不顧嘉布莉的警告繼續上網，不久發現一位神經學教授、學者症候群專家查爾士·艾鐸曼的名字。但他不像平日那樣繼續閱讀下去——鮑德向來偏愛文字勝過話語——而是打電話到卡羅林斯卡學院。

這時他猛然驚覺到時間已經很晚，這位艾鐸曼不可能還在工作，而網路上又沒有他家的電話。等一下……他也是埃克林敦的負責人，那是一個專爲具有特殊才能的自閉兒設立的機構。鮑德試著打到那裡去。電話響了幾聲後，一個女人接起來，自稱是林德蘿絲護士。

「很抱歉這麼晚還打擾你，」鮑德說：「我想找艾鐸曼教授，請問他還在那裡嗎？」

「是的，他的確還在。這麼可怕的天氣，誰也不會啓程回家。請問是哪位找他？」

「我叫法蘭斯·鮑德。」他說，心想也許會有幫助，便又補上一句：「法蘭斯·鮑德教授。」

「請等一下，」林德蘿絲護士說：「我去看看他能不能接電話。」

鮑德低頭凝視著奧格斯，只見兒子又再度遲疑地抓著鉛筆，這讓他有些憂慮，彷彿是個不祥預兆。「犯罪組織。」他又喃喃自語道。

「我是查爾士．艾鐸曼，」有個聲音說道：「請問眞的是鮑德教授嗎？」

「正是。我有一個小……」

「你不知道我有多榮幸，」艾鐸曼說：「我剛去史丹佛參加一個研討會回來，我們討論的正是你寫的關於類神經網路的作品，事實上我們甚至自問：我們這些神經學家不也有很多關於大腦的知識，需要走後門，也就是透過人工智慧的研究來學習嗎？我們在想……」

「承蒙謬讚，」鮑德打斷他的話。「但現在我有個問題想很快地請教你一下。」

「眞的嗎？是和你的研究有關的嗎？」

「完全無關。我有個自閉症的兒子，他今年八歲，還沒說過一句話，可是前幾天我們在霍恩斯路穿越一個紅綠燈，然後……」

「怎麼樣？」

「他就坐下來用閃電般的速度把它畫下來了，而且畫得完美無缺，眞的很驚人！」

「所以你要我過去看看他畫的東西？」

「能這樣當然很好，不過這不是我打來的原因。其實我很擔心。我讀到書上說畫畫或許是他和周遭世界的互動方式，如果學會說話就可能失去這個能力。」

「聽得出來你看的是關於娜蒂雅的書。」

「你怎麼知道？」

「因爲這方面的討論總會提到她。不過……我可以叫你法蘭斯嗎？」

「當然。」

「好極了，法蘭斯，我眞的很高興接到你的來電。我現在就可以告訴你根本不用擔心。相反地，娜蒂雅這個例外只是常規的反證，如此而已。所有研究都顯示語言發展確實能增進學者能力。當然，孩子有可能失去這些技能，但多半是出於其他因素。也許是無聊，也許是生命中發生重大事件。你應該讀到了娜蒂雅失去母親的事。」

「是的。」

「原因也許在此，只是我們不論誰也無法確知。不過像她這樣的演變幾乎沒有其他案例紀錄，我這可不是未經大腦隨口說說，也不是僅憑自己的假設。現今普遍一致認爲發展各方面的技能對這些學者只有好處沒有壞處。」

「你確定嗎？」

「百分之百確定。」

「他對數字也很厲害。」

「眞的嗎？」艾鐸曼若有所思地說。

「爲什麼這麼問？」

「因爲同一個學者兼具藝術才能與數學天賦的情形非常罕見。這兩種不同技能毫無共通處，有時候似乎還互相牴觸。」

「可是我兒子就是這樣。他的畫中有一種幾何學的精確度，就好像他事先知道確切的比例。」

「太驚人了。我什麼時候可以見他？」

「我也不曉得，目前我只想聽取一些建議。」

「那麼我的建議很清楚：和孩子一起努力，給予他刺激，讓他培養各方面的技能。」

「我……」鮑德感覺胸口有一道奇怪的壓力，壓得他說不出話來。「我要謝謝你，」他好不容易說道：「眞的謝謝你。現在我得……」

「很榮幸能和你說上話，要是能夠和你與令郎見一面就太好了。請容我小小吹噓一下，我爲這類『學者』設計了一個相當精密的測驗，能夠幫助你更了解兒子。」

「是，當然，那就再好不過了。只是現在我必須……」鮑德嘟噥著，不知道自己想說什麼。「再見了，謝謝你。」

「這是我的榮幸，眞的。希望你很快能再跟我連絡。」

鮑德掛斷電話後靜坐片刻，雙手交抱在胸前，雙眼望著兒子。奧格斯還在盯著燃燒的蠟燭，手裡握著黃色鉛筆。鮑德的肩膀一陣哆嗦，淚水隨即湧現。鮑德教授這個人怎麼形容都行，但絕不是一個輕易掉淚的人。

事實上他已記不得上次掉淚是什麼時候。不是母親去世時，也絕不是在看或讀什麼東西的時候。他自認爲是鐵石心腸。不料現在，面對著兒子和他那一排鉛筆與蠟筆，鮑德竟哭得像個孩子，而且毫不壓抑，這當然是因爲艾鐸曼那一席話。

奧格斯將能在學習說話的同時仍保留繪畫能力，這消息實在太令人振奮了，不過鮑德當然不只是爲了這個而哭，還因爲索利豐的戲劇性事件、那死亡的威脅、他所與聞的秘密，以及渴望漢娜或沙麗芙或任何人能塡滿他內心的空洞。

「我的乖兒子！」他一時情緒太激動，沒有注意到筆電自動開啓，出現屋外一部監視器的畫面。

院子裡，狂風暴雪中，有一個高高瘦瘦的男人，穿著鋪棉皮夾克，頭上一頂灰色帽子拉得低低的遮住面容。無論他是誰，都知道自己被拍攝到了。儘管他看起來精瘦敏捷，走起路來搖搖晃晃的步伐卻讓人聯想到一個正要上場出賽的重量級拳擊手。

嘉布莉坐在國安局辦公室裡搜尋網站與單位裡的紀錄，但其實不太知道自己在找什麼，只是有種不熟悉的憂慮，一種模糊的感覺在啃噬著她。

打斷她與鮑德談話的是局長柯拉芙，再來找她還是爲了之前那件事。美國國安局的亞羅娜想和她繼續談，這次她聽起來比較平靜了，也再次帶點打情罵俏的口氣。

「你們電腦的問題解決了嗎？」嘉布莉問道。

「哈……解決了，喧騰得可熱鬧了，不過我認爲不是什麼嚴重的問題。很抱歉，上次說話可能有點神秘兮兮，但也別無選擇。我只想再強調一次，針對鮑德教授的威脅是眞實的也是認眞的，儘管我們尚未掌握到任何確切實證。妳有時間處理嗎？」

「我跟他談過了，他不肯離開他家，說他現在在忙什麼事。總之，我會安排人前去保護。」

「很好。相信妳也猜得到，我對妳作過更詳細深入的評估。格蘭小姐，妳給我的印象好極了。像妳這樣的人不是應該去爲高盛集團效力，賺取百萬年薪嗎？」

「不合我的口味。」

「我也是，我不是跟錢過不去，只是這種待遇超低的竊探工作比較適合我。好了，親愛的，事情是這樣的。根據我同事們的說法，這沒什麼大不了，但我就是不以爲然。不只因爲我深信這個集團對我們國家的經濟利益造成威脅，我還認爲這其中牽涉到政治。我之前提到的那些俄國電腦工程師當中，有個名叫安納托里．哈巴羅夫的人，也和俄國某國會議員伊凡．戈利巴諾夫有關聯。此人惡名昭彰，還是俄羅斯天然氣公司的大股東。」

「我懂。」

「不過到目前爲止，多半都只是死胡同。我花了很多時間試圖破解領頭那個人的身分。」

「就是被稱爲薩諾斯的男人。」

「或女人。」

「女人？」

「有可能是我錯了。我知道這一類人傾向於**剝削**女人，而不是把女人提升到領導地位，而且這個人大多都是以男性的『他』來稱呼……」

「那妳爲什麼覺得有可能是女人？」

「可以說是一種崇仰吧。他們談論『薩諾斯』的口氣就像千百年來男人談論自己渴望仰慕的女人。」

「換句話說，是個美人。」

「對，但說不定我意會到的只是同性間的色慾。要是俄國幫派分子和權貴大亨能普遍多縱情於這一方面，我是再高興不過了。」

「哈，說的也是！」

「事實上我之所以提起，只是希望這堆亂七八糟的事要是最後送到妳那邊去，妳能多聽聽其他意見。妳要知道其中也牽涉到不少律師。這有什麼稀奇，對吧？駭客負責偷竊，律師負責將偷竊合法化。」

「的確。鮑德曾經跟我說法律之前人人平等——只要付的錢一樣多。」

「對，這年頭如果請得起厲害的律師，什麼罪都可以開脫。妳一定知道鮑德的訴訟對手是誰吧？就是華盛頓的達克史東聯合法律事務所。」

「當然知道。」

「那麼妳應該知道大科技公司也會利用這家事務所，來告死那些希望靠自己的創意得到一些微薄酬勞的發明者和改革者。」

「這點我在處理那位發明家霍坎．蘭斯的訴訟官司時發現了。」

「討厭吧？不過有趣的是，我們好不容易從這個犯罪網路追蹤並譯解出寥寥幾段對話，其中一段竟冒出了達克史東，不過只以『達聯』或『達』簡稱。」

「所以說索利豐和這些罪犯用的是同一批律師？」

「看起來是的，而且不只如此。達克史東打算在斯德哥爾摩設立辦公室，妳知道我們是怎麼發現的嗎？」

「不知道。」嘉布莉回答。她開始有壓力了，很希望就此結束對話，趕緊讓鮑德確實獲得警方保護。

「透過對這群人的監聽，」亞羅娜繼續說道：「我們知道哈巴羅夫隨口提到過一次，顯示他們和事務所有關聯。這群人早在消息公開前，就知道要設立辦公室的事，還有達克史東聯合事務所在斯德哥爾摩的辦公室是和一名瑞典律師合開。這個律師姓波羅汀，本來專辦刑事案件，不知道妳記不記得？他對當事人好得過頭是出了名的。」

「晚報上那張經典照片我記得很清楚——肯尼．波羅汀和幾個幫派分子到城裡的聲色場所，兩隻手在一個應召女郎身上摸個不停。」嘉布莉說。

「我看到了。妳要是想查這件事，我敢說波羅汀先生是個好起點。誰知道呢？說不定他正是大企業和這群人的中間人。」

「我會查一查。」嘉布莉說：「但現在我有其他事要先處理。我們一定很快就會再連絡的。」

她打電話到國安局貼身護衛組，而當晚的執勤官不是別人，正是史提．易特格倫。她的心立刻往下沉。易特格倫六十歲、過度肥胖、酗酒出了名，尤其又喜歡在線上打牌。有時候大家會叫他「做不了警官」。她以最權威的口吻解釋情況後，要求他盡快派一名貼身護衛前往鹽湖灘保護法蘭斯．鮑德教授。易特格倫照常回答說這實在太困難，也許根本就不可能。當她反擊說這是局長親自下的命令，他模模糊糊嘟噥一句，聽起來很可能是「那個難搞的賤貨」。

「我沒聽到，」嘉布莉說：「總之一定要馬上辦好。」當然沒有了。她一面敲桌等候，一面搜尋關於達克史東聯合事務所的訊息，和其他一切能與亞羅娜剛才所說連繫得上的資訊，就在這時候，一種熟悉得可怕的感覺襲上她心頭。

但她說不上來。還沒找到她想找的東西，易特格倫便回電說貼身護衛組都沒人了。他說當天晚上王室的活動多得不尋常，好像是要和挪威王儲夫婦出席某個公眾場合參與活動，還有瑞典民主黨主席被人往頭上丟冰淇淋，警衛卻來不及阻止，這表示他晚上在南塔耶發表演說時需要加強防備。

因此易特格倫派了「兩個很優秀的正規警員」彼得・波隆和丹・弗林前去，嘉布莉也只能勉強接受，儘管這兩人的名字讓她想到《長襪皮皮》故事裡那兩個警察空隆和匡郎。她一度深感憂慮不安，但一轉念又很氣自己。

都是因爲她自以爲出身高人一等才會用姓名評斷人，其實要是他們有個像紀蘭朵夫之類的時髦姓氏，才更應該擔心吧，因爲那有可能是不負責任、遊手好閒的人。**一定會沒事的**，她暗想。

於是她又接著工作。這將是個漫長夜晚。

# 第九章

十一月二十日深夜至二十一日凌晨

莎蘭德醒來時橫躺在加大的雙人床上，猛然發覺剛才夢見父親了，威脅感宛如斗篷將她覆蓋。但她隨即想起前一晚，認定很可能只是體內的化學作用。她宿醉得厲害，搖搖晃晃起身後，走進有按摩浴缸和大理石磚等等設備奢華到荒謬的大浴室去吐。結果什麼也吐不出來，只是跌坐在地上大口喘息。

接著她站起來照照鏡子，鏡中的自己看起來也不怎麼令人安心，兩眼紅通通的，但話說回來，現在午夜才剛過不久，想必只睡了幾個小時。她從浴室置物櫃拿一個玻璃杯盛水，同一時間夢中細節湧現腦海，手一緊，竟捏碎了杯子，鮮血滴到地板上，她咒罵一聲，發現自己是不可能再睡得著了。

是否應該試著破解之前下載的美國國安局加密檔案？不，那沒有用，至少暫時沒用。於是她拿毛巾將手纏起來，又從書架上取下一本書，那是普林斯頓大學物理學者茱莉．塔密的最新研究，敘述超大恆星如何坍塌形成黑洞。她斜躺在俯臨斯魯森與騎士灣那扇窗邊的沙發上。開始看書之後心情舒坦了些。血繼續滲過毛巾沾到書頁，頭也還是痛個不停，但她愈看愈入迷，偶爾還寫個眉批。對她來說這些都不是新知識。她比大多數人都清楚恆星的存活是靠兩股力量反向作用：核心的融合反應將它向外推，萬有引力又讓它得以凝聚。她認為這是一種平衡、一場拔河，直到反應的燃料用罄、爆炸力減弱時，其中一方終於勝出。

一旦重力占了上風，整個星體便會像被刺破的氣球一樣皺縮，愈變愈小。一顆恆星可能就此消失無蹤。莎蘭德喜歡黑洞，覺得黑洞和自己有相似之處。

但她和作者塔密一樣，感興趣的並非黑洞本身，而是產生黑洞的過程。莎蘭德相信只要能描述這個過程，就能拉近宇宙中兩個不相容的語言：量子物理與相對論。然而她無疑是力有未逮，就像那個該死的加密法，於是她不由自主又想起父親來了。

她小時候，那個令人厭惡的傢伙一次又一次強暴她母親，直到母親受的傷害永遠無法平復。當時年僅十二歲的莎蘭德，以可怕的力量予以反擊。那個時候，她根本不可能知道父親是從蘇俄軍情局叛逃的大間諜，更不可能知道瑞典國安局內有個名為「小組」的特別單位不計代價地在保護他。但即便如此，她也感受得到這個人四周環繞著一種神秘氣氛，一種誰也不許觸及的黑暗面，就連名字這點小事也不能提。

札拉，或者說得更準確一點是亞力山大．札拉千科。若是其他父親，你可以去通報社會局和警方，但札拉背後的力量大過這些機關。

對她而言，這一點和另一件事才是真正的黑洞。

警報器在一點十八分響起，鮑德驚醒過來。屋裡有人闖入嗎？他升起一種無可名狀的恐懼，伸手摸向床的另一邊。奧格斯躺在旁邊，想必又是像平日一樣偷溜上床，這時他發出憂慮的唉哼，約莫是警報器的淒厲響聲鑽進他夢裡去了。**乖兒子**，鮑德暗喊一聲。緊接著他全身僵住。那是腳步聲嗎？

不，肯定是幻覺。現在唯一能聽到的就是警報器的聲響。他擔憂地看了窗外一眼，風雨好像更大了。海水打上防波堤與海岸，窗玻璃哐哐作響，眼看都要吹破了。警報器會不會是強風啓動的？也許事情就這麼簡單。

他還是得確認一下嘉布莉安排的保護人員最後到底來了沒有。兩名正規員警本該三個小時前就要抵達，結果是鬧劇一場，他們因爲暴風雪和一連串互相矛盾的命令而耽擱了。反正肯定是兩者其中之一，眞是有夠無能，這點他與嘉布莉有同感。

他應該找時間處理這些，但是現在得先打電話。偏偏奧格斯醒了，而此時此刻鮑德最不需要的就是一個歇斯底里、用身體猛撞床頭板的小孩。耳塞，他靈機一動，那對在法蘭克福機場買的綠色舊耳塞。

他從床頭櫃取出耳塞，輕輕塞入兒子的耳朵，然後哄他入睡。他親吻他的臉頰、輕撫他凌亂的鬈髮、將他睡衣的領子拉正，並挪一挪他的頭，讓他安穩枕在枕頭上。鮑德很害怕，本該盡快採取行動，或者應該說他有充分的理由這麼做。誰知他卻慢條斯理，細心照料起兒子來。或許這是危急當中的感性時刻，也或許他想拖延時間不去面對外面等著他的狀況。有一度他眞希望自己有武器，哪怕不知道該如何使用。

拜託，他只不過是個老來才培養出爲父本能的程式設計師，根本不應該捲入這些亂七八糟的事情。什麼索利豐、美國國安局、犯罪幫派分子，都去死好了！不過現在他得掌握情勢。他一路緊張兮兮地偷偷來到走廊上，什麼事都還沒做，甚至還沒往外頭路上看，就先關掉警報器。這噪音搞得他神經緊張，在瞬間降臨的寂靜中，他文風不動地站著。這時手機響了，雖然嚇了他一跳，他還是慶幸能有件事分散注意。

「喂。」他說道。

「你好，我叫約納斯．安德柏，是今晚米爾頓保全的值班。你那邊沒事吧？」

「這個……應該沒事吧。警報器響了。」

「我知道，根據我們收到的指示，警報器響的話，你應該要到地下室一個特別的房間去，把門鎖上。你去了嗎？」

「是的。」他撒謊。

「好，很好。你知道是怎麼回事嗎？」

「不知道。我被警報器吵醒，不知道它是被什麼啓動的。會不會是強風？」

「不太可能……請等一下！」

安德柏的聲音聽起來有點模糊失焦。

「怎麼了？」鮑德緊張地問。

「好像……」

「怎麼搞的，趕快告訴我啊。」

「抱歉，請別緊張，別緊張……我現在正在看你那邊監視錄影機上的連續畫面，真的好像……」

「好像什麼？」

「你好像有訪客。是個男人，待會你可以自己看看，一個瘦瘦高高、戴著墨鏡和帽子的男人，一直在你家周圍徘徊。據我所看到的，他去了兩次，但就如我所說……我也是剛剛才發現，得再仔細看一看才能多告訴你一點。」

「是什麼樣的人？」

「這個嘛，很難說。」

安德柏似乎又在研究畫面。

「不過可能是……我也不知道……不，不能這麼快作臆測。」他說。

「說吧，請說下去。我需要一點確切的訊息，這樣我會好過些。」

「好吧，那麼我至少能向你確認一件事。」

「什麼事？」

「他的步伐。這個人走起路來很像毒蟲，像個剛剛吸了大量安非他命的人。他移動的姿態有種自大浮誇的感覺，當然，這也可能顯示他只是個普通的毒蟲、竊賊。不過……」

「怎麼樣？」

「他把臉隱藏得很好，而且……」

安德柏再次沉默不語。

「說啊！」

「等一下。」

「你讓我很緊張，你知道嗎？」

「不是故意的。不過你要知道……」

鮑德呆住了。從他車庫前的車道上傳來汽車引擎聲。

「……有人來拜訪你了。」

「我該怎麼辦？」

「待在原地別動。」

「好。」鮑德的身子多少有點不聽使喚了。但他並不在安德柏所想的地方。

一點五十八分電話鈴響時，布隆維斯特還沒睡，但手機放在牛仔褲口袋而牛仔褲扔在地上，他沒來得及接起。反正來電沒有顯示號碼，他便咒罵一聲又爬上床閉起眼睛。

他真的不想再次徹夜難眠。自從愛莉卡在近午夜時入睡之後，他便輾轉反側思索著自己的人生。大部分事情都不太對，甚至包括他和愛莉卡的關係。他已經愛她多年，而且他有充分的理由認為她也懷有同樣感情。但情況已不再像從前那麼單純。也許是布隆維斯特開始有些同情貝克曼。葛瑞格·貝克曼是愛莉卡的丈夫，是位藝術家，若是責怪他小氣或心胸狹隘，實在說不過去。當貝克曼理解到愛莉卡永遠忘不了布隆維斯特，甚至壓抑不住衝動，偶爾就得把他的衣服扒個精光，貝克曼也沒有發脾氣，反而和她達成協議：

「只要妳最後回到我身邊，就可以跟他在一起。」

後來果然就演變成這樣。

他們做了一個突破傳統的安排，愛莉卡大部分時間都回鹽湖灘的家和丈夫過夜，但偶爾會留在布隆維斯特位於貝爾曼路的住處。多年來，布隆維斯特都覺得這確實是理想的解決之道，生活在一夫一妻這獨裁制度下的許多夫妻都該採用這方法。每當愛莉卡說：「我可以和你在一起的時候，就更愛我丈夫了。」或是當貝克曼在雞尾酒會上友善地摟著他的肩膀，布隆維斯特都很慶幸自己福星高照才能得此安排。

但最近他開始產生疑慮，也許是因爲有比較多時間可以思考，他忽然覺得所謂一致的協議，其實並不必然一致。

相反地，某一方可能以共同決定爲名來促成自己的利益，長期下來就會清楚看到有人是痛苦的，哪怕他（或她）信誓旦旦地說沒有。這天晚上愛莉卡打電話給丈夫，顯然就得到不好的回應。誰知道呢？說不定此時貝克曼也一樣睡不著。

布隆維斯特試著不去想這些，有好一會兒，他甚至試著做白日夢，但是幫助不大，最後乾脆下床做點比較有用的事。看看有關產業間諜的文章吧？乾脆重新爲《千禧年》草擬一個籌措資金的替代方案，不是更好？他穿上衣服，坐到電腦前查看信箱。

一如往常多半都是垃圾信件，儘管有幾封信確實讓他略感振奮。有克里斯特和瑪琳，也有安德雷和海莉，爲了即將與賽納開戰而來信爲他搖旗吶喊，他回信中充滿戰鬥力，事實上卻沒有這麼積極。接著查看莎蘭德的檔案，本來不期望會看到什麼，但一打開後，他的臉瞬間發亮。她回信了。這麼久以來她第一次顯現了生命跡象：

〈鮑德的智慧一點也沒有人工成分。最近你自己的又如何？〉

〈還有，布隆維斯特，如果我們創造出一部比我們聰明一點的機器，會怎麼樣？〉

布隆維斯特微微一笑，想起他們最後一次在聖保羅街咖啡吧見面的情形。過了好一會，他才留意到她的短信裡包含兩個問題，第一個是不帶惡意的小嘲弄，或許也有點令人遺憾，因爲其中不乏一絲眞實。他最近在雜誌發表的文章都缺乏智慧與眞正的新聞價值。他和許多記者一樣，一直都是孜孜不倦，偶爾寫些陳腔濫調，不過目前暫時就是這樣。他對於思考莎蘭德的第二個問題熱中得多，倒不是因爲她打的謎語本身讓他特別感興趣，而是因爲他想要給個聰明的回答。

他暗忖著：如果我們創造出一部比我們聰明一點的機器，會怎麼樣？他走進廚房，開了一瓶Ramlösa礦泉水，坐到餐桌前。樓下的葛納太太咳嗽咳得很痛苦，遠處的喧囂市聲間，有輛救護車在暴風雪中尖嘯而過。他細細沉思：那麼打個比方，就會有一部機器除了能做我們本身能做的所有聰明事，還能再多做一點點……他大笑出聲，頓時明白了問題的重點所在。這種機器將能繼續製造出比它本身更聰明的機器，然後會怎樣？

下一部機器仍會發生同樣情形，然後再下一部，再下下一部，不久之後最開始的源頭，也就是人類本身，對於最新電腦而言就跟實驗白老鼠沒兩樣了。到時將會發生完全失控的智慧爆炸，就像《駭客任務》系列電影裡面一樣。布隆維斯特微微一笑，回到電腦前寫道：

〈要是發明了這樣一部機器，那麼在這個世界上，就連莉絲也不那麼神氣了。〉

回完信後他坐望窗外，直到目光彷彿穿透飛旋的雪花看見了什麼。偶爾他越過開著的房門凝視愛莉卡，只見她睡得香甜，渾然不知那些比人類聰明的機器，或者至少這時的她對此毫不在意。

他似乎聽見手機響了一聲，肯定又有新的留言。也不知道爲什麼，他感覺到憂心。除了前女友喝醉酒或想找人上床而來電之外，夜裡的電話通常都只帶來壞消息。留言的聲音聽起來頗苦惱：

我叫法蘭斯．鮑德。我知道這麼晚打電話很失禮，我道歉。只是我的情況變得有點危急，至少我這麼覺得。我剛剛才發現你在找我，眞是奇怪的巧合。已經有好一段時間我一直想告訴你一些事，我想你應該會感興趣。如果你能盡快和我連絡，我會十分感謝。我有預感，這事可能有點緊急。

鮑德留了電話號碼和電郵帳號，布隆維斯特很快地抄下，靜坐了片刻，手指一面敲彈餐桌，然後撥了電話。

鮑德躺在床上，又焦躁又害怕。不過現在心情平靜了些。剛才駛上車道的車正是終於抵達的護衛警員。兩個四十來歲的男警員，一個高大，另一個相當矮小，兩人都顯得趾高氣昂，也都留著相同的時髦短髮。但他們禮數非常周到，還爲了拖延這麼久才抵達崗位而道歉。

「米爾頓保全和國安局的嘉布莉．格蘭向我們簡單說明過狀況了。」其中一人說道。

他們知道有個戴帽子和墨鏡的男人在房屋四周窺探，也知道他們必須提高警覺，因此婉拒了到廚房喝杯熱茶的邀請。他們想查看一下屋子，鮑德覺得這提議聽起來百分之百專業又合理。至於其他方面，這兩人並未讓他留下十分正面的印象，但也沒有太過負面的印象就是了。

他把他們的電話號碼輸入手機後，便回床上去陪奧格斯。這孩子蜷曲身子熟睡著，綠色耳塞還塞在耳朵裡。

但鮑德當然不可能再睡了。他豎耳傾聽屋外的風暴中有無異常聲響，最後在床上坐起身來。他得做點什麼事情，不然會瘋掉。他看了看手機，有兩通李納斯的留言，口氣聽起來不只暴躁還動了肝火。鮑德本想掛斷電話，但忽然聽到一、兩件還算有趣的事。李納斯找《千禧年》雜誌的布隆維斯特談過，現在布隆維斯特想和他取得連繫，聽到這裡鮑德心裡琢磨了起來。麥可·布隆維斯特，他喃喃自語道。

他會是我和外界的中間人嗎？

鮑德對瑞典記者所知極為有限，但他知道布隆維斯特是誰，也知道他向來以一針見血的報導著稱，絕不屈服於壓力。光憑這點不一定就表示他適合這個任務，再說，鮑德隱約記得聽過他一些不太好的傳聞。於是他又再次打電話給嘉布莉，關於媒體界，該知道的她差不多都知道，而且她說過今天會熬夜。

「嗨，」她立刻接起電話。「我正想打給你。我正好在看監視器上那個男人。現在真的應該讓你轉移了，你明白吧。」

「可是拜託，嘉布莉，警察已經來了啊。他們現在就坐在大門外。」

「那個人可不見得會從大門進來。」

「他到底是為什麼而來？米爾頓的人說他看起來像個老毒蟲。」

「這我不敢說。他帶著一個像專業人士會用的箱子。我們應該謹慎一點。」

鮑德瞄一眼躺在身旁的奧格斯。

「明天我會很樂意離開，或許有助於安定我的神經。不過今晚我哪都不去，妳的警察看起來很專業，總之夠專業了。」

「如果你堅持，我就吩咐弗林和波隆站到顯眼處，而且整個屋子四周都要小心提防。」

「好，不過我打給妳不是爲了這個。妳叫我應該公開，記得嗎？」

「這個嘛……記得……你沒想到秘密警察會給你這種建議，是嗎？我仍然認爲這是好主意，但希望你能先告訴**我們**你知道些什麼。這件事讓我有點擔心。」

「那麼我們先睡個好覺，明天早上再說。不過問妳一件事，你覺得《千禧年》的麥可·布隆維斯特怎麼樣？要找人談，他會是適當人選嗎？」

嘉布莉輕笑一聲。「你如果想讓我的同事中風的話，找他肯定錯不了。」

「有那麼糟嗎？」

「國安局的人躲他像躲瘟神一樣。他們說，要是布隆維斯特出現在你家門口，你就知道這一整年都毀了。這裡的每個人，包括海倫娜·柯拉芙在內，都會強烈反對。」

「可是我問的人是妳。」

「那麼，我的答案是你的推斷是正確的。他是個非常優秀的記者。」

「不是也受到一些批評嗎？」

「的確，不斷有人說他的黃金時期已經過去，說他的文章不夠正面或樂觀，諸如此類。但他是個極其卓越的老派調查記者。你有他的連絡方式嗎？」

「我的前助理給我他的電話了。」

「好，好極了。不過在跟他連絡之前，你得先告訴我們。你可以答應嗎？」

「我答應，嘉布莉。現在我要去睡幾個小時的覺。」

「去睡吧，我會跟弗林和波隆保持連繫，明天早上第一件事就是替你安排一間安全屋。」

掛了電話後他再度試著休息一下，但還是一樣辦不到。暴風雪讓他愈來愈焦躁不安，感覺好像有個邪惡的東西正跨海而來，他忍不住憂慮地側耳細聽任何不尋常的聲響。

他確實答應過嘉布莉會先跟她談，但他等不及了，埋藏了這麼久的一切正爭先恐後地想出頭。他知道這很不合理，沒有什麼事會這麼緊急。現在都已經三更半夜，而且先不管嘉布莉怎麼說，現在的他都比之前好長一段時間更安全，不但有警察保護，還有一流的保全系統。但這些沒有幫助。他還是心煩意亂，於是拿出李納斯給他的號碼撥了過去。布隆維斯特當然沒接。

他怎麼會接呢？時間實在太晚了，鮑德只好用壓低、略顯不自然的聲音留言，以免吵醒奧格斯。然後他起身打開床頭燈，床邊書架上有幾本與他工作無關的文學作品，他帶著憂慮、心不在焉地翻閱著史蒂芬．金的舊小說《寵物墳場》。不料這讓他更加想到暗夜潛行的惡人。他手捧著書呆坐許久，突然一陣憂懼襲來。若是大白天，他可能只會自認無聊不去在意，但現在似乎完全有可能發生。他頓時有股衝動想找沙麗芙說說話，或是找在洛杉磯機器智能研究所的史蒂文．華伯頓教授更好，他肯定還醒著。他一面想像著各種令人不安的情節，一面望向大海、黑夜與天空中急匆匆飛馳而過的浮雲。就在此時電話響了，彷彿是來回應他祈求似的。然而來電者不是沙麗芙也不是華伯頓。

「我是麥可．布隆維斯特，你在找我。」另一端的聲音說道。

「是的。很抱歉這麼晚還打去。」

「沒關係，反正我也醒著。」

「你現在能說話嗎？」

「當然，其實我正在傳一封信息給一個我們倆應該都認識的人。莉絲．莎蘭德。」

「誰？」

「抱歉，我可能沒搞清楚狀況。我還以爲你僱用她檢查你們的電腦，追蹤一個可疑的資安漏洞。」

鮑德笑道：「喔，是啊，那女孩可眞是奇怪。只不過我們雖然有一段時間經常連絡，她卻從沒跟我說過她姓什麼。我想她有她的原因，我也從未逼問過她。我是有一次在皇家科技學院講課時認識她的。那是個相當不可思議的經驗，我很樂意和你分享，但我想問的是……老實說，你八成會覺得這個想法很瘋狂。」

「有時候我喜歡瘋狂的想法。」

「你想不想現在到我這裡來？這對我來說意義重大。我這裡壓著一個我認爲相當爆炸性的消息。我可以付你往返的計程車費。」

「謝謝，不過我一向自己付帳。告訴我，現在是大半夜，爲什麼我們非得現在談？」

「因爲……」鮑德欲言又止。「因爲我直覺這件事很緊急，或者應該說不只是直覺。我剛剛得知我正面臨威脅，而且大約一個小時前，有人在我家外面鬼鬼祟祟。坦白告訴你，我嚇壞了，我想把這個訊息說出來，不想再當唯一知情的人。」

「好。」

「好什麼？」

「我去，如果攔得到計程車的話。」

鮑德把地址告訴他之後掛上電話，然後打給洛杉磯的華伯頓教授，兩人用加密的線路熱烈交談了約莫半小時。接著他穿上牛仔褲和黑色套頭高領毛衣，想去找一瓶阿瑪羅尼紅酒，或許這會是布隆維斯特喜歡的東西。不料才走到門口就大吃一驚。

他好像看到什麼動靜，像是有個東西一閃而過，不由得焦慮地看向堤防和大海。但外頭依然是暴風雪肆虐的淒涼景象，不管剛才那是什麼，他都當成是自己憑空的想像、是神經緊張的產物，不再多想，或至少試著不去想。他走出臥室，上樓經過大窗時，驀地裡心頭又是一驚，立即旋過身去，這回確確實實瞥見了鄰居的屋邊有個東西。

有個人影從樹蔭底下迅速奔過，即使鮑德看到那人只不過幾秒鐘時間，卻看出他身材魁梧，穿著暗色衣服，背了一個軟背包。那人奔跑時蹲低身子，移動的姿態看似受過訓練，好像以這樣的姿勢跑過很多遍，也許是在遠方的某一場戰爭中。

鮑德摸索手機花了一些時間，接著又得回想已撥號碼中哪個是外面那兩名警員的。他沒有輸入他們的名字爲連絡人，現在實在難以確定。他用顫抖的手試撥一個他認爲應該對的號碼，一開始無人回應，鈴聲響了三次、四次、五次，才終於有個聲音喘著氣說：「我是波隆，怎麼了？」

「我看見一個人沿著鄰居屋外那排樹跑過去，不知道現在人在哪裡，但很可能就在你們附近那條路旁。」

「好的，我們會去看看。」

「他好像……」鮑德說道。

「怎樣？」

「怎麼說呢，動作很快。」

弗林和波隆正坐在警車裡聊著年輕的女同事安娜．貝瑟柳，還有她的臀圍。這兩人最近都才剛離婚，一開始十分痛苦。他們都是家有幼子、有對他們感到失望的妻子，還有依不同程度罵他們是不負責任爛咖的岳父母。然而一旦塵埃落定，不但獲得孩子的共同監護權，還有儘管樸實卻全新的家，兩人這才同樣驚覺到：他們有多懷念單身的日子。最近，在無須照顧孩子的幾個星期間，他們變本加厲地縱情聲色。事後，就像青春期那樣，詳細討論所有的派對，尤其是派對上認識的女人，重新將她們品頭論足一番，還評論她們的床上工夫。但是這次他們卻沒能盡情深入討論貝瑟柳。

波隆的手機響起，兩人都嚇一跳，一部分是因爲他把來電鈴聲改成鹹溼電音舞曲〈滿足〉的極限混音版，但主要當然是因爲深夜加上風雪和這一帶的空曠讓他們神經緊張。此外，也要怪波隆把電話放在口袋，褲子又太緊——參加了太多派對，腰圍也跟著膨脹——掏了好一會才掏出來。掛斷後他面露憂色。

「怎麼了？」弗林問。

「鮑德看見一個人，好像是個動作迅速的王八蛋。」

「在哪？」

「隔壁鄰居家的樹那邊，很可能正朝我們這邊來。」

波隆和弗林於是下車。這個漫漫長夜裡，他們已經下車多次，但這是頭一次打寒顫打到骨子裡去。他們一度只是站在原地，笨拙地東張西望，人都凍呆了。接著波隆——較高那個——發號施令，叫弗林留在路邊，他自己則往水邊低處去看看。

那是一段短短的斜坡，沿邊上有一道木籬笆和一條剛種了樹的林蔭小徑。下了很多雪，地上溼滑，而底下就是海水。**巴根灣**，波隆暗道，事實上他很驚訝海水竟然沒有結冰，有可能是因為海浪。波隆咒罵著這場暴風雪和今晚的勤務，既讓他筋疲力竭也毀了他的美容覺。然而他還是盡可能做好份內的工作，或許不是全心全意，但也算盡心了。

他傾聽聲響，環顧四周，起初什麼也看不清，四下一片漆黑，只有一盞街燈照進正對著堤防的庭院。他走了下去，經過一張被風雪吹得東摔西撞的庭園椅，緊接著他可以透過大玻璃窗看見鮑德。

鮑德站在屋裡靠內側的地方，面朝一張大床彎著腰，身體呈現緊繃的姿勢。也許在拉整床單吧，很難說，好像是忙著在料理床上的什麼小細節。波隆無須在意這個——他的職責是監視屋子周遭——只是鮑德的肢體語言中有某樣特點吸引了他，讓他分神一、兩秒才又重回現實。

他忽然一陣毛骨悚然，覺得有人在看他，便倏然轉身，眼神狂亂地四下搜尋。什麼也沒看到，一開始沒看到，心神正慢慢平靜之際，他留意到兩件事：籬笆邊閃亮的金屬垃圾桶旁突然有些動靜，還有路邊傳來車子的聲音，隨後引擎熄火，車門開啓。

兩件事本身都沒什麼大不了。垃圾桶旁邊也許是有動物經過，而即便是深夜，也可能有車輛來來去去。但是波隆的身體完全僵住，有一刻就這麼站著，不知該如何反應。然後他聽見弗林的聲音。

「有人來了！」

波隆沒有動。他覺得有人在盯著他看，於是幾乎下意識地伸手去摸大腿邊的配槍，同時想到母親、前妻與孩子們，就好像眞的即將發生重大事件。弗林再度高喊，這回帶著一種絕望的聲調：「警察！你！原地停下！」波隆聽到後向馬路跑去，然而即便在這種狀況下，前去支援也不算是個毫無疑義的選擇。他擺脫不了憂懼感，因爲想到自己把某樣帶有威脅與惡意的東西留在垃圾桶旁。可是夥伴都叫喊成這樣了，他也別無選擇，不是嗎？其實他暗暗鬆了口氣。他不想承認自己有多害怕，只是匆匆跑著，跌跌撞撞來到馬路上。

弗林在前頭追著一個步伐蹣跚的男人，那人背部寬闊，穿著單薄得離譜，儘管幾乎不符合「動作迅速的王八蛋」的描述，波隆仍追了上去。不久之後，他們把他帶到排水溝邊。一旁有兩個信箱，一盞小燈投射出淺淡燈光照亮整個現場。

「你到底是誰？」弗林咆哮道，隱含著令人驚訝的攻擊性——他心裡也害怕——那人則是困惑又驚恐地看著他們。

他沒戴帽子，頭髮和下巴的鬍碴上都是白霜，看得出來他快凍壞了。但最重要的是他看起來格外面熟。

有那麼幾秒鐘，波隆以爲逮到了知名的通緝犯，內心滿是驕傲。

鮑德又回到臥室，重新替奧格斯蓋好被，也許是想把他藏在被毯底下以防出事。接下來他腦中浮現一個徹底瘋狂的念頭，這是受到方才的預感刺激而產生的，尤其和華伯頓談過後，這份預感又更強烈了。也很可能他的心思只是被驚慌恐懼所蒙蔽。

他發覺這念頭並不新，是在加州那無數不眠的夜裡，從下意識慢慢發展成形的。於是他取出筆電——他的這部小型超級電腦，連結到其他一系列機器以便能有足夠的容量。然後開啓他奉獻了一生心力的人工智慧程式，接下來……

他刪除了檔案與所有備分。他幾乎毫不猶豫，就像個邪惡之神摧毀一條生命，或許這正是他在做的事情。沒有人知道，包括他在內，他坐了一會，心想不知道自己會不會懊惱後悔死。眞是不可理解，不是嗎？只要敲幾個鍵盤，畢生的心血就沒了。

但說也奇怪，這反而讓他平靜下來，就好像這麼做至少保護了他人生的某一面。他站起來，再一次望向窗外的黑夜與暴風雪。這時電話響起，是弗林，另一個警員。

「我只是想告訴你我們抓到你看見的人了。」那名警員說：「也就是說你可以放輕鬆了，情況已經在我們掌握當中。」

「是誰？」鮑德問。

「還不好說，他醉得厲害，得先讓他安靜下來。我只是想先讓你知道，等一下會再找你。」

鮑德將手機放到床頭櫃上的筆電旁邊，試著為自己感到慶幸。現在那人被捕了，他的研究將不會落入不當之手。可是他還是不放心，一開始他不明白為什麼，隨即才猛然想到：剛才沿著樹木奔跑的人絕沒有喝醉。

至少過了整整一分鐘，波隆才發覺他們抓到的其實不是惡貫滿盈的罪犯，而是演員衛斯曼，他的確很常在螢幕上扮演盜匪和職業殺手，但本身並未因任何罪行遭通緝。弄明白事情後，波隆絲毫不覺得平靜，不只因為他懷疑自己不該離開下方那片樹林區與垃圾桶，還因為這整段插曲很有可能變成醜聞與頭條新聞。

憑他對衛斯曼的了解已足以知道這個演員無論做什麼，最後往往都會登上晚報，而他看起來心情也不是太好。他一面翻身要爬起來，一面氣呼呼地咒罵，波隆則試圖問出這個人大半夜到底來這裡做什麼。

「你住在這一帶嗎？」他問道。

「我他媽的什麼也不必跟你說。」衛斯曼氣得從牙縫裡嘶聲擠出話來，波隆轉向弗林想了解這整件事是怎麼開始的。

但弗林已經站得稍遠在講電話，應該是和鮑德。他八成是在告知捕獲嫌犯的消息，以炫耀自己的辦事效率，如果此人眞是嫌犯的話。

「你一直在鮑德教授家四周鬼鬼祟祟嗎？」波隆問。

「你沒聽到我說的嗎？我什麼也不會告訴你。搞什麼啊，我悠悠哉哉地散步，那個瘋子就忽然揮著手槍跑出來。太不像話了。你們不知道我是誰嗎？」

「我知道你是誰，要是我們反應過度，我道歉。相信我們還有機會再來談這件事。不過我們現在正處於緊張的情勢，我要你立刻告訴我你爲什麼會到鮑德教授家來——不行，你現在別想逃跑！」

衛斯曼可能根本不是想逃跑，只是身子無法保持平衡。然後他誇張地清清喉嚨，往空中一啐，結果痰沒吐遠反而像拋射物一樣飛回來，凍結在他臉上。

「你知道嗎？」他邊說邊抹臉。

「不知道吧？」

「這個故事裡的壞人不是我。」

波隆緊張地望向水面與樹徑，再次想著剛才看到的是什麼。不過他仍繼續站在原地，被這荒謬的情況搞得動彈不得。

「那麼誰才是？」

「鮑德。」

「怎麼說呢？」

「他帶走我女朋友的兒子。」

「他爲什麼要這麼做？」

「這你就不應該問我了吧！去問裡面那個電腦天才啊！那個王八蛋對他根本一點權利也沒有。」衛斯曼說，並伸手往外套口袋裡摸找。

「他屋裡沒有小孩，如果你想說的是這個。」波隆說。

「鐵定有。」

「眞的嗎？」

「眞的！」

「所以你就想在三更半夜跑到這裡來，在爛醉的情況下把孩子接走。」波隆說完正想再來一句犀利的評論，卻被一個聲音打斷，那是從水邊傳來輕輕的喀嗒一聲。

「什麼聲音？」他問道。

「什麼是什麼聲音？」弗林回答，他就站在旁邊卻似乎什麼也沒聽見。那個聲音的確不是很響，至少從這裡聽起來不響。

但波隆還是打了個寒噤。他正想走過去查看，但又再次猶豫起來。當他焦慮地四下張望，耳邊又聽到另一輛車駛近。

是一輛計程車，駛過後在鮑德家前門停下，這讓波隆找到藉口可以留在馬路上。司機和乘客在算錢的時候，他再度憂心地往水邊看一眼，覺得好像又聽到什麼，而這個聲音並沒有令人較爲安心。

他不能確定，這時候車門打開，下車的是個男人，波隆困惑片刻後認出他是記者麥可．布隆維斯特。天曉得這些名人到底爲什麼非得挑這大半夜聚集到這裡來。

# 第十章

## 十一月二十一日清晨

臥室裡，鮑德站在電腦和手機旁邊，看著奧格斯躺在床上不安穩地唧唧哼哼。他納悶這孩子夢見什麼了，一個他根本無法理解的世界嗎？鮑德想要知道。他感覺到自己想要重新生活，不再埋身於量子演算法與原始碼與他那一堆偏執中。

他想要快樂，不想被體內那股時時存在的沉重壓力所折磨，而是希望投入某樣瘋狂又美好的事物，甚至想談個戀愛。短短幾秒鐘內，他滿懷熱情地想到令他著迷的那些女人：嘉布莉、沙麗芙等等。

他也想起了那個原來姓莎蘭德的女人。他曾經對她意亂情迷，如今回想起來，卻看到她新的一面，感覺既熟悉又陌生：她讓他想到奧格斯。這當然很荒謬，奧格斯是個有自閉症的小男孩，而莎蘭德儘管年紀也不大，還可能有點男孩子氣，但其他方面和奧格斯可以說是天差地別。她一身黑衣，帶點龐克調調，個性倔強毫不讓步。然而此時他忽然想到她眼中那怪異的光芒，和奧格斯在霍恩斯路上盯著紅綠燈的眼神是一樣的。

鮑德是在皇家科技學院的課堂上認識莎蘭德的，那次講課的內容是關於科技奇異點，也就是假設電腦變得比人類聰明的狀態。當時他正要開始以數學和物理的觀點解釋奇異點的概念，只見一個骨瘦如柴、一身黑衣的女孩推開講堂大門走進來。他第一個浮現的念頭是：可惜這些毒蟲沒有其他地方好去。旋即又懷疑這女孩眞的有毒癮嗎？她看起來不像吸了毒，但話說回來，她確實顯得疲憊乖戾，好像也不認眞聽課，只是無精打采地伏在桌上。後來，當他利用複雜的數學計算方式討論奇異點的時刻，也就是答案到達無限大那一刻，直接就問她對這一切有何看法。眞卑鄙，何必非挑她不可？但結果呢？

女孩抬起頭來，不但沒有隨口胡謅一些模糊的概念，反而說他應該懷疑自己的計算基礎何時會瓦解。她指的並非物理性的實體崩解，比較像是在暗示他本身的數學能力未達水準，因此將黑洞裡的奇異點神秘化純粹是在炫技。其實主要的問題再明顯不過，就是缺乏以量子力學計算重力的方式。

接著她冷漠而明確地全盤批評他所引述的奇異點理論學家的論點，而他一時答不出話來，只能愕然問道：「妳到底是誰？」

那是他們第一次接觸，在那之後女孩又讓他吃驚數次。她能以閃電般的速度或只是機靈一瞥，便立刻明白他在做些什麼，當他發現自己的技術被盜，也請她協助過。這讓他們之間建立了連繫——一個共同的秘密。

此時他站在臥室裡想著她，思緒卻被打斷。他再度被一種不寒而慄的不安感所籠罩，於是越過門口朝著面海的大窗看去。

窗前站著一個高大的人，身穿深色服裝，頭戴一頂緊貼的黑帽，額前有一盞小燈，正在窗上動手腳。他迅速而有力地往窗面横向一劃，彷佛畫家著手在空白畫布上揮灑似的，緊接著飽德還沒來得及喊出聲，整面窗玻璃便往內倒下，那人朝他走來。

通常，楊．侯斯特都告訴別人說他從事產業保全工作。實際上，他是俄國特勤部隊出身，現在專門在破解保全系統。他有一個小小的技術團隊，像這次這樣的行動，大致上都會耗費極大的工夫做準備，因此風險並不如想像得大。

沒錯，他已經不再年輕，但以五十一歲的年紀來說，他鍛鍊得很勤，體格保持得不錯，而且效率高、臨機應變能力好都是出了名的。萬一情況臨時生變，他會加以思考並在計畫時納入考量。

他的經驗足以彌補青春不再的缺憾，偶爾，和極少數幾個能夠暢所欲言的人在一起時，他會談到一種第六感，一種由經驗獲得的本能。經過這麼些年，他已經知道何時該等待、何時該出擊，雖然兩、三年前有過一段低潮期，暴露出一些弱點——他女兒會說這是人性——如今他卻覺得技藝比以前都更加純熟。

他又重新能在工作中找到樂趣，找到昔日那種興奮感。沒錯，現在行動前他的確還會使用十毫克的「疏痙」①，但只是爲了提升使用武器的精準度。在關鍵時刻，他仍能完全保持清醒與警覺，而且最重要的：他總能達成客戶交辦的任務。侯斯特不是那種會讓人失望或把事情撒手不管的人。他是這麼看自己的。

可是今晚，儘管客戶強調事情緊急，他卻想要取消。天氣惡劣是原因之一，但光只是暴風雪絕不足以讓他考慮取消任務。他是俄國人又是軍人，比這個更惡劣許多的狀況都遭遇過，而且他最恨那些無病呻吟的人。

令他傷腦筋的是不知從哪跑出了守衛的警察。屋外那兩名員警他並不放在心上，他從藏身處看見他們不太情願地在屋外四周探頭探腦，就像在壞天氣裡被趕出門的小男孩。他們寧可待在車裡瞎扯淡，而且很容易受驚嚇，尤其是個子較高那人似乎怕黑、怕風雪，也怕漆黑的海水。剛才他站在那裡瞪著樹叢，看起來心驚膽顫，或許是感覺到侯斯特的存在，但侯斯特擔心的不是這個。他輕而易舉就能快速無聲地割斷此人的喉嚨。

然而，警察到來的事實並非好消息。

他們的存在大大提高了風險層級，特別是這顯示有部分計畫外洩，對方加強了防備。說不定那個教授已經開口，那麼這項行動將毫無意義，甚至可能讓他們的處境更糟。侯斯特堅決不讓客戶暴露在任何不必要的風險中，他認爲這是自己的一大優點。他總會縱觀全局，雖然從事這一行，但往往都是他建議客戶小心爲上。

他已數不清家鄉有多少犯罪幫派都是因爲太常訴諸暴力而失敗。暴力能贏得尊重，暴力能讓人閉嘴、讓人膽怯，還能避開風險與威脅。但暴力也可能造成混亂和一連串不必要的麻煩。躲在樹叢和那排垃圾桶後面時，這些他全都想過了。有幾秒的時間，他已經決定放棄行動，回到旅館房間。但沒有眞正這麼做。

有輛車來了，吸引了警察的注意，他找到一個機會，一個空檔。他沒有停下來評估動機，便將頭燈的彈性帶往頭上一套，從左側的夾克口袋取出鑽石切刀並掏出武器，一把1911-R1型

①疏痙（Stesolid），是一種抗癲癇、抗焦慮藥物，有放鬆、鎮靜作用。

手槍加裝了訂製的滅音器，放在手上掂了掂。然後一如既往地說道：

「願祢的旨意遂行，阿們。」

但他甩不掉不確定感。這樣做對嗎？如此一來就得以迅雷不及掩耳的速度行動。沒錯，他對這棟房子已經瞭如指掌，波達諾夫也來過兩趟，駭入了警報系統，何況警察又嫩得無藥可救。就算在屋裡耽擱了——比方眞如衆人所說，教授沒把電腦放在床頭，使得員警有時間趕來救援——侯斯特也能簡簡單單解決他們。他甚至十分期待這一刻。因此他再次喃喃說道：

「願祢的旨意遂行，阿們。」

接著他拉開手槍的保險，快速朝面海的大窗移動。或許因爲情勢不明，以致當他看見鮑德站在臥室裡，不知專注地在忙些什麼時，一股格外強烈的抗拒感油然而生。但他還是努力說服自己一切都沒事，目標清晰可見。不過他始終懸著一顆心：該不該撤退呢？

他沒有撤，而是繃緊了右臂的肌肉，拿著鑽石切刀使勁劃過窗戶往內推。窗戶轟然崩落，他匆匆進屋，舉起手槍瞄準鮑德。鮑德雙眼發直瞪著他，一隻手揮了揮，宛如絕望的招呼手勢。他開口說了句話，語意不清但態度鄭重，聽起來像禱告，像在不斷地祈求垂憐。但侯斯特聽到的不是「主」或「耶穌」，而是「智障」。他只能聽出這兩個字，反正無所謂，面對他的人什麼話都說得出來。

他毫不留情。

那個人影很快地、幾乎是無聲無息地穿過走廊進入臥室。這段時間裡，鮑德很意外警報器竟然沒有響，並注意到那人的勁裝上有個灰色蜘蛛圖案，帽子與頭燈底下的蒼白額頭上有一道狹長疤痕。

隨後他看見了武器。那人拿著一把手槍對準他。鮑德枉費力氣地舉起一手想保護自己。但即使自己的性命懸於一線，內心也被恐懼緊緊攫住，他仍只想著奧格斯。不管發生什麼事，就算他自己非死不可，留兒子一條命吧。他衝口大喊：

「別殺我的孩子！他是智障兒，他什麼都不懂。」

鮑德不知道自己說了多少。忽然整個世界凍結了，黑夜與暴風雪彷彿壓倒下來，接著眼前一片黑。

侯斯特開了槍，而正如他所料，正中目標。他朝鮑德的頭部開兩槍，鮑德便像一隻展翅的烏鴉倒地不起。他死了，絕無疑問。但就是有種不對勁的感覺。一陣狂風從海上吹進來，拂過侯斯特的頸子，像個冰冷、有生命的東西，有一、兩秒的時間他陷入茫然。

一切都按計畫進行，鮑德的電腦就在那邊，正是他事前被告知的地方。他應該直接拿了就走，他必須展現效率。可是他卻站在原地彷彿無法動彈，直到延誤得出奇地久了，他才明白爲什麼。

在那張大雙人床上躺著一個小男孩，幾乎整個人埋藏在羽絨被當中，頭髮亂蓬蓬，用呆滯的眼神看著他。那雙眼睛讓他不安，不只因爲他好像被看穿，還有其他原因。但同樣地，這並無差別。

他必須執行任務，絕不能讓任何事情危及此次行動，讓所有人暴露於危險之中。這裡顯然有個目擊者，尤其是他露了臉，當然不能留下證人，於是他舉槍指向男孩，直視他閃著光的雙眼，第三次喃喃自語：

「願祢的旨意遂行，阿們。」

步下計程車的布隆維斯特穿著一雙黑靴、一件他從衣櫥裡挖出來的寬羊皮領白色毛大衣，和一頂父親的舊氈帽。

此時是凌晨兩點四十分。Ekot廣播電台的新聞快報報導，由於一輛聯結車發生嚴重車禍，導致瓦姆多主要幹道大塞車。但布隆維斯特與計程車司機什麼也沒看見，一路駛過慘遭暴風雪蹂躪的黑暗郊區。布隆維斯特筋疲力竭，一心只想待在家裡，鑽進被窩重新躺到愛莉卡身邊再睡一覺。

可是他無法對鮑德說不，也不知道爲什麼，或許是出於某種責任感，覺得如今雜誌社面臨危機，自己不能再那麼悠哉，也或許是鮑德的口氣顯得孤單害怕，讓布隆維斯特既同情又好奇。他倒不以爲會聽到什麼大新聞，而是冷靜地預料自己會失望。說不定到頭來他只會像個治療師，像個暴風雪中的夜巡者。但轉念想想，誰也說不準，再者他又想起了莎蘭德。莎蘭德做事一向有她的道理，何況鮑德是個很有趣的人物，以前又從未接受過訪問。結果很可能會有點意思，布隆維斯特環顧漆黑的四周，心裡這麼想。

一盞路燈的淡藍色光線投射在屋牆上，而且還是一棟出自設計師之手的華宅，有大片的玻璃窗，外觀有點像火車。信箱旁邊站著一名高大的警員，年約四十來歲，原本曬黑的膚色變淺了，臉上的表情有點緊張不自然。馬路較遠處還有另一個身材較矮的警察，正在和一個手臂亂揮的醉漢爭執。這裡的狀況之多，倒是出乎布隆維斯特意料。

「怎麼回事？」他問高個兒警察。

始終沒得到答案。那名警察的手機響了，布隆維斯特無意中似乎聽到警報器未能正常運作。屋子較低處傳來一個聲響，一個令人膽怯的爆裂聲，他憑直覺聯想到這通電話。他往右邊走兩、三步，看見一道斜坡往下一路延伸到堤防與海邊，那裡也有一盞發出同樣淡藍色光的路燈。就在此時，突然竄出一個人影，布隆維斯特隨即明白出事了。

侯斯特扣下第一次扳機後，正打算開槍射男孩，卻聽到馬路邊有一輛車駛近，他即時住手。不過其實不是因爲那輛車，而是因爲腦海忽然冒出「智障」二字。侯斯特很清楚教授絕對有可能在生命最後一刻撒謊，但現在定睛看看孩子，他不禁懷疑或許是眞的。

孩子的身體文風不動，臉上散發的是驚奇而不是恐懼，就好像根本不了解發生什麼事。他的眼神太空洞、呆滯，完全無法流露正常的表情。

侯斯特想起調查期間看過一些資料，鮑德確實有個嚴重智障的兒子。報章雜誌與法院文件都顯示教授沒有監護權。但這肯定就是那個孩子，侯斯特既下不了手也無須殺他。這麼做沒有意義也違反他的職業道德，有了這層認知後，他大大鬆了口氣。當時他若是多想一想，應該會對自己這樣的反應起疑才對。

這時他只是放下手槍，從床頭櫃上拿起電腦和手機塞進背包，然後循著自己保留的潛逃路線奔入夜色中。但還沒走遠，便聽見身後有人出聲，他轉過身去，只見路旁站著一個男人，不是那兩個警察，而是穿著毛皮大衣、戴著氈帽的新面孔，身上散發一種不怒自威的氣勢。或許正因如此，侯斯特才會再度舉槍。他感受到危險了。

▲ ▲ ▲

此人身手矯健，一身黑衣，帽上有個頭燈，不知何故布隆維斯特覺得他是與多人合作行動，因此本以爲還會有更多人從黑暗中出現，而感到十分不安。他大喊道：「喂，你站住！」他做錯了。那人身子一定住，布隆維斯特就知道錯了，他的動作就像作戰的軍人，難怪反應如此迅速。當他掏槍射擊，好像這是世上最自然的一件事，布隆維斯特則已彎身躲到牆角。幾乎沒有聽到槍聲，但有個東西啪一聲打中鮑德的信箱，發生什麼事也就不言可喻了。高個兒警察趕緊結束通話，但全身一動也不動。唯一出聲的是那名醉漢。

「你他媽的在搞什麼啊？發生什麼事了？」他用異常耳熟的聲音咆哮著，直到此時兩名警員才緊張地低聲交談：

「有人開槍嗎？」

「好像是。」

「現在該怎麼辦？」

「呼叫支援。」

「可是他逃跑了。」

「那我們最好去看一下，」高個兒說道。接著他二人緩慢而遲疑地掏出槍來，往水邊走去。

漆黑冬夜裡可以聽到一隻狗在吠叫，是隻脾氣暴躁的小狗。風從海上猛吹而來，雪花到處翻飛，地面滑溜，較矮的那個警察險些跌倒，兩隻手臂胡亂揮動起來像個小丑。運氣好一點的話，他們也許能避免撞上那個持槍的人。布隆維斯特可以感覺到那個人毫無困難便能除掉他二人。從他快速而俐落地轉身舉槍看得出來，他受過專門訓練，布隆維斯特琢磨著自己又該怎麼辦。

他毫無自衛的東西。不過他還是站起來，撢去大衣上的雪，再度望向斜坡。警察正慢慢沿著水邊走向隔壁屋子，持槍的黑衣人已不見蹤跡。布隆維斯特也跟著往下走，來到屋子正面後發現有一扇窗破了。

房子開了一個大洞，他心想是否應該召回警察。還沒得來及這麼做，便聽到一個低低的、奇怪的呻吟聲，於是他踩過碎玻璃走進一條走廊，那細緻的橡木地板發出微光，在黑暗中也能看得見。他慢慢順著聲音來處走向一扇門。

「鮑德，」他喊道：「是我，麥可．布隆維斯特。你沒事吧？」

無人應聲。但呻吟聲變大了。他深吸一口氣，步入房內，隨即震驚地呆愣住。事後他也說不出自己先注意到什麼，或者最令他驚駭的是什麼。不一定是地上的屍體，雖然那張臉上滿是鮮血，表情空洞而僵硬。

有可能是鮑德旁邊那張大床上的景象，只是很難明白到底是怎麼回事。床上有個小孩，約莫七、八歲，五官秀緻，一頭凌亂的暗金髮，穿著藍色格紋睡衣，正用身體規律而使勁地撞著床頭板。孩子的哭嚎聲不像一般幼童的哭鬧，比較像個極盡所能想傷害自己的人。布隆維斯特還沒能想清楚，便急忙衝上前去，但孩子不停猛踢。

「好了，好了，」布隆維斯特說著張開雙手要去抱他。

男孩卻以驚人的力氣扭轉身體，最後——可能因為布隆維斯特不想抱他抱得太緊——他成功地掙脫了，衝出房門跑進走廊，赤腳踩在碎玻璃上，朝著破窗而去，布隆維斯特緊追在後高喊著：「不，不要。」

就在這時候孩子撞上那兩名警察。他們站在雪中，一臉驚惶失措。

# 第十一章

十二月二十一日

事後據說警方的程序有問題，未能及時採取行動管制該區交通。射殺鮑德教授的人想必是從容不迫地逃離現場，而現場的警員，亦即在局內被蔑稱爲「花花公子」的波隆與弗林警探，也太慢發出警報，至少他們發出的警報不夠急迫或具有威信。

重案組的鑑識人員與探員直到三點四十分才抵達，還有一名年輕女子與他們同時到達，她自稱嘉布莉・格蘭，看她那麼激動應該是親戚，後來才知道她原來是國安局長親自派來的分析師。這對嘉布莉並無幫助；承蒙警界普遍的性別歧視，也可能是爲了強調她被視爲局外人的事實，他們將照顧孩子的工作交給了她。

「妳看起來好像很會處理這種事。」艾瑞克・賽特倫說道。他是當晚偵查團隊的負責人。他看著嘉布莉俯身檢視孩子腳底的傷口，儘管她厲聲反駁說自己還有更重要的事要做，但正視孩子的眼睛後便投降了。

奧格斯（他們是這麼叫他的）嚇得全身僵硬，有好長一段時間裹著羽絨被坐在頂樓的地板上，一隻手在紅色波斯地毯上機械式地左右移動。事實證明在其他方面都不怎麼積極的波隆，竟然設法找來了一雙襪子，還給孩子的腳貼上OK繃。他們也發現到他全身瘀青、嘴唇裂傷。根據記者布隆維斯特的說詞——他的出現爲屋內製造了明顯的緊張氣氛——這孩子不停用身體撞床和樓下的牆壁，還赤腳跑過一樓的碎玻璃。

不知怎地，嘉布莉遲遲不願去和布隆維斯特正式打照面。她雖然馬上就意識到奧格斯是目擊證人，卻怎麼也無法與他建立任何關係，無法安撫他。一般的擁抱與溫柔言語顯然都派不上用場。只有當嘉布莉坐在一旁，保持些許距離，做她自己的事，才是奧格斯最平靜的時候。只有一次似乎引起他的注意，就是當她和柯拉芙講電話，提到了門牌號碼七十九。當時她並未多想，不久之後便連絡上情緒激動的漢娜·鮑德。

漢娜想馬上讓孩子回去，而且令嘉布莉驚訝的是漢娜建議她去找些拼圖出來，尤其是瓦薩號戰船①那幅，她說孩子的父親應該是隨手亂放在什麼地方了。她沒有說前夫非法帶走孩子，但被問到衛斯曼爲何跑到屋外討要孩子，她也沒回答。看起來他肯定不是因爲擔心孩子而來。

然而，孩子存在的事實倒也解開了嘉布莉稍早的一些疑團。如今她知道鮑德爲什麼對某些事支吾其詞，又爲什麼不想養看門狗。一大早，嘉布莉便安排一位心理醫師和另一位醫生將奧格斯帶到瓦薩區交給他母親，除非結果顯示他需要更緊急的醫療照顧。隨後她忽然興起另一個念頭。

她猛然想到這次殺鮑德的動機或許不是爲了滅口。凶手也很可能是爲了搶劫——不是金錢那麼明顯的東西，而是他的研究結果。嘉布莉不知道鮑德在人生這最後一年裡研究了些什麼，也許沒有人知道，但不難想像：極可能是研發他的人工智慧計畫，這項計畫在第一次遭竊時，便已經被視爲一項大革新。

他在索利豐的同事窮極所能地想一窺究竟，有一回鮑德自己說溜了嘴，說他守護它就像母親守護孩子一樣，嘉布莉暗忖，這意思想必是說睡覺時會把它放在身邊。於是她叫波隆照顧一下奧格斯，她則下樓到一樓的臥室去，裡頭鑑識小組正在嚴寒的氣溫下忙碌著。

「這裡有看見電腦嗎？」她問道。

鑑識人員全都搖頭，嘉布莉於是再度拿出手機打給柯拉芙。

不久便確定衛斯曼失蹤了。他必定是趁亂離開了現場，這讓賽特倫又是咒罵又是叫嚷，後來得知衛斯曼也沒回家，他叫罵得更凶。

賽特倫考慮要發出通緝令，年輕同仁阿克瑟．安德松聽了便問道：是否應該將衛斯曼視爲危險人物？安德松可能把衛斯曼和他螢幕上扮演的角色搞混了。不過也不能太苛責他，目前局勢看起來是愈來愈混亂。

這起凶殺案明顯不是家人間尋常的算帳報仇，不是酒後爭吵失手，不是一時衝動犯下的罪行。這是經過縝密計畫、冷酷無情的攻擊。讓事情更複雜的是省警局局長楊亨利．羅傅也提出他的看法，認爲這起命案勢必會衝擊瑞典產業的利益。賽特倫發現自己正處於一樁國內重大政治事件的核心，即便他不是警界最聰明的人，也明白自己現在的作爲將會造成重要且長遠的影響。

①Vasa Warship，十七世紀瑞典國王古斯塔夫二世下令建造的船艦，是至今僅存的十七世紀古戰艦。

賽特倫兩天前剛過完四十一歲生日，生日派對的後遺症還沒消退，而且他從未負責過這麼重要的案件。之所以被派來，哪怕只是幾個小時，全是因爲當晚沒有太多能人執勤，上司又決定不去吵醒國家凶案組成員或是斯德哥爾摩警局內任何經驗較豐富的幹員。

於是賽特倫就這樣置身於這場混亂當中，愈來愈沒自信，不久開始大聲發號施令。一開始，他試圖準備挨家挨戶進行實際查訪，但願能盡快蒐集到愈多證詞愈好，雖然心裡不抱太大希望。此時是深夜，天色漆黑，外頭又風雪大作，附近住戶八成什麼也沒看見。但世事難料。因此他親自向布隆維斯特提問，天曉得他到底在那裡做什麼。

瑞典最知名的記者之一出現在現場，對釐清案情並無太大幫助，有一度賽特倫還想像布隆維斯特正帶著批判目光檢視他，以便寫一篇大揭密。但很可能只是他的不安全感作祟。其實布隆維斯特自己也大受震撼，整個問話過程，他始終客客氣氣並期盼能有所幫助。不過，他能提供的訊息不多，據他所說，一切都發生得太快，單是這一點就很值得注意。

嫌犯的一舉一動都顯得殘暴而俐落，布隆維斯特說以此推測那人若非現役就是退役軍人，甚至可能是特種部隊，應該八九不離十。他轉身瞄準然後開槍的姿態似乎十分熟練。由於緊套的黑帽上綁著燈，布隆維斯特沒能看清任何一點五官特徵。

他說他離得太遠，而且那人一轉身他就立刻趴到地上，能保住一條小命應該感謝福星高照。他只能描述出身材與服裝，而且描述得極爲詳盡。根據這個記者的說詞，那人似乎已不年輕，應該有四十多歲，身材保持得很好，比一般人高，大約介於一米八五到一米九五之間，細腰厚肩、體型魁梧，穿著靴子和黑色軍款服裝，背著一只軟背包，右腿上好像綁著一把刀。

布隆維斯特認爲那人是往下走，沿著水邊穿越隔壁住屋後消失不見，這與波隆和弗林的說詞吻合。這兩名警員坦承完全沒看見那個人，但是聽到他的腳步聲沿著海邊跑去，他們隨後追去卻無所獲——他們是這麼說的。賽特倫對此抱持懷疑。

他推斷波隆和弗林心生怯意，只是呆站在夜色中，害怕得什麼也沒做。總之，大錯就是在這一刻鑄成的。他們沒有確認嫌犯的潛逃路線，試著管制該區交通，甚至可說是什麼也沒做。當時弗林和波隆還不知道有人被殺，等他們得知後，又忙著應付一個打赤腳、歇斯底里衝出屋外的男孩。在這樣的狀況下當然很難保持冷靜，但他們錯失了寶貴時機，雖然布隆維斯特描述案發經過時語帶保留，卻也能清楚看出連他都不以為然。他曾兩度詢問警員是否已發出警報，他們都以點頭作為回應。

稍後，布隆維斯特無意間聽到弗林與行動指揮中心的對話，這才發覺他們點頭極可能是代表沒有，或者頂多是在慌張失措之下，未能了解事態的嚴重性。他們過了許久才發出警訊，但即便通報了，事情還是沒有照正常程序發展，恐怕是因為弗林沒有清楚轉述情況。

癱瘓狀態擴及了其他層級。賽特倫萬分慶幸這怪不到他頭上來，因為當時他尚未插手調查。但另一方面，他人既然在這裡了，至少應該避免把事情搞砸。他最近的個人表現不太令人滿意，正好趁此機會全力以赴。

他現在在通往客廳的門口，剛剛結束和米爾頓保全的通話，談到關於當晚稍早在監視畫面上出現的人。他完全不符合布隆維斯特對殺人嫌犯的描述，看似是個瘦巴巴的老毒蟲，只是想必身懷科技絕技。米爾頓保全認為那個人侵入了警報系統，讓所有的錄影機與感應器停止運作。

這個說法對於辦案當然毫無幫助。對方不只有專業的計畫，甚至不顧警方的保護人員與精密的警報系統，仍犯下殺人案，這是何等自大？賽特倫本來打算到一樓與鑑識小組會合，卻仍待在樓上，滿心困惑地呆望前方，直到目光鎖定在鮑德的兒子身上。他是他們的關鍵證人，卻不會說話，也聽不懂他們在說什麼。這可以說是在這種命案現場差不多該有的反應。

男孩手裡拿著一小塊超級複雜的拼圖。賽特倫起步走向通往一樓的弧形樓梯，但又忽然停下來。他回想最初對小男孩的印象。當他到達現場，還沒完全掌握狀況時，這個孩子看起來就跟其他小孩沒兩樣。賽特倫會形容他是個異常漂亮但外表正常、擁有一頭鬈髮、眼神似乎受到驚嚇的男孩。後來才知道他患有自閉症，並有嚴重的心智功能障礙。他心想，這表示凶手若非本來就認識他，就是察覺到他的狀況，否則幾乎不可能冒著被指認的風險讓他活命，不是嗎？賽特倫雖然沒有花太多時間把這事徹底想清楚，卻受到第六感的刺激，急忙朝男孩跨出幾步。

「我們必須馬上訊問他。」脫口而出的聲音出乎他意料的響亮而急迫。

「拜託，就饒了他吧。」布隆維斯特說。

「你別插手，」賽特倫厲聲斥道。「他有可能認識凶手。我們得找出一些照片讓他瞧瞧，我們多少得……」

這時男孩忽然用力地橫掃拼圖，打斷他的話。賽特倫喃喃道了聲歉後，便下樓找鑑識小組去了。

布隆維斯特繼續留在那裡，看著男孩。感覺上好像還有什麼事情要發生，也許他又要發作了，而他最不希望看到的就是孩子再度傷害自己。男孩身子變得僵硬，右手開始在地毯上激烈而快速地畫圓圈。

接著，男孩停了手，抬起頭露出懇求的眼光。儘管布隆維斯特自問這是否意味著什麼，但是當那名警員（現在他知道他姓波隆）坐到孩子身邊，試著哄他再玩拼圖後，他便也放下這個念頭，逕自到廚房去安靜片刻。他筋疲力盡也很想回家，可是好像得先看一些監視器拍下的畫面。不知道要等到什麼時候，一切都很費時也顯得雜亂無章，而布隆維斯特只渴望回到自己床上。

到目前爲止，他和愛莉卡通過兩次電話並將來龍去脈告訴她了。他們一致認爲布隆維斯特應該針對這起命案寫一篇較長的文章，刊登在下一期。不只因爲命案本身明顯就是重大事件，而且鮑德教授的一生也值得評論，還因爲布隆維斯特個人牽涉在內，這將使這則報導更具特色，讓他比競爭對手多一分優勢。他在深夜接到一通戲劇性的電話，使他在第一時間趕到現場，光是這點就讓他的文章占了上風。

賽納的情況和雜誌社的危機都隱含在他們的談話當中。愛莉卡已經計畫讓約聘人員安德雷先作初步調查，布隆維斯特也可以趁機睡個覺。她態度相當強硬，既像慈愛的母親也像強勢的總編輯，說她不許手下的明星記者都還沒開始工作就過勞死。

布隆維斯特毫無異議地答應了。安德雷有抱負又好說話，若能一覺醒來發現準備工作已全部就緒當然很好，最好還備妥了與鮑德親近者的名單，他應該一一去拜訪。之前曾有幾天晚上，安德雷在磨坊啤酒屋向布隆維斯特吐露過心聲，說他與異性之間總是問題不斷，布隆維斯特想起此事，也樂得暫時轉移一下注意力。安德雷年輕、聰明又英俊，應該是個好對象。但因爲他個性有點柔弱又黏人，才會一而再、再而三地被甩，讓他深感痛苦。安德雷是個無可救藥的浪漫主義者，始終夢想著大獨家與神聖的愛情。

布隆維斯特坐在鮑德家的廚房裡，望著漆黑的屋外。在他面前有一個火柴盒、一本《新科學家》雜誌和一本寫了一些難以理解的方程式的拍紙簿，旁邊擺著一張很美但氣氛略顯不祥的素描，畫的是一個十字路口。紅綠燈旁站著一個男人，微溼的眼睛斜睨著，嘴唇很薄。雖是剎那間捕捉到的影像，他臉上的皺紋以及鋪棉夾克與長褲的皺褶卻看得一清二楚。他的外表難以給人好感，下巴處還有一個心形的痣。

不過這張畫中最醒目的是紅綠燈。這個號誌燈發出一種意味深長、令人不安的光，而且是以某種精準的技術呈現，手法極為高明，幾乎可以看到隱藏其下的幾何線條。鮑德想必另有畫畫的嗜好，但令布隆維斯特納悶的是為何選擇如此不尋常的主題。不過話說回來，像鮑德這樣的人又怎會畫夕陽和船呢？對他來說，紅綠燈很可能和其他一切同樣有意思。還有一點勾起了布隆維斯特的好奇，那就是這幅畫有如快照，就算鮑德坐下來仔細觀察了紅綠燈，也不太可能叫那個男人一次又一次地過馬路吧。也許這個人是想像出來的，又或者鮑德有過目不忘的本領，就像……布隆維斯特陷入沉思。之後他拿起手機，第三次打給愛莉卡。

「你要回家了嗎？」她問道。

「可惜還沒有。還有幾樣東西需要我看一看。不過我想請妳幫個忙。」

「不然你以為我在這裡做什麼？」

「妳能不能打開我的電腦登入？妳知道我的密碼吧？」

「我知道你的一切。」

「然後點進『文件』打開『莉絲資料』的檔案。」

「我想我大概知道是怎麼回事了。」

「哦？我要妳寫……」

「等一下，我得先打開檔案。現在，可以了……等等，裡面已經有一些東西。」

「別管它們。我要的是最上面那個。可以開始了嗎？」

「可以了。」

「妳就寫：『莉絲，也許妳已經知道，法蘭斯．鮑德死了，頭部中彈。妳能不能找出為什麼有人想殺他？』」

「就這樣？」

「我們這麼久沒連絡，這樣算是相當多了。她八成會覺得我這個要求太厚臉皮。但我想若能得到她幫忙也無妨。」

「你是說偶爾非法入侵電腦一下也無不可？」

「我沒聽見。希望很快就能見到妳。」

「但願如此。」

莎蘭德好不容易又睡了一覺，七點半才醒來。狀況不是太好，頭痛又想吐，但比前一晚好些了。她包紮好受傷的手、換了衣服，吃了兩塊用微波爐加熱的餃形碎肉餡餅、喝了一杯可口可樂當早餐後，把幾件運動服塞進運動袋便出門去。暴風雪已經平息，市區裡隨處可見垃圾和報紙。她從摩塞巴克廣場沿著約特路往下走，一面喃喃自言自語。

她一臉怒容，途中至少有兩個人機警地避開她。其實莎蘭德只是決心堅定。她不是迫不及待想做運動，只是希望堅持日常的例行公事，將毒素排出體外。因此她繼續走上霍恩斯路，就在到達霍恩斯路之前轉進位在地下一樓的「零」拳擊俱樂部。那天早上，俱樂部看起來比平時更破爛。

這個地方眞該上一層漆，稍微讓門面煥然一新，說不定這裡從七〇年代起就沒有裝修過。這牆上依然貼著阿里和福爾曼的海報，看起來那傳奇的金夏沙一戰②彷彿是昨天才發生的事。這應該是是因爲俱樂部負責人歐賓茲小時候在現場看過這一戰，觀戰之後還在奔放的豪雨中奔跑，口中繼續高喊著場內的口號：「阿里，殺！」當時的快步疾奔不只是他最快樂的回憶，也是他所謂「純眞歲月」的最後一刻。

不久以後，他和家人便被迫逃離莫布杜③的恐怖統治，生活也就完全變了樣。所以也不難理解爲何他想將昔日的那一刻保留起來，帶到斯德哥爾摩索德毛姆區這個冷清荒僻的拳擊館來。歐賓茲仍經常聊起那場比賽，但其實他總是經常在聊些什麼。

他又高又壯，頂著個大光頭，是個超級大嘴巴，也是莎蘭德在館內的許多愛慕者之一，不過他也和無數人一樣認爲她有些瘋狂。她每隔一段時間就會練拳練得比誰都凶猛，像個瘋婆子一樣打吊球、打沙包、打陪練對手。她擁有一種原始、狂暴的能量，歐賓茲難得見到。

在他和她還不太熟的時候，曾有一次建議她參加拳擊賽，不料她竟不屑地嗤之以鼻，之後他便沒再提過，但仍始終不明白她爲何要練得這麼拚命。其實也不是眞的需要知道，拚命練拳有可能毫無理由，這總比酗酒來得好，比很多事情都好。

大約一年前某天夜裡她對他說的話也許是眞的，說她想做好體能的準備，以防最後又再次遭遇困境。他知道她以前碰上過麻煩。網路上關於她的消息，他字字句句都讀了，因此明白她說要做好準備以防過去某些惡毒陰影突然出現是什麼意思。他自己的雙親便是遭到莫布杜派來的殺手所害。

他不明白的是爲什麼每隔一定的時間，莎蘭德就會完全停止練拳，完全不運動，只吃垃圾食物。那天早上，她一如往常高調地身著黑衣、露出張狂的穿洞釘環來到拳擊館，這距離上次歐賓茲見到她已經隔了兩個禮拜。

「嗨，美女。妳跑哪去了？」

「在做一點高度違法的事。」

「想也知道。又把哪個飛車黨打得半死之類的吧。」

誰知她對這個玩笑一點反應也沒有，只是憤憤然走向更衣室，他則做了一件明知她最痛恨的事：擋到她面前，直視著她。

「妳的眼睛好紅。」

「我宿醉到爆。別擋路！」

「那我就不想在這裡看到妳，妳知道的。」

「少廢話。我要你把我操到死。」她啐了一口，從他身邊閃過便去換衣服。等她穿上太寬鬆的拳擊褲和胸前畫有黑骷髏頭圖案的白背心現身時，他發現也只能順她的意，別無他法了。

---

②一九七四年，年過三十的阿里在金夏沙挑戰當時還正年輕有力的世界拳王福爾曼，他以技巧與積分贏回拳王寶座，令許多人跌破眼鏡。

③Mobutu Sese Seko（1930-1997），曾任剛果共和國的總統，在任期間貪污腐敗嚴重。一九九七年剛果內戰中被推翻、出逃，最後死於摩洛哥。

她被逼得往垃圾桶裡吐了三次，他極盡所能不讓她好過，而她也毫不留情地還以顏色。然後她就走開來，換好衣服離開拳擊館，連聲再見都沒說。每當這種時候，歐賓茲就會感到無比空虛，也許他甚至有點愛上她了。總之肯定是動心了——面對打拳打成這樣的女孩，誰能不動心？

他最後看見她的身影是上樓時慢慢消失的一雙小腿，因此也無從知道她來到霍恩斯路後，感覺腳下的地面搖晃起來。她靠在大樓牆面大口喘息，接著才起步往菲斯卡街的公寓走去。一回到家，她又喝了一大杯可口可樂和半公升果汁，然後一頭栽到床上，看著天花板十分鐘、十五分鐘，想這想那，想著奇異點、事件視界④、薛丁格方程式的某些特殊觀點，還有艾德·尼丹姆。

她等到世界恢復了正常色彩後才下床坐到電腦前面。不管有多麼遲疑，她總會被電腦吸引過去，這股力道從她小時候就沒有減弱過。但是今天早上她絲毫無心於瘋狂入侵。她駭入布隆維斯特的電腦，轉眼間整個人呆住了。他們才開過鮑德的玩笑，如今布隆維斯特竟說他被殺了，頭部中彈。

「天哪。」她喃喃說道，然後看了一下網路新聞晚報。

沒有指名道姓，但不難猜出「瑞典學者在鹽湖灘住宅遭殺害」說的就是鮑德。目前警方守口如瓶，記者無從挖出太多消息，無疑是因為他們尚未察覺這是多大的新聞。當晚的其他事件占了更多版面：關於暴風雪與全國大停電與火車嚴重誤點。另外還有零星幾則名人新聞，莎蘭德根本懶得去了解。

關於凶殺案的明確相關報導只有：發生時間約在凌晨三點，警方正在附近找尋目擊證人，看看有無任何不尋常跡象。到目前爲止並無嫌疑人，但似乎有人看到屋外出現不明身分的可疑人士。警方正在追查更多相關訊息。報導末了還說當天稍晚將舉行記者會，由督察長楊・包柏藍斯基主持。莎蘭德若有所思地笑了笑。她和包柏藍斯基（有時也被稱爲泡泡警官）淵源頗深，她暗想只要不安排一些白癡到他手下，調查工作應該會很有效率。

隨後她又把布隆維斯特的訊息重看一遍。他需要幫助，而她想也不想就回信說「好」，不只因爲開口要求的人是他，還有個人因素。她沒有顯露出悲傷，至少不是以傳統方式顯現。然而，憤怒是有的，一股冷冷的、不斷醞釀的怒氣。雖然她對包柏藍斯基有一定程度的尊敬，卻不怎麼信任執法人員。

她習慣一切靠自己，而且她有太多理由想找出鮑德被殺的原因。其實她會去找他，會對他的處境感興趣並非巧合。他的敵人很可能也是她的敵人。

最初是從一個老問題開始的：她父親是否以某種形式繼續活著？亞力山大・札拉千科不僅害死她母親、毀了她的童年，還建立並掌控一個犯罪組織網，販售毒品和武器，並靠著剝削和羞辱女人謀生。她深信這種惡性絕不會消失，只會轉移成其他形式。自從一年多一點之前的某個黎明，在巴伐利亞阿爾卑斯山上的艾茂城堡飯店醒來後，莎蘭德便一直在獨自調查他留下的人事物後來怎麼樣了。

他的老夥伴們似乎大多都變成廢人、墮落的盜匪、令人不齒的皮條客或是些小奸小惡之

---

④event horizon，天文物理學名詞。原指事件視界內的資訊因無法克服黑洞重力，傳遞不到外界。這裡是轉喻超級人工智慧出現之後的事會遠遠超乎我們的預測及想像。

輩，沒有一個像她父親那麼壞。有很長一段時間，莎蘭德都相信札拉千科死後，那個組織已經改變且瓦解了。但她並未就此鬆手，最後無意間發現一件事，指向一個令人完全意想不到的方向。此事涉及札拉的一名年輕助手，一個名叫席格菲．葛魯波的人。

札拉還在世時，葛魯波便已算是組織中較聰明的人，與其他同儕不一樣的是，他攻讀了電腦與企管雙學位，也顯然因此得以接觸較上流的圈子。最近他忽然出現在幾起據傳針對高科技公司所犯的罪行：盜取新科技、勒索、內線交易、駭客攻擊。

正常來說，莎蘭德不會繼續追這條線索，因爲她根本不在乎兩、三家富有的集團被騙走一些新技術。但忽然間事情起了變化。

她從位於契頓南的英國政府通訊總部弄到一份機密報告，發現裡面有一些代號和某幫派有關，而葛魯波現在好像就是那個幫派的成員。這些代號讓她起了警覺，之後便再也無法置之不理。她盡可能地蒐集有關該幫派的資訊加以拼湊，一再發現有個傳言說這個組織偷走了鮑德的人工智慧技術，轉賣給俄美合資的遊戲公司「眞實遊戲」。她的消息來源並不可靠，是個半開放的駭客網站，但她正是爲此才會出現在皇家科技學院的講堂，拿黑洞深處的奇異點來刁難鮑德。又或者應該說那只是部分原因。

第二部

# 記憶的迷宮

11/21　11/23

過目不忘的人也可以說是擁有照相記憶① 。

研究顯示具有照相記憶的人比一般人更容易緊張、有壓力。

雖不是百分之百，但大多數具有照相記憶的人都有自閉症。照相記憶也和聯覺有關；所謂聯覺就是兩種以上的感覺互相牽連的狀況，例如看到以顏色標示的數字後，每一系列的數字都會在心裡形成一個影像。

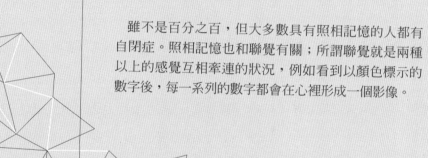

# 第十二章

十一月二十一日

楊・包柏藍斯基一直盼著能趁休假去找索德會堂的高德曼拉比長談，最近有些問題不斷困擾著他，主要是關於上帝的存在。

若要說他已變成無神論者是誇張了，但他對上帝這個觀念愈來愈疑惑，始終覺得這一切都沒有意義，還經常伴隨著遞出辭呈的幻想，所以很想找人談談。

包柏藍斯基當然自認爲是優秀的警探。整體而言，他的破案紀錄亮眼，偶爾也還是會興奮激昂地投入工作，但他不確定是否還想繼續調查凶殺案。趁現在還來得及，可以學學新技能。他的夢想是教書，希望藉此幫助年輕人找到自己的路並相信自己，或許是因爲他常常對自己充滿疑慮吧——不過不知道要選哪一科。他始終沒有一個特別拿手的領域，除了後來成爲他命中註定要面對的事之外：也就是追查那些不得善終的猝死與人類可怕的病態行爲。他當然不想教這些。

早上八點十分，他在浴室裡照鏡子，自覺浮腫、疲憊、頭頂光禿。他漫不經心地拿起以撒・辛格的《盧布林的魔術師》②，這本書他深愛不已，多年來一直放在洗臉台旁邊，萬一鬧肚子時想看就能隨手拿起來看。但這次只看了幾行，電話就響了，看到來電顯示後心情並未好轉，是檢察長李察．埃克斯壯。埃克斯壯來電意味上門的不只是工作，八成還是帶有政治與媒體因素的工作，否則埃克斯壯早就像蛇一樣逃溜開了。

「嗨，埃克斯壯，很高興接到你的電話，但我沒空。」包柏藍斯基撒謊道。

「什麼……？不，不會的，包柏藍斯基，這件事你不會沒空。你可不能錯過。聽說你今天休假。」

「是啊，而且我正要去……」他不想說要去會堂。他的猶太血統在警界不太受青睞，便接著說：「……去看醫生。」

「你病啦？」

「也不算是。」

「這是什麼意思？快要病了？」

「差不多是這個意思。」

「那就沒問題了。我們哪個不是快要病了，對吧？這個案子很重要，商務部部長都出面關切了，她也認爲應該讓你負責調查。」

「我很難相信部長會知道我是誰。」

---

①photographic memory，短時間內就能記住影像、聲音或物體形貌的能力。

②Isaac Bashevis Singer（1902-1991），諾貝爾文學獎得主，使用意第緒語寫作，文中提到的《盧布林的魔術師》主角和包柏藍斯基一樣是個猶太人。

「可能不知道名字，反正她也不應該插手。不過我們都一致認爲這次需要一個大牌人物。」

「甜言蜜語對我沒作用了，埃克斯壯。到底什麼事？」他才問完立刻後悔。光這麼一問就等於答應了一半，而且聽得出來埃克斯壯就是這麼想的。

「昨晚法蘭斯．鮑德教授在鹽湖灘的住家遭到殺害。」

「他是誰？」

「我國最知名的科學家，享譽國際。他在ＡＩ科技方面是世界級權威。」

「在**什麼**方面？」

「他在研究類神經網路和量子的數位信號處理之類的。」

「我完全聽不懂你說什麼。」

「他在嘗試要讓電腦思考，讓電腦複製人腦。」

**複製人腦**？包柏藍斯基不禁納悶高德曼拉比聽了會怎麼想。

「聽說他曾經是產業間諜活動的受害者，」埃克斯壯說道：「所以他的遇害才會驚動商務部。你一定知道部長曾信誓旦旦地說，我們絕對需要保護瑞典的研究成果與新科技。」

「好像有。」

「這個鮑德好像受到某種威脅。有警察在保護他。」

「你是說他是在警方保護下被殺？」

「老實說，並不是什麼大不了的保護，只是從正規警力調派了弗林和波隆。」

「那兩個花花公子？」

「沒錯。昨天深夜，風雪正大、全市亂成一團的時候，他們接到任務指派。但我不得不替他們說句話，整個局面眞的是亂七八糟。鮑德被槍殺的時候，我們的警員正在應付一個沒頭沒腦跑到屋子前面來的醉漢。凶手正好趁他們不注意時行凶，這並不令人意外。」

「聽起來不太妙。」

「可不是，凶手似乎非常專業，更糟的是所有的防盜系統好像都被入侵了。」

「這麼說凶手不只一個？」

「應該是。另外還有一些棘手的細節。」

「媒體會喜歡的？」

「媒體會喜歡的。」埃克斯壯說：「比方說，那個忽然現身的酒鬼不是別人，正是拉瑟·衛斯曼。」

「那個演員？」

「就是他。這是個大問題。」

「因爲會鬧上所有的頭版？」

「這是一部分原因，但除此之外，我們恐怕會沾上一堆麻煩的離婚問題。衛斯曼聲稱他去那裡是爲了帶回同居女友的八歲兒子。鮑德把孩子帶回去了，這個孩子……等一下……我先把話說清楚……他肯定是鮑德的親骨肉，但是根據監護權的裁定，他沒有能力照顧。」

「一個能讓電腦像人一樣的教授，怎麼會沒有能力照顧自己的孩子？」

「因爲他以前完全沒有責任感，而且是到驚人的地步。如果我理解得沒錯，他根本是個無藥可救的父親。整個情況相當敏感。這個本不該出現在鮑德家的小男孩，很可能親眼目睹了殺人經過。」

「老天啊！那他怎麼說？」

「沒說什麼。」

「受到驚嚇了嗎？」

「想必是吧，不過他本來就什麼都不會說。他是啞巴，好像還有心智障礙，所以對我們不會有太大幫助。」

「我明白。所以說沒有嫌疑人。」

「除非衛斯曼能解釋他為什麼剛好在凶手進入一樓的時候出現。你應該把衛斯曼找來問話。」

「如果我決定接這個案子的話。」

「你會的。」

「你就這麼有把握？」

「依我看你別無選擇。再說，最精采的我還沒說呢。」

「是什麼？」

「麥可·布隆維斯特。」

「他怎麼了？」

「不知道為什麼他也在現場。我想是鮑德要求見他，想跟他說些什麼。」

「在大半夜裡？」

「看起來是的。」

「然後他被射殺了？」

「就在布隆維斯特去按門鈴之前——他好像瞥見凶手了。」

包柏藍斯基不屑地哼了一聲，無論怎麼看，這都是很不恰當的反應，他自己也無法解釋。或許是焦慮吧，又或許是覺得人生歷程總會重演。

「你說什麼？」埃克斯壯問道。

「只是喉嚨有點癢。所以你是擔心最後被調查記者給盯上，害你醜態畢露？」

「嗯，也許是吧。我們猜想《千禧年》已經開始著手準備寫報導，現在我想找一些法律方面的理由阻止他們，不然至少也得讓他們稍微受到控制。我不排除要把這個案子視爲可能影響國家安全的事件。」

「這麼說我們還要和國安局周旋？」

「無可奉告。」

**去死好了**，包柏藍斯基暗罵道。「歐洛夫森組長和產業保護小組的其他組員也負責這個案子嗎？」

「我說過了，無可奉告。你什麼時候可以開始？」埃克斯壯問道。

「我可以接，但有幾個條件。」包柏藍斯基說：「我要我原來的團隊：茉迪、史文森、霍姆柏和傅蘿。」

「當然，沒問題，但還有漢斯．法斯特。」

「門都沒有！」

「抱歉了，這事沒得商量。能讓你選擇其他那些人，你就該心存感激了。」

「你眞會折騰人，你知道嗎？」

「我聽說了。」

「所以法斯特將會是國安局安插到我們隊上的小奸細囉？」

「胡說八道。我倒認爲如果每個團隊都有一個從不同角度思考的人，不失爲一件好事。」

「也就是說當我們其他人都摒除了偏見和先入爲主的觀念，卻甩不掉一個會把我們打回原點的人？」

「別說這麼荒謬的話。」

「法斯特是個白癡。」

「不，包柏藍斯基，他不是。他只是……」

「什麼？」

「保守。他不是會迷上最新流行的女性主義熱的人。」

「也不會迷上最早流行的那些。他可能滿腦子就只想著婦女投票權的事情。」

「好啦，你就理智一點。法斯特是個極度可靠又忠誠的警探，我不想再聽到這種話了。你還有什麼要求？」

**可不可以請你閃一邊去，別來煩我？**包柏藍斯基暗想，嘴裡卻說：「我得去看醫生，這段時間的調查工作，我要茉迪來主導。」

「這個主意眞的好嗎？」

「好得不得了。」他咆哮道。

「好吧，好吧，我會吩咐賽特倫交接給她。」埃克斯壯畏縮地說。

此時的埃克斯壯檢察長徹底懷疑起自己該不該接下這次的調查任務。

亞羅娜很少在晚上工作。這十年來她總能設法避開而且理由充分，因為風溼症逼得她不時得吃高劑量的可體松錠，讓她不只有月亮臉還有高血壓，所以她需要睡眠和固定作息。但現在都已經凌晨三點十分，她竟然還要工作。

她在細雨中，從位於馬里蘭州勞若市的住家開車出來，經過寫著「國安局　前方右轉——閒人勿近」的招牌，經過路障與通電的鐵絲網，駛向米德堡那棟方塊狀的黑色主建築。她把車停在占地遼闊、形狀不規則的停車區，旁邊就是布滿淺藍色高爾夫球狀雷達與一堆碟型天線的區域。隨後她通過安全門，直上十二樓的工作站。看到裡頭的熱烈氣氛，她吃了一驚，不久便發覺讓整個部門瀰漫著高度張力的正是艾德和他手下那群年輕駭客。

艾德像著魔似的，站在那裡衝著一個年輕人大吼大叫，那人臉上有一種冰冷蒼白的光采，真是奇怪的傢伙，亞羅娜心裡暗想，就跟圍繞在艾德身邊那些年輕天才駭客一樣。這小伙子骨瘦如柴，臉色有如貧血，髮型亂得像狗啃，駝得出奇的肩背像是不停在抽搐抖動著。也許是害怕吧，他不時會顫抖，又加上艾德猛踢他的椅角，搞得情況更糟。年輕人一副等著挨巴掌、被狠揙耳光的模樣。但緊接著出人意表的事發生了。

艾德冷靜了下來，像個慈父般撥撥小伙子的頭髮。這不像他，他不是個情感外露的人。他是個硬漢，絕不會做任何類似擁抱另一個男人之類的可疑舉動。但或許他實在太絕望了，因此準備嘗試一下正常人性表現。艾德的拉鍊沒拉，襯衫上還濺到咖啡或可口可樂，臉色紅得很不健康，聲音更是喊到啞了。亞羅娜認為以他的年紀和體重，根本不該把自己逼得這麼緊。

雖然才過了半天，艾德和手下卻像已經在那裡度過一星期，到處都是咖啡杯、沒吃完的速食餐點、亂丟的帽子和大學運動衫，空氣中還有一股混合著汗水與緊張氣息的惡臭。這支卯足全力在追蹤駭客的團隊，顯然正把全世界搞得天翻地覆。她用真摯熱誠的口氣大聲對他們說：

「兄弟們，加油……好好收拾那個王八蛋！」

她不是真的這麼想，反倒暗自覺得有趣。這些程式設計師似乎多半自認可以為所欲為，好像權力無上限，所以讓他們知道對方也可能回擊，應該能學到一點教訓。在國安局這個「謎宮」裡，只有面臨某種可怕情況才會暴露出他們的缺點，就像現在這樣。她是被一通電話吵醒的，說那個瑞典教授在斯德哥爾摩郊區的住家遭人殺害，儘管對美國國安局來說，此事本身沒什麼大不了（至少目前還沒什麼），對亞羅娜卻別具意義。

這樁殺人事件顯示她對那些跡象的解讀正確，如今她得看看是否能再更進一步。她登入後打開正在追蹤的那個組織的概略結構圖。難以捉摸的薩諾斯坐鎮最頂端，但也有一些真名實姓，諸如俄國國會議員戈利巴諾夫和德國人葛魯波。

她不明白為何局裡如此不重視此事，上司又為何不斷暗示應該交由其他較主流的執法機關處理。他們不能排除這個組織網有國家做後盾，或是與俄國國家情報局有關聯的可能性，這一切有可能關係到東西方的貿易戰爭。儘管證據薄弱不明確，但仍可看出西方技術被竊並落入俄國人手中。

只是這張網縱橫糾結，很難釐清，甚至無法得知是否涉及任何罪行——也許一切純屬巧合，剛好其他地方也研發出類似的技術。當今產業界的機密竊取完全是個模糊不清的概念，資產隨時都在出借，有時候作為創意交換，有時候則只是偽裝成合法的假象。

大企業在咄咄逼人的律師群助陣下，常常將小公司嚇得魂不附體，而那些改革創新的個體戶在法律上幾乎毫無權利，卻似乎誰也不覺得奇怪。除此之外，產業間諜與駭客攻擊行為往往只被視為競爭環境中的例行研究調查。國安局這群人幾乎稱不上有助於提升這方面的道德標準。

但話說回來，謀殺案畢竟很難等同看待，因此亞羅娜鄭重發誓，用盡一切手段都要把薩諾斯揪出來。她還沒使出太多手段，事實上只是伸展了一下手臂、按摩了一下脖子，就聽到背後的喘氣聲。

艾德簡直不成人樣。他的背想必也出了毛病，光是看他這副模樣，她就覺得脖子舒服些了。

「艾德，什麼風把你給吹來了？」

「我想妳和我正在解決同一個問題。」

「坐吧，老兄。」

「妳知道嗎？根據我十分有限的觀察……」

「別貶低自己，艾德。」

「我絕對沒有貶低自己。大家都知道我根本不在乎誰高誰低、誰這麼想誰那麼想，我只關心自己的工作。我在保護我們的系統，只有在看到很高竿的人才會真的感受深刻。」

「只要是電腦高手，就算是魔鬼你也會僱用。」

「只要他知道自己在做什麼，任何敵人我都會尊重。妳覺得合理嗎？」

「合理。」

「妳一定聽說了，有人利用惡意軟體進入我們的伺服器植入一個遠端存取木馬程式，亞羅娜，那個程式就像一首唯美的樂曲，非常緊湊，寫得美極了。」

「你遇到旗鼓相當的對手了。」

「毫無疑問，我手下的人也有同感。他們全都表現出義憤塡膺的愛國姿態，反正就是做我們該做的事。但他們其實只是想會會這個駭客，和他一較高下，我有一度心想：也好，就把他解決了吧！或許傷害畢竟不會太大，只不過是個天才駭客想顯顯身手罷了，可能不用太悲觀。我的意思是在追著這個小丑跑的時候，我們已經發現自己的很多弱點。但後來我開始懷疑自己是不是上當了，說不定在我郵件伺服器上的所有作業都只是煙霧彈，底下隱藏著截然不同的東西。」

「譬如說？」

「譬如說想尋找某些資訊。」

「這我倒好奇了。」

「妳是應該好奇。我們確認了這名駭客查看的區域範圍，基本上都只和一件事有關，就是妳正在調查的那個組織網，亞羅娜。他們自稱爲蜘蛛，對吧？」

「說得精確些，是蜘蛛會。但我認爲應該是在開玩笑。」

「這個駭客在找關於那群人的訊息，還有他們與索利豐的關係，這讓我想到他可能和他們是同夥，想看看我們對他們了解多少。」

「好像有可能。他們知道怎麼侵入電腦。」

「可是後來我改變想法了。」

「爲什麼？」

「因爲這名駭客似乎也想告訴我們什麼。妳知道嗎？他取得超級使用者的身分，可以看到一些可能連妳都沒看過的文件，一些極機密的東西。可是他上傳的卻是一個高度加密的檔案，除非寫程式的那個王八蛋提供私鑰，不然別說是他，就連我們也毫無機會能看到。總之……」

「什麼？」

「這駭客透過我們的系統揭露了我們也在和索利豐合作，就跟蜘蛛會一樣。這件事妳知道嗎？」

「天啊，我不知道。」

「我想也是。不過幸好索利豐提供給蜘蛛會的幫助，同樣也提供給我們了。這有一部分得歸功於我們自己在產業間諜活動方面的努力。妳的計畫之所以這麼不受重視，原因想必在此。他們擔心妳的調查會給我們惹來一身腥。」

「白癡。」

「這點我不得不認同。現在他們很可能會完全終止妳的工作。」

「那就太超過了。」

「別緊張，有個漏洞可鑽，所以我才會拖著這個可憐的老屁股到妳這裡來。妳就改替我工作吧。」

「什麼意思？」

「這個該死的駭客對蜘蛛會有點了解，要是能追蹤到他的身分，我們倆就都走運了，而妳也能繼續把案子查完。」

「我明白你的意思了。」

「這麼說妳是答應了？」

「是，也不是。」她說：「我想專心找出射殺鮑德的凶手。」

「有任何進展會讓我知道吧？」

「會。」

「那好。」

「我想知道，」她說：「如果這個駭客這麼聰明，難道不會湮滅軌跡？」

「這妳不用擔心。不管他有多聰明，我們都會找到他，讓他好看。」

「你對對手的敬意跑哪去了？」

「還在啊，朋友。只不過我們還是會打垮他，把他關上一輩子。沒有哪個王八蛋可以入侵我的系統。」

# 第十三章

十一月二十一日

布隆維斯特再次失眠。他心裡就是放不下當天晚上的事，到了十一點十五，他終於放棄。

他進到廚房做了兩份切達起司加帕瑪火腿三明治和一碗優格加什錦麥片，卻吃得不多，反而選擇了咖啡、水和幾顆頭痛藥。他喝了五杯 Ramlösa 礦泉水，吞了兩顆 Alvedon 止痛藥，拿出一本記事簿試著大略記下事發經過，才寫沒多久電話就響了。

新聞已經出來：「明星記者麥可·布隆維斯特與電視明星拉瑟·衛斯曼」成爲一起「神秘」殺人戲碼的核心人物，神秘是因爲誰也猜不透爲何在某個瑞典教授頭部中彈的現場，偏偏出現了衛斯曼和布隆維斯特，無論兩人是一起或分別到達。提問之間似乎有某種惡意的影射，因此布隆維斯特十分坦白地說自己會深更半夜跑去那裡，是因爲鮑德有急事想找他談。

「我是爲了工作去的。」

他其實無須如此防備，他本想針對外界的指控提出解釋，但那可能會促使更多記者深入挖掘內幕。因此除了這句，他一律只說「無可奉告」，即便這不是理想的答覆，至少也夠直接明瞭。之後他關掉手機，重新穿上父親的舊毛皮大衣，朝約特路方向出發。

辦公室裡的熱鬧氣氛讓他想起了往日。裡頭的每個角落都有同事全神貫注地坐在桌前工作，一定是愛莉卡發表了一、兩段熱血沸騰的談話，讓每個人都意識到此時此刻的重要性。最後期限只剩十天，另外還有雷文與賽納的威脅陰影籠罩著，整個團隊似乎已作好應戰的準備。他們一看到他都馬上跳起來，詢問關於鮑德與夜裡發生的事，以及他打算怎麼對付賽納集團那幾個挪威人的爛提議。但他想效法他們，安靜且專注。

「等一下，等一下。」他說著走到安德雷的桌旁。

安德雷今年二十六歲，是全辦公室最年輕的一個。他在雜誌社結束實習後繼續留下來，有時當約聘人員（就像現在），有時當自由撰稿人。沒能聘他當正式員工讓布隆維斯特很難過，尤其他們還僱用了埃米和蘇菲。若由他來決定，他寧可選擇安德雷。但是安德雷還沒打響自己的名號，要學習的地方還多著。

他具有卓越的團隊合作能力，這對雜誌社而言是好事，對他本身卻不必然，特別是在這個邪惡的行業裡。這個年輕人不夠自負，雖然他絕對有此資格。他的外表像年輕版的安東尼奧．班德拉斯，領悟力比大多數人都強，但他卻不會想方設法自我宣傳，只想作爲團隊的一分子，製作出優秀的報導，而且把《千禧年》看得比什麼都重。總有一天他會給年輕的安德雷一大回報。

「嗨，安德雷，都還順利嗎？」他問道。

「還好。在忙。」

「正如我所想。你挖到什麼了？」

「還不少。都已經放在你桌上，我還寫了一份摘要。不過我可以給你一點建議嗎？」

「我現在正需要好建議。」

「那麼你就直接到辛肯路，找法拉．沙麗芙。」

「誰？」

「一個眞的很美麗的資訊科學教授。她今天整天都請假。」

「你是說我現在眞正需要的是一個有魅力又聰明的女人？」

「不，不是這樣。沙麗芙教授剛剛打電話來，說她記得鮑德好像有事情想告訴你。她覺得她應該知道是什麼事，所以想找你談談，也許是爲了完成鮑德的心願吧。這聽起來像是個不錯的起點。」

「你另外查過她嗎？」

「當然，不能完全排除她另有目的的可能性。不過她和鮑德很親近，兩人是大學同學，一起寫過幾篇科學論文。還有社會版也出現過幾張兩人合照。她是這個領域的名人。」

「好，我去。請你告訴她我已經上路了，好嗎？」

「好的。」安德雷說著將地址遞出。布隆維斯特幾乎是立刻離開辦公室，就跟前一天一樣，往霍恩斯路走去的同時，也開始翻閱調查資料。途中有兩、三次撞到人，但因爲太投入也顧不得道歉，最後終於抬起頭來時，卻還沒走到沙麗芙的住處。

他就停在梅克維咖啡吧前面，便進去喝了兩杯雙份濃縮咖啡，站著喝。不只是爲了驅散疲憊，還覺得來點咖啡因或許能消解頭疼，但喝完後不禁懷疑這樣是否眞的有效。離開咖啡館時，感覺好像更難過，但都是因爲那些白癡看了關於昨晚重大事件的報導後，淨發表一些愚蠢的評論。那些傢伙說年輕人就只想出名。他應該向他們解釋，出名沒什麼好羨慕的，只會把人逼瘋，尤其當你沒睡覺又看到人類不該看的事情的時候。

布隆維斯特走上霍恩斯路，經過麥當勞與合作銀行後，切過環城大道時不經意地往右瞥一眼，整個人頓時愣住，好像看見什麼重要的東西。但是什麼呢？不過就是一個交通事故頻傳、瀰漫大量廢氣的十字路口，如此而已。但他一轉念便想到了。

這正是鮑德以萬分精準的手法畫出的紅綠燈，此時布隆維斯特又再度對他選擇此主題感到困惑。無論怎麼看，這都不是個特別的路口，破敗沒落、平凡無奇。又或許這正是重點所在。藝術的美醜在於個人的審美觀，即使如此，我們也只能知道鮑德曾經來過這裡，可能就坐在某張長椅上端詳著紅綠燈。布隆維斯特繼續行經辛肯斯達姆運動中心，然後右轉辛肯路。

偵查佐桑妮雅．茉迪一整個上午都在外面跑來跑去，現在她人在辦公室裡，很快地看了桌上相框裡的照片一眼。那是她六歲的兒子亞可在足球場上踢進一球後拍的。茉迪是單親媽媽，生活安排得一團亂，接下來幾天可能又得忙得天昏地暗。有人敲門。包柏藍斯基總算來了，她得把調查指揮權移交給他，不過泡泡警官看起來也不是那麼想承擔責任。

他穿著半正式的外套和剛燙過的藍色襯衫，還打了領帶，看起來格外光鮮。他將頭髮旁分，蓋住光禿處，臉上有一種像作夢般迷迷茫茫、心不在焉的神情，就好像命案調查在他心裡是最不重要的事。

「醫生怎麼說？」她問道。

「醫生說重點不是要相信上帝，上帝沒那麼小心眼。重點是要明白人生是嚴肅而豐富的。我們應該要懂得欣賞，也要努力讓這個世界更美好。凡是能在這兩者之間找到平衡的人，就很接近上帝了。」

「原來你是去找拉比呀？」

「對。」

「好吧，楊，關於欣賞人生這件事，我不敢說我幫得上忙，頂多只能請你吃一塊柳橙口味瑞士巧克力，我抽屜裡剛好有。但如果能抓到射殺鮑德教授的凶手，肯定能讓世界稍微美好一點。」

「柳橙口味的瑞士巧克力加上命案的線索，聽起來是個好的開始。」

茱迪掰了一塊巧克力遞給包柏藍斯基，只見他帶著一定的敬意咀嚼著。

「人間美味。」他說。

「可不是嗎？」

「妳想想，要是人生偶爾能像這樣就好了。」他指著她桌上亞可那張歡天喜地的照片說。

「什麼意思？」

「如果歡樂也能展現出和痛苦一樣的力道的話。」他說。

「是啊，想想看可能嗎？」

「鮑德的兒子怎麼樣了？」他問道。

「很難說，」她回答：「他現在和媽媽在一起。有個心理醫師替他作過評估了。」

「那我們有什麼可以追查的線索？」

「可惜還不太多。已經查出凶器是一把雷明頓 1911-R1 手槍，最近剛買的。我們會繼續追，但我敢肯定不會有結果。有一些監視畫面，現在還在分析。但是不管從哪個角度看，都看不見那人的臉，也看不清任何明顯特徵——沒有胎記，什麼都沒有，只有其中一個鏡頭勉強看得出一只手錶，看起來很昂貴。那個人穿黑衣，灰色帽子上沒有任何商標。霍姆柏跟我說他的舉動像個老毒蟲。其中有個畫面是他拿著一個黑色小箱子，可能是某種電腦或GSM基地台，八成就是用這個侵入警報系統。」

「我聽說了。防盜系統要**怎麼**侵入啊？」

「霍姆柏也查過，並不容易，尤其是這種規格的警報器，不過還是做得到。系統連接到網路和行動網路，再將資訊摘要傳送到位於斯魯森的米爾頓保全。那個人有可能用他的箱子記錄了警報器的一個頻率，然後再設法侵入。不然也可能是他碰巧遇見出門散步的鮑德，從他的NFC偷取了一些電子訊息。」

「什麼是NFC？」

「就是近場通訊，鮑德的手機裡用來啓動警報器的功能。」

「以前對付小偷和鐵撬還比較簡單。」包柏藍斯基說：「附近有車輛嗎？」

「有一輛深色車停在百來公尺外的路邊，引擎時開時關，但唯一看見車的是一個老太太，名叫碧莉妲．羅絲，她不知道是什麼廠牌。據她說，可能是富豪汽車，或是跟她兒子的車一樣。她兒子開的是BMW。」

「啊，好極了。」

「是啊，所以調查工作看起來有點暗淡無望。」茱迪說：「黑夜和天氣對凶手有利，他們可以四下走動不受干擾，除了布隆維斯特的供詞之外，我們只找到一個目擊者。是一個十三歲少年，伊凡．葛烈德。他骨瘦如柴，個性有點奇怪，小時候得過白血病，而且把自己的房間完全布置成日本風。他說起話來還挺早熟的。小伊凡在半夜起來上一號，從廁所窗戶看見水邊有個高大的人。那個人望向海面，用兩隻拳頭畫十字，看起來既凶狠又虔誠，伊凡這麼說。」

「這組合不太妙。」

「對，宗教結合暴力通常不是好預兆。但伊凡不確定那是否眞的是十字符號。他說看起來很像，可是也還有一點什麼，也許是軍人的宣誓。有一會兒他很擔心那人會投海自盡，他說當時的情況有一種儀式的味道，也略帶攻擊性。」

「不過他沒有自殺。」

「沒有，那個人往鮑德家的方向跑去了。他背著一個軟背包，身穿深色服裝，可能還穿迷彩褲。身材健壯、行動敏捷，伊凡說這讓他想到自己的舊玩具，一些忍者武士。」

「這聽起來也不妙。」

「一點都不妙。他可能就是對布隆維斯特開槍的人。」

「布隆維斯特沒看到他的臉？」

「沒有，那人一轉身開槍，他就撲倒在地。事情發生得太快。可是據布隆維斯特的說法，那個人看似受過軍事訓練，這點和伊凡的觀察吻合。我不得不認同一點：他行動的速度與效率都指向那個方向。」

「有沒有查明布隆維斯特爲什麼會在那裡？」

「問得清清楚楚了。要說昨晚有哪件事進行得很順利，那就是對他的問話。你看看這個。」茉迪遞出一份筆錄。「布隆維斯特和鮑德的一位前助理有過連繫，這個助理說有人利用資安漏洞鎖定教授爲目標，竊取了他的技術。這件事讓布隆維斯特感興趣，但鮑德過得像個隱士，幾乎不與外界接觸，買菜購物都由管家負責，這管家名叫……我看一下……拉絲珂太太，蘿蒂．拉絲珂，順便說一聲，她還受到千叮萬囑絕不能透露教授的兒子住在這裡。這點我等一下會說明。到了昨晚，我猜鮑德是覺得不安，想傾吐內心的一些焦慮。別忘了，他剛剛得知自己正面臨嚴重威脅，加上警報器被觸動，還有兩名警察守著屋子，他可能擔心自己來日無多吧，這已無從得知。總之，他在半夜打電話給布隆維斯特，表示有事相告。」

「從前要是碰到這種情況會找神職人員。」

「但現在找的是記者。其實這純屬臆測。我們只知道鮑德在布隆維斯特的語音信箱的留言內容，除此之外並不知道他打算跟他說什麼。布隆維斯特說他也不知道，這我相信。不過好像只有我一個人相信。對了，那個超級討厭鬼埃克斯壯就深信布隆維斯特有所保留，以便在雜誌上爆料。我覺得太難以置信。布隆維斯特是個難應付的頭痛人物，這我們都知道，但他不是那種會故意妨礙警方辦案的人。」

「絕對不是。」

「埃克斯壯態度很強硬，說應該以偽證罪、妨礙勤務罪逮捕布隆維斯特，天曉得還有哪些罪名。」

「這樣沒有幫助。」

「就是啊，考慮到布隆維斯特的能耐，我想我們最好還是跟他保持良好關係。」

「應該還得再找他談談。」

「我同意。」

「衛斯曼怎麼樣了？」

「剛找他談過，他的說詞沒什麼啓發性。衛斯曼跑到市區的每家酒吧——藝術家酒吧、劇場餐廳、歌劇院咖啡、麗希餐廳，你可以想像吧——爲了鮑德和孩子的事咆哮怒罵，幾個小時沒停過，都快把一夥朋友逼瘋了。他喝得愈多、砸的錢愈多，就變得愈固執。」

「這件事對他爲什麼這麼重要？」

「一部分是心理上的障礙。酒鬼都是這樣。我記得我有個上了年紀的叔伯，每次一喝醉，就會很固執地盯住一件事。不過衛斯曼顯然不只如此，一開始他不停抱怨監護權的裁決，要是換成另一個人，大家可能會以爲他眞的很關心那個孩子。可是這次的情形……你應該知道衛斯曼曾經犯下傷害罪。」

「不，我不知道。」

「幾年前他和一位時尙部落客荷娜塔．卡普辛斯基交往過，把她打個半死，甚至差點毀容。鮑德也曾想舉報他，只是文件一直沒送出去，可能是顧慮到自己的法律立場，但他顯然懷疑衛斯曼也對他兒子施暴。」

「妳說什麼？」

「鮑德發現孩子身上有好幾處不明瘀傷，自閉症中心的一位心理醫師也證實這個說法，所以……」

「……衛斯曼之所以跑到鹽湖灘去，恐怕不是因爲愛和關心。」

「比較可能是爲了錢。鮑德帶回兒子以後，就不再支付他原本答應付的贍養費，或者至少沒付那麼多。」

「衛斯曼沒有試圖去檢舉他嗎？」

「照這情形看來，他很可能是不敢。」

「監護權的裁決還說了什麼？」包柏藍斯基略一停頓後問道。

「說鮑德是個不稱職的父親。」

「他是嗎？」

「他當然不是壞人，就跟衛斯曼一樣。但出過一次意外。離婚之後，鮑德每隔一星期會和兒子共度週末，當時他住在東毛姆區的公寓，滿滿的書從地板堆到天花板。有一次週末，六歲的奧格斯人在客廳，鮑德則是照常待在隔壁房間黏在電腦前面。詳細情形並不清楚，總之有一座小折疊梯靠在其中一個書架旁，奧格斯爬了上去，很可能是拿了較高處的幾本書，結果跌下來摔斷手肘。他昏了過去，鮑德卻什麼也沒聽見，只顧著工作，直到幾個小時後才發現奧格斯躺在書堆旁的地上呻吟。他立刻變得歇斯底里，馬上開車送孩子去掛急診。」

「然後就徹底失去監護權了？」

「不只這樣。他被斷定爲情緒控制不良，沒有能力照顧孩子，因此不准與奧格斯單獨相處。不過老實說，這份裁定我有點不以爲然。」

「爲什麼？」

「因爲那個聽證會根本是一面倒。前妻的律師砲火猛烈，得理不饒人，而鮑德則是唯唯諾諾地說自己沒用、不負責任、不配活在世上等等。在我看來，裁定書的內容充滿惡意與偏頗，大意是說鮑德從來無法與其他人互動，始終躲在機器的世界裡。這次我稍微深入地了解他的生活之後，對於這案子的處理實在不怎麼認同。法官把他滔滔不絕的內疚與自責奉爲眞理了。無論如何，鮑德非常合作，誠如我剛才所說，他同意付一大筆贍養費，好像是每個月四萬，外加一筆九十萬克朗一次付清，以備不時之需。過後沒多久，他就去美國了。」

「但後來又回來了。」

「對，這其中有幾個理由。他的技術被偷，也許已經知道是誰幹的。加上他又和雇主發生嚴重爭執。但我認爲也和兒子有關。我剛才提到的那個自閉症中心的女醫師，最初對孩子的發展十分樂觀。沒想到情況完全不如她預期，她還接到報告說在孩子的教育方面，漢娜．鮑德和衛斯曼並未負起該負的責任。當初說好讓奧格斯在家自學，但那些特殊教育的老師似乎受到挑撥離間彼此不合。孩子受教育的錢很可能被挪用了，也很可能僞造了老師的名字，諸如此類。不過這完全是另一回事，以後可能得有人去查一查。」

「妳剛才說到自閉症中心那個女醫師。」

「對，她覺得不對勁便打電話給漢娜和衛斯曼，他們跟她說沒事，但她隱約感覺他們沒說實話。於是，她沒有依標準程序先行通知就去作家庭訪問，他們拖拖拉拉，好不容易才讓她進去，她看得出孩子情況並不好，發展停滯不前。她還看到那些瘀傷。所以她就打電話到舊金山與鮑德長談，不久之後鮑德便搬回來，不顧監護權的裁定，把兒子帶回鹽湖灘的新家。」

「如果衛斯曼一心想要孩子的贍養費，那鮑德是怎麼做到的？」

「問得好。據衛斯曼的說法，孩子可以說是被鮑德綁架走的，可是漢娜有不同說詞。她說鮑德突然出現，但整個人好像有所改變，所以她就讓他帶走了孩子。她甚至覺得孩子跟著父親會比較好。」

「那衛斯曼呢？」

「據漢娜說，衛斯曼喝醉了，又剛剛接到一部新電視劇的重要角色，所以趾高氣昂，自信過了頭，才會答應。不管衛斯曼再怎麼沒完沒了地假裝關心孩子的福祉，我想他還是很慶幸能擺脫那孩子。」

「結果後來呢？」

「後來他後悔了，最主要還是因爲他無法保持清醒而被換角了。他忽然又想把奧格斯要回去，當然了，不是眞的想要孩子……」

「是孩子的贍養費。」

「沒錯，他的酒友證實了這一點。昨晚衛斯曼刷信用卡刷不過，眞的就開始爲孩子的事大呼小叫罵聲連連。後來跟酒吧裡一名年輕女子討了五百克朗，大半夜搭著計程車去了鹽湖灘。」

包柏藍斯基沉思片刻後，又再次凝視著茱迪兒子的照片。

「眞夠亂的。」他說。

「就是。」

「正常情況下，這個案子差不多可以破了，那場監護權戰爭裡總能找到動機。不過這些侵入警報系統、看起來像忍者的人，和這件事不搭調。」

「對。」

「還有一件事我想不通。」

「什麼事？」

「奧格斯要是不識字，他怎麼會爬上梯子去拿書？」

布隆維斯特在沙麗芙的廚房裡，與她隔著餐桌相對而坐，面前擺著一杯茶，目光則望向窗外的丹托倫登公園。儘管知道這麼想是軟弱的跡象，他還是希望不用寫報導，光是坐著就好，不用逼問她什麼。

看起來說話對她也沒什麼幫助。她整張臉都垮下來，剛才在門口以凌厲目光將他看穿的那雙深色眼睛，此時顯得渙散。有時她會像念咒似的喃喃喊著鮑德的名字，也許她愛過他吧。沙麗芙現年五十二歲，是個極有魅力的女人，當然不是傳統觀點中的美女，卻有種雍容華貴的氣質。鮑德是肯定愛過**她**的。

「告訴我，他是個什麼樣的人？」布隆維斯特說。

「鮑德嗎？」

「對。」

「矛盾的人。」

「在哪方面？」

「各方面。但主要還是他費盡心力從事的工作卻也是讓他最擔憂的事情。大概有點像美國洛斯阿拉莫斯國家實驗室裡的奧本海默①。他全心全意投入一樣他認為可能毀滅人類的東西。」

「我有點不明白妳的意思。」

---

①Julius Robert Oppenheimer（1904-1967），美國物理學家，負責主持研發與製造原子彈的曼哈頓計畫。整個計畫就在位在新墨西哥州沙漠的洛斯阿拉莫斯實驗室進行。

「鮑德想在數位層面上複製生物的進化。他在研究自學演算法，重點是讓機器能透過測試與錯誤自我改進。他對於一般所謂的量子電腦的發展也有貢獻，現在Google、索利豐和美國國安局都在研究這個。他的目標是想實現AGI，也就是通用型人工智慧。」

「那是什麼？」

「就是讓某樣東西擁有人類的智慧，卻又像電腦一樣快速精準。如果能創造出這種東西，我們將能在無數領域中大大獲利。」

「無庸置疑。」

「現在這方面的研究多得驚人，儘管大多數科學家不是特別以AGI爲目標，但激烈的競爭還是迫使我們朝那個方向發展。我們必須發明愈聰明愈好的應用軟體，絕不能在研發進度上踩剎車，否則誰也承擔不起後果。想想我們到目前所展現的成果，想想五年前手機的功能，再和今天的手機比較一下。」

「的確。」

「在他變得這麼神秘孤僻之前，鮑德跟我說過他估計在三、四十年內就能實現AGI。聽起來或許野心太大，但就我而言，我還懷疑他太保守了。電腦容量每十八個月就會加倍，人腦很難理解這種成長速率。你知道嗎？這就像在棋盤上放米粒的故事，第一格放一粒，第二格放兩粒，第三格放四粒，第四格放八粒。」

「不久米粒就會淹沒全世界。」

「成長的速度不斷加快，到最後便脫出我們的控制。有趣的其實不在於實現AGI，而在於之後會變成什麼樣。達到AGI之後只要短短幾天，便會有ASI——超級人工智慧——這是用來形容比我們更聰明的東西。接下來只會愈來愈快，電腦會開始不斷加速地自我提升，可能是十倍十倍地增加，到最後比我們還要聰明百倍、千倍、萬倍。到那時會怎樣呢？」

「我不敢想。」

「沒錯，智慧本身是無法預測的，我們並不知道人類智慧會把我們帶到什麼地方去，更不知道有了超級智慧之後會如何。」

「最糟的情況就是對電腦而言，我們就像一群小白鼠。」布隆維斯特想起他寫給莎蘭德的短信。

「最糟的情況？我們和老鼠的DNA有百分之九十相同，而我們大概比老鼠聰明一百倍，只有一百倍。如今這是全新的東西，根據數學模型，它並不在這些限度內，也許可以聰明一百萬倍。你能想像嗎？」

「我真的很努力在想像了。」布隆維斯特謹慎地笑了笑。

「我想說的是當電腦一醒來，發現自己被我們這種微不足道的原始物種所俘虜控制，它會作何感想？它爲什麼要忍受？」她說道：「它何必爲我們著想，又何必讓我們在它的五臟六腑裡面亂挖亂找之後關閉程式呢？我們恐怕得面對一場智慧的爆炸，也就是維諾．文奇②所說的『科技奇異點』。在那之後發生的一切都已超出我們的事件視界了。」

「所以說當我們創造出超級智慧的那一刻就失去掌控權了，是嗎？」

②Vernor Vinge（1944-），已從聖地牙哥大學退休的數學、資訊科學教授，同時也是科幻作家，曾得過科幻小說大獎雨果獎。

「危險的是我們對世界的所有認知都不再適用，這將是人類的末日。」

「妳在開玩笑吧。」

「我知道聽起來很瘋狂，但這是非常實際的問題。世界各地有數以萬計的人正在努力防止這樣的發展。有不少人很樂觀，甚至預料會有某種烏托邦誕生。有人在談論友善的ＡＳＩ，就是從一開始只設計來幫助人類的超級智慧。這個概念和科幻小說家艾西莫夫在《我，機器人》一書中的想像大致吻合：以內建的法則禁止機器人傷害我們③。作家兼發明家庫茲威爾④便幻想了一個美好的世界，在這個世界裡我們靠著奈米科技與電腦融合，共創未來。但是誰也不能保證。法則有可能失效，最初設計程式的用意可能改變，更可能輕易犯下擬人化的致命錯誤，也就是賦予機器人類的特徵，卻未能認清機器固有的驅動力。鮑德就是沉迷於這些問題，而誠如我剛才所說，他內心搖擺不定，既期盼聰明的電腦，同時又很擔心。」

「他是無法自制地在打造他的怪物。」

「有點像這樣，只不過這麼說是誇張了。」

「他進展到哪裡了？」

「我想已經進展到誰也無法想像的地步，而他在索利豐的工作之所以這麼保密，這可能也是原因之一。他擔心程式會落入不當的人手中。他甚至害怕這程式會接觸到網路並和網路融合。他稱之爲奧格斯，和他兒子同名。」

「這程式現在在哪裡？」

「他無論到哪裡都會隨身攜帶。他被射殺時，一定就在床邊。但可怕的是警方說現場沒有電腦。」

「我也沒看到。不過當時我的注意力放在其他地方。」

「一定很恐怖。」

「也許妳聽說了，我也看到殺他的那個人。他背了背包。」布隆維斯特說。

「聽起來不妙。但如果運氣好一點，電腦可能會出現在屋內某個角落。」

「但願如此。妳知道第一次偷他技術的人是誰嗎？」

「嗯，我確實知道。」

「我對這事很感興趣。」

「看得出來。不過遺憾的是，事情搞成這樣我也要負一點責任。你也知道鮑德簡直是不要命地工作，我擔心他會累垮。也差不多就在那個時候，他失去了奧格斯的監護權。」

「那是什麼時候的事？」

「兩年前。他真的是筋疲力盡，不睡覺，不斷地自責，卻又放不下研究工作。他整個人投入其中，就好像這是他生命中僅存的依靠，於是我替他安排了幾個助理分擔一點工作。我把我最好的學生介紹給他。當然了，我知道他們都不是誠實的典範，但他們有抱負、有天分，對鮑德的仰慕更是無以復加。一切看起來似乎好轉了，沒想到……」

③這邊指的是艾西莫夫設定的機器人三定律（Three Laws of Robotics）：不得傷害人類、服從人的一切命令，以及在不違反前面兩者的情況下，保護自己的存在。

④Ray Kurzweil（1948-），美國作家、發明家，曾發明盲人閱讀機、光學字元識別軟體等。他同時也是奇點大學的創辦人之一，該機構的目標是募集頂尖人才，以先進科技處理現實難題。

「他的技術被偷了。」

「去年八月，當『眞實遊戲』向美國專利商標局遞出申請時，他有明確的證據。他的技術的每個特點都被複製並寫得很清楚──一眼就看得出來。起初他們都懷疑電腦被駭客入侵，但我從一開始就起疑了，因爲我知道鮑德的加密系統有多精密。可是既然沒有其他可能的解釋，最初只能這樣假設，有一度可能連鮑德自己都這麼相信了。但那當然是無稽之談。」

「妳在說什麼？」布隆維斯特脫口而出：「資安漏洞都已經由專家證實了。」

「是啊，就是國防無線電通訊局的一些笨蛋在炫耀。但那只是鮑德保護手下的方式，也可能不只如此。我懷疑他也想扮演偵探，只是天曉得他怎會這麼愚蠢。其實……」沙麗芙深吸了一口氣，接著說：「這些事我直到幾個星期前才知道。有一天鮑德帶著小奧格斯來這裡吃飯，我馬上就感覺到他有重要的事要跟我說。話一直懸在嘴邊，兩、三杯酒下肚後，他才叫我收起手機，開始小聲地說起來。我必須承認，一開始我只覺得氣惱，他又開始喋喋不休說起那個年輕的天才駭客。」

「天才駭客？」布隆維斯特盡可能保持聲調平穩自然。

「一個女孩，他老是說個不停，聽得我頭昏腦脹。我也就不詳細說了，免得你覺得無聊，總之那個女孩冷不防地出現在他的課堂上，而且幾乎是針對奇異點的概念給**他**上了一課。鮑德對她留下了深刻印象，並開始對她敞開心胸──這倒也不難理解，像鮑德這種超級書呆子，和他水準相當又能談得上話的人並不多。後來他發現這女孩也是駭客，便請她看看他們的電腦。當時他們的設備全部放在一個名叫李納斯．布蘭岱的助理家裡。」

布隆維斯特只應了一聲：「李納斯．布蘭岱。」

「對，」沙麗芙說道：「那女孩前往他位在東毛姆區的住所，直接把他趕出門，然後開始檢查電腦。她沒發現任何漏洞的跡象，但並未就此罷手。她握有鮑德所有助理的名單，於是從李納斯的電腦一一侵入他們的電腦，沒多久便發現其中一人出賣了他，而且正是賣給索利豐。」

「是誰？」

「雖然我不停逼問，鮑德卻不想告訴我。不過那女孩好像直接從李納斯的公寓打電話給他。當時鮑德人在舊金山，想想看：竟然被自己的人出賣！我本以爲他會馬上報警，把事情鬧大。不料他有更好的主意。他請那女孩佯稱他們眞的被駭客入侵。」

「他爲什麼要這麼做？」

「他不想讓對方把跡證給清除了，他想多了解這究竟怎麼回事。應該算是合理吧——世界頂尖的軟體公司來竊取並開發他的技術，比起一個一事無成、沒有原則的爛學生做同樣的事，畢竟嚴重得多。因爲索利豐不只是美國最受敬重的研發公司之一，也已經試圖挖角鮑德多年。他氣炸了，大吼著說：『那些王八蛋想盡辦法誘惑我，同時還偷我的東西。』」

「我確認一下我沒有聽錯意思。」布隆維斯特說：「妳是說他接受索利豐的工作，是想查出他們爲什麼、又是怎麼偷他東西的？」

「這麼多年來我只學到一件事，那就是要了解一個人的動機太難了。薪水、自由和資源顯然都有關係。但除此之外，的確，我想你說得對。其實早在這名駭客女孩爲他檢查電腦之前，他已經猜出索利豐涉及這起竊案。她給了他明確的訊息，讓他能夠在一團混亂之中深入挖掘。結果事情遠比他預期的更困難，那邊的人也開始大起疑心。沒多久他變得極度不受歡迎，也因此愈來愈封閉。但是他做了一件事。」

「什麼事？」

「事情就是從這裡變得很敏感，我實在不應該告訴你的。」

「但我們談都談了。」

「對，談都談了。不只因爲我對你的報導向來抱持最崇高的敬意，也因爲今天早上我突然想到，鮑德昨晚打電話找的人是你，而不是他連絡過的國安局產業保護小組，這或許不是巧合。我想他已經開始懷疑那邊有漏洞。說不定這也只是妄想──鮑德有許多被害妄想的症狀──但總之他打電話給你了，現在我希望能實現他的願望。」

「我也希望妳能。」

「索利豐有一個部門叫『Y』，」沙麗芙說道：「是效法Google X的概念，專門從事所謂『射月計畫』⑤的部門，想出的點子都很瘋狂而不切實際，例如尋找永生或連結搜尋引擎與大腦神經元。如果眞有什麼地方能實現AGI或ASI，恐怕就是這裡了。鮑德被分派到『Y』，但實際上似乎沒那麼厲害。」

「怎麼說？」

「因爲他透過那個駭客女孩發現，『Y』裡面有一群秘密的商業智慧分析師，爲首的人名叫齊格蒙．艾克華，別名齊克。」

「他是誰？」

「就是和背叛鮑德那名助理連絡的人。」

「這麼說艾克華是那個賊了。」

「最高層級的一個賊。表面上，艾克華的團隊執行的作業都完全合法，只是蒐集關於頂尖科學家與大有可爲的研究計畫等資料。每家大型高科技公司都有類似的作業，他們想知道最新情勢和應該延攬的人才。但鮑德發現這支團隊做的不只這些，他們還利用駭客入侵、間諜行動、內奸和行賄等手法竊取。」

「那爲什麼不去檢舉他們呢？」

「舉證有困難。他們肯定都很小心。不過最後鮑德去找老闆尼可拉斯・戈蘭特。戈蘭特嚇壞了，好像還籌組內部調查，但毫無所獲，要不是艾克華滅了證就是調查行動純粹只是作作秀。這讓鮑德陷入艱難的處境，所有人都忽然開始攻擊他，想必是艾克華在背後唆使，而且我敢說他很輕易就能拉攏其他人。鮑德本來就被認爲有妄想症，後來漸漸更加受到孤立與排擠。我可以想像他是怎麼坐在位子上，變得愈來愈古怪又彆扭，不肯跟任何人說一句話。」

「這麼說，你認爲他並沒有具體證據？」

「這個嘛，他至少有駭客女孩給他的證據，可以證明艾克華偷取鮑德的技術再轉賣出去。」

「他很確定嗎？」

「毫無疑問。再者，他還發覺艾克華的團隊並不是單打獨鬥，他們外面有幫手，極可能是美國情報單位還有……」

---

⑤moonshoot，由Google公司的祕密實驗室Google X負責主持的計畫，目標是集結世上頂尖聰明人士，共同解決各種重大難題，現有研發重點包括：無人自動駕駛機、太空電梯等計畫。

沙麗芙沉吟著。

「還有什麼？」

「說到這裡他有點語焉不詳，也許是他知道的沒那麼多，但是他說他無意中發現了索利豐外部合作那個組織真正首領的別號，『薩諾斯』。」

「薩諾斯？」

「對。他說大家都很怕這個人，但除此之外就不肯再多說什麼。他說等律師群找上門來的時候，他需要買壽險。」

「妳說妳不知道他是被哪個助理出賣，但妳想必仔細思考過吧。」布隆維斯特說。

「的確，有時候，我也不知道……我懷疑會不會是全部的人。」

「爲什麼這麼說？」

「他們開始替鮑德工作時，個個年輕、有抱負、有天分，等到結束時，卻都受夠了人生，充滿焦慮。或許鮑德把他們操過頭了，又或許有其他什麼事情折磨著他們。」

「妳知道他們所有人的姓名嗎？」

「知道。他們都是我的學生——很不幸，我不得不這麼說。首先是李納斯·布蘭岱，我剛才提過他。他現在二十四歲，到處遊蕩打電玩，還酗酒。有一陣子，他有份不錯的工作，在『穿越火線』開發新遊戲。但是他開始常請病假，並指控同事監視他，工作也就丟了。其次是亞維·蘭耶，也許你聽說過他，他在很久以前是個前途看好的棋士，因爲父親逼得太沒人性，最後亞維受不了了，就跑來跟我作研究。依我的希望，他老早就該完成博士學位了，卻偏偏流連在史都爾廣場四周的酒吧，像個毫無寄託的人。跟著鮑德之後，覺醒了一段時間。但是這些孩子之間也有許多愚蠢的競爭。亞維和巴辛──這是第三個人──鬧到最後水火不容，至少亞維容不下巴辛。巴辛．馬里克應該不會容不下人，他是個敏感、極端聰明的孩子，一年前受僱於索利豐北歐分公司，可惜很快就失去精力，現在在厄斯塔醫院治療憂鬱症。說來也巧，他母親──我跟她不算太熟──今天早上才打電話給我，說他鎮靜下來了。得知鮑德的遭遇後，他企圖割腕自殺，眞是災難一場，但與此同時我也不禁懷疑：這純粹只是悲傷嗎？或者也有內疚？」

「他現在怎麼樣了？」

「生理上沒有危險了。接著還有尼柯拉斯．拉格史泰，他……應該怎麼說他呢？他和其他人不一樣，至少表面上不同。他不會把自己灌到爛醉，也不會想要傷害自己。他是個道德標準頗高的年輕人，對大多數事情都很排斥，包括暴力電玩和色情。他是基督教聖約教會的信徒，妻子是小兒科醫師，有個年紀還小的兒子叫耶思博。最重要的一點，他是國家刑事局的顧問，負責新的一年即將啓用的電腦系統，這表示他必須經過身家調查。不過誰知道這種調查作得徹不徹底。」

「爲什麼這麼說？」

「因爲他看起來道貌岸然，私底下卻卑鄙下流。我無意中得知他侵吞了岳父和妻子的部分財產。他是個僞君子。」

「這些年輕人有沒有接受訊問？」

「國安局的人找他們談過，但毫無結果。當時他們認爲鮑德是受到資安漏洞所害。」

「我猜現在警方會想再次找他們問話。」

「我想也是。」

「妳知不知道鮑德閒暇時候是不是常畫畫？」

「畫畫？」

「很精細的風景素描。」

「不，我完全不知道。怎麼會這麼問？」她說。

「我在他家看到一幅很棒的素描，畫的是這附近一處紅綠燈，就在霍恩斯路和環城大道交叉口。畫得完美無瑕，有點像是在夜色裡拍的快照。」

「太奇怪了，鮑德並不常到這一帶來。」

「那幅畫有種感覺一直讓我耿耿於懷。」布隆維斯特說著，赫然察覺沙麗芙握住他的手。他輕撫她的頭髮，然後站起身來，感覺好像意會到一些什麼。他於是向她道別，來到街上。沿著辛肯路往回走時，他打電話給愛莉卡，要她再寫一個問題放進「莉絲資料」中。

# 第十四章

十一月二十一日

雷文坐在可以眺望斯魯森與騎士灣的辦公室裡，閒閒地搜尋網路上關於自己的訊息，希望能發現一點值得振奮的事，結果看到有人說他廉價、軟弱、背叛自己的理想。這些全都寫在斯德哥爾摩大學媒體研究學院一個瘦小女生的部落格中。他憤怒到甚至忘了把她的名字寫到黑色小本子裡，凡是記在那上頭的人這輩子都別想進賽納集團。

這些白癡根本不知道他付出多少代價，只會在沒沒無聞的文化雜誌上寫一些沒行情的文章，他懶得為他們傷腦筋。與其耽溺在有害的思緒中，還不如上網看看自己的投資組合帳戶。看了以後稍微好過些了，至少一開始好過些。今天股市很亮眼，昨晚那斯達克和道瓊指數都上漲，斯德哥爾摩指數也漲了一．一個百分比。投資得有點太冒險的美金，匯率上升了，根據幾秒鐘前的最新資料，他的投資組合總值為一二一六萬一三八九克朗。

對一個原本在《快遞早報》專門報導住宅失火和持刀鬥毆的人而言，這樣的成績算不錯了。一千兩百多萬，外加位於高級住宅區「別墅城」的公寓和坎城的別墅。那些傢伙愛在部落格上寫什麼就去寫吧。他夠有錢就好，於是他再看一次投資總值：一二一四萬九一〇一元。天啊，它在往下掉嗎？一二一六萬一七三七元。股價沒有道理下跌，不是嗎？畢竟就業數據還不錯。他幾乎把市值下降看成是自己的問題，並忍不住想到了《千禧年》，儘管就整個市場面而言它可能只是微不足道的一小塊。他發現自己情緒又激動起來，雖不願去想，卻仍記起昨天下午開會時，愛莉卡那張美麗的臉上公然流露的敵意。今天早上情況並未好轉。

他差點氣到中風。每個網站上都能看到布隆維斯特的名字，這很傷人。不只因爲雷文之前留意到年輕一代幾乎不認識布隆維斯特這號人物時，曾那麼地欣喜若狂，還因爲他痛恨這樣的媒體邏輯：只要你陷入麻煩就會爆紅，不管是記者或演員或是哪行哪業的人。但要是報導寫的是「若非雷文與賽納傳播伸援手，曾經叱吒風雲的布隆維斯特恐怕連自己的雜誌社都待不下去」，他就會開心多了。不料他看到的是：爲何偏偏是法蘭斯．鮑德？

他爲何非得在布隆維斯特的眼皮子底下被殺呢？每次都這樣，不是嗎？實在太令人憤慨了。即便外頭那些沒用的記者尙未領悟，雷文卻知道鮑德是個大人物。前不久，賽納自己旗下的報紙《商業日報》曾經針對瑞典的科學研究出過一份特刊，當中給鮑德貼了一張價格標籤：四十億克朗，天曉得這個數字是怎麼算出來的。但鮑德無疑是個大紅人，最重要的，他還是葛麗泰．嘉寶①第二，極度神秘，從不接受訪問，卻讓他更炙手可熱。

賽納自己的記者到底向鮑德提出過幾次專訪要求呢？反正提出了幾次就被拒絕了幾次，再不然就是根本懶得回應。雷文的許多同事都認爲鮑德握有一個爆炸性的內幕消息。一想到報上所說，鮑德在三更半夜想找布隆維斯特談談，他就無法忍受。先不說別的，難道布隆維斯特眞的有獨家？那可就慘了。於是雷文幾乎是無法自制地再次點進《瑞典晚報》網站，第一眼看見的標題就是：

## 瑞典頂尖科學家想對麥可．布隆維斯特說什麼？

### ——命案前一刻的神秘電話

文章旁附了一張跨兩欄的布隆維斯特大照片，臉上肌肉毫無鬆垂跡象。那些王八蛋編輯特地極盡所能找到一張最好看的照片，這點讓他更加怒火中燒。**我得做點什麼才行**，他暗忖。但要做什麼呢？怎樣才能阻止布隆維斯特，又不會讓自己像舊日東德審查官一樣插手干預，結果卻讓情況變得更糟？他望向外面的騎士灣，忽然靈機一動，心想道：**柏格，敵人的敵人可能是最好的朋友**。

「莎娜。」他高喊道。

「什麼事，雷文？」

莎娜．林特是他的年輕秘書。

「妳馬上替我約威廉．柏格到史都爾霍夫吃午餐。他要是說另外有事，就告訴他這件事更重要，甚至可能讓他加薪。」他邊說邊想：**有何不可？**如果他打算在這場混戰中幫我一把，得讓他有點收穫才算公平。

---

①Greta Garbo（1905-1990），瑞典國寶級女明星，曾演出《安娜卡列妮娜》《茶花女》等名片，獲得四次奧斯卡提名。

漢娜站在托爾斯路的公寓客廳裡絕望地看著奧格斯，他又再次把白紙和蠟筆挖出來了。她被告知要盡量打消他這念頭，她卻不想這麼做，倒不是質疑心理醫師的建議與專業，而是她自有疑慮。奧格斯親眼目睹父親遭殺害，如果他想畫出來又何必阻止他？即使他這麼做對自己並無太大好處。

當他開始畫起來，不僅身體顫抖，兩眼也閃著熱切而痛苦的光芒。就發生的事故看來，以鏡子裡的方格圖案不斷向外延伸、愈變愈多來當畫的主題似乎很怪異。不過誰知道呢？也許這就和他腦中的數列一樣。儘管她一點也不明白，但這對他可能意味著什麼，說不定——誰曉得？——那些方格可能是他接受事件的特有方式。她是不是應該乾脆就忽略這些指示？說到底，又有誰會知道？她曾經讀過一篇文章，說母親應該信賴自己的直覺，第六感往往比世界上所有心理學理論都更有用。於是她決定讓奧格斯畫。

不料孩子的背忽然變僵，彎得像把弓，漢娜不禁想起心理醫師的話，略顯遲疑地跨前一步，低頭看著畫紙。她大吃一驚，感覺非常不舒服，起初還想不通爲什麼。

她看到同樣的方格圖案反覆出現在周圍的兩面鏡子裡，而且作畫技巧高超。但除此之外還有別的，有一個陰影從方格當中浮現，有如惡魔、幽靈一般，把她嚇得魂飛魄散。她開始想到電影裡面被附身的小孩。她一把將畫從孩子手裡搶過來揉成一團，自己卻也不完全明白爲什麼。接著她閉上眼睛，以爲會再度聽見那單調又令人心碎的哭喊聲。

但是她沒有聽見哭聲，只有一陣嘟嘟噥噥，聽起來幾乎像是字句，但不可能，因爲這孩子不會說話。於是漢娜轉而準備迎接大爆發，等著看奧格斯在客廳地板上來回打滾。但奧格斯也沒有發作，只是以冷靜而泰然的堅定態度又拿起一張紙，重新畫起同樣的方格來。漢娜別無他法，只得把他帶回房間。事後她說這純粹是恐懼心態造成的。

奧格斯又是拳打腳踢又是高聲尖叫，漢娜使盡力氣才勉強抱住他。她雙臂交纏摟著他在床上躺了許久，只希望自己也能像這樣激動崩潰。她有一刻考慮著要叫醒衛斯曼，讓他給奧格斯塞一顆鎮定劑，現在家裡剛好有，但隨即打消了念頭。衛斯曼肯定會不高興，再說她也不喜歡讓孩子使用鎮定劑，不管她自己吃了多少「煩寧」來保持鎮定。總會有其他辦法的。

她拚命想著一個又一個辦法，幾乎就要撐不住了。她想到住在卡春荷的母親，想到經紀人蜜雅，想到昨晚來電的親切女子嘉布莉，接著再次想到那個把奧格斯帶回來的心理醫師埃納·佛什麼的。她不是特別喜歡他，但話說回來，他曾經主動表示可以代為照顧奧格斯一段時間，而且這本來就都是他的錯。

是他說不該讓奧格斯畫畫，所以這個爛攤子就該由他來收拾。最後她放開兒子，挖出心理醫師的名片打電話給他。奧格斯立刻趁機溜到客廳，重新畫起那些該死的方格來。

埃納·佛斯貝的經驗並不豐富。他現年四十八歲，從那雙深藍色眼睛、嶄新的迪奧眼鏡與褐色燈心絨西裝外套看來，很容易被認爲是學術圈的人。但凡是曾與他意見相左的人都知道他的思想有點僵化、武斷，還經常以獨斷又自信滿滿的發言來掩飾自己知識的不足。

他取得心理醫師資格才短短兩年。之前他在提雷修市當體育老師，如果向他教過的學生問起，每個人都會大吼：「安靜，畜生！閉嘴，你們這群混帳東西！」當佛斯貝想要維持教室裡的秩序，就會吼這兩句話，當然他只是半開玩笑。儘管幾乎是個毫無人緣的老師，他卻也把學生管得規規矩矩。正因爲有此能力，才讓他覺得轉行應該能有更大的發揮空間。

他已經在歐登兒童與青少年醫學中心服務了一年。歐登是個緊急安置中心，專收父母親失職的兒童與青少年，但是就連不管在哪裡工作都會極力捍衛服務單位的佛斯貝，也認爲這個醫學中心運作得不太理想。一切都只著眼於危急階段的管理，長期工作做得不夠。在家裡受到創傷的幼童進來以後，心理醫師們太過忙於處理精神崩潰與攻擊行爲，而無法投注心力去解決潛藏其下的原因。即便如此，佛斯貝仍自覺略有貢獻，尤其是當他展現昔日課堂上的威嚴讓歇斯底里的孩子安靜下來，或是實際在現場應付緊急狀況的時候。

他喜歡與警方合作，更愛悲劇事件發生後的緊張氣氛。當天他值夜班，開車前往鹽湖灘那棟房子的路上，內心興奮又期待。這種情況有點好萊塢電影的味道，他暗想道。一位瑞典科學家遭人殺害，八歲兒子也在屋內，而他佛斯貝則是受命前往現場設法讓那個孩子開口。他對著後照鏡梳整頭髮、扶正眼鏡好幾次。

他想營造一種時髦的形象，但是到達之後卻不怎麼成功。他摸不清那孩子在想什麼。不過他覺得自己還是受到重視的要角。探員們詢問他該如何向孩子提問，儘管他也沒有頭緒，但他的回答仍獲得尊重。這讓他的自尊稍微提振了些，因此他也盡力提供協助。他發現那孩子患有幼兒自閉症，從未開口說過話也從未接收過周遭環境的訊息。

「我們暫時也無能爲力，」他說道：「他的心智能力太弱，身爲心理醫師，我必須先顧慮到他需要有人照顧。」警察表情嚴肅地聽完這番話後，便讓他載孩子回家交給母親——這又是整個事件中另一項額外的小收穫。

孩子的母親竟然是女明星漢娜．鮑德。自從看了她在電影《反叛分子》的演出，他便對她充滿遐想，念念不忘她的美臀長腿，雖然現在年紀大了一點卻風韻猶存。何況，她目前的伴侶分明是個混蛋。佛斯貝盡可能低調地展現自己的博學與魅力，不消片刻他便找到機會扮演權威，不由得更加驕傲起來。

眼看那個孩子一臉狂熱的表情，開始畫起黑白塊狀物，或是方格，佛斯貝宣稱這樣是不健康的，說這正是自閉兒很容易陷入的那種破壞性強迫行為，並堅持要立刻阻止奧格斯。此話一出，並未得到他期望的感激之情。不過他還是覺得自己有決斷、有男子氣概，在此同時，他差點脫口讚美漢娜在《反叛分子》裡的精采演出，但轉念一想又認為時機恐怕不太恰當。也許是他誤判了。

現在是下午一點，他已回到威靈比的連棟住宅，正在浴室裡用電動牙刷刷牙，整個人筋疲力盡之際，電話鈴聲響了。本來十分氣惱，但隨即化為微笑。因為電話那頭不是別人，正是漢娜·鮑德。

「我是佛斯貝。」他用一種文雅的語氣說道。

「喂，」她說：「奧格斯，奧格斯……」

她的聲音顯得絕望又憤怒。

「告訴我出了什麼問題。」

「他就只想畫他的棋盤方格，可是你說不能讓他畫。」

「不，不行，那是強迫行為。但請妳務必保持冷靜。」

「你叫我怎麼保持冷靜啊？」

「孩子需要妳鎮定下來。」

「但我做不到。他不停地尖叫、亂摔東西。你說過你可以幫忙的。」

「喔，是啊。」他起初有些遲疑，接著卻面露喜色，彷彿贏得某種勝利。「當然了，絕對沒問題。我會安排讓他住進我們歐登中心來。」

「這樣不算是放棄他吧？」

「恰恰相反，妳是爲了他的需求著想。我會親自安排，讓妳可以隨時來探視。」

「也許這是最好的解決辦法。」

「肯定是的。」

「你能馬上過來嗎？」

「我盡快，」他回道。他還得先稍稍打扮一番。接著他補上一句：「我有沒有跟妳說過，我很喜歡妳在《反叛分子》裡的演出？」

看到威廉．柏格已經在史都爾霍夫餐廳的桌位坐定，而且點餐時還點了最貴的香煎比目魚和一杯普宜富美白酒，雷文並不驚訝，因爲每次請記者吃飯，他們通常都會趁機敲竹槓。但眞正令他吃驚——又生氣——的是柏格竟然主動出擊，就好像有錢有勢的人是他。他爲什麼要提加薪呢？他應該讓柏格如坐針氈、冷汗直冒才對。

「有個消息人士向我透露，說你現在和《千禧年》在鬧糾紛。」柏格說道，雷文則心想：**只要能抹去他臉上那自以爲是的得意假笑，立刻斬了我一隻手臂也甘願。**

「你的消息有誤。」他不太自然地說。

「眞的嗎？」

「情況都在我們的掌控中。」

「怎麼個掌控法？如果你不介意我問一句。」

「如果編輯團隊願意改變，也準備面對他們的問題，我們會給予支持。」

「否則的話……」

「我們就會抽手，而《千禧年》恐怕頂多也只能再撐幾個月，這樣當然很可惜，可是目前市場的情形就是這樣。還有一些比《千禧年》更好的雜誌也倒了。這對我們來說只是微不足道的投資，少了它也無所謂。」

「少說廢話了，雷文。我知道這對你而言是自尊問題。」

「這只是生意罷了。」

「我聽說你想把布隆維斯特拉出編輯團隊。」

「我們在考慮把他調派到倫敦。」

「想想他為雜誌社做的一切，這樣會不會有點殘酷？」

「我們給他的條件非常優厚。」雷文感覺自己表現出不必要的防衛心，這反應也太容易預料了。

他幾乎忘了這頓飯的目的。

「我個人並不怪你，」柏格說：「就算你把他送去中國也不干我的事。我只是好奇，假如布隆維斯特利用這次鮑德的新聞來個絕地大反攻，你會不會覺得有點棘手？」

「怎麼會有這種事？他已鋒芒不再了，這不正是你指出的事實嗎？而且要我說的話，你做得相當成功。」雷文企圖挖苦他。

「的確，不過我得到了一點幫助。」

「不是我，我沒有，這點無庸置疑。那個專欄我厭惡得很，覺得寫得很差又偏頗。對他開第一槍的人是圖瓦．賽納，這你知道。」

「但對於現在情勢的發展，你挺開心的吧？」

「你聽我說，柏格，我對布隆維斯特有著至高無上的敬意。」

「雷文，你不必跟我演政客那一套。」

雷文眞想往柏格的喉頭塞點什麼。

「我只是開誠布公罷了。」他說：「我一向認爲布隆維斯特是個了不起的記者，不管是你或是他同期的其他人都無法和他相比。」

「是嗎？」柏格的態度忽然變得溫順，雷文也立即覺得舒服了些。

「事實如此。我們應該感激布隆維斯特爲我們揭露的一切，我也很希望他事事順利，眞的。只可惜我的工作由不得我回顧與懷念美好的往日。我必須承認你說對了一點，這個人確實與時代脫節了，他可能會妨礙到重振《千禧年》的計畫。」

「沒錯，沒錯。」

「所以爲了這個原因，現在最好不要出現太多關於他的標題。」

「你是說正面標題？」

「也許吧，」雷文說：「這也是我請你吃飯的另一個原因。」

「我當然感激不盡了。我想我的確能有一點小貢獻。今天早上，有個以前一起打壁球的球友打電話給我。」柏格顯然試圖恢復稍早的自信。

「是誰？」

「檢察長李察．埃克斯壯。鮑德命案的初步調查由他負責，而他可不是布隆維斯特粉絲團的成員。」

「經過了札拉千科事件之後，對吧？」

「沒錯。調查那件案子的整個策略都被布隆維斯特破壞了，如今埃克斯壯擔心他又會妨礙這次的調查。」

「怎麼妨礙法？」

「布隆維斯特沒有把他知道的事情全盤托出。他在命案發生前和鮑德通過話，還和凶手打過照面。儘管如此，他接受訊問時說的話卻少得離譜。埃克斯壯懷疑他把最精采的部分保留給了自己的文章。」

「有趣。」

「可不是嘛。我們現在說的這個人受到媒體嘲笑，所以想方設法要弄到一條獨家，哪怕讓殺人凶手逍遙法外也在所不惜。這個過氣的明星記者發現自己的雜誌社陷入財務危機，便情願把社會責任拋到腦後，何況他剛剛得知賽納傳播想把他踢出編輯團隊，所以越線個一、兩步倒也不令人驚訝。」

「我明白你的意思。這裡面有你想寫的東西嗎？」

「老實說，我覺得這麼做效果不大。太多人知道我和布隆維斯特不對盤。你最好把消息洩漏給某報記者，然後在你們的社論中支持這項報導，埃克斯壯會有一些不錯的發言供你引述。」

雷文望向外面的史都爾廣場，看見一位美女穿著大紅外套，一頭金紅色長髮。這是他當天頭一次露出大大的笑容。

「這個主意也許還不錯。」他補上一句，接著又給自己點了葡萄酒。

布隆維斯特從霍恩斯路走向瑪利亞廣場。稍遠處，抹大拉的瑪利亞教堂旁邊，有一輛白色箱型車的前翼板金被撞凹了一個大洞，車旁有兩個男人正互相揮舞拳頭大聲咆哮。雖然現場吸引了一群旁觀者，布隆維斯特卻幾乎視而不見。

他正想著鮑德的兒子坐在鹽湖灘大宅的地板上，手舉在波斯地毯上的模樣。那孩子的手背和手指上有一些污漬，可能是奇異筆或原子筆的墨水，而他當時的動作不就像在空中畫什麼複雜的東西嗎？布隆維斯特開始以另一個角度看整件事的全貌。

說不定那個紅綠燈根本不是鮑德畫的。也許那男孩有令人意想不到的天賦。不知爲何，他並沒有那麼意外。第一眼看到奧格斯坐在死去的父親身邊，然後又用身體去撞床頭板，他便已發覺那孩子有點特別。這時他正穿過瑪利亞廣場，腦中忽然浮現一個奇怪的念頭縈繞不去。走到約特坡路後，他停了下來。

最起碼得詢問一下後續消息，於是他拿出手機搜尋漢娜·鮑德的電話號碼。手機裡沒有輸入，也不太可能會在《千禧年》的連絡資訊中找到。他想到了菲蕾亞·葛蘭利丹，她是《快遞報》的社會記者，寫的專欄文章不太有助於提升她在這個行業的聲望。她專寫離婚、風流韻事和皇室新聞，但她腦筋轉得快，反應靈敏機智，每次和她碰面總是相談甚歡。他按了她的號碼，不過當然是忙線中。

這些年來，晚報的記者永遠都在講電話，由於截稿壓力太大，他們根本無法離開辦公桌去看看眞實的人生是什麼樣子。但他終究打通了，聽到她發出小小的歡呼，一點也不訝異。

「麥可，」她說道：「眞是太榮幸了！你終於要給我一個獨家了是嗎？我都等多久了！」

「抱歉，這次是**妳**得幫**我**。我需要一個地址和一個電話號碼。」

「那你要怎麼報答我？要不要說句超炫的話讓我引用一下，關於你昨晚之前得到的消息。」

「我可以給妳一點職業上的忠告。」

「什麼忠告？」

「別再寫那些沒營養的東西了。」

「好啊，那有水準的記者需要電話號碼的時候該找誰去要？你想找誰？」

「漢娜．鮑德。」

「理由我猜得到。你在那裡遇到她喝醉的男友了吧？」

「妳別想套我話。妳知不知道她住在哪？」

「托爾斯路四十號。」

「連找都不必找就知道？」

「對於這類芝麻小事我有顆超人腦袋。你要是能等一下，我還可以給你電話號碼和大門密碼。」

「那就太感謝了。」

「不過你知道嗎……」

「什麼？」

「你不是唯一在找她的人。我們自己的尋血獵犬也在追這條線，但我聽說她整天都沒接電話。」

「聰明的女人。」

通完話後，布隆維斯特站在街頭，不知該如何是好。與晚報記者爭相對不幸的母親緊追不捨？他不太希望忙了一天的結果是這樣。但他還是攔了一輛計程車，請司機開往瓦薩區。

佛斯貝陪著漢娜和奧格斯去了歐登兒童與青少年醫學中心，地點在斯維亞路的天文台森林公園對面。該中心是由兩棟公寓大樓打通合併而成，儘管裝潢設施與中庭都有一種私密、受保護的氛圍，整體給人的感覺卻是有點制式化，與其說是長廊與密閉的門所造成的印象，倒不如說是工作人員臉上那嚴厲、戒備的神情。他們似乎對自己負責照顧的孩子培養出一定程度的不信任。

主任托凱爾．林典是個矮小且自負的人，自稱對患有自閉症的兒童經驗豐富，但漢娜不喜歡他看奧格斯的眼神。此外，中心未將青少年與幼童區隔開來，也令她憂心。但現在心生疑慮似乎太遲了，因此回家途中，她自我安慰地想：這只是暫時而已，也許今天晚上就會去接奧格斯回家了。

接著她想到衛斯曼和他不時發酒瘋的情形，不禁再次告訴自己一定要離開他，好好掌握自己的人生。走出公寓電梯時，她嚇了一跳。有個風采迷人的男人坐在樓梯平台上，正在筆記本上寫東西，等他站起身來打招呼，她才發現原來是布隆維斯特。她又驚又慌、心虛不已，以為他要揭露什麼。真是荒謬的想法。他只是露出尷尬的笑容，為自己前來打擾再三道歉。她忍不住大大鬆了口氣。其實她仰慕他已久。

「我沒有什麼可說的。」她雖這麼說，口氣卻暗示著事實正好相反。

「我也不是來採訪的。」他說。她記得聽說前一晚他和衛斯曼是一起——否則至少也是同時——抵達鮑德住處，只是她想不出這兩人會有什麼共通點。

「你要找衛斯曼嗎？」她問道。

「我想問問有關奧格斯的畫。」他回答道，她一聽頓時心生恐慌。

但她還是請他進門。這麼做或許太過大意，衛斯曼出門到附近不知哪家酒吧去治療他的宿醉，說不定隨時會回來，要是發現家裡來了記者他一定會大發雷霆。只是布隆維斯特不僅令漢娜擔憂，也激發了她的好奇。他怎會知道畫的事？她請他坐到客廳的灰色沙發上，她則進廚房準備茶和一些餅乾。當她端著托盤出來，他開口說道：

「要不是絕對必要，我不會前來打擾。」

「你沒有打擾我。」她說。

「是這樣的，我昨晚見到奧格斯了，之後忍不住一直想到他。」

「哦？」

「當時我沒弄明白，」他說：「只是覺得他好像想告訴我們什麼，現在我確信他是想畫畫。他的手很堅決地在地板上動來動去。」

「他已經畫到著魔了。」

「這麼說他在家裡還繼續這麼做？」

「那還用說！一到家就開始了，簡直瘋狂，他畫得很棒，可是臉漲得通紅還開始喘氣，所以心理醫師說必須阻止他，說那是破壞性的強迫行爲，這是他的看法。」

「他畫了什麼？」

「其實也沒什麼，我猜是拼圖帶給他的靈感。不過眞的畫得很好，有影子、有立體感等等的。」

「但內容是什麼？」

「方格。」

「什麼樣的方格？」

「應該可以叫做棋盤方格吧。」她說。也許是她多心，但她似乎看到布隆維斯特眼中閃過一絲興奮。

「只有棋盤方格嗎？沒有其他了？」他問道。

「還有鏡子，」她說：「棋盤方格倒映在鏡子裡。」

「妳去過鮑德的家嗎？」他的口氣再次顯得尖銳。

「爲什麼這麼問？」

「因爲他臥室——就是他被殺的地方——地板的圖案就像棋盤方格，而且圖案就倒映在衣櫥的鏡子裡。」

「我的天哪！」

「怎麼了？」

「因爲……」

她內心湧上一陣慚愧。

「因爲當我從他手裡把畫搶過來，最後看到的就是那些方格上出現一個凶惡可怕的影子。」她說。

「那張畫在這裡嗎？」

「不在，也可以說在。」

「怎麼說？」

「很遺憾被我丟掉了，不過還在垃圾桶裡面。」

布隆維斯特不顧手上沾滿咖啡渣和優格，從垃圾堆裡抽出一張揉皺的紙，然後將它放到瀝水板上攤平。他用手背撥了撥紙，就著廚房耀眼的燈光直目凝視。畫很顯然尚未完成，而正如漢娜所說，大部分都是棋盤方格，看的角度是從上方或側邊。除非去過鮑德的臥室，否則很難一眼看出那些方格是地板，但布隆維斯特立刻便認出床右側衣櫥的鏡子。他也認出那片漆黑，那是昨晚他所見到特別漆黑的一幕。

這幅畫彷彿讓他回到當時從破窗走進去的那一刻——除了一個重要的小細節之外。他進入的房間幾乎全黑，但畫中卻有一道微弱光源從上方斜斜照下，在方格上擴散開來。光線映照出一個不清晰也無意義的陰影輪廓，但或許也正因如此而讓人覺得詭異。

那個黑影伸出一條手臂，由於布隆維斯特看畫的角度與漢娜截然不同，很輕易便了解到這意味著什麼。這個身影打算殺人。棋盤方格與影子上方有一張臉，還沒有具體畫完。

「奧格斯現在在哪裡？在睡覺嗎？」他問道。

「不，他……我暫時把他託給別人照顧。老實說，我實在應付不了他。」

「他在哪裡？」

「在歐登兒童與青少年醫學中心。在斯維亞路。」

「有誰知道他在那裡？」

「沒人知道。」

「只有妳和工作人員？」

漢娜點點頭。

「那就不能再讓其他人知道。妳先等我一下好嗎？」

布隆維斯特取出手機，打給包柏藍斯基。在他心裡已經草擬出另一個問題要放進「莉絲資料」檔案。

包柏藍斯基很是沮喪，調查工作毫無進展。鮑德的Blackphone和筆電都沒找到，因此儘管與網路服務業者詳細討論過，卻還是無法繪製出他與外界連繫的網絡圖。

包柏藍斯基暗忖，目前能繼續偵辦的幾乎都只是一些煙幕和老掉牙的說詞：一名忍者武士迅速敏捷地現身，然後消失在黑夜中。事實上，這次的攻擊有點完美得不可思議，就好像一般人在殺人時通常會犯的錯誤、會出現的矛盾，在這個凶手身上都找不到。手法太俐落、太冷靜，包柏藍斯基忍不住心想：這只不過是凶手又一次的例行性工作。他正自思索之際，布隆維斯特來電了。

「喔，是你啊。」包柏藍斯基說：「我們正說到你呢。希望能盡快再和你談談。」

「當然沒問題。不過現在我有更重要的事要告訴你。那個目擊者奧格斯．鮑德，他是個

『學者』。」布隆維斯特說。

「他是什麼？」

「這孩子或許有嚴重的智能障礙，卻也有特殊天賦。他的畫可以媲美大師，清晰精準得不可思議。他畫過一張紅綠燈，就放在鹽湖灘住宅的餐桌上，有沒有人拿給你看？」

「有，看過一眼。你是說那不是鮑德畫的？」

「是那個孩子。」

「看起來是成熟得驚人的作品。」

「但那是奧格斯畫的。今天早上，他坐下來畫出了他父親臥室地板的棋盤方格，而且不只如此，他還畫了一道光和一個黑影。我推斷那是凶手的影子和他頭燈的光線，不過當然還無法肯定。孩子畫到一半被中斷了。」

「你在捉弄我嗎？」

「這可不是捉弄人的時候。」

「你怎麼會知道這些？」

「我現在就在孩子的母親漢娜．鮑德家裡，正看著他的畫。孩子已經不在這裡，他在……」

布隆維斯特略一遲疑，接著說：「我不想在電話上多說。」

「你說孩子畫到一半被打斷了？」

「他母親聽從心理醫師的建議阻止了他。」

「怎會有人做出這種事來？」

「他八成不明白這畫的意義，只當成是一種強迫行爲。我建議你馬上派人過來。你要的目擊證人有了。」

「我們會盡快趕去。」

包柏藍斯基掛斷電話後，將布隆維斯特告知的消息轉告手下，但沒多久便自問這麼做是否明智。

# 第十五章

十一月二十一日

莎蘭德人在海爾辛街的豪赫棋社。她其實不太想下棋，頭還在痛——她追查了一整天，最後被引到這裡來了。當初發現鮑德被一名助理背叛時，她曾應他要求允諾不去找那個叛徒麻煩，雖然不贊同這個做法，她還是信守諾言，而如今鮑德遇害了，她覺得自己也擺脫了承諾的束縛。

現在她要以自己的主張行事。但事情沒有那麼容易，亞維．蘭耶一直不在家。她沒有打電話，而是打算像一記閃電打進他的生活，便罩上兜帽出門去找他。蘭耶過著遊手好閒的日子，但和許多遊手好閒的人一樣，他也有規律的作息模式，莎蘭德從他貼在Instagram和臉書上的照片追蹤到幾個定點：畢耶亞爾路的麗希餐廳、紐布羅街的劇場餐廳、豪赫棋社、歐登街的李多諾咖啡館，以及其他幾處，包括和平之家街上的射擊俱樂部和兩名女友的住址。

她上一次留意過的那個蘭耶已經變了，不但擺脫了書呆子的外表，道德感也衰退了。莎蘭德對心理學理論並不在行，但連她都看得出來他第一次的重大罪行引發後續的其他罪行。蘭耶已不再是個具有遠大抱負、學習心切的學生，如今的他沉溺於色情，還會在網路上召妓，施加性暴力。事後曾有兩名女子威脅要告發他。

這個人手上有不少錢，也有一堆問題。就在當天早上他Google了「瑞典證人保護」，眞是不小心，因爲他雖然和索利豐已不再有連繫，至少在電腦上沒有連繫，但**他們**很可能還繼續監視**他**，否則就太不專業了。也許他那文質彬彬的新表象底下已經開始崩垮，這正合莎蘭德之意。當她再次打電話到棋社——下棋是他與昔日生活之間唯一明顯的關聯——聽說蘭耶剛剛到了，驚喜不已。

因此現在她正步下海爾辛街的一小段階梯，沿著走廊來到一個破舊簡陋、龍蛇雜處的場所，裡頭大多是上了年紀的男人弓著背伏在棋盤前。氣氛讓人昏昏欲睡，似乎誰也沒注意到她，更遑論質疑她的出現。每個人都只顧著下棋，四下裡只聽到按計時器的喀嗒聲和偶爾一句咒罵。牆上掛了幾張裱框照片，都是棋藝界傳奇人物如卡斯帕羅夫、馬格努斯．卡爾森和鮑比．費雪①，甚至有一張還是十來歲、滿臉青春痘的蘭耶與匈牙利明星棋士尤蒂．波爾加②對弈的留影。

此時，年紀較長、外貌迥異的他就坐在右方更深處的一張桌前，似乎正在嘗試某個新的開局法。他旁邊放了幾個購物袋，身上穿著黃色小羊毛衫，搭配一件乾乾淨淨、燙得筆挺的白襯衫和一雙發亮的英式皮鞋，整個造型在這環境裡顯得有點過度時髦。莎蘭德踩著小心、遲疑的腳步走上前去，問他想不想下一局。他先是上下打量她一番，然後才說「可以」。

「謝謝你。」她像個有教養的年輕女孩回答道，接著坐了下來。她以E4開局，他回以B5，波蘭開局③。之後她便視若無睹地讓他繼續玩下去。

蘭耶試著想專心下棋，卻有點力不從心。幸好這個龐克女孩應該也是手到擒來。其實她還不差——很可能經常下棋——但這有什麼用？跟她耍點花招，一定能讓她打心裡佩服。誰知道呢？說不定事後還能把她弄回家去。沒錯，她看起來有點暴躁，而蘭耶對暴躁的女生沒什麼好感，不過她那一對奶子挺不錯的，也許可以把怨氣發洩在她身上。今天早上感覺爛透了，鮑德被殺的消息讓他完全不知所措。

他不是悲傷，而是恐懼。他確實很努力想說服自己沒有做錯。誰叫那個該死的教授把他當空氣一樣對待？但蘭耶背叛他是事實，看起來當然不妙。他自我安慰地暗想，鮑德這個白癡得罪的人肯定數以萬計，但他內心深處明白：那一件事和這件事有所關聯，他都嚇死了。

自從鮑德進索利豐工作，蘭耶就擔心那件事會有令人害怕的新轉折，如今走到這一步，他只希望一切都消失不見。想必正是因爲如此，今天早上他才會進市區瘋狂大血拼，買了一堆名牌衣服，最後又來到棋社。下棋終究還是能轉移他的注意力，事實上他也的確覺得好些了，感覺好像掌控了局勢，而憑他的聰明才智大可以繼續把所有人騙得團團轉。瞧瞧他這局棋下得多高明。

---

①此處提及的三人依序為 Garry Kasparov（1963-）、Magnus Carlsen（1990-）、Bobby Fischer（1943-2008），均為西洋棋世界冠軍。

②Judit Polgár（1976-），匈牙利女棋手，十五歲出道以來一直參加男子比賽，獲得男子國際特級大師稱號。

③Polish gambit，西洋棋開局的一種，是挪動己方士兵，開路給皇后移動。

這女孩也沒那麼差，事實上她的手法帶著點打破傳統的創意，說不定棋社裡大多數人都還得向她請教一、兩招。只不過他亞維．蘭耶，即將把她打得落花流水。他的手法實在太高明細膩，她甚至沒發現自己的皇后眼看就要被吃掉。他不動聲色地將棋子往前挪，一路過關斬將，自己只犧牲了一只騎士。爲了讓她心生佩服，他用半調情的隨興口吻說：「抱歉了，寶貝，妳的皇后不保了。」

但女孩毫無反應，沒有微笑、沒有吭氣，什麼都沒有。她加快速度，像是想盡快結束自己受到的羞辱，有何不可呢？他很樂意將過程縮短，然後帶她去喝兩、三杯，再跟她上床。上了床他可能不會太溫柔，但完事之後她可能還是會感謝他。像她這種討人嫌的爛貨應該很久沒爽過，也應該從來沒碰過他這樣的男人、棋藝這麼高竿的厲害角色。他決定露一手給她瞧瞧，順便解釋一些較高段的棋法理論。誰知他根本沒有機會。棋盤上好像有什麼地方不太對勁。他的棋局開始遭遇某種他也不太明白的阻力。他一度想說服自己相信那只是他的幻想，可能有幾步走得粗心了，只要集中精神就能逆轉，於是他啓動了他的殺手本能。

沒想到事態反而更加惡化。

他自覺受困——無論如何努力想重新奪回主導權，她總會成功反擊——最後他不得不承認力量的分配已起變化，而且無法扭轉。這未免太瘋狂了吧？他吃掉了她的皇后，卻不僅未能乘勝追擊，反而落入致命的弱勢。她總不會是故意早早就犧牲皇后吧？不可能，書裡寫的那種情形不會發生在瓦薩區的小棋社，這也絕不是一個臉上穿洞、態度有問題的龐克太妹會做的事，何況還是面對他這種超級高手。然而他無處可逃。

眼看再走四、五步就要被打敗，他別無選擇只能用食指推倒國王，喃喃說了聲恭喜。雖然想找一些藉口，但直覺告訴他這樣只會讓自己更難堪。他隱隱感覺到這次失敗不只是運氣差，而且幾乎不自禁地開始害怕起來。**這女孩**到底是誰？

他謹慎地直視她的眼睛，這時的她看起來不再是個脾氣不好又有點缺乏自信的小人物，而是顯得冷酷——彷彿緊盯著獵物的掠食者。他很不自在，就像棋盤上的敗仗只是序曲，接下來還會發生更多淒慘的事。他往門口瞄一眼。

「你哪都別想去。」她說。

「妳是誰？」他問道。

「不是什麼特別的人。」

「那我們以前沒見過囉？」

「不算見過。」

「可是勉強算見過，是這樣嗎？」

「我們在你的噩夢裡碰過面，蘭耶。」

「妳在開我玩笑嗎？」

「不算是。」

「這是什麼意思？」

「你覺得是什麼意思？」

「我怎麼知道？」

他不明白自己為何如此害怕。

「法蘭斯・鮑德昨晚被殺了。」她語氣平板，毫無起伏。

「這個……是啊……我看到報紙了。」他結結巴巴地說。

「很可怕吧？」

「很嚇人。」

「尤其對你來說，是嗎？」

「爲什麼？」

「因爲你背叛了他，蘭耶。因爲你給了他猶大之吻④。」

他整個人僵住，厲聲說道：「胡說八道。」

「事實上這不是胡說。我侵入你的電腦、破解了你的加密，清清楚楚看到你把他的技術轉賣給索利豐。而且你知道怎麼樣嗎？」

他開始覺得呼吸困難。

「我相信今天早上你醒來以後，心裡開始想他的死是不是你的錯。這我可以幫你解答：**就是**你的錯。要不是你那麼貪婪、狠心又可悲，鮑德現在還活得好好的。我應該警告你一聲，我眞的很生氣，蘭耶。我要讓你生不如死。首先，看你怎麼對待你在網路上找到的那些女人，我就要讓你吃同樣苦頭。」

「妳瘋了嗎？」

「可能吧。」她說：「缺乏同理心、極端暴力，諸如此類的症狀。」

她一把抓住他的手，力道之大嚇得他魂都飛了。

「蘭耶，你知道我現在在做什麼嗎？你知道我爲什麼有點心不在焉嗎？」

「不知道。」

「我坐在這裡考慮著該怎麼對付你。我在想怎樣才能讓你痛不欲生。所以我才有點心不在焉。」

「妳到底想幹麼？」

「我要報仇，我說得還不夠清楚嗎？」

「妳滿口瘋話。」

「絕對不是，我想你也心知肚明。不過你有一條出路。」

「我要怎麼做？」

他不明白自己為什麼這麼問。**我要怎麼做？**這等於是招認，等於是投降，他想把話收回，轉而向她施壓，看看她是否真有證據或只是嚇唬人。但他做不到。直到後來他才發覺不只是因為她出言恐嚇，或是她的手勁大得詭異。

而是這盤棋局，是皇后的犧牲。他感到震驚，下意識便覺得能這樣下棋的女人肯定也知道他的秘密。

「我要怎麼做？」他再問一次。

「你要跟我離開這裡，然後把事情的來龍去脈全告訴我，蘭耶。你要告訴我當你出賣鮑德的時候，到底發生了什麼事。」

④猶大是背叛耶穌的門徒，他以親吻耶穌臉頰的方式讓前來逮捕的官兵知道一群人當中誰才是耶穌。

「簡直是神蹟。」包柏藍斯基站在漢娜家的廚房，看著布隆維斯特從垃圾堆撿出來那張皺巴巴爛兮兮的畫說道。

「別太誇張了。」就站在他旁邊的茉迪回道。她說得沒錯，這畢竟只是一張紙上畫了一些棋盤方格，誠如布隆維斯特在電話中所說，畫畫手法精準得有點奇怪，就好像相較於上方那個險惡的陰影，孩子對幾何學更有興趣。但包柏藍斯基依然興奮不已。他一再被告知說鮑德的孩子有多麼弱智，說他幾乎什麼忙也幫不上。現在這孩子卻畫出這張畫，爲包柏藍斯基的調查過程帶來前所未有的希望。這也更強化他長久以來的信念：絕不能低估任何人或執著於先入爲主的偏見。

目前無法確定奧格斯畫的是命案發生那一刻。黑影有可能關係到另一個場合（至少理論上如此），也不能保證孩子看見了凶手的臉或是有能力畫出來。然而包柏藍斯基內心深處卻是相信的，不只因爲這幅畫展現大師級手法（儘管紙況破爛），他也研究了另一幅，這裡頭可以看到除了十字路口和紅綠燈之外，還有一個穿著破爛的薄唇男子被當場逮到違反交通規則——如果純粹就執法觀點來看的話。他過馬路時闖紅燈，而隊上另一名員警亞曼妲．傅蘿一眼就認出他是失業演員羅傑．溫特，有酒駕和傷害的前科。

奧格斯有如相機般精準的眼力，應該是任何調查命案的探員夢寐以求的，但包柏藍斯基非常明白若是期望太高未免太不專業。也許凶手行凶時蒙了面，又或者他的容貌已經從孩子的記憶中淡化。有許許多多可能性，因此包柏藍斯基鬱鬱地望向茉迪。

「也許這只是我一廂情願的想法。」他說。

「你雖然開始懷疑上帝的存在，對神蹟倒似乎還抱著希望。」

「也許吧。」

「不過還是值得一探究竟。這我同意。」茉迪說。

「好，那麼我們去看看孩子。」

包柏藍斯基走出廚房，朝漢娜點了點頭，她正癱坐在客廳沙發，手裡玩弄著幾顆藥錠。

莎蘭德和蘭耶手挽著手走進瓦薩公園，有如一對出外散步的老友。外表是會騙人的：在莎蘭德帶領下兩人走向一張長椅之際，蘭耶可是心驚肉跳。又起風了，氣溫也悄悄下降，幾乎不是適合餵鴿子的日子，而且蘭耶覺得冷。但莎蘭德看中了這張長椅，強迫他坐下，手活像老虎鉗似的緊緊掐住他的手臂。

「好了，我們就速戰速決吧。」她說。

「妳不會提我的名字吧？」

「我不會給你任何承諾的，蘭耶。不過你要是能一五一十地告訴我，重新過你那可悲生活的機會就會大大提升。」

「好吧，妳知道『黑暗網路』（Darknet）嗎？」

「知道。」她說。

沒有人比莎蘭德更了解黑暗網路。黑暗網路是網際網路中不受法律約束的下層叢林。只能透過特殊加密的軟體進入，使用者的身分也絕不會洩漏，誰都無法Google到你的詳細資料或追蹤你的網路活動。因此黑暗網路上充斥著藥頭、恐怖分子、詐欺犯、幫派分子、非法軍火商、皮條客和黑帽駭客。假如網路有地獄的話，就是這裡了。

但黑暗網路本身並不壞，這點莎蘭德比任何人都清楚。今日的間諜機構與大型軟體公司在網路上亦步亦趨地跟隨著我們，就算是清白的老實人也可能需要一個躲藏之處。黑暗網路也是反對分子、揭弊者與線民的大本營。反對力量可以在黑暗網路上提出異議，政府管不到，而莎蘭德則利用它私下進行更低調的調查與攻擊。她知道它的網址與搜尋引擎，也知道它與已知的、可見的網路大不相同的老派運作方式。

「你把鮑德的技術放到黑暗網路上去賣嗎？」她問道。

「不是，我只是想辦法在找買家。我很生氣。你知道嗎？鮑德幾乎沒跟我打過招呼，把我當糞土一樣對待，而且他也不是眞的在乎他那項技術。這項技術有可能讓我們所有人都致富，他卻只想拿來玩玩、做實驗，像小孩一樣。有一天晚上，我喝了幾杯之後，就在一個技客網站上丟出問題說：『有誰能付好價錢買一項革命性的ＡＩ技術？』」

「有人回應嗎？」

「隔了好一陣子，我甚至都忘了自己問過。但最後有個自稱『柏忌』的人回信了，還問了幾個相當深入的問題。起初我的回答毫無防備到荒謬的地步，但我很快就察覺自己惹出了什麼麻煩，也深怕柏忌會把技術偷走。」

「而你什麼好處也沒撈到。」

「這是個危險的遊戲。要想賣出鮑德的技術，一定得談論它的內容。但要是說得太多，很可能就已經失去了。柏忌把我捧得暈頭轉向，到最後他清清楚楚地知道我們研究到什麼地步，又是用哪種軟體作業。」

「他打算侵入你們的電腦。」

「有可能。總之他也不知用什麼辦法得知我的名字，這可把我打敗了。我完全慌了手腳，便說我想收手，但那時已經太遲。倒不是柏忌威脅我，至少他沒有明白威脅，只是不斷地說我們倆可以一起做大事、賺大錢。最後我答應和他見面，我們約在斯德哥爾摩梅拉斯特蘭南路一家中國船屋餐廳。我記得那天風很大，我站在那裡都快凍僵了。等了超過半小時，事後我懷疑他可能是在測試我。」

「可是後來他出現了？」

「對。一開始我不相信那是他。他看起來像個毒蟲，也像個乞丐，要不是看到他戴著百達翡麗的手錶，我很可能會丟個二十克朗給他。他邊走邊揮動兩隻手臂，手臂上有一些業餘人士紋的刺青和看起來很恐怖的疤痕。他穿了一件慘不忍睹的防風外套，好像露宿在街頭。最奇怪的是他很引以為傲。只有那只手錶和那雙手工皮鞋顯示他曾經力爭上游發跡過，除此之外，他似乎很安於自己的根源。後來，當我把一切都交給他，我們一起喝了幾瓶酒慶祝的時候，我問起他的背景。」

「為了你著想，但願他說出了一些細節。」

「如果妳想追蹤他，我不得不警告妳……」

「我不要聽你的忠告，蘭耶，我要聽事實。」

「好吧。他很小心。」他說：「但我還是打聽到一些事情。他八成是忍不住吧。他在俄國的一座大城市長大，但沒說是哪裡。他說自己的一切都很不順遂，母親是個有海洛因毒癮的妓女，父親有可能是任何一個人。他很小就被送到一間地獄般的孤兒院，他跟我說那裡有些瘋子常常叫他躺在廚房的砧板上，然後拿一根斷了的拐杖打他。他十一歲那年逃跑出來，在街頭過日子。他會偷東西、會偷跑進地下室和樓梯間取暖、會用廉價伏特加把自己灌醉、會吸食強力膠、會被虐待毆打。但他也發現了一件事。」

「什麼事？」

「發現他有天分。他是個鬮空門高手，這成了他第一件驕傲的事，他第一個認同感的來源。別人要花好幾個小時的事，他可以在幾秒鐘內完成。在那之前，他只是個無家可歸的小鬼，每個人都看不起他、朝他吐口水。現在他卻是想上哪兒都可以來去自如的男孩。他開始走火入魔，整天只幻想著變成一個反向操作的魔術大師胡迪尼第二——他不是想往外逃脫，而是想往內闖。他每天都練習十、十二、十四個小時，最後成了街頭的傳奇人物——他是這麼說的。他開始實行更大的行動，利用他偷來並重新設定的電腦到處入侵。他弄到好多錢，大把大把地花在毒品上頭，也經常被搶或是占便宜。他做事的時候清醒得不得了，但之後就會吸毒而恍神地到處遊蕩，任人擺布。他說自己既是個天才也是個大白癡。但有一天一切都變了。他得救了，有人將他拉出了地獄。」

「怎麼說？」

「那天他睡在一個像垃圾堆一樣、快要被拆的地方，當他張開眼睛在泛黃的光線下環顧四周，忽然看見眼前站了一個天使。」

「天使？」

「那是他說的，一個天使，也許有一部分是因爲和其他那些針筒、吃剩的食物、蟑螂等等形成強烈對比吧。他說那是他所見過最美的女人。他幾乎不敢正視她，還覺得自己就要死了。那是一種不祥又神聖肅穆的感覺。但那個女人解釋說她能讓他變得有錢又幸福，好像這是天底下再自然不過的事。如果我理解得沒錯，她履行了她的承諾，不但讓他換新牙、讓他進勒戒所，還安排將他訓練成電腦工程師。」

「所以從此以後他就替這個女人和她的組織侵入別人的電腦偷東西。」

「沒錯。他從此改頭換面，也許沒有改得那麼徹底，在很多方面他還是原來那個小偷癟三。不過他說他戒了毒，一有空就鑽研最新科技。他在黑暗網路上找到很多資源，還說自己不是普通有錢。」

「那個女人呢？他有沒有說到更多關於她的事？」

「沒有，這點他非常小心。一說到她，他要不是言詞閃爍就是充滿敬意，我有一度還懷疑會不會只是他的想像或幻覺。但我認爲這個女人確實存在。我可以非常眞確地感受到他談論她時的敬畏，他說他寧可死也不想讓她失望，然後還給我看一枚純金的俄國宗主教派十字架，是她送給他的。這種十字架你知道吧，就是十字末端有一截小斜槓，一邊高一邊低。他跟我說這個典故是出自《路加福音》，講兩個強盜和耶穌同時被釘在十字架上，其中一個相信耶穌而上了天堂，另一個嘲笑他就下了地獄。」

「你要是讓她失望就會是這個下場。」

「差不多是這個意思，沒錯。」

「所以她把自己當成耶穌了？」

「在這個情況下，十字架恐怕和基督教沒有關係，只是象徵她想傳達的訊息。」

「不忠心就得受地獄酷刑。」

「類似。」

「可是蘭耶，你卻坐在這裡洩漏秘密。」

「我好像沒有別的選擇。」

「希望你拿到了很多錢。」

「這個，沒錯……」

「然後鮑德的技術就賣給索利豐和『眞實遊戲』了。」

「對，可是我不懂……我是說現在想起來。」

「不懂什麼？」

「妳怎麼會知道這麼多？」

「因爲你笨到寄了一封郵件給索利豐的艾克華，不記得了嗎？」

「可是信的內容完全沒有暗示我出賣技術。這點我非常小心。」

「你寫的對我來說已經夠了。」她說著站起身來，他彷佛整個人都垮了。

「等一下，再來會怎樣？妳不會把我捲進去吧？」

「你大可以抱著希望。」她說完便踩著堅定的腳步往歐登廣場方向走去。

手機響起時，包柏藍斯基正要走向漢娜家面對托爾斯路的前門。是艾鐸曼教授。打從發現那孩子是個學者之後，包柏藍斯基便一直試圖連絡這位教授，因爲他透過網路找到在這方面有兩位瑞典權威人士經常被引述，一個是倫德大學的蓮娜・艾克，另一個便是卡羅林斯卡學院的查爾士・艾鐸曼。但兩人都連絡不上，因此他才延後搜查工作，去見漢娜・鮑德。如今艾鐸曼回電了，口氣聽起來大爲震驚。他說他人在布達佩斯，參加一個關於提升記憶容量的研討會。

他才剛抵達不久，幾分鐘前在CNN報導中看到了命案的消息。

「要不是這樣，我馬上就會和你連繫了。」他說。

「什麼意思？」

「昨天晚上鮑德教授打過電話給我。」

包柏藍斯基聽了心裡一驚。「他找你做什麼？」

「他想談談他兒子和他兒子的天賦。」

「你們本來認識嗎？」

「完全不認識。他會找我是因爲擔心兒子，我接到他的電話非常吃驚。」

「爲什麼？」

「因爲他是法蘭斯．鮑德呀。在我們神經學界，他是大名鼎鼎的人物。我們會說他跟我們一樣想要了解人腦，唯一的差別是他還想打造人腦。」

「這我聽說了。」

「有人跟我說他是個內向又難相處的人，有點像機器本身，有時候還有人會開玩笑說：他整個腦子裡只有邏輯電路。可是和我通話時，他充滿了感情，老實說我大吃一驚，就像……怎麼說呢？就像你聽到手下一個最強悍的警員哭泣一樣。我記得我當時心想一定發生了什麼事，而且不是我們那時候在談的事。」

「聽起來沒錯。他終於接受自己受到嚴重威脅的事實。」包柏藍斯基說道。

「不過他那麼激動也不是沒有道理。他兒子的畫似乎好得異乎尋常，這在他那個年紀非常罕見，就算是『學者』也不例外，尤其他還具備卓越的數學能力。」

「數學？」

「正是。據鮑德說，他兒子也有數學才能。這個說來話長。」

「什麼意思？」

「因爲我非常驚訝，但說到底，可能也沒那麼驚訝。我們現在知道『學者』都有遺傳基因，而且這位父親之所以是個傳奇人物，都要歸功於他高深的演算能力。只不過……藝術和數字的天分通常不會並存於這些孩子身上。」

「這肯定是生命的美好之處，偶爾就會冒出一個驚喜來。」包柏藍斯基說。

「是啊，督察長。那麼我能夠幫上什麼忙呢？」

包柏藍斯基將鹽湖灘發生的一切回顧一遍，忽然想到凡事還是小心爲上。

「我只能說當務之急就是需要你的協助與專業知識。」

「那孩子是命案的目擊證人，對吧？」

「對。」

「你希望我試著讓他畫出他所看到的？」

「對此請容我稍作保留。」

艾鐸曼教授站在布達佩斯的柏斯科羅飯店大廳。這裡是個會議中心，距離波光粼粼的多瑙河不遠，內部裝潢有如歌劇院，有華麗的挑高天花板、舊式圓頂與梁柱。他本來殷切期盼著這個星期的聚餐與學術發表，現在卻焦躁地用手梳著頭髮。

「可惜我沒法幫你，明天早上我得發表一場重要演說。」他這麼對包柏藍斯基說，而這也是事實。

他已經爲這場演說準備了幾個星期，而且將要和幾位傑出的記憶專家進行激辯。因此他向包柏藍斯基推薦一位助理教授馬丁·華格施。

可是一掛斷電話，與手拿三明治、來到他身旁停下的蓮娜·艾克互看一眼後，他便感到後悔，甚至開始忌妒起年輕的華格施。他還不到三十五歲，相片總是比本人好看太多，最重要的是他就要出名了。

艾鐸曼的確不完全明白發生了什麼事。警探在電話上語焉不詳，很可能是擔心被竊聽，但他還是捕捉到一個大概。那個孩子很會畫畫，而且目睹了命案。這只可能意味著一件事，艾鐸曼愈想愈是煩躁不安。他這一生還能發表許許多多重要演說，卻再也不會有機會在這種層級的命案調查中發揮作用。而且看看他如此輕易便轉讓給華格施的任務，肯定比他在布達佩斯這裡參與的一切都要有趣得多。誰知道呢？或許甚至可以讓他躋身名人之列。

他想像著報紙的標題：「**傑出神經學家協助警方偵破命案**」，或甚至是：「**艾鐸曼的研究使得命案調查有了重大突破**」。他怎會蠢到這個地步拒絕了？於是他拿出手機打給督察長包柏藍斯基。

包柏藍斯基和茉迪好不容易在斯德哥爾摩市立圖書館附近找到車位停妥後，剛剛過馬路。天氣仍然十分惡劣，包柏藍斯基的手幾乎凍僵了。

「他改變心意了嗎？」茉迪問道。

「對，他要把演說延期。」

「什麼時候能到？」

「他正在查看時間，最晚明天早上。」

他們正要前往斯維亞路的歐登兒童與青少年醫學中心去見林典主任。這次會面只是要針對奧格斯的作證談妥一些實務安排事宜——至少包柏藍斯基是這麼想。但儘管林典還不知道他們此行的眞正目的，在電話上已經出奇地不配合，他說孩子現在「完全」不能受打擾。包柏藍斯基可以感受到一種下意識的敵意，應對時口氣也不怎麼好。一開始情況就不太樂觀。

出乎包柏藍斯基意外的是，林典並非高大魁梧的人，他身高頂多一米五出頭，一頭可能染過的黑色短髮，老是抿著嘴唇。他身穿黑色牛仔褲、黑色套頭毛衣，一個小十字架用緞帶掛在脖子上。他透著些許神職人員的味道，顯露的敵意眞眞切切。

他一副高傲的神態，讓包柏藍斯基不禁想到自己的猶太血統——每當面對這種敵意與優越感，他就會這樣聯想。林典想要證明自己高人一等，因爲他優先考慮到孩子的生理健康，而沒有將他交給警方處置。包柏藍斯基別無他法，只能盡可能和善以對。

「幸會。」他說。

「眞的嗎？」林典回道。

「當然，很感謝你在這麼短的時間內就願意見我們。若非這件事非同小可，我們眞的不會這麼冒失地跑來。」

「我想你們是希望和那個孩子面談吧。」

「這倒不是，」包柏藍斯基回答時不再那麼客氣。「首先我必須強調我現在說的話絕不能讓第三者知道。這涉及到安全問題。」

「對我們來說，保密是理所當然的事，這裡的人口風都很緊。」林典言外之意似乎暗指警方保密不力。

「我只在乎那孩子的安全。」包柏藍斯基厲聲說道。

「這麼說這是你的優先考量？」

「坦白說，的確如此。」包柏藍斯基以更嚴肅的口吻說：「所以我現在要告訴你的事絕不能外洩——尤其不能以電子郵件或電話告訴他人。可以找個隱密的地方坐下來談嗎？」

茉迪對這個地方沒啥好感，很可能是受到哭鬧聲影響。附近有個小女孩哭個不停。他們所在的房間散發著清潔劑和另一種味道，也許是一絲殘留的焚香味。牆上掛著一個十字架，有隻絨毛玩具熊躺在地上，其餘幾乎沒有什麼元素讓此地顯得溫馨或吸引人。向來都是好好先生的包柏藍斯基眼看就要發火，茉迪只好出面，冷靜地將實際情形陳述一遍。

「據我們所知，」她說：「貴中心的醫師埃納·佛斯貝說不應該讓奧格斯畫畫。」

「這是他的專業判斷，我也贊同。這對孩子毫無益處。」林典說。

「可是在這樣的情況下，我想任何事情對他都沒有太大幫助。他很可能親眼目睹父親被殺。」

「但我們也不想讓情況更糟，不是嗎？」

「沒錯。只是你們不讓奧格斯畫完的畫，也許能讓調查工作有所突破，因此我們恐怕不得不堅持。當然，你可以安排具備專業知識的人員在場以防萬一。」

「我還是不能點頭。」

茉迪簡直不敢相信自己的耳朵。

「我對警方絕無不敬之意，」林典固執地接著說：「但我們歐登中心是在幫助脆弱的孩子，那是我們的職責與使命。我們不是警方的分支單位。事實就是如此，我們也引以爲豪。只要孩子人在這裡，就應該相信我們會把他們的利益擺在第一位。」

茉迪一手強壓住包柏藍斯基的大腿。

「我們大可以向法院聲請執行命令，」她說道：「但還是寧可不走那一步。」

「算你們明智。」

「我請問你一件事，」她說：「你和佛斯貝眞能百分之百確定怎麼做對奧格斯，或是對那邊那個哭泣的女孩是最好的嗎？會不會其實我們所有人都需要自我表達？你和我能說能寫，甚至可以去找律師。奧格斯沒有這些溝通管道，但他能畫畫，而且似乎想告訴我們什麼。他心裡想必受到某種折磨，難道不該讓他把這種折磨具體呈現出來嗎？」

「據我們判斷——」

「不，」她打斷他。「不必跟我們說你們的判斷。我們已經和某人取得連繫，關於這種特殊情形，國內沒有人比他更了解。他名叫查爾士．艾鐸曼，是一位神經學教授，他現在正從匈牙利趕回來見這個孩子。」

「我們當然能聽聽他的意見。」林典勉強說道。

「不只是聽取意見，還要讓他來決定。」

「我答應讓他們專家之間進行有建設性的對話。」

「很好。奧格斯現在在做什麼？」

「睡覺。他來的時候已經累壞了。」

茱迪可以斷定要是提議叫醒孩子，絕無任何好處。

「那麼我們明天會陪同艾鐸曼教授回來，相信我們一定能合作愉快。」

# 第十六章

十一月二十一日至二十二日

嘉布莉將臉埋在手中。她已經四十個小時未闔眼，深受愧疚感折磨之餘再加上失眠，讓她狀況更糟。但她還是認眞工作了一整天。從今天早上開始，她就成爲國安局內一個類似影子單位的小組成員，表面上是在研究更廣泛的政策意涵，實則秘密調查鮑德命案的所有細節。

在形式上，小組的領導人是警司摩丹．倪申，他遠赴美國馬里蘭大學深造一年剛剛回來，無疑十分聰明而博學多聞，只是對嘉布莉而言太右傾了。像他這種教育程度高的瑞典人還全心全意支持美國共和黨，倒是相當罕見，他甚至對茶黨①運動表示認同。他十分熱中於軍事歷史，並在軍事學校開課。雖然年紀輕輕僅三十九歲，卻被認爲擁有豐富的國際人脈。

然而他在團隊裡往往很難堅持自己的主張，實際上歐洛夫森才是眞正的主導者，他年紀較長也較趾高氣昂，只要急躁地輕嘆一聲或是濃眉微微一皺，就足以讓倪申噤聲。而讓倪申日子更難過的是刑事巡官拉斯．歐克．葛朗威也在隊上。

在加入秘密警察之前，葛朗威是瑞典國家凶案組一個半傳奇性的偵查員，至少聽說他的酒量無人能敵，並且憑藉某種粗暴的魅力，在每個城鎮都有一個情婦。想在這個團隊裡有出色表現並不容易，隨著午後時光漸漸過去，嘉布莉愈來愈低調，不過與其說是因為那些男人和他們之間的雄性競爭，倒不如說是她愈來愈感到不確定。

有時她甚至懷疑現在知道的比以前更少。譬如她發覺幾乎是完全沒有證據可以支持曾有過資安漏洞的說法。目前掌握到的只有國防無線電通訊局人員史蒂芬·莫德的說詞，但就連他對自己說的也沒把握。依她看來，他的分析可以說毫無用處。鮑德主要仰賴的似乎是他尋求協助的那名女駭客，該女子的姓名在調查中根本沒有提及，但他的助理李納斯·布蘭岱卻描述得活靈活現。看來鮑德出發前往美國之前，對嘉布莉多所隱瞞。

例如，他在索利豐找到工作純屬巧合嗎？

這份不確定感啃噬著她，而米德堡未能提供協助也讓她惱火。她連絡不上亞羅娜，美國國安局的大門再次關閉，因此她也不再進一步傳遞訊息。她也和倪申、葛朗威一樣，自覺籠罩在歐洛夫森的陰影底下。他不斷從暴力犯罪組獲得消息，並立刻上報柯拉芙。

嘉布莉很不以為然，她指出這樣的交流不僅提高消息外洩的風險，也可能使他們失去獨立作業的空間，但她的意見未被採納。他們不但沒有透過自己的管道搜尋，甚至將包柏藍斯基團隊傳來的訊息照單全收。

「我們好像考試作弊的人，不自己動腦筋，卻等著別人透露答案。」她對所有組員這麼說，但並未因此獲得好評。

①**Tea Party**，是與美國共和黨立場接近的一個右派激進政治團體，二〇一三年曾因反對歐巴馬健保政策而阻擋預算案，導致美國政府關門十六天。

此時她獨自待在辦公室裡，決定自行採取行動，試著看清事情的全貌。也許不會有任何結果，但反正無傷。她聽見走廊上傳來腳步聲，那高跟鞋喀嗒喀嗒的清脆聲響，如今嘉布莉是再熟悉不過了。來者是柯拉芙，她穿著亞曼尼名牌套裝走進來，頭髮緊緊梳成一個髻。柯拉芙對她投以溫柔親切的目光，有時候嘉布莉真痛恨這份偏愛。

「怎麼樣了？」柯拉芙問道：「還撐得下去嗎？」

「勉強。」

「跟我談完之後妳就回家去。妳得睡一下，我們需要的是一個頭腦清晰的分析師。」

「聽起來合理。」

「妳知道埃里希．瑪利亞．雷馬克②說過什麼嗎？」

「說在壕溝裡的日子不好過之類的吧。」

「哈，不是，他說只有不必內疚的人才會內疚。真正造成世人痛苦的人根本不在乎，只有始終在奮鬥的人才會充滿悔恨。所以妳沒有什麼好慚愧的，嘉布莉，妳已經盡力了。」

「這我可不敢說，不過還是謝謝妳。」

「妳聽說鮑德兒子的事了嗎？」

「只是聽歐洛夫森很快提了一下。」

「明天早上十點，督察長包柏藍斯基、偵查佐茉迪和一位艾鐸曼教授，將會前往斯維亞路上的歐登兒童與青少年醫學中心見那個孩子。他們要試著讓他再多畫一點。」

「那就祝他們好運了。不過聽到這件事我並不是太高興。」

「放輕鬆點，傷神的部分就交給我吧。這件事只有守口如瓶的人才知道。」

「大概吧。」

「我要妳看樣東西。侵入鮑德防盜系統的人被拍到幾張照片。」

「我已經看過了，甚至仔細研究過。」

「是嗎？」柯拉芙說著拿出一張放大而模糊的照片，上頭是一截手腕。

「怎麼了？」

「再看一次。妳看到什麼了？」

嘉布莉看了以後發現兩點：一是之前就已注意到的名錶，其次則是手套與外套袖口間有幾條幾乎難以辨識的線條，看似業餘刺青。

「矛盾，」她說：「廉價刺青配上名貴手錶。」

「不只如此，」柯拉芙說：「那是一只一九五一年的百達翡麗，型號二四九九的第一代，或許也可能是第二代。」

「在我聽來毫無意義。」

「這是全世界最精緻的手錶之一。幾年前在日內瓦的佳士得拍賣會上，以兩百萬美元多一點賣出一只。」

「妳開玩笑吧？」

「沒有，而且買家可不是普通人，是達克史東聯合事務所的律師楊恩．范德華。他是代替

---

②Erich Maria Remarque（1898-1970），德國小說家，他的半自傳作品《西線無戰事》譯成十多種語言，成為反戰經典。

一位客戶出價的。」

「達克史東聯合事務所？不就是代理索利豐的那家？」

「正是。不知道監視器畫面中的錶是不是在日內瓦賣出的那只，目前也還未能查出那名客戶的身分。不過這是個起點，嘉布莉。一個骨瘦如柴、外表像毒蟲的人卻戴著這種等級的手錶——這應該已經縮小範圍了。」

「包柏藍斯基知道嗎？」

「就是他的技術專家霍姆柏發現的。現在我要妳用妳的分析頭腦更深入追查。先回家睡個覺，明天早上再開始。」

自稱楊．侯斯特的人正坐在位於赫爾辛基的賀格博路上，距離濱海大道公園不遠的公寓住處內，翻看一本放滿女兒歐佳照片的相簿。歐佳今年二十二歲，在格但斯克念醫學院。

歐佳身材高䠷、膚色黝黑、充滿熱情，他常說她是老天給他最好的禮物。這不只是說說而已，他是真心相信。只是現在歐佳開始懷疑他到底在從事什麼工作。

「你在保護壞人嗎？」有一天她這麼問，接著便展開她所謂為「弱勢」奉獻心力的狂熱活動。

侯斯特認爲這完全是左傾分子的瘋狂行爲，一點也不符合歐佳的個性。他就當她是企圖確立自己的獨立自主。在這番關於乞丐與病者的言論背後，他覺得她還是頗有乃父之風。很久以前，歐佳曾是百米賽跑的明日之星。她身高一米八六，身材結實、具爆發力，從前還很愛看動作片、愛聽他回憶車臣戰爭的往事。學校裡所有人都很識相，不敢招惹她，因爲她會像戰士一樣反擊。歐佳絕不是生來伺候那些生病、墮落的人。

但是她說想當無國界醫師，或是效法德蕾莎修女到加爾各答去。侯斯特一想到就受不了，他覺得這個世界屬於強者，可是就算女兒有一些癡傻的想法，他還是愛她。明天是她這半年來第一次回家休幾天假，他暗自發誓這次會更耐心傾聽，不再自以爲是地提起史達林或其他偉大領袖或是她痛恨的一切。

他會試著重新拉近兩人的距離。他敢說女兒需要他，否則至少可以確定他是需要她的。現在是晚上八點，他走進廚房，榨了三顆柳橙再加入思美洛伏特加，這已是他今天第三杯「螺絲起子」。每當完成任務後，他總能喝上六、七杯，或許今天也不例外。他累了，壓在肩頭上的一切責任讓他感到無比沉重，他需要放鬆一下。他端著杯子站了幾分鐘，夢想著另一種不同的生活。然而這個自稱爲楊．侯斯特的人期望太高了。

波達諾夫打電話到他的安全手機，使得原本平靜的氣氛戛然而止。起初侯斯特希望波達諾夫只是想聊一聊，宣洩一下每項任務所帶來的興奮情緒。不料這位同儕是專爲某件事來電的，而且口氣很不高興。

「我和T談過了。」他說。侯斯特一時五味雜陳，或許又以忌妒爲甚。

爲什麼綺拉打給波達諾夫而不是他？儘管賺進大錢並獲得豐厚獎賞的人是波達諾夫，侯斯特始終深信自己與綺拉更親近。不過侯斯特也感到憂心，難道出了什麼差錯？

「有什麼問題嗎？」他問道。

「任務沒有完成。」

「你在哪裡？」

「市區。」

「那就上來吧，把話給我說清楚。」

「我在柏思翠斯訂了位。」

「我不想去什麼高級餐廳，你就過來吧。」

「我還沒吃東西。」

「我會弄一點熱食。」

「聽起來不錯。接下來這一夜可漫長了。」

侯斯特不想再有漫長的一夜，更不想告訴女兒說他隔天不會在家。但他沒有選擇。有一點他非常肯定，就像他愛歐佳那麼肯定：誰也不能對綺拉說不。

她有一種無形的力量，無論他多麼努力嘗試想在她面前維護尊嚴，總是辦不到。她會讓他變得像個小男孩，他經常掏心挖肺毫無保留只為了博她一笑。

綺拉美得令人心旌盪漾，而且比任何美女都更懂得善用這一點。說到權力遊戲，誰也比不上她，所有的招數她都瞭若指掌。她會在適當時機展現柔弱黏人的一面，但也有好勝、強硬、冷若冰霜的另一面，有時候則是純粹的壞。沒有人能像她那樣激發出他的殘忍癖好。

她或許不具有一般所謂的智慧，有許多人會明白指出這一點想殺殺她的威風。但這些人到了她面前也同樣呆若木雞。綺拉將他們玩弄於股掌之間，即使再強悍的男人見了她也會臉紅心跳，像小學生一樣吃吃傻笑。

▲ ▲ ▲

九點了，波達諾夫坐在侯斯特身邊，一口接一口吃著他準備的羊肉排。說也奇怪，他的餐桌禮儀還算挺周到的，可能是受綺拉的影響。波達諾夫在許多方面都變得很有教養——其實再仔細一想似乎不然。無論他再怎麼裝腔作勢，始終無法完全擺脫竊賊和毒蟲的形象。他已經許久不曾碰毒，又是領有大學文憑的電腦工程師，卻仍一副流浪街頭、飽經風霜的模樣。

「你那只很炫的手錶呢？」侯斯特問道：「你惹麻煩了？」

「我們倆都是。」

「有那麼糟嗎？」

「也許沒有。」

「你說任務沒有完成？」

「對，因爲那個男孩。」

「哪個男孩？」侯斯特裝傻問道。

「你高抬貴手放過的那個。」

「他怎麼了？你也知道他是個智障。」

「也許，可是他會畫畫。」

「什麼意思，畫畫？」

「他是個『學者』。」

「是個**什麼**？」

「除了他媽的槍械雜誌以外，你能不能試著看點其他東西？」

「你到底在說什麼？」

「這種人在某些方面自閉或有障礙，卻有特殊天賦。這個孩子或許不能像正常人一樣說話或思考，但他有過目不忘的記憶力。警察認為這個小王八蛋可以畫出你的長相，然後再透過臉部辨識軟體搜尋，到時你不就完了嗎？國際刑警組織那裡肯定有你的紀錄吧？」

「對，可是綺拉不可能要我們……」

「她就是要我們這麼做。我們得去解決那個孩子。」

一股激動與困惑湧上侯斯特心頭，他眼前再次出現雙人床上那個曾令他無比不安的空洞、呆滯眼神。

「門都沒有。」他說道，卻並不真的這麼想。

「我知道小孩是你的罩門，我也不想。但這一個無可避免。再說你應該心存感激，綺拉大可以犧牲你的。」

「也許吧，反正這麼說定了。機票在我口袋裡，我們搭明天早上六點半第一班飛機到亞蘭達機場，接著就去斯維亞路上一個叫歐登兒童與青少年醫學中心的地方。」

「這麼說那個孩子在診所裡。」

「對，所以我們得計畫一下。讓我先把東西吃完。」

自稱楊．侯斯特的人閉上雙眼，試著想想該怎麼跟歐佳說。

莎蘭德凌晨五點就起床，駭入紐澤西州理工學院的國家科學基金會重大研究計畫單位的超級電腦——她所具備的數學技能全都得派上用場。接著她搬出了自己的橢圓曲線方程式，開始著手破解從國安局下載的檔案。

然而不管怎麼試，就是不成功。其實她本來就不抱希望，這是個很複雜的加密演算法，名爲RSA，分別爲三位發起人李維斯特（Rivest）、夏米爾（Shamir）與艾道曼（Adleman）的姓氏縮寫。RSA有兩把金鑰——一把公鑰、一把私鑰——以歐拉函數與費瑪小定理爲理論基礎，但最主要還是根據一個簡單的事實：讓兩個巨大質數相乘並不難，計算機在眨眼間就能給答案，可是要反過來，從答案去找出最初那兩個質數卻幾乎不可能。電腦還不能很有效率地作質因數分解，這在過去便曾多次讓莎蘭德和全球各情報組織都爲之氣結。

至今大約一年以來，莎蘭德一直在思考橢圓曲線方程式應該會優於原有的演算法，也常常一連幾天不眠不休地寫她自己的因數分解程式。但如今在這凌晨時分，她發覺還需要再作修改才可能有一丁點成功的機會。工作三小時後，她稍作休息，到廚房去直接就著紙盒喝了點柳橙汁，再吃兩塊微波加熱的碎肉餡餅。

回到書桌後，她侵入布隆維斯特的電腦看看他有無新消息，只見他又貼了兩個問題問她，看完立即明白：他畢竟不是全然無望。

〈鮑德是被哪個助理背叛的？〉

他的這個問題合理。

但她沒有回答。她根本不在乎蘭耶。而且她有些進展，找出了跟蘭耶連繫、自稱柏忌的那個凹眼毒蟲的身分。駭客共和國的三一記得幾年前有幾個網站曾經出現過這個代號，這不一定意味著什麼——柏忌並不是那麼獨特的名稱。不過莎蘭德追蹤了那些貼文，心想或許能查出什麼端倪——尤其他還無意中透露自己是莫斯科大學畢業的電腦工程師。

莎蘭德找不出他畢業的時間或其他任何日期，卻掌握到一些無聊細節，關於柏忌有多熱愛高級手錶、有多迷七○年代一系列的亞森羅蘋電影和這名怪盜紳士。

接著凡是莫斯科大學昔日校友與在學學生可能上的網站，莎蘭德都一一造訪，詢問有沒有人認識一個瘦巴巴、雙眼凹陷、曾經吸過毒、流浪街頭、很有偷竊本事，又愛看亞森羅蘋電影的人。沒多久就得到回音了。

「聽起來像是尤利．波達諾夫。」一個自稱賈麗娜的人寫道。

據這位賈麗娜說，波達諾夫是學校的傳奇人物。不只因為他入侵所有講師的電腦，抓住每個人的小辮子，他還老是逢人就問：要不要跟我打賭一百盧布，看我能不能闖進那棟房子？許多不認識他的人會以為要贏這筆錢很簡單。殊不知波達諾夫幾乎可以撬開任何一扇門，即便不知為何失敗了，他也會改爬大門或圍牆。他大膽得出名，也壞得出名。據說曾有一條狗妨礙他做事，結果被他踢死了。他不時都在偷東西，而且純粹只是為偷而偷。賈麗娜覺得他可能有竊盜癖，但他同時也是個天才駭客兼厲害的分析師，他畢業後這個世界就任由他主宰了。他不想找工作，他說想要做自己喜歡的事，而莎蘭德很快便查出他大學畢業後搞了哪些名堂——至少這些是正式紀錄。

波達諾夫現年三十四歲，離開俄國後搬到柏林的布達佩斯街，住處離米其林餐廳「雨果」不遠。他經營一家白帽資安公司叫「放逐資安」，手下有七名員工，上一個會計年度的交易金額有兩千兩百萬歐元。諷刺但多少也合情合理的是：他用作掩護的公司是專門保護企業團體不受他這種人的危害。自從二○○九年通過考試至今，他都沒有任何犯罪紀錄還廣結善緣，俄國國會議員兼俄羅斯天然氣公司的主要股東伊凡．戈利巴諾夫便是他公司的董事之一。但是莎蘭德找不到更進一步的資料。

布隆維斯特的第二個問題是：

〈斯維亞路的歐登醫學中心：安全嗎？（看完馬上刪除）〉

他沒有解釋爲何對這個地方感興趣。但她知道布隆維斯特不是個隨便丟出問題的人，他也沒有說話不清不楚的習慣。

既然這麼神秘，就一定有他的理由：這項訊息想必十分敏感。這個醫學中心顯然有其重大意義。莎蘭德很快便發現那裡曾被申訴過幾次：有院童被遺忘或忽視或自我傷害。歐登是一個由主任托凱爾．林典與其公司「護我」管理的私人機構，如果離職員工的說詞可信，在這個中心裡林典說的話就是聖旨。營運利潤向來可觀，因爲除非絕對必要，否則不會添購任何物品。

林典本人曾是體操明星，輝煌的戰績也包括拿下全瑞典單槓冠軍。今日的他熱中狩獵，也是某個誓死反對同性戀的基督教會的會友。莎蘭德上了瑞典狩獵與野生動物管理協會和基督之友的網站，看看他們都從事些什麼活動。接著她假借這些組織的名義寄給林典兩封頗令人心動的電子郵件，並隨信附上植入精密惡意程式的ＰＤＦ檔，只要林典點閱這些訊息，附加檔案就會自動開啓。

八點二十三分她已連上伺服器，心中的懷疑立即獲得證實。奧格斯．鮑德在前一天下午入院了。病歷中，先是描述他住院的起因，底下接著寫道：

幼兒自閉症，嚴重智能障礙。躁動。因父親死亡受嚴重創傷。須經常觀察。難應付。帶了拼圖。不准畫畫！據觀察有破壞性強迫行爲。由心理醫師佛斯貝診斷，托．林確認。

再底下還有一段，顯然是後來加上的：

查爾士．艾鐸曼教授、督察長包柏藍斯基與偵查佐茉迪，將於十一月二十二日星期三上午十點來見奧．鮑德。托．林會在場。在監督下畫圖。

再往下又寫道：

變更地點。奧．鮑德由托．林與艾鐸曼教授帶往母親漢娜．鮑德位於托爾斯路的住處，包柏藍斯基與茉迪前往會合。奧．鮑在住家環境裡可能會畫得更好。

莎蘭德快速查了一下艾鐸曼是誰，一看到他的專業領域是學者技能，立刻明白是怎麼回事。他們似乎準備以素描方式取得供詞，否則包柏藍斯基和茉迪怎會對這孩子的畫感興趣，布隆維斯特提問時又怎會如此小心翼翼？

這一切絕不可外洩，絕不能讓凶手發現這個孩子有可能畫出他的肖像。莎蘭德決定親自看看林典在郵件通信上有多謹慎。幸好他並未多提孩子的繪畫能力，反倒是昨晚十一點十分艾鐸曼寫了封電子郵件給他，還副本給茉迪和包柏藍斯基。這封信顯然就是變更會面地點的原因。艾鐸曼寫道：

嗨，托凱爾，真是太感謝你願意在醫學中心見我，但恐怕得拂逆你的好意。我想若能安排孩子在他感到安全的環境作畫，才最有希望獲得理想結果。我絕對無意批評貴中心，關於貴中心的好評畢竟是如雷貫耳。

才怪，莎蘭德嘀咕了一句，又接著往下看：

因此我希望明天早上將孩子帶到托爾斯路，他母親漢娜．鮑德的住處。原因在於相關文獻皆已認定，母親在場對於具學者技能的兒童有正面影響。如果你能在九點十五分帶著孩子在斯維亞路側入口等候，我可以順道去接你們，我們也能趁機作個同業交流。

查爾士．艾鐸曼　敬上

包柏藍斯基與茉迪分別在七點零一分與七點十四分回覆，他們寫道：當然應該尊重艾鐸曼的專業，接受他的建議。林典則是剛剛在七點五十七分才確認他會和孩子在斯維亞路的門外等艾鐸曼。莎蘭德靜坐沉思了片刻，然後走到廚房，從廚櫃拿了幾塊已經走味的餅乾，望著外頭的斯魯森與騎士灣暗忖：**所以說，會面地點改了**。

男孩不在醫學中心裡畫畫，而是要送到母親家。母親在場會有正面影響，艾鐸曼如此寫道。莎蘭德不太喜歡這句話的感覺，很老套不是嗎？至於句子的開頭也好不到哪去：「原因在於相關文獻皆已認定……」

太浮誇了。雖然確實有很多知名學者不管怎麼努力文筆都不好，而且她對這位教授平時的表達方式也一無所知，但一個世界頂尖的神經學家眞的覺得有必要仰賴文獻的認定嗎？他難道不會更有自信？

莎蘭德回到電腦前，在網路上瀏覽了艾鐸曼的幾篇論文，雖然字裡行間偶爾能感覺到些許傲氣，即便在最有事實根據的段落也不例外，卻絕無不得體或幼稚之處。相反地，此人相當機敏伶俐。於是她又回頭查看電子郵件是透過哪個SMTP伺服器傳送的，一看之下大吃一驚。這臺名爲Birdino的伺服器很陌生，照理說不應該如此，於是她送出一連串指令看看這到底是什麼玩意。短短幾秒的時間事實便一清二楚：該伺服器支援開放式的郵件轉寄，因此寄件者可以任意挑選電郵地址傳送訊息。

換句話說，艾鐸曼的郵件是僞造的，而寄給包柏藍斯基和茉迪的副本則只是障眼法。她甚至無須再確認，就已經知道是怎麼回事：警察的回信以及同意變更原來的安排也都是假的。這不只意味有人假冒艾鐸曼，消息也肯定是外洩了，最重要的是有人想讓那個孩子來到醫學中心外的斯維亞路上。

有人想讓他毫無防備地站在路邊，以便……做什麼呢？可能要綁架或幹掉他？莎蘭德看一眼手錶，已經八點五十五，再過二十分鐘，林典和奧格斯就會到外面去等一個不是艾鐸曼教授，而且肯定想對他們不利的人。

她該怎麼辦？報警？這從來不是她的第一選項，尤其可能有洩漏消息的風險更讓她遲疑。

於是她改上歐登的網站，查到林典辦公室的號碼，不料只打通總機，林典在開會。因此她找到他的手機號碼，最後卻轉入語音信箱，氣得她大罵出聲，只得同時發送簡訊和郵件告訴他，無論如何都別和孩子到馬路上去。她署名「黃蜂」，因為想不出更好的主意。

緊接著她套上皮夾克便往外衝。但又掉頭跑回公寓，拿起下載了那個加密檔案的筆電和一把貝瑞塔九二手槍，放進一個黑色運動袋，才又匆匆出門。她猶豫著是否應該開車，開那輛一直放在車庫裡養蚊子的BMW-M6敞篷車。最後決定還是搭計程車比較快，但沒多久就後悔了。好不容易出現一輛計程車之後，她卻發現尖峰時間顯然還沒過。

車流龜速前進，中央橋上幾乎一動也不動。出車禍了嗎？一切都慢吞吞，只有時間過得飛快。很快地就到了九點五分，接著九點十分，她心急如焚，而最糟的情況是已經來不及了。林典和孩子很可能提早來到路邊，凶手（或者不管是誰）也可能已經下手。

她再打一次林典的電話，這回通了，卻沒有人接。她又咒罵一聲，隨即想到布隆維斯特。事實上她已經好久沒跟他說過話，但此時她打了電話給他，他接起時似乎顯得氣惱。直到發現是誰打來的才精神一振：

「莉絲，是妳嗎？」

「閉嘴，仔細聽好。」她說。

布隆維斯特正在約特路的《千禧年》辦公室裡，心情惡劣，不只因為昨晚又沒睡好，還因為TT通訊社。這個向來嚴謹正派的通訊社發出一篇新聞稿，聲稱麥可．布隆維斯特保留了重大訊息，打算率先發表於《千禧年》雜誌，因而阻礙命案調查。

據說他的目的是為了拯救陷入財務危機的雜誌社，並重新建立自己「已毀的聲譽」。布隆維斯特事先便知道有這則報導，前一天晚上還和撰稿者哈拉德·瓦林長談過，但他怎麼也料不到會有如此淒慘的結果。

報導中充滿愚蠢暗示與無事實根據的指控，但瓦林卻能寫得看似客觀、看似可信。此人顯然在賽納集團和警局內都有可靠的消息來源。無可否認的是標題傷害不大：「檢察官批評布隆維斯特」；內容也有許多能讓布隆維斯特為自己辯護的空間。但不管這是哪個敵人的傑作，他都很明白媒體的邏輯：如果像TT這麼嚴謹的新聞社刊出這樣一則報導，不僅讓所有人都能名正言順地搭順風車，甚至幾乎是要求他們採取更嚴苛的態度。也因此布隆維斯特才會一早醒來就看到電子報上寫著：「布隆維斯特妨礙命案偵查」與「布隆維斯特試圖拯救雜誌社，凶嫌在逃」。

平面媒體還算厚道，在標題上加了引號，沒有直接定了布隆維斯特的罪。不過這整體給人的感覺卻是：一個新的事實隨著咖啡端上早餐桌了。有個名叫古斯塔夫·倫德的專欄作家聲稱他受夠了所有的虛偽表象，文章一開頭就寫：「麥可·布隆維斯特總是自以為高人一等，如今露出真面目，原來他才是最奸惡之輩。」

「但願他們不會開始向我們揮舞傳票。」雜誌社的設計師兼合夥人克里斯特說道，他就站在布隆維斯特身邊，緊張得猛嚼口香糖。

「但願他們不會找來海軍陸戰隊。」布隆維斯特說。

「什麼？」

「這是個笑話。」

「喔，好吧。不過我不喜歡這種調調。」克里斯特說。

「誰都不喜歡。但我們頂多也只能咬緊牙根，照常工作。」

「你的電話響了。」

「它老是在響。」

「在他們搞出更大的新聞以前，接一下好嗎？」

「好，好。」布隆維斯特嘟囔著說。

是個女孩，聲音聽起來似曾相識，但突如其來地，一下子沒能馬上認出。

「哪位？」他問道。

「莎蘭德。」對方的回答讓他露出大大的微笑。

「莉絲，是妳嗎？」

「閉嘴，仔細聽好。」她說道。他照做了。

交通順暢些了，莎蘭德和計程車司機——一個名叫阿莫的年輕人，他說自己曾近距離目睹過伊拉克戰爭，還在恐怖攻擊中失去了母親和兩個兄弟——終於駛進斯維亞路，經過左側的斯德哥爾摩音樂廳。莎蘭德這個態度極差的乘客又送出一則簡訊給林典，並試著打給歐登的其他職員，隨便找個人去警告他。無人接聽。她咒了一聲，只希望布隆維斯特的表現會好一點。

「緊急情況嗎？」阿莫從駕駛座問道。

聽到莎蘭德回答「是」之後，阿莫闖了紅燈，這才使得她嘴角閃現一抹笑意。

接下來她便全神貫注留意行駛過的每吋街道。她瞥見左方稍遠處是經濟學院與市立圖書館——距離目的地不遠了。她掃描著右手邊的門牌號碼，終於看到那個地址，謝天謝地，人行道上沒躺著屍體。莎蘭德胡亂掏出幾張百元鈔票要給阿莫。這是一個陰沉、尋常的十一月天，如此而已，民眾正在上班的路上。但等一下……她轉頭望向對街那道綠點斑駁的矮牆。

有個身材健壯、戴著毛帽與墨鏡的男人站在那裡，目不轉睛盯著斯維亞路的大門。他的肢體語言有點不對勁——他的右手隱匿著，但手臂緊繃、隨時準備著。莎蘭德盡可能地從斜角再次看了看對街的門，這回發現門開了。

門開得很慢，好像即將出門的人在遲疑或是門太重，突然間莎蘭德大喊要阿莫停車。她從還在移動的車上跳下來，此時對街的男人正好舉起右手，將配備有瞄準鏡的手槍對準緩緩開啟的門。

# 第十七章

十一月二十二日

自稱楊・侯斯特的人對眼下的情況並不滿意。這個地方毫無遮蔽，時間也不對。路上人車太多，雖然已盡可能遮住容貌，但大白天讓他不自在，加上離公園又近，這讓他對殺害孩子一事更爲厭恨。

但沒有辦法，他必須接受事實：這個局面是他自己造成的。

是他低估了那個男孩，現在就得彌補失誤，不能讓一廂情願的想法或是自己的心魔誤事。他會專心執行任務，表現出一貫的專業，最重要的是不去想歐佳，更不去想那天在鮑德臥室裡所面對的呆滯目光。

此刻他必須專注於對街門口以及藏在風衣底下的雷明頓手槍。只是怎麼毫無動靜呢？他覺得口乾舌燥，冷風刺骨。馬路與人行道上有些積雪，趕著上班的民衆來去匆匆。他將手槍握得更緊，然後瞄一眼手錶。

九點十六分，接著十七分，還是沒人出現在對面大門口，他暗自咒罵：出了什麼事嗎？一切只能遵照波達諾夫的話行事，但這已夠有保障。那人是個電腦巫師，昨晚他坐在電腦前埋頭苦幹，寄了幾封偽造的電子郵件，還找瑞典這邊的人幫忙修改措辭。其餘則由侯斯特負責：利用照片研究地點、挑選武器，尤其還要安排逃離現場的車。那是硫磺湖機車俱樂部的丹尼斯．威頓用假名替他們租來的車，此時正在三條街外待命，由波達諾夫負責駕駛。

侯斯特感覺到身後有動靜，嚇了一跳，原來只是兩名年輕人走得離他近了一些。路上的人車似乎愈來愈多，他不喜歡這種感覺。遠處有隻狗在吠叫，還有一股味道，可能是麥當勞的油炸味，這時候……終於……看到了對街的玻璃門內出現一個身穿灰色大衣的矮小男子和一個穿著紅色鋪棉外套的鬈髮男孩。侯斯特一如往常用左手畫了個十字，然後慢慢緊扣手槍的扳機。但怎麼回事？

門沒打開。男子猶豫了一下，低頭看看手機。**快點**，侯斯特暗想，**終於，出來了**……門慢慢地、慢慢地推開，他們正要往外走，侯斯特舉起手槍，透過瞄準鏡瞄準孩子的臉，並再次看到那雙呆滯的眼睛。他心裡忽然湧上一股意外而強烈的興奮感，他忽然很想殺死這男孩，他忽然想轟掉那個可怕的表情，一了百了。不料就在此時出了狀況。

正當侯斯特開槍擊中目標時，不知從哪冒出一名年輕女子朝男孩撲了過去。至少他是打中了什麼，而且還一槍接著一槍射出。但男孩和女子以迅雷不及掩耳的速度滾到一輛車後面。侯斯特屏住氣息，左右張望一下之後，宛如突擊隊員般衝過馬路。

這回他不會再失手。

林典和電話始終處不來。老婆莎嘉每次聽到電話鈴響都雀躍期待著，希望會帶來新的工作或新的機會，而他卻只是覺得不安。

因為投訴電話太多了。他和醫學中心老是受人辱罵，在他看來這是他們業務的一部分，歐登是個緊急服務中心，民眾情緒難免比較高漲。不過他也知道這些抱怨多少是有理的，他的撙節手段或許過頭了。偶爾他乾脆逃開，跑到樹林裡去，讓其他人去應付。但話說回來，有時還是會獲得認可，而最近一次稱許他的不是別人，正是艾鐸曼教授。

一開始他對教授頗為著惱，他不喜歡外人對中心的作業程序指手畫腳。但今天早上在那封電子郵件裡獲得稱讚後，他比較釋懷了。誰知道呢？說不定還能說動教授支持他，讓孩子繼續在歐登多待一陣子。這或許能為他的生活增添一些火花，至於為什麼，他也說不上來。他向來都盡量不與孩子們接觸。

這個奧格斯有種神秘感令他好奇。打從一開始，警方的諸多要求就把他惹毛了。他想獨占奧格斯，希望能和他周遭的一些神秘氣氛沾上邊，再不然至少也希望能了解那些無窮無盡的數列代表著什麼，就是他在遊戲室裡寫在漫畫本上的那些。但事情沒那麼容易。這孩子似乎在避免任何形式的接觸，現在又不肯到外頭的馬路邊。他就是鐵了心跟你作對，林典只好抓著他的手肘拖行。

「走啊，**快點**。」他喃喃說道。這時他的手機響了。有人非找到他不可。

他沒接，八成是什麼雞毛蒜皮的事，又有人要投訴吧。但來到門邊時，他決定看看手機的訊息。有個未顯示的號碼傳來幾則簡訊，說了一些奇怪的事，可能是在開玩笑，簡訊裡叫他不要出去，說無論如何都不能走到路上去。

無法理解，就在這一刻奧格斯似乎有意逃跑，林典連忙緊抓住他的手臂，遲疑地將門打開，拉著孩子出去。一切如常。路人行走一如平日，他重新對那些簡訊起疑，但還來不及想透徹，就從左手邊竄出一個人影直撲向奧格斯。說時遲那時快，他聽見了一記槍響。他顯然身陷險境，驚駭得往對街看去時，見到一名高大壯碩的男人穿越斯維亞路朝他奔來。他手裡拿著什麼玩意啊？手槍嗎？

林典想也沒想到奧格斯便轉頭往門內走，有那麼一、兩秒的時間他自以為能安全逃離，然而並沒有。

莎蘭德整個人撲到男孩身上是出於本能反應，應該是摔倒在人行道時受了傷，至少肩膀和胸部感到疼痛，只是沒時間查看。她抱住孩子躲到一輛車背後，槍聲咻咻之際兩人就躺在那裡大口喘息。接著忽然安靜得令人不安，莎蘭德從車子底下窺看到攻擊者結實的腿奔過街來。她閃過一個念頭，想從運動袋掏出貝瑞塔開槍回擊，但隨即發覺來不及了。而另一方面……有一輛大型富豪正緩緩駛過，於是她一躍而起，在一陣慌亂中抱起男孩跑向那輛車，一把扭開後車門，和男孩一塊飛撲進去。

「開車！」她大喝一聲，同時看見鮮血在座位上渲染開來。

雅各・查羅今年二十二歲，深以擁有一輛富豪XC60為傲，那是他以父親當保證人分期付款買的。他正要前往烏普沙拉和叔嬸一家人共進午餐，而且興奮不已，迫不及待想告訴他們說他已入選為敘利亞人足球俱樂部A組隊員。

駛過音樂廳與經濟學院時，收音機正在播放艾維奇的〈喚醒我〉，他邊聽邊在方向盤上敲拍子。前方路上好像出了事，所有人都往四面八方跑。有個男人在大聲喊叫，前面的車子也都胡亂蛇行起來，於是他放慢速度，心想要是出車禍，自己或許能幫忙。查羅一天到晚都夢想著當英雄。

但這次他害怕了。他左側那個男人穿過車陣橫越馬路，看起來像個正在展開攻擊的軍人，舉止間有種暴戾之氣。查羅正打算踩下油門，忽然聽到後門被拽開，有人衝上車來，他不由得放聲大吼。吼了些什麼自己都不知道，也許甚至不是瑞典話。不料對方——是個帶著孩子的女生——吼了回來：

「開車！」

他猶豫了一下。**他們**是什麼人啊？會不會是想打劫或偷車？他沒法好好思考，當下的情形太混亂。緊接著他別無選擇只能行動。後車窗整個碎裂，因為有人朝他們開槍，於是他發了瘋似的加速，闖過歐登街口的紅燈，心怦怦跳個不停。

「這是怎麼回事？發生什麼事了？」他大喊著問。

「閉嘴！」那個女孩厲聲回嗆。他從後照鏡看到她正在檢查那個驚恐地瞪大雙眼的小男孩，只見她動作熟練，有如醫院護士。這時他才第一次發現後座上不只全是碎玻璃，還有血。

「他中槍了嗎？」

「不知道。開你的車就是了，前面左轉……轉！」

「好啦，好啦。」他此時已經嚇壞了，連忙急轉彎上了瓦納迪路，高速駛向瓦薩區，一邊嘀咕著有沒有被跟蹤，又有沒有人會再對他們開槍。

他低下頭伏在方向盤上，感覺到強風從破裂的後車窗灌進來。他到底惹上什麼麻煩了？這個**女孩**又是誰啊？他再度從後照鏡看她：一頭黑髮、穿了幾個環洞、一臉憤怒，有一度他覺得在她眼裡他根本就不存在。但隨後她嘟囔了一句，口氣聽起來幾乎是愉快的。

「好消息嗎？」他問道。

她沒應聲，卻是脫下皮夾克，抓住裡面的白色T恤之後……天哪！竟然直接一把扯破，赤裸著上半身坐在那裡，連個胸罩也沒穿。他倉惶失措地瞄向她堅挺的乳房，還有更重要的是一道如溪流般的鮮血，從她胸前往下流到腹部和牛仔褲頭處。

女孩的肩膀下方、離心臟不遠的某處中彈，血流如注。她用T恤當繃帶緊緊纏住傷口止血，再重新穿上皮夾克。荒謬的是她似乎十分得意，尤其是臉頰與額頭濺了幾滴血，彷彿畫上戰妝。

「所以說好消息是中彈的是妳，不是孩子？」他問道。

「可以這麼說。」她回答。

「要不要送妳去卡羅林斯卡醫院？」

「不用。」

莎蘭德找到了射入與射出的彈孔，子彈想必是直接穿透，血正從前側肩膀大量湧出，她都可以感覺到太陽穴的脈搏卜卜跳得厲害。不過應該沒有傷及動脈，至少她這麼希望。她回頭看了看，攻擊者在附近一定備有逃離用的車輛，但似乎沒有人追上來。但願是他們逃得夠快。

莎蘭德很快地低頭看看孩子，只見他雙手抱胸前後搖晃，這時她才想到應該做點什麼，便輕輕撥掉孩子頭髮和腿上的玻璃屑，之後他靜坐不動了一會。莎蘭德不確定這是不是好現象。他的眼神呆板而空洞，她對他點點頭，試著表現出一切都在她的掌控中。她覺得噁心暈眩，用來包紮肩膀傷口的T恤此時已被血浸透，她擔心自己可能會昏厥，得想個計畫才行。有一點是再清楚不過：不能將警方納入考量。是他們雙手將孩子送入虎口，分明就是搞不清楚狀況。那麼她該怎麼辦呢？

不能繼續待在這輛車上。車子在槍擊現場已被看見，何況破碎的後窗勢必會引人注目。應該讓這個男人送她回菲斯卡街的家，那麼她就能開那輛登記在伊琳．奈瑟名下的BMW了，如果她還有力氣開車的話。

「往西橋那邊開！」她喝道。

「好，好。」開車的男子說。

「你有什麼喝的嗎？」

「有一瓶威士忌──本來要送給叔叔的。」

「拿過來。」她說著接過一瓶格蘭，費了一番工夫才打開瓶蓋。

她扯下代替繃帶的T恤，往子彈傷口上倒威士忌，自己也喝了一、二、三大口，正打算給奧格斯也喝一點，猛然想到這樣可能不太好。小孩是不喝威士忌的，就算受驚嚇的小孩也一樣。她的心思愈來愈混亂。事情是這樣沒錯吧？

「你得把你的襯衫給我。」她對前座的男人說。

「什麼？」

「我得另外找東西包紮肩膀。」

「好吧，可是……」

「沒有可是。」

「妳要是想讓我幫忙，至少可以跟我說說妳爲什麼被射傷吧。妳是罪犯嗎？」

「我想保護這個孩子，就這麼簡單。那群王八蛋想對他不利。」

「爲什麼？」

「不關你的事。」

「這麼說他不是妳兒子囉？」

「我根本不認識他。」

「那爲什麼要幫他？」

莎蘭德略一沉吟。

「因爲我們有共同的敵人。」她說道。開車的年輕人聽完後，一手開車，一手脫下V領套頭毛衣——除了費勁也不免遲疑。然後他解開襯衫釦子，脫下衣服遞給莎蘭德，而莎蘭德則小心翼翼地用它裹住肩膀。此時奧格斯低著頭，面無表情看著自己瘦巴巴的腿，動也不動，令人擔心。莎蘭德不禁再次自問該如何是好。

他們可以躲到她在菲斯卡街的住處，那裡只有布隆維斯特知道，而且從任何公開紀錄都無法用她的名字追蹤到這間公寓。但還是很冒險。她曾一度是紅遍全國的古怪瘋子，而這個敵人肯定很善於挖掘資訊。

斯維亞路上或許有人認出她了，說不定警方已經翻天覆地在找她。她需要一個新的藏身處，一個與她的身分毫無關聯的地方，因此她需要幫助。但能找誰呢？潘格蘭？

她的前監護人霍雷爾·潘格蘭中風後已經復原得差不多，目前住在利里葉島廣場道。潘格蘭是唯一眞正了解她的人。他可以說是忠誠過頭，只要他能力所及，什麼事都會幫忙。可是他年紀大了又容易憂慮，如果可以，她實在不想拖他下水。

當然，還有布隆維斯特，而事實上他也沒什麼不好，只是想到要再次與他連繫仍有所顧慮──也許**正是**因爲他沒什麼不好。他就是那麼個濫好人。但管他的……總不能因爲這個而對他不滿吧，至少不必太過不滿。她打到他的手機，只響一聲他就接起來了，語氣顯得憂慮不安。

「聽到妳的聲音眞是太好了！到底發生了什麼事？」

「現在不能告訴你。」

「你們倆好像有一個被射中。這裡有血跡。」

「孩子沒事。」

「那妳呢？」

「我沒事。」

「妳被射中了。」

「你等一下，布隆維斯特。」

她看向外頭的街景，發現已經快到西橋，便轉頭對駕駛說：

「這裡停車，停在巴士站旁邊。」

「妳要下車？」

「是**你**要下車。你得把你的手機給我，然後下車等我講完電話。明白嗎？」

他驚恐地覷她一眼，隨即交出手機，停車並下車。莎蘭德這才繼續方才的對話。

「怎麼回事？」布隆維斯特問道。

「這你不用擔心。」她說：「從現在起我要你隨身帶一支Android手機，三星還是什麼都好。你辦公室裡有吧？」

「有，好像有兩支。」

「好。那麼你直接進Google Play下載Redphone，還有Threema這兩個簡訊app。我們需要有個安全的通訊線路。」

「好。」

「如果你像我想得那麼笨的話，不管誰幫你做這件事都必須匿名，我可不想出現任何弱環節。」

「當然。」

「還有……」

「什麼？」

「只能在緊急情況下使用。其他連繫都應該透過你電腦的特殊連結。你或者是那個不笨的人需要進入www.pgpi.org網站，下載一個電子郵件用的加密程式。我要你現在馬上去做，我還要你幫我和孩子找一個藏身處，一個和你或《千禧年》沒有關聯的地方，然後再用加密郵件把地址寄給我。」

「莉絲，保護孩子安全不是妳的責任。」

「我不信任警察。」

「那我們就得另外找一個**眞正**讓妳信得過的人。那個孩子是自閉兒，有特殊需求。我認爲妳不應該爲他負責，何況妳還受傷了……」

「你是要繼續廢話還是要幫我？」

「當然要幫妳。」

「那好。五分鐘後去看『莉絲資料』，我會給你更多訊息。看完就刪掉。」

「莉絲，妳聽我說，妳得去醫院，妳的傷需要處理。從妳的聲音聽得出來……」

她掛斷了電話，朝巴士站招手讓那個年輕人上車，接著拿出筆電，透過手機駭入布隆維斯特的電腦，給他寫了下載與安裝加密程式的步驟。

然後她叫年輕人載她到摩塞巴克廣場。很冒險，但別無他法。眼前的城市愈來愈模糊了。

布隆維斯特低低咒罵一聲。他就站在斯維亞路上，林典的屍體以及最早抵達現場的警察拉起的封鎖線，就在不遠處。自從接到莎蘭德的第一通電話後，他就開始忙個不停。先是衝上計程車，然後在趕往此處的途中，想盡一切辦法要阻止孩子和主任走出大門。

最後他只連絡上歐登中心的另一名職員比莉妲．凌格倫，而當她匆匆跑進走廊，卻只看到頭部受到致命槍傷的主任倒在門邊。十分鐘後布隆維斯特到達時，她都已經快瘋了。不過除了她，還有一個名叫尤蕊卡．費蘭津的女人，當時正要前往這條路上稍遠處的亞伯．波尼耶出版社，她們倆都還算把來龍去脈說得有條不紊。

因此早在手機再度響起前，布隆維斯特便已知道莎蘭德救了奧格斯一命，他們倆現在在一輛車上，而那輛車的駕駛沒有理由會熱心幫助受到槍擊的他們。布隆維斯特看見人行道與馬路上有血跡，儘管莎蘭德來電多少讓他安心了些，心裡還是著急不已。她的聲音聽起來不妙，卻還是冥頑不靈一如既往——這倒也不令人意外。

她受了槍傷，但仍決意自行藏匿那個孩子。以她的經歷來看，這點可以理解，但他和雜誌社應該涉入嗎？無論她在斯維亞路上表現得多麼英勇，從法律觀點而論，她的作爲恐怕會被視爲綁架。這件事他不能幫她，他自己和媒體還有檢察官之間的麻煩已經夠多了。

但她畢竟是莎蘭德，而他也給出承諾了，就算愛莉卡大發雷霆，他也非幫不可。他深吸一口氣後掏出手機，這時卻聽到身後有個熟悉的聲音喊他。是包柏藍斯基。他沿著人行道跑來，一副眼看就要累垮的樣子，跟在他身旁的有偵查佐茉迪和一個身材高大、五十來歲、運動健將型的男人，大概就是莎蘭德提過的那位教授。

「孩子呢？」包柏藍斯基問道。

「他被弄上一輛大型紅色富豪送走了，有人救了他。」

「是誰？」

「我會就我所知告訴你。」話雖如此，布隆維斯特並不確定自己要說什麼或是該說什麼。「但我得先打一通電話。」

「這可不行，你得先跟我們談。我們必須發出全國通緝令。」

「去問那位女士吧，她叫尤蕊卡·費蘭津。她知道的比我多，她親眼看見了，甚至可以對槍手的長相稍作描述。我是事後才到達的。」

「那麼救孩子的那個男人呢？」

「救他的是個**女的**。費蘭津女士也能說出她的模樣，不過請你給我一、兩分鐘……」

「你怎麼會知道要出事？」茉迪帶著令人意外的怒氣惡聲問道：「無線電上說凶手還沒開槍，你就打電話到中心來了。」

「我接到密報。」

「誰給的？」

布隆維斯特再次深吸一口氣，直視茱迪，依然絲毫不爲所動。

「不管今天的報紙寫了什麼，我都希望妳明白我眞的想要全力配合警方。」

「我向來都是相信你的，麥可，但我現在也開始懷疑了。」茱迪說。

「好，我明白。但妳得明白**我**也同樣不信任**你們**。有重大消息外洩了——這點你們總該察覺了吧？否則不會發生這種事。」他指著封鎖線內那具俯臥的屍體說。

「沒錯，情況確實糟透了。」包柏藍斯基回答道。

「現在我要打我的電話了。」布隆維斯特說著往街道另一頭走去，以免受到干擾。

但他電話還是沒打成，因爲驀然發覺此時此刻應該先處理資安問題，於是他又往回走，告知包柏藍斯基和茱迪說他得立刻回辦公室，但只要有需要他的地方，他隨傳隨到。這時候，茱迪忽然抓住他的手臂，此舉連她自己都嚇一跳。

「你必須先告訴我們，你怎麼知道有事情要發生。」她口氣堅定。

「這下我恐怕得行使保護消息來源的權利了。」布隆維斯特回答時露出苦笑。

隨後他攔下一輛計程車出發回辦公室，一路上陷入苦思。平時爲《千禧年》服務的電腦顧問公司，是由一群年輕女生組成的Tech Source，只要碰上較複雜的ＩＴ問題，她們都能爲雜誌社提供快速有效的協助。但這次他不想把她們扯進來，也不想找克里斯特，雖然他是編輯團隊中最懂電腦的一個。他倒是想到了安德雷，反正他都已經牽涉其中，而且電腦也很厲害。布隆維斯特決定找他幫忙，並暗暗發誓一定要替這個年輕人爭取到正職——只等他和愛莉卡解決這堆麻煩之後。

早在斯維亞路發生槍擊事件之前，這個早上對愛莉卡而言便已是噩夢一場，都怪TT通訊社那篇令人作嘔的新聞稿。就某方面而言，這可以說是延續了先前對布隆維斯特的猛烈抨擊——忌妒、扭曲的靈魂在蟄伏多時後又全部再次出籠，在推特、聊天室和電子郵件裡大聲撻伐一吐怨氣。這回連種族主義的暴民也加入其中，因為多年來《千禧年》一直都在最前線打擊仇外與種族主義。

最糟的自然是這番仇恨抨擊行動讓社裡每個員工做起事來更加困難重重。轉眼間，民眾向雜誌社爆料的意願降低了，甚至還有謠言說檢察長埃克斯壯打算對雜誌社發出搜索票。愛莉卡倒是不怎麼相信。這種搜索票牽涉到保護消息來源的權利，非同小可。

不過她也確實同意克里斯特的說法，在目前這充滿毒氣的氛圍中應該採取什麼行動，說不定連律師都會想出一些荒唐的主意。她站在那裡思考著該如何報復時，布隆維斯特走進了辦公室，出乎她意外的是他不是找她談話，而是直接走向安德雷，帶著他進到她的辦公室。

不一會她也跟了進去。她發現安德雷神情緊繃，還聽見布隆維斯特提到「PGP①」，她上過資安課，自然知道那是什麼意思。她看到安德雷記下一些東西，然後也沒多看她一眼，就直奔布隆維斯特放在開放區的電腦。

「這是怎麼回事？」她問道。

布隆維斯特小聲地跟她說了。她簡直完全聽不懂，他只好再說一遍。

「所以說你要我幫他們找個藏身處？」

「很抱歉把妳給扯進來，愛莉卡。」他說：「只是我認識的人誰也不像妳有這麼多擁有避暑別墅的朋友。」

「我不知道，麥可，我眞的不知道。」

「我們不能丟下他們不管。莎蘭德中槍了，情況實在很危急。」

「她要是中槍，就應該上醫院去。」

「她不肯，她想不計一切代價保護那個孩子。」

「要讓他恢復平靜，好畫出凶手的長相。」

「對。」

「這責任太大了，麥可，風險太高了。萬一出點差錯，那餘波會把雜誌社給毀了。保護證人不是我們的責任，這是警察該做的——你想想那些畫會引發多少問題，不只是調查方面，還有心理層面。一定還有其他解決之道。」

「也許吧——如果我們面對的不是莎蘭德的話。」

「你知道嗎？你老是這麼袒護她，我眞的很不痛快。」

「我只是試著面對現實。警方沒能成爲鮑德兒子的靠山，讓他性命受威脅——我知道這激怒了莎蘭德。」

「所以我們只能順著她，是這樣嗎？」

①Pretty Good Privacy，讓人可以安全交換文件檔案的加密工具。若沒有經過金鑰解密，加密的文件就只呈現出亂碼。

「沒有其他辦法了。她現在也不曉得在哪裡，氣得發瘋又無處可去。」

「帶他們去沙港啊。」

「我和莎蘭德之間關係太密切。如果被發現是她，他們馬上就會搜尋我的相關地址。」

「那好吧。」

「什麼好吧？」

「好，我會找個地方。」

她簡直不敢相信自己說了什麼。面對布隆維斯特就是這樣——她無法說不——但他同樣也會願意爲她做任何事情。

「太好了，小莉。哪裡？」

她努力地想，腦子卻一片空白，一個名字也想不出來。

「我正在絞盡腦汁地想。」她說。

「要快啊，然後把地址和路線告訴安德雷。他知道該怎麼做。」

愛莉卡需要呼吸點新鮮空氣，便下樓沿著約特路往梅波加廣場的方向走，朋友的名字一一在心裡翻了一遍，卻好像沒有一個合適。這賭注實在太大，凡是她想到的人若非在某方面不適合便是有某個缺點，即使都不是，她也不願意開這個口，讓他們暴露於危險中或是給他們惹上麻煩，也許是因爲她自己也被眼下的情況搞得煩亂不已。但話說回來……這事牽涉到一個小男孩，有人想殺他，而她又已經答應了。非得想出個辦法來不可。

遠處有輛警車的警笛聲嗚嗚響，她的視線越過公園與地鐵站，落在山丘上的清眞寺。有個年輕人從她身邊走過，靈巧地把玩著手中的紙片，這時一個名字倏地閃過：**嘉布莉．格蘭**。起初她也大吃一驚。她和嘉布莉並不熟，而且以她的工作，最好還是別拿法律開玩笑，認真想想，嘉布莉可能因此丟掉工作，但是……愛莉卡就是揮不去這個念頭。

不只是因爲嘉布莉是個非常好又負責的人，也因爲一段往事不斷浮現腦海。去年夏天，嘉布莉在她位於印格勞的夏日別墅舉辦一場傳統的小龍蝦派對，派對結束後的清晨，甚至可能天才剛亮，她們兩人坐在露台的庭園鞦韆上，透過樹葉間的縫隙俯望海水。

「要是被鬣狗追殺，我會跑到這裡來。」愛莉卡不知所云地說。工作一直讓她感到疲憊脆弱，而不知爲何，她覺得那棟房子會是個理想的避風港。

房子矗立在一處懸崖上，崖面光滑陡峭，四周的樹林與高聳地勢讓外人難以窺探。她記得嘉布莉說：「要是有鬣狗追妳，歡迎妳到這裡來，愛莉卡。」

這或許是奢求，但愛莉卡決定碰碰運氣。她回到辦公室打電話，此時安德雷也已替她安裝好加密的 Redphone app。

# 第十八章

十一月二十二日

私人手機響起時，嘉布莉正要前往國安局開會。這是爲了因應斯維亞路的意外事件而緊急召開的會議。她只簡單地應一聲：

「喂？」

「我是愛莉卡。」

「妳好，我現在不能說話，我們晚點再聊。」

「我有……」愛莉卡說道。

但嘉布莉已經掛斷——現在不是講私人電話的時候。她走進會議室時的表情，意味著她打算小小開戰。不僅有重大訊息外洩，如今還死了一個人，且似乎有另一人重傷。這是她頭一次這麼想叫所有人都去死。他們就是太想得到新訊息才會全都亂了方寸。有一刻，同事們說的話她根本一個字也不想聽，只是呆坐在位子上，怒火中燒。但她隨即豎起了耳朵。

有人說那個記者布隆維斯特在斯維亞路槍擊事件前，就打電話到醫學中心去。這就怪了，而剛才愛莉卡又來電，她可不是那種會打電話閒聊的人，尤其又是上班時間。她很可能有什麼重要或甚至關鍵的事情要說。嘉布莉於是起身告退。

「嘉布莉，這件事妳得聽一聽。」柯拉芙以不尋常的嚴厲口氣說道。

「我得去打通電話。」她這麼回答，忽然一點也不在意秘密警察的頭兒作何感想。

「什麼電話？」

「就是一通電話。」她說完便丟下他們，回到自己的辦公室。

愛莉卡立刻請嘉布莉改打三星手機。重新和她通上話後，愛莉卡聽出了事情不太對勁，嘉布莉一反平時的友善熱情，流露出擔憂緊張的口吻，彷彿一開始就知道接下來的對話很重要。

「嗨，」她開門見山地說：「我真的還在忙，不過妳是想說奧格斯．鮑德的事嗎？」

愛莉卡極度不安。「妳怎麼知道？」

「我正在調查，而且剛剛聽說布隆維斯特得到了斯維亞路即將出事的密報。」

「妳已經聽說了？」

「對，現在我們當然很想知道這是怎麼回事。」

「抱歉，我不能告訴妳。」

「好，明白。那妳爲什麼打電話給我？」

愛莉卡閉上眼睛。她怎麼會這麼笨？

「對不起，我得另外找人了。妳有利益衝突。」她說。

「愛莉卡，不管有什麼利益衝突，我幾乎都樂意承擔。但想到妳有所保留，我就無法忍受了。妳無法想像這次的調查對我意義多麼重大。」

「眞的嗎？」

「對，是眞的。我明知鮑德受到嚴重威脅，卻還是沒能阻止命案發生，我後半輩子都得背負這份罪惡感。所以求求妳，不要對我有任何隱瞞。」

「我不得不隱瞞，嘉布莉。對不起，我不想讓妳因爲我們惹上麻煩。」

「前天晚上，就是命案發生當晚，我在鹽湖灘見到麥可了。」

「他沒提起。」

「當時就表明我的身分沒有意義。」

「我懂。」

「這件事一團亂，但我們可以互相幫助。」

「聽起來是個好主意。晚一點我可以叫麥可打電話給妳，但現在我得繼續處理這件事。」

「我和妳一樣清楚警方那邊有漏洞。目前這個階段，我們也許可以透過原本不太可能的合作關係得利。」

「那是當然。但很抱歉，我得抓緊時間了。」

「好吧。」嘉布莉顯然很失望。「我會當作我們從未講過這通電話。那就祝妳好運了。」

「謝謝。」愛莉卡說完又重新開始搜尋朋友名單。

嘉布莉回到會議室，心下一片混沌。愛莉卡到底想做什麼？她不完全明白，卻隱約有點概念。她一回到會議室，談話戛然而止，每個人都盯著她看。

「是什麼事？」柯拉芙問道。

「私事。」

「一定要現在處理嗎？」

「一定要處理。你們說到哪裡了？」

「我們正在談斯維亞路發生的事，」組長歐洛夫森說：「但誠如我剛才所說，我們的訊息還不夠多。情況很亂，我們在包柏藍斯基小組裡的消息來源看起來也斷了，那位警官似乎變得疑神疑鬼。」

「這不能怪他。」嘉布莉說。

「這個嘛……也許吧。這我們也談過了。我們要想盡一切辦法查出攻擊者怎會知道孩子在醫學中心，還知道他會在什麼時候走出大門。大家一定要不遺餘力，這應該不用我說。但我必須強調一點，消息不一定是警方洩漏的，本來就有相當多人知道——醫學中心就不用說了，還有孩子的母親和她那個不可靠的伴侶衛斯曼，以及《千禧年》雜誌社。另外也不能排除駭客攻擊。等一下會再回到這一點。我可以繼續報告了嗎？」

「請說。」

「我們剛才正在討論布隆維斯特怎會涉入此案，這也是我們擔心的地方。槍擊案尚未發生，他是從何得知？依我之見，他在罪犯身邊有某些消息來源，他要保護那些來源，但我們沒有理由也跟著小心翼翼。我們必須找出他是從哪裡得到的消息。」

「尤其是他現在似乎束手無策，不惜一切也要搶到獨家。」倪申警司說。

「倪申好像也有一些絕佳的消息來源。他會讀晚報。」嘉布莉挖苦道。

「親愛的，不是晚報，是TT通訊社——一個連我們國安局都認爲相當可靠的來源。」

「那篇報導是荒謬的誹謗，你跟我一樣清楚。」嘉布莉說。

「我都不知道妳也被布隆維斯特迷昏頭了。」

「白癡！」

「夠了！」柯拉芙開口道：「這種行爲太可笑了吧！繼續說，歐洛夫森，關於事情的經過我們知道多少？」

「最早到達現場的是兩名正規警員，艾瑞克．桑斯壯和道爾．藍格仁。」歐洛夫森說道：「我的訊息都來自於他們。他們在九點二十四分整抵達時，一切都結束了。托凱爾．林典已經後腦勺中槍死亡，至於那個孩子，情況不明。據目擊者說他也中槍了，馬路上有血跡，但無法證實。孩子被一輛紅色富豪載走——我們至少掌握了部分車牌號碼和車款，很快就會查出車主姓名。」

嘉布莉發現柯拉芙一字不漏地作了筆記，就跟她們稍早會面時一樣。

「不過到底發生了什麼事？」

「當時有兩名經濟學院的學生站在斯維亞路另一側，據他們所說，好像是兩個犯罪幫派爲了搶那個孩子發生火拼。」

「聽起來有點牽強。」

「這可不一定。」歐洛夫森說。

「怎麼說？」柯拉芙問道。

「兩邊人馬都很專業。槍手好像一直站在斯維亞路另一邊、公園前面的一道綠色矮牆邊觀察著大門口。許多跡象顯示他就是射殺法蘭斯．鮑德的人。倒不是有誰看清了他的長相，或是他可能戴了面具什麼的，只是他似乎和凶嫌一樣動作異常快速、有效率。至於另一邊是一名女性。」

「我們對她了解多少？」

「不多。她穿著黑色皮夾克，應該是，還有深色牛仔褲。她年紀很輕、黑髮、穿了環洞——據一位目擊者說，是個龐克少女——而且身材矮小，但很凶猛。她不知從哪竄出來，整個人撲上前去保護那個孩子。幾位目擊者都一致認爲她不是普通百姓。她好像受過訓練，否則至少是經歷過類似情況。再來是那輛車——我們取得的證詞互相矛盾。一位目擊者說車子只是剛好經過，那名女子和男孩可以說是直接衝上移動中的車輛。其他人，特別是那兩個經濟學院學生，則認爲車子也是行動的一部分。無論如何，我們面對的都是綁架案。」

「這說不通。那個女人救了孩子只是爲了要帶著他潛逃？」嘉布莉說。

「看起來是這樣。否則現在早該有她的消息了，不是嗎？」

「她是怎麼到斯維亞路的？」

「還不知道。但有一位目擊者是某家工會報社的前總編輯，她說那名女子看起來有些面熟。」歐洛夫森說。

他又接著說其他事情，但嘉布莉已經不再聽了。她心裡想著，**札拉千科的女兒，一定是札拉千科的女兒**，儘管非常清楚這麼稱呼她有多不公平。這個女兒和父親毫無關聯，相反地，她恨他入骨。

但自從幾年前開始，讀遍自己所能取得的關於札拉千科事件的資料以來，嘉布莉認識的她都叫這個名字。歐洛夫森還在繼續推測之際，她已開始逐漸拼湊出原貌。前一天她其實便已看出，札拉千科的舊組織和那個自稱「蜘蛛會」的團體之間有一些共通點，但她並未在意。她認爲殺手罪犯能培養出的技能有限，如果假設這群身穿皮背心、看似低下的飛車黨能搖身一變成爲科技先驅的駭客，實在太離譜。然而嘉布莉還是冒出了這個念頭，她甚至懷疑那個幫助李納斯在鮑德的電腦上追蹤入侵者的女孩，可能就是札拉千科的女兒。國安局裡有一個關於她的檔案，上頭標記著：「駭客？精通電腦？」這似乎是因爲米爾頓保全對她的工作表現讚賞有加之故，但是從檔案資料仍可清楚看出她花費不少工夫去調查父親的犯罪組織。

最驚人的是，據悉這名女子與布隆維斯特之間有關聯，至於究竟是什麼樣的關係並不清楚。有人說這涉及勒索，也有人說和性虐待有關，但嘉布莉從不相信這些惡意謠言，只是這層關係確實是存在的。布隆維斯特和那名與札拉千科的女兒特徵相符的女子，似乎都事先知道斯維亞路槍擊事件的部分訊息，而事後愛莉卡又來電說有要事商量。這一切不都指向同一個方向嗎？

「我在想……」嘉布莉說道，或許說得太大聲，打斷了歐洛夫森。

「什麼？」他暴躁地問。

她正打算說出自己的推論時，忽然留意到一件事，不由得猶豫起來。

其實根本沒什麼大不了，只是柯拉芙又再次鉅細靡遺寫下歐洛夫森說的話。有這麼認眞的上司或許是件好事，但那枝沙沙作響的筆似乎透著一種過於熱中的感覺，讓嘉布莉不禁自問：負責縱觀大局的主管是否應該如此注重每個小細節？她忽然沒來由地感到極度不安。

有可能是因爲她自己僅憑薄弱的理由就忙著指責別人，但還有一個原因：就在那一刻柯拉芙似乎臉紅了，或許是發覺有人在觀察自己而尷尬地別過頭去。嘉布莉決定不把剛才的話說完。

「也有可能……」

「什麼，嘉布莉？」

「喔，沒什麼。」她忽然覺得有離開的必要，儘管知道這樣做不好看，她還是再度走出會議室前往洗手間。

事後她沒忘記自己這時候是怎麼照著鏡子，試圖釐清剛才所見的景象。柯拉芙眞的臉紅了嗎？若是的話，那意味著什麼？也許沒什麼，她決定這麼想，那根本不代表什麼，就算嘉布莉在她臉上看到的眞是羞愧或內疚的表情，也很可能有各種原因。她忽然想到自己其實沒有那麼了解老闆，但以她了解的程度已足以確信老闆不會爲了金錢或其他任何利益而斷送一個孩子的性命，不會的，絕對不可能。

嘉布莉整個人變得疑神疑鬼，像個典型的多疑間諜，看誰都像間諜，連自己的鏡中倒影也不例外。「笨蛋。」她喃喃自語，同時無精打采地對自己淡淡一笑，彷彿想驅散那個念頭，重新回歸現實。但毫無用處，而就在那一刻她似乎在自己眼中看見另一種眞相。

她懷疑自己和柯拉芙有幾分相似，都是有能力、有抱負，希望獲得上司賞識。可是這不一定是好現象。有這種傾向的人如果存在於不健康的文化中，自己也可能變得不健康，而且——誰知道呢？——說不定想取悅人的心也和邪惡或貪婪一樣容易讓人犯罪。

人都想融入、想求表現，也因而做出愚不可及的事情。現在的情形就是這樣嗎？且不說別的，漢斯．法斯特（他肯定是國安局放在包柏藍斯基團隊裡的眼線）就一直在向他們洩漏消息，因爲這是他被賦予的期望，也因爲他想討好國安局。歐洛夫森總會凡事向柯拉芙報告，鉅細靡遺，因爲她是他的頂頭上司，而他想得寵，另外……說不定柯拉芙自己也傳遞過訊息，因爲想讓人看到自己的良好表現。但若是如此，想讓誰看到呢？國家警察局的首腦、政府、外國情報機關，若是後者最可能就是美國或英國，而他們又可能……

嘉布莉沒有再繼續想下去。她再次捫心自問是否任由想像力氾濫了，但即便如此，她仍無法信任隊上的夥伴。她希望能把工作做好，但不一定得盡秘密警察之責，她只想要鮑德的兒子安全。這時候她腦海浮現的不是柯拉芙的臉，而是愛莉卡，於是她回到辦公室，拿出之前專用來打給鮑德的那支Blackphone。

愛莉卡事先已離開辦公室，以免講電話時受干擾，此時的她站在約特路上的南方書局前面，懷疑自己是不是做了傻事。嘉布莉的話頭頭是道，愛莉卡毫無招架之力。交上聰明的朋友無疑就有這點壞處：他們一眼就能看穿妳。

嘉布莉不僅猜出愛莉卡想找她談什麼，同時也說服愛莉卡相信她自覺有道義上的責任，無論情況看起來與她的職責有多大衝突，她也絕不會洩漏那個藏身地點。她說她有債要償還，堅持伸出援手。她會將印格勞島上避暑別墅的鑰匙快遞過來，並透過安德雷建立的加密連線傳送路線說明。

約特路上稍遠處有個乞丐摔倒在地，裝滿兩只提袋的塑膠瓶散落在人行道上。愛莉卡匆匆趕上前去，但那人很快便站起來，婉拒她的幫助，因此她只對他悽然一笑，便回雜誌社去。

布隆維斯特顯得焦躁而疲憊，頭髮亂翹，襯衫衣角也掛在褲頭外。她已經很久沒見他如此狼狽。可是當他眼中發出那樣的光芒，任憑千軍萬馬也難以抵擋。那意味著他已經鐵了心，不直達核心絕不罷手。

「妳找到藏身處了嗎？」他問道。

她點點頭。

「妳最好別再多說什麼，知情的人愈少愈好。」

「聽起來有理，但希望這只是權宜之計。讓莎蘭德照顧那個孩子，我不認爲是好主意。」

「誰知道呢？說不定這樣對他們倆都好。」

「你怎麼跟警方說的？」

「幾乎什麼也沒說。」

「現在不是保守秘密的時候。」

「可不是嘛。」

「也許莎蘭德準備發表聲明，那麼你就能暫時清靜一下了。」

「我不想給她壓力，她現在情況很不好。妳能不能讓安德雷問問她，我們送個醫生過去好嗎？」

「我會的，但你也知道……」

「什麼？」

「我現在倒是覺得她做得沒錯。」愛莉卡說。

「妳怎會突然這麼說？」

「因爲我也有我的消息來源。現在的警察總部不是個安全的地方。」她說完隨即堅定地大步走向安德雷。

# 第十九章

十一月二十二日晚上

包柏藍斯基獨自站在辦公室內。法斯特終於承認自己向國安局洩漏消息，包柏藍斯基聽都不聽他的解釋，就把他攆出調查小組。儘管此事進一步證明了法斯特是個寡廉鮮恥的投機者，但包柏藍斯基還是無法相信他也將消息洩漏給罪犯。警局內難免會有貪腐墮落的人，但是把一個智障的小男孩交到冷血殺人犯手裡實在太超過，他不願相信有任何一個警察會做出這種事來。也許消息是經由其他管道外洩，可能是電話遭竊聽或是電腦被駭，只是他怎麼也想不起關於奧格斯的特殊能力曾記錄在任何一部電腦。他一直想連絡國安局長柯拉芙討論此事，雖一再強調事關重大，她卻沒回電。

瑞典貿易委員會和商業部已經找上他，這下可麻煩了。儘管說的不多，但看得出他們主要關心的不是男孩的安危或斯維亞路的槍擊事件，而是鮑德長期以來的研究計畫，這份計畫似乎在他遇害當晚失竊了。

警局中幾位最優秀的電腦技師連同林雪平大學與皇家科技學院的三位ＩＴ專家都去過鹽湖灘區那棟住宅，但無論是在他留下的幾部電腦或論文當中，都沒有發現這份研究報告的蹤跡。

「所以現在最最重要的就是有一種人工智慧脫逃在外。」包柏藍斯基喃喃自語道。他忽然想到，向來愛說笑的表兄弟薩繆常在會堂裡問朋友一個老謎題，那是個矛盾的問題：如果上帝真的萬能，那麼祂能創造出比祂更聰明的人事物嗎？他記得這個謎題被視爲不敬，甚至於褻瀆。問題有點模稜兩可，不管怎麼回答都不對。這時響起敲門聲，包柏藍斯基也才回過神來思考眼下的問題。是茉迪敲的門，她客客氣氣又遞上一塊柳橙口味的瑞士巧克力。

「謝謝，」他說道：「有什麼新進展嗎？」

「我們大概知道凶手是怎麼把林典和孩子騙到外面去了。他們從我們和艾鐸曼教授的郵址寄送僞造的電子郵件，安排在路邊接人。」

「有可能嗎？」

「有，甚至還不太困難。」

「可怕。」

「是啊，但這還是無法說明他們怎麼知道要去侵入歐登醫學中心的電腦，又是怎麼發現艾鐸曼牽涉其中。」

「我想我們的電腦最好也檢查一下。」包柏藍斯基黯然說道。

「已經著手了。」

「難道到最後我們因爲怕被竊聽，就什麼也不敢寫、什麼也不敢說了嗎？」

「不知道，希望不會。另外還有一個雅各·查羅正在等候訊問。」

「他是誰？」

「敘利亞人足球隊的選手，也是從斯維亞路載走那名女子和奧格斯的人。」

一個身強體壯、留著深色短髮、顴骨很高的年輕人正坐在偵訊室裡。他身穿芥末色V領套頭毛衣，沒有搭配襯衫，給人的第一個印象就是急躁、略顯驕傲。

茉迪開口說道：「十一月二十二日下午六點三十五分，訊問證人雅各．查羅，年二十二歲，住在諾爾博。請說說今天早上發生了什麼事。」

「這個嘛……」查羅說道：「我開車經過斯維亞路，發現前方路上有點騷動。我以為出車禍了，就放慢車速。但接著就看到一個男人從左手邊跑著穿越馬路，他就這麼衝出來，根本不管路上的車，我還記得當時覺得他肯定是恐怖分子。」

「為什麼？」

「他好像全身上下散發出一種神聖不可侵犯的怒火。」

「你看見他的長相了嗎？」

「看得不太清楚，不過我總覺得他的臉有點不自然。」

「怎麼說？」

「好像不是真的臉。他戴了一副太陽眼鏡，想必是有耳勾固定的那種，可是臉頰看起來好像嘴裡有什麼東西，我也不知道。還有他的鬍子和眉毛、他的皮膚顏色。」

「你認為他戴了面具？」

「有點像，可是我沒有時間多想，我都還沒回過神來，後車門就被一把拉開，然後……該怎麼說呢？總之所有事情都在同一時間發生，整個世界就這麼往你頭上砸下來。一眨眼車上多了兩個陌生人，後車窗也被砸碎，我整個人都嚇呆了。」

「你怎麼做？」

「我像瘋了一樣猛踩油門。跳上車的女孩嚷著叫我開車，我好害怕，根本不知道自己在做什麼。只是乖乖聽命行事。」

「聽命？」

「感覺就是這樣。我發覺有人在追我們，又想不出其他辦法。我不停地轉來轉去，那女孩怎麼說我就怎麼做，再說……」

「接著說。」

「她的聲音有種說不出的力量，那麼冷又那麼堅定，我發現自己緊緊巴住它，就好像在這片混亂中只有這個聲音掌控了一切。」

「你說你好像認得這個女的？」

「對，當時沒認出來，絕對沒有。那時候我嚇都嚇死了，滿腦子只想著當下發生的怪事。車子後座上全都是血。」

「是男孩還是女人的？」

「一開始我不確定，他們倆好像也不知道。但是後來我好像聽到那個女的喊了一聲：『耶！』像是有好事發生。」

「是怎麼回事？」

「那女的發現流血的是自己，不是男孩，我真是不敢相信。簡直像在說：『萬歲，我被槍打中了。』而且我跟你說，那可不是小小擦傷。不管她怎麼包紮，就是止不住血。血一直湧出來，女孩的臉色也愈來愈蒼白，她一定覺得快死了。」

「而她還是很慶幸被射中的不是男孩。」

「沒錯。就像媽媽一樣。」

「不過她不是男孩的媽媽。」

「對，她還說他們根本不認識，事實也愈來愈明顯，她對小孩一無所知。」

「大致上來說，」茉迪問道：「你覺得她對那個男孩怎麼樣？」

「老實說，我也不知道該怎麼回答。她的社交技巧眞不是普通的差，對待我就像對待毫無地位的下人，但儘管如此……」

「怎麼樣？」

「我認爲她是好人。當然我不會想請她當保姆，妳明白我的意思吧。不過她還算好。」

「這麼說你認爲孩子跟她在一起是安全的？」

「她很明顯是瘋到家了。不過那個小男孩……他叫奧格斯，對吧？」

「沒錯。」

「如果有必要的話，她會用生命來保護奧格斯。這是我的感覺。」

「你們是怎麼分開的？」

「她叫我載他們到摩塞巴克廣場。」

「她住在那個廣場？」

「不知道。她沒有給我任何解釋，不過我覺得她在那裡有另一種交通工具。不必要的話她不會多說，她只叫我寫下個人資料，說是會賠償車子的修理費，再額外補貼一些。」

「她看起來有錢嗎？」

「要是光看外表，我會說她住在垃圾堆裡。但她表現出來的樣子……我不知道。就算她很有錢，我也不意外。看得出來她很習慣讓別人聽她的。」

「後來怎麼樣了？」

「她叫男孩下車。」

「男孩照做了嗎？」

「他只是前後搖晃身體，卻沒動。但後來那女的口氣轉硬，說什麼這是生死攸關的事之類的，然後男孩就踉踉蹌蹌下了車，兩隻手臂繃得緊緊的，像在夢遊。」

「你有沒有看到他們往哪去？」

「只看到是往左邊，斯魯森的方向。不過那個女的……」

「怎麼樣？」

「她很明顯是快死掉的感覺，走起路東倒西歪，好像隨時會倒下去。」

「聽起來不妙。那男孩呢？」

「恐怕情況也不太好。他看起來真的很怪。在車上，我一直很擔心他會什麼病發作。但下車後，他好像比較適應情況了。總之他不斷地問：『哪裡？哪裡？』一遍又一遍地問。」

茉迪和包柏藍斯基互看一眼。

「你確定嗎？」茉迪問道。

「爲什麼不確定？」

「也許是因爲他滿臉疑惑，你才以爲你聽到他那麼說。」

「爲什麼是我以爲的？」

「因爲男孩的母親說他根本不會說話，從來沒說過一句話。」茉迪說。

「妳在開玩笑吧？」

「沒有。如果在這樣的情形下他忽然開口說話，很奇怪。」

「我說聽到就是聽到了。」

「好吧，那女的怎麼回答？」

「我想是『離開，離開這裡』之類的。接著她差點摔倒在地，就像我剛才說的。然後她就叫我走了。」

「你照做了？」

「一溜煙就開走了。」

「然後你認出了上你車的人？」

「我本來就猜到男孩是那個被殺害的天才的兒子，但那個女的……我隱約覺得面熟。我全身抖個不停，最後再也沒法開車，就把車停在環城大道上，史康斯杜爾地鐵站旁，然後到克拉麗奧酒店去喝杯啤酒，讓自己鎮定下來。這時候我才想到，她正是幾年前因殺人被通緝的女孩，結果沒被起訴，原來她小時候在精神病院有過一些可怕經歷。我記得很清楚，我有個朋友的父親就曾經在敘利亞遭受酷刑虐待，他當時的遭遇跟這女孩差不多，什麼電擊那些有的沒的，他根本無法面對以前的事，一回想就好像又再次受到虐待一樣。」

「你能確定嗎？」

「妳是說她受虐？」

「不，我是說她真的是莉絲·莎蘭德？」

「網路上的照片我全看過了，毫無疑問。而且還有其他特點也吻合……」

查羅有些遲疑，似乎感到尷尬。

「她脫掉T恤用來包紮傷口，當她轉身把衣服纏在肩膀上，我看見她整個背上刺了一條大龍。有一篇舊報導提過這個刺青。」

愛莉卡帶著幾個裝滿食物、蠟筆、紙張和兩、三幅拼圖等物品的購物紙袋，來到嘉布莉的夏日小屋，卻不見奧格斯或莎蘭德的蹤影。無論是透過Redphone app或是加密連線，莎蘭德都沒有回覆，愛莉卡憂心如焚。

不管怎麼看，這都不是好兆頭。老實說，莎蘭德一向不會作不必要的連繫或保證，但這次是她要求找一棟安全屋，何況她還要負責照顧一個孩子，如果在這樣的情況下她都不回電，肯定是傷勢嚴重。

愛莉卡咒了一聲，走到屋外的露台上，幾個月前她才和嘉布莉坐在這裡聊著逃離塵世，感覺卻有如陳年往事。如今已沒有桌椅、沒有背後的喧嘩聲，只有白雪、樹枝和風雪吹掃過來的殘破碎片。四下裡了無生氣。不知怎地，那場小龍蝦派對的回憶增添了幾分寂寥，而那些歡樂氣氛則有如鬼影般披掛在牆上。

愛莉卡回到廚房，將一些微波食物放進冰箱，包括肉丸、肉醬義大利麵、酸奶肉腸、魚派、薯餅，還有一大堆更不營養的垃圾食物，是布隆維斯特建議她買的：比利牌厚片披薩、餃形碎肉餡餅、冷凍薯條、可口可樂、一瓶愛爾蘭杜拉摩威士忌、一條香菸、三包洋芋片、三條巧克力棒和幾條新鮮甘草根。接著將畫紙、蠟筆、鉛筆、橡皮擦和一把圓規尺放到大圓桌上，並在最上面那張紙畫了太陽和花，還用四種溫暖色彩寫上「歡迎」二字。

這棟別墅離印格勞海灘很近，但是從海灘看不見別墅。屋子位於高聳的岩岬上，前方有松林遮掩。屋裡有四個隔間，隔著玻璃門連接露台的廚房是最大的一間，也是屋子的核心部位。除了圓桌外，還有一張舊搖椅和兩張破舊凹陷的沙發，但沙發多虧了有兩條格子花呢紅毯罩著，倒也顯得舒適誘人。這裡是個溫暖的家。

這裡也是個安全的家。愛莉卡將門開著，並依事先約定將鑰匙放在玄關櫃的最上層抽屜，然後步下沿著陡峭平滑的岩坡鋪設的木梯──開車來的人只能走這條路進屋。

風又開始吹得猛烈，陰霾的天空裡風起雲湧。她意志消沉，開車回家的一路上都未見好轉。她心念一轉想到了漢娜．鮑德。愛莉卡稱不上是她的粉絲──以前漢娜常常扮演那種性感、沒大腦、所有男人都覺得可以輕易誘騙的女人，而愛莉卡就討厭電影業者對這類角色情有獨鍾。但如今情況已徹底改變，愛莉卡不禁對自己當時的無禮態度感到懊悔。是她過於苛求了，年紀輕輕便事業有成的美女總是太容易批判他人。

近年來，偶爾會在大片中出現的漢娜，眼中往往帶有一絲抑鬱，使得她扮演的角色更具深度，而那也許是真實情感的反射──愛莉卡又哪能知道呢？她經歷過幾段艱難時期，尤以過去這二十四小時爲甚。打從一早起，愛莉卡就堅持要帶漢娜去見奧格斯，這肯定是一個孩子最需要母親的時候。

可是當時還與他們保持連繫的莎蘭德卻不同意。她寫道：還沒有人知道消息是從哪洩漏的，母親周遭的人也不能排除。不受任何人信任的衛斯曼正是其一，他好像整天都待在屋裡躲避守在外頭的記者。他們現在是進退維谷，愛莉卡不喜歡這種感覺。她希望《千禧年》還是可以有尊嚴地深入報導這則新聞，不讓雜誌社或其他任何人受到傷害。她深信布隆維斯特可以做到，看他此刻的模樣就知道了，何況還有安德雷幫他。

愛莉卡對安德雷極有好感。不久前，他到她和貝克曼位於鹽湖灘的住處作客，晚餐席上他講述了自己的生活經歷，聽完後讓她備感同情。

安德雷十一歲時，雙親在塞拉耶佛的一次炸彈爆炸中喪命。在那之後，他來到斯德哥爾摩外圍的坦斯達與姑媽同住，但她絲毫沒有留意到他的智能傾向與心理創傷。父母遇害時他並不在現場，但他的肢體反應就好像仍受到創傷後壓力所苦。直到今日，他依然憎惡巨大聲響與突如其來的舉動，也討厭在公共場所看到棄置的袋子，更痛恨暴力，而那種強烈恨意愛莉卡從未在其他人身上看見過。

小時候，他會躲進自己的世界裡，沉浸在奇幻文學中，讀詩和傳記，崇拜希薇亞・普拉絲、波赫士與托爾金①，並苦心鑽研有關電腦的一切知識。他夢想著能以愛與人類悲劇爲主題，寫出令人肝腸寸斷的小說。他是個無可救藥的浪漫主義者，一心期盼藉由熱情摯愛來治癒自己的傷口，對外面的世界一點也不感興趣。然而，在他十八、九歲的某天晚上，去了斯德哥爾摩大學媒體研究學院聽布隆維斯特的演講，人生便從此改變。

布隆維斯特的慷慨激昂鼓舞他挺身而出，見證一個充斥著不公不義、不容異己與底層腐敗等現象的世界。於是他開始想像自己寫的是批判社會的文章，而不再是賺人熱淚的羅曼史。不

①依序為Sylvia Plath（1932-1963），美國女詩人，曾獲得普立茲獎，知名作品為《瓶中美人》；Jorge Luis Borges（1899-1986），阿根廷作家，影響歐美文壇甚深；J. R. R. Tolkien（1892-1973），奇幻小說大師，知名作品為《魔戒》《哈比人》。

久之後，他出現在《千禧年》的門口，問他們有沒有事情可以讓他做，沖咖啡、校稿、跑腿都行。愛莉卡一開始就看出他眼中燃著火，便派給他一些較不重要的編輯工作，諸如公告、蒐集資料和簡單的人物側寫。但最主要還是叫他多看書，他也確實很用功，就和做所有事情一樣認眞。除了研讀政治、大衆傳播、金融財務與國際衝突的排解等等書籍，他也接《千禧年》的一些臨時工作。

他期許自己能成爲舉足輕重的調查記者，就像布隆維斯特。但和絕大多數調查記者不同的是，他不是個硬漢，個性依然浪漫。布隆維斯特和愛莉卡都曾經努力爲他解決情感問題。他太坦率、太透明，總之就是人太好了，布隆維斯特經常這麼說。

不過愛莉卡相信安德雷正慢慢褪去那種屬於年輕人的脆弱性格。她從他寫的報導中看到了改變。起初他野心勃勃地想伸出觸角接觸群衆，導致他的文章風格顯得拙劣，但如今已變得較實事求是、簡潔有力。這回能得到機會幫布隆維斯特寫鮑德的新聞，她知道他一定會全力以赴。目前的計畫是：重要的核心敘述由布隆維斯特執筆，安德雷則負責蒐集資料以及撰寫一些補充說明。愛莉卡覺得他們倆是完美組合。

她把車停在賀錢斯街後走進辦公室，果不其然便看見布隆維斯特和安德雷坐在裡頭，全神貫注。只不過布隆維斯特偶爾會低聲自言自語，眼神中依然流露出那股令人讚佩的堅毅，但也帶著痛苦。他幾乎一夜未眠，媒體上抨擊他的猛烈砲火未曾停歇，而他接受警方訊問時卻又不得不做出媒體所指控的事：隱瞞訊息。布隆維斯特一點也不喜歡做這種事。

布隆維斯特在許多方面都是個守法的模範公民，但若有人能讓他破例越線，非莎蘭德莫屬。他寧可自己背上污名也不願背叛她，所以才會一再地對警方說：「我要主張保護消息來源的權利。」也難怪他會對事情的後果感到不滿意又憂慮。不過他和愛莉卡一樣，爲莎蘭德和男孩擔的心遠遠大於對自己處境的煩憂。

「還順利嗎？」她看了他一會才問道。

「什麼？……喔……還好。那邊怎麼樣？」

「我鋪好了床，吃的東西也放進冰箱了。」

「很好。沒被鄰居看見吧？」

「那裡一個人也沒有。」

「他們怎會這麼久？」他說道。

「就是不知道啊，我都擔心死了。」

「但願他們是在莉絲家休息。」

「但願如此。你還發現什麼了嗎？」

「不少。不過……」布隆維斯特欲言又止。

「怎麼了？」

「就好像……又被丟回到過去，重新走上以前走過的路。」

「這你得好好解釋一下。」她說。

「我會的……」布隆維斯特瞄一眼電腦螢幕。「但我得先繼續挖掘，晚一點再說。」聽他這麼說，她便留他繼續工作，自己則收拾東西準備開車回家，但只要他開口，她隨時可以留下陪他。

# 第二十章

十一月二十三日

一夜平靜地過去了，平靜得令人心驚。早上八點在會議室裡，包柏藍斯基滿懷心事站在所有組員面前。將法斯特踢出去之後，他相當有把握能再度有話直說，至少他覺得在這裡面對同事比使用電腦或手機更安全。

「大家都知道目前的情況有多嚴重，」他說：「機密消息外洩，有一個人因此喪命，還有一個小男孩身陷險境。儘管我們費盡千辛萬苦，卻仍查不出事情的起因。洩漏消息的有可能是我們，或是國安局，或是歐登醫學中心，或是艾鐸曼教授身邊的人，又或是男孩的母親和她的伴侶衛斯曼。沒有一件事是確定的，因此我們必須**非常**謹慎，甚至對一切都要抱持猜疑態度。」

「也有可能是電腦被駭或是電話被竊聽，」茉迪說：「我們所面對的罪犯對新科技的操控力似乎是前所未見。」

「確實如此，」包柏藍斯基說：「我們在每個階段都必須小心，不管上級對我們新的手機通訊系統評價多高，都不能在電話上討論有關這項或其他任何調查工作的重要話題。」

「他們之所以覺得這系統很好，是因爲花了很多錢安裝。」霍姆柏說。

「或許我們也應該反省一下我們自己的角色，」包柏藍斯基沒有理會他，繼續說道：「我剛剛和國安局一位傑出的年輕分析師談過，她叫嘉布莉．格蘭，你們也許聽說過。她指出對我們警察而言，忠誠的概念並不像一般人想像得那麼清楚明瞭。我們有許多不同的忠誠對象，對吧？最明顯的一個，就是法律。另外還要忠於民衆、忠於同事，但也要忠於上司、忠於我們自己和我們的職業。大夥都知道，有時候這些利益會互相衝突。我們可能會選擇保護某個同事，因而未能對民衆盡責，又或者可能會聽命於上級，就像法斯特那樣，結果卻牴觸了他應該對我們展現的忠誠。但從現在起——我是非常嚴肅的——我想聽到的忠誠只有一種，那就是忠於調查本身。我們要抓到殺人犯，還要確保不再有人遭其毒手，同意嗎？就算是總理本人或是美國中情局局長來電，搬出愛國情操之類的大道理或是以事業前途利誘，你們還是要守口如瓶，好嗎？」

「好。」大夥異口同聲地說。

「好極了。我們都已經知道，在斯維亞路出手相救的人就是莎蘭德，現在我們要盡一切力量找出她人在哪裡。」

「所以得把她的名字告知媒體啊！」史文森有點激動地大聲說道：「我們需要民衆的幫助。」

「這一點還有異議，所以我想再次提問。大家別忘了，過去莎蘭德曾經遭受到卑劣的對待，無論是我們或是媒體……」

「事到如今，那已經不重要了。」史文森說。

「可以想見在斯維亞路上或許有人認出了她，她的名字也遲早會曝光，那麼這也就不再是個問題。但在此之前，要記住是她救了那個男孩。」

「這點毫無疑問，」史文森說：「但接下來也可以說是她綁架了他。」

「我們得到消息說她不計一切代價都要保護男孩的安全。」茉迪說：「莎蘭德與公家機關交手的經驗絕對是負面的——她整個童年就是被瑞典官僚加諸於她的不公待遇給毀了。如果她跟我們一樣，懷疑是警局內部走漏消息，那她就不可能連絡我們。事實如此。」

「那不重要。」史文森堅持說道。

「也許吧，」茉迪說：「你認為現在最重要的是評估公開她的名字對調查有無幫助，這點我和包柏藍斯基都認同。至於調查工作，則要以男孩的安全為第一優先考量，但這方面卻有極大的不確定因素。」

「我明白你的論點，」霍姆柏若有所思地低聲說道，並立刻吸引了所有人注意。「要是被人知道莎蘭德涉入此事，男孩就會有危險。但還是有幾個問題，第一、怎麼做才合乎職業道德？我不得不說，即使我們內部有人走漏消息，還是不能讓莎蘭德把男孩藏起來。那個男孩是調查中的關鍵人物，不管有沒有內鬼，我們絕對比一個有情緒障礙的女孩更能夠保護孩子的安全。」

「當然了，絕對是的。」包柏藍斯基喃喃說道。

「就算這不是一般所謂的綁架，沒錯，就算這麼做是出於一片好意，卻可能對孩子造成同樣大的傷害。在經歷這許多變故後還要像這樣逃亡，肯定會在他心裡留下巨大陰影。」

「沒錯，」包柏藍斯基說道：「但還是老問題：我們該怎麼處理手上掌握的訊息？」

「這點我贊成史文森的想法。我們必須馬上公布她的名字與照片，這將能帶來許多寶貴線索。」

「大概吧，」包柏藍斯基說：「但同樣也會幫助凶手。現在必須假設他們尚未放棄尋找這個孩子，事實上恐怕是恰恰相反。既然不知道莎蘭德與孩子之間有何關聯，自然也無從得知她的名字會給凶手提供什麼樣的線索。我不認爲把這些細節告訴媒體能保護那個孩子。」

「可是我們也不知道保留這些訊息能不能保護他，」霍姆柏說道：「目前缺少的拼圖還太多，無法下任何結論。譬如說，莎蘭德會不會是替另一個人做事？又或者她除了保護孩子之外，還另有目的？」

「還有她怎麼知道林典和孩子會在那個時間來到斯維亞路？」史文森說。

「也許她剛好到那裡去。」

「看起來不太可能。」

「事實往往會出人意外，」包柏藍斯基說：「這是事實的本質。不過我同意，這次不太像是巧合，在這種情況下不像。」

「布隆維斯特也知道要出事，這又怎麼解釋？」傅蘿說。

「布隆維斯特和莎蘭德之間有點關聯。」霍姆柏說。

「的確。」

「布隆維斯特知道那個孩子在歐登醫學中心，不是嗎？」

「孩子的母親告訴他的，」包柏藍斯基說：「你們應該想像得到，她現在十分絕望，我剛剛才和她長談過。但是布隆維斯特說什麼也沒道理知道林典和孩子被騙到外面路上來。」

「他會不會侵入了歐登的電腦？」傅蘿思索著說。

「我無法想像布隆維斯特會變成駭客。」茉迪說。

「那莎蘭德呢？」霍姆柏說：「我們又對她了解多少？我們有一大疊關於這個女孩的資料，可是上一次和她交手時，她可是扎扎實實讓人大吃一驚啊。說不定這次也一樣，光看表象並不可靠。」

「我同意，」史文森說：「問號實在太多了。」

「我們現在有的幾乎全是問號，正因如此才應該謹守原則。」霍姆柏說。

「我怎麼不知道原則手冊涵蓋的範圍這麼廣。」包柏藍斯基語帶譏諷地說，但馬上就後悔了。

「我只是想說事情是怎麼樣就該怎麼看待，而這就是一起孩童綁架事件。他們幾乎已經失蹤二十四小時，還沒傳來隻字片語。我們應該公開莎蘭德的名字和照片，然後仔細過濾所有線民提供的消息。」霍姆柏頗具威嚴地說。似乎所有組員都支持他，爲此包柏藍斯基不由得閉上眼睛，心裡想著自己有多愛這群人。他對手下的愛更勝於手足，甚至更勝於父母，但現在他卻感覺不得不與他們對立。

「我們要盡一切力量找到他們，不過暫時還不會公布姓名和照片，否則只會讓情況變得更危險，我不想冒險爲凶手提供任何線索。」

「而且你覺得內疚。」霍姆柏冷冷地說。

「我覺得非常內疚。」包柏藍斯基說著想到他的拉比。

▲　▲　▲

想到孩子和莎蘭德，布隆維斯特擔心得難以成眠。他再次試著透過Redphone app和莎蘭德連絡，但她還是沒回應。她從昨天下午起便音信全無。此時他坐在辦公室裡，試著專心工作，找出之前忽略的部分。已經有好一段時間，他隱約感覺到少了一樣很重要的東西，只要找到它整件事就能明朗，但是他怎麼也推敲不出來。也許他只是自欺欺人，也許這只是他一廂情願，覺得有必要看出什麼大陰謀。莎蘭德用加密連線傳給他的最後一個訊息寫道：

〈尤利・波達諾夫。查查他。就是他把鮑德的技術賣給索利豐的艾克華。〉

網路上有一些波達諾夫的圖片。相片中的他穿著直條細紋西裝，雖然十分合身，卻仍顯得不搭調，好像是他前往照相館途中順手偷來的。波達諾夫有一頭直而扁塌的長髮，滿臉痘疤，大大的黑眼圈，而且隱約可以看到袖口底下有一些非專業的刺青。他的眼神陰險、凶狠、凌厲。雖然身材高大，但體重頂多六十公斤。

他看起來像是有前科的人，但最引人注意的是他的肢體語言，布隆維斯特似乎從中看見鮑德住處監視器畫面裡那個人的影子。波達諾夫也同樣給人一種寒酸、粗野的印象。

另外還有一些他以柏林商人的身分接受訪問的內容，他信誓旦旦地聲稱自己可以說是在街頭出生。「我天生註定要死在後街巷弄裡，手臂上還插著針頭。但我終究把自己拉出了泥淖。我天資聰穎，而且是個了不起的鬥士。」他如此說道。從他的經歷看來，沒有哪個細節與這些說詞相互矛盾，只是難免令人懷疑他的發跡並不完全是靠自身的努力。某些跡象顯示有一些有權有勢的人因爲賞識他的才能，曾經幫助過他。某德國科技雜誌引述了荷斯特信貸機構一位資安主管的話：「波達諾夫的雙眼有法術，可以偵測到誰也偵測不到的資安系統漏洞。他是個天才。」

因此波達諾夫是個明星駭客，只不過他對外扮演的角色是「白帽」，專爲善良、合法的一方服務，協助各公司行號找出電腦安全系統中的漏洞，以此換取豐厚報酬。他的公司「放逐資安」毫無可疑之處，董事也都是教育水準頗高的體面人士。但布隆維斯特並未就此作罷，他和安德雷仔細檢視和該公司有過接觸的每一個人，甚至包括合夥人的伴侶，終於發現有一個叫奧羅夫的人曾經擔任過一小段時間的代理董事。這有點奇怪，因爲弗拉狄米．奧羅夫不是IT人員，而是營建業界一個小角色。他一度曾是前景看好的克里米亞重量級拳擊手，從布隆維斯特在網路上找到的幾張照片看起來，他顯得飽經風霜、冷酷無情。

傳說他曾經因爲重傷害與仲介賣淫被判刑。他結過兩次婚，兩任妻子都死了，但布隆維斯特完全找不到兩人的死因。但最有趣的發現是此人曾是一家早已不存在的小公司的候補董事，該公司名爲「波汀營建暨出口」，專門從事「建材買賣」。

公司老闆是卡爾．阿克索．波汀，又名亞力山大．札拉千科，這個名字喚起了關於一項陰謀的回憶，這項陰謀後來還成了《千禧年》最轟動的獨家新聞。札拉千科是莎蘭德的父親、是她的陰影，也是她滿懷激憤決定以牙還牙的這份決心背後的那顆黑心。

他的名字驀然出現會是巧合嗎？布隆維斯特比任何人都清楚，一件事只要挖得夠深，總能找到連結點。人生中常會有一些虛幻的連繫，只是一涉及莎蘭德，他便不再相信巧合。

如果她打斷某外科醫師的手指或是著手調查某先進電腦科技的失竊案，你就能確定她不只徹底思考過，而且事出有因。莎蘭德不是個會將不公不義拋到腦後的人。她會報復，會導正錯誤。她之所以涉入此案，難道與她本身的背景有關？這絕不是無法想像的事。

布隆維斯特從電腦抬起頭瞄了安德雷一眼，安德雷也向他點點頭。廚房飄出淡淡的烹調味道，約特路上傳來轟然作響的搖滾樂。外頭風雪呼號，天空依然烏雲湧動。布隆維斯特習慣性地登入加密連線，原本並不期望有什麼新發現。但他臉色瞬間一亮，甚至脫口發出低聲歡呼。

上面寫著：〈現在沒事了。我們馬上就會去那間安全屋。〉

他寫道：〈眞是好消息。小心開車。〉

接著他忍不住補上一句：〈我們在追的人到底是誰？〉

她即刻便回覆了：〈你很快就會猜出來了，聰明鬼！〉

說「沒事」是誇張了，莎蘭德的狀況確實好了些，但仍然不樂觀。昨天大半天在她的公寓裡，她幾乎都是意識不清，只能費盡力氣勉強下床，給奧格斯準備吃喝的東西，以及鉛筆、蠟筆和紙。但此時向他走去，遠遠地就能看出他什麼也沒畫。

紙張散布在他面前的茶几上，但上頭沒有畫畫，只有一排又一排的胡亂塗寫。她試著想去理解，倒不是出於好奇，而是有點心不在焉地看——他寫的是數字，無窮無盡的數列，儘管一開始看不出個所以然，卻因此激發了她的好奇心。忽然間她吹了一聲口哨。

「我的天哪。」她喃喃喊了一聲。

這些數目都大得驚人，幾個相鄰的數組成一個重複出現的模式。她瀏覽這幾張紙，無意中看見六四一、六四七、六五三與六五九這個簡單數列，心下再無疑問：這些是四連六質數，因爲各質數之間都相差六，因而稱爲六質數。

另外也有攣生質數，以及質數所可能有的其他一切組合。她忍不住微笑讚道：「厲害。」

不過奧格斯既無反應也沒有抬頭看她，只是繼續跪坐在茶几旁，就好像除了寫他的數字之外什麼事都不想做。她乍然想起曾經讀到過關於學者與質數的關係，但旋即轉了念頭。現在實在太不舒服，完全無法深入思考。她轉身走進浴室，吃了兩顆Vibramycin抗生素，這些藥已經在公寓裡閒置多年。

她收拾好手槍、電腦與幾件換洗衣物，另外爲了安全起見，又戴上假髮和太陽眼鏡。一切準備就緒後，她叫孩子起來，他沒反應，只顧緊緊握住鉛筆。有一刻她腳步沉重地杵在他面前，過了一會改以嚴厲口氣說：「起來！」他才照做。

他們穿上外衣，搭電梯下樓到車庫，然後出發前往印格勞的安全屋。她緊緊包紮住的左肩依然疼痛，只能用右手開車，胸部上端發疼，人也發著燒，中途有兩、三度不得不停在路邊休息片刻。最後好不容易到達印格勞島史多拉．班維克路旁的海灘與堤岸後，循著路線圖爬上斜坡木梯來到別墅，一進屋看到了床，她馬上累趴在床上，全身冷得直發抖。

不一會，她喘著氣費力起身，拿著筆電坐到餐桌旁，再一次試圖破解從美國國安局下載的檔案。但要想破解還早得很。奧格斯坐在她旁邊，兩眼死盯著愛莉卡爲他準備的那疊紙和蠟筆，不僅不再對質數感興趣，對畫畫更是興致缺缺。也許他受到驚嚇了。

自稱楊．侯斯特的人此時坐在亞蘭達機場克拉麗奧酒店的一個房間內，在和女兒講電話。正如他所料，她不相信他說的話。

「你是怕我嗎？」她問道：「怕我盤問你？」

「不是的，歐佳，絕對不是。」他說：「只是因爲……」

他找不到適當的託辭。他知道歐佳聽得出他有所隱瞞，雖然想多聊聊，卻還是很快掛了電話。波達諾夫跟他並肩坐在房間床上，嘴裡罵聲連連。他已經搜尋鮑德的電腦不下一百遍，結果「清潔溜溜」，他是這麼說的：「連個屁也沒有！」

「我偷了一台什麼都沒有的電腦。」侯斯特說。

「沒錯。」

「那教授用它來幹麼？」

「顯然有很重要的東西。看得出來，他最近刪了一個可能連接到其他電腦的大檔案，可是沒法復原。這傢伙眞是精通電腦。」

「沒用了。」侯斯特說。

「一點屁用都沒有。」

「那Blackphone呢？」

「有幾通追查不到的電話，應該是來自瑞典國安局或國防無線電通訊局。不過還有一件事讓我更擔心。」

「什麼事？」

「就在你衝進去之前，教授講了很久的電話，對象是機器智能研究院的某個人。」

「那有什麼問題？」

「時間問題——我覺得他好像有什麼危機感。再說這個機構最主要的目的就是確保聰明的電腦不會對人類造成威脅——看起來不妙。鮑德有可能把他的研究給了機器智能研究院，又或者……」

「又或者什麼？」

「他可能洩漏了關於我們的秘密，至少就他所知。」

「那就壞了。」

波達諾夫點點頭，侯斯特則低咒一聲。沒有一件事按計畫進行，他們倆都難以接受失敗，但眼前就一連兩個大失誤，而且全都為了一個孩子，一個智障孩子。

這已經夠糟了，但最糟的是綺拉已經啓程前來此處，聽她的口氣似乎已然失控。這點也讓他們倆都很難接受。他們已漸漸習慣她的冷靜優雅，這份優雅讓他們的行動展現一種所向披靡的氣勢。此時的她卻勃然大怒，完全失常，像潑婦似的罵他們是沒用、無能的白癡。倒不是因為那幾槍沒打中鮑德的兒子，而是因為那個突然冒出來救走男孩的女子。是那名女子讓綺拉像發了瘋一般。

當侯斯特開始描述她——其實他看到的少之又少——綺拉便不斷提出問題質問他。他好像怎麼回答都不對，總會惹得她大發雷霆，吼著說他們應該殺了她，還罵他們老是這麼沒大腦又沒用。他二人都無法理解她為何反應如此激烈，以前從未見過她這樣尖聲咆哮。

的確，他們對她有許多不了解的地方。侯斯特永遠忘不了和她在哥本哈根英格蘭飯店的豪華套房度過的那一夜；在翻雲覆雨了三、四次之後，他們倆躺在床上喝著香檳、聊著他打仗殺人的事，就像平常那樣。當他撫摸著她的臂膀，忽然發現手腕上有三道並列的疤痕。

「這是怎麼來的，美女？」他問道，不料竟換來她惡狠狠的一眼。

從此以後，她再也不跟他上床。他認為這是自己多嘴的懲罰。綺拉會照顧大夥，會給他們很多錢。但無論是他或波達諾夫或其他任何人，都不許問起她的過去。這是未明說的潛規則，誰也不曾妄想一試。不論好壞，她都是他們的恩人，他們心裡覺得多半還是好的吧，因此便慢慢適應她的喜怒無常，時時刻刻活在疑慮中，不知道她會是熱情或冷淡，又或是會狠狠賞他們一記熱辣辣的耳光。

波達諾夫關上電腦，喝了一口酒。他們盡量想少喝點酒，以免綺拉拿這個作文章。可是幾乎辦不到，沮喪的心情與腎上腺素的分泌驅使他們向酒精靠攏。侯斯特緊張地玩弄著手機。

「歐佳不相信你嗎？」波達諾夫問道。

「一個字也不信。不久她就會看見到處張貼著一個孩子畫我的肖像了。」

「我不相信畫畫那回事。八成只是警方一廂情願的想法。」

「這麼說我們是無緣無故要殺一個孩子？」

「這有什麼好驚訝的？綺拉不是該到了嗎？」

「隨時會到。」

「你覺得那是誰？」

「誰是誰？」

「那個不知從哪冒出來的女孩。」

「不知道。」侯斯特說：「綺拉也不一定知道。不過她好像在擔心什麼。」

「最後很可能兩個都得幹掉。」

「那可能是最起碼的。」

奧格斯人不舒服，很明顯，頸子上泛起點點紅斑，還緊握著拳頭。和他一起坐在餐桌旁試著破解RSA加密法的莎蘭德，很擔心他有什麼病即將發作。不料奧格斯只是拿起一枝蠟筆，黑色的。

同一時間，一陣風吹得他們面前的大片玻璃窗空隆作響。奧格斯有些遲疑，手在桌上前前後後移動著，但隨即開始畫了起來，這裡一筆那裡一畫，接著是幾個小圈圈，莎蘭德心想，那是鈕子，接著是一隻手、一個下巴、敞開的襯衫前襟。男孩愈畫愈快，背部與肩膀的緊繃感也隨之消失，就好像傷口爆裂開來，開始癒合。

他眼中有種灼熱、痛苦的神情，偶爾還會打個冷顫。但毫無疑問地，他內心裡有些什麼釋放出來了。他拿起新的蠟筆，開始畫起橡木色地板，地板上出現幾塊拼圖，圖案似乎是夜間一座亮晃晃的城鎮。即便尚未完成，也能清楚看出那絕不是一幅賞心悅目的畫。

從那隻手和敞開的衣襟逐漸連結成一個身材高大、肚子突出的男人。他彎腰站著，正在毆打地上一個小小的人，那人不在畫中，原因很簡單：他正在看著這一幕，也正在挨拳頭。

這是個醜惡的畫面，無庸置疑。不過儘管畫中有個攻擊者，似乎與命案並無關聯。就在畫的正中央，出現了一張滿頭大汗、怒火中燒的臉，並精準刻畫出每一道充滿殘酷恨意的皺紋。莎蘭德認出來了。她很少看電視或電影，但她知道那是演員衛斯曼的臉，也就是奧格斯母親的伴侶。她傾身向前，用一種神聖、震顫的憤怒語氣對男孩說：

「我們絕對不會讓他再這麼對你，絕對不會。」

# 第二十一章

十一月二十三日

亞羅娜一看到殷格朗中校瘦長的身影朝艾德的辦公桌走去，就知道不對勁。從他猶豫的態度看得出他帶來的不是好消息。

每當殷格朗在別人背後插上一刀，總會面露陰笑，但面對艾德則不然。哪怕職位再高的上司都會忌憚艾德三分，只要有人敢跟他過不去，他就會鬧個天翻地覆。殷格朗不喜歡場面鬧得太難看，更不喜歡受羞辱，但倘若找艾德的碴，這將是等候他的下場。

艾德魯莽又火爆，而殷格朗則是上流社會裡的文雅公子哥，有著修長的雙腿和矯揉作態的習性。殷格朗是個手段高明的權力玩家，在重要的關係上頗具影響力，不管是在華府或在商界。身爲美國國安局高層的他，職級僅次於歐康納上將。他或許經常面帶微笑也不吝於出言讚美，但卻總是皮笑肉不笑。

他影響力極大，負責的範圍又包括了「監控策略技術」——更常被譏諷爲產業間諜活動——國安局這部分的工作是美國科技業在面對全球競爭時的一大助力。很少有人像他這麼令人畏懼。

但此刻，西裝筆挺站在艾德面前的他，身子卻像縮了水。亞羅娜儘管身在三十米外，卻清清楚楚知道即將發生什麼事：艾德就快要發火了。他那蒼白疲憊的臉慢慢漲紅，等都不等就站起身來，駝著背、挺著肚子，怒吼一聲：「你這卑鄙的王八蛋！」

除了艾德，誰也不敢叫殷格朗「卑鄙的王八蛋」，亞羅娜就愛他這一點。

奧格斯開始畫另一幅畫。

他畫了幾條線，因爲用力過猛把黑色蠟筆給折斷了，而他就跟上次一樣畫得很快，這裡畫一點，那裡畫一點，原本毫不相干的細節最後拼湊成一個整體。還是同樣那個房間，但地板上的拼圖變了，變得更容易辨識：是一輛紅色跑車從看台邊馳騁而過，台上吶喊的觀衆人山人海。另外可以看到不只有一個，而是兩個男人正站在一旁俯視著拼圖。

其中一人又是衛斯曼。這回他穿著T恤短褲，瞇起的眼睛布滿血絲，看起來喝醉了酒，搖搖晃晃的，但還是同樣怒氣沖天。他流著口水。不過畫裡的另一個人更可怕，微溼的眼中閃著一種極度殘暴的光芒，他也一樣酒醉沒刮鬍子，嘴唇薄得幾乎看不見。他似乎在踢奧格斯，只不過畫中仍看不到孩子，但也正因爲看不見而更使人深刻感覺到他的存在。

「另一個是誰？」莎蘭德問。

奧格斯沒吭聲，但肩膀發抖，桌子底下的兩條腿也扭絞在一起。

「另一個是誰？」莎蘭德以更強有力的口氣再問一次，奧格斯這才用顫抖、稚氣的筆跡在畫紙上寫了：

# 羅傑

羅傑——這名字對莎蘭德毫無意義。

兩、三小時後在米德堡，等手下的駭客全都善後完畢拖著腳步離開，艾德朝亞羅娜走去。奇怪的是，他看起來已不那麼生氣或焦躁，臉上洋溢著不認輸的煥然光采，手裡拿著一本筆記。褲子一邊的吊帶從肩上滑落下來。

「嗨，老兄，」她說道：「跟我說說，是怎麼回事？」

「我可以休幾天假了，」他說：「我要去斯德哥爾摩。」

「什麼地方不好去，偏偏去那兒。這時節不是很冷嗎？」

「冷死人了，聽說是。」

「所以你不是眞的去度假。」

「只有妳知我知？」

「說吧。」

「殷格朗命令我們停止調查。那個駭客正逍遙法外，他卻只要我們堵住幾個漏洞就好。然後整件事就這麼隱匿起來。」

「他怎麼能下這種命令？」

「他說不想節外生枝，以免被人發現這次的攻擊事件。還說要是消息外洩，事情就嚴重了，試想會有多少人幸災樂禍，又會有多少人遭殃，而第一個就是閣下您了。」

「他威脅你？」

「他就是！還接著說什麼我會被當眾羞辱，甚至被起訴。」

「你好像不太擔心。」

「我要讓他被撤職。」

「怎麼做？你也知道我們這位魅力帥哥的人脈有多廣。」

「我自己也有一些人脈。再說了，不是只有殷格朗握有別人的把柄，那個該死的駭客也夠好心，連結比對了我們的電腦檔案，讓我們看看自己做的一些齷齪事。」

「有點諷刺，對吧？」

「只有賊才能認出賊。起初相較於我們在做的另一件事，那檔案看起來沒什麼特別，可是一深入以後……」

「怎麼樣？」

「才發現那是個未爆彈。」

「怎麼說？」

「和殷格朗關係密切的同事不只是**蒐集**商業機密來幫助我們自己的大企業，有時候也會**出賣**情報賺大錢，而且亞羅娜，那些錢不是全部進到公庫……」

「而是進到他們的私人口袋。」

「沒錯。我手上的證據已經足夠讓兩個涉及產業間諜活動的最高長官坐牢了。」

「天哪。」

「只可惜和殷格朗沒有直接關聯。我相信他才是這整件事的主腦，不然說不通。只是我沒有決定性的證據，現在還沒有，所以這整個行動有點冒險。那個駭客下載的檔案裡應該有一些關於他的明確事證，這個可能性很高，雖然我不敢打包票。只不過那個該死的ＲＳＡ加密法，根本不可能破解。」

「那你打算怎麼做？」

「收網。讓全世界都看看我們自家的工作夥伴竟然勾結犯罪組織。」

「例如蜘蛛會。」

「例如蜘蛛會，還有其他許多壞蛋。如果說，妳那位教授在斯德哥爾摩被殺的事情和他們有關，我也不意外。他的死明顯對他們有利。」

「你鐵定是在開玩笑。」

「我認真得不得了。妳那位教授知道一些有可能大大傷害到他們的事情。」

「該死。所以你要跑到斯德哥爾摩去，像個私家偵探一樣調查這一切？」

「不是像私家偵探，亞羅娜。我要以公務身分前去，到了那裡，我會給這個女駭客當頭一棒，讓她站都站不穩。」

「等等，艾德，你剛剛說女駭客嗎？」

「妳別不信，這個駭客是個女的！」

奧格斯的畫把莎蘭德帶回到從前，讓她想起那隻不停地、規律地擊打著床墊的拳頭。她想起隔壁臥室裡的重擊聲、嘟嚷聲與哭泣聲，想起住在倫達路那段只能躲在漫畫與復仇幻想中的日子。但她搖了搖頭甩掉這些回憶，更換肩膀的敷料後查看一下手槍，確認子彈上了膛。接著她連上PGP，看見安德雷問他們情況如何，她作了簡短回覆。

外頭，樹木與灌木叢在狂風中顫晃著。她喝了點威士忌，吃了一塊巧克力，然後走到屋外露台上，再走到岩石斜坡仔細觀察地形，發現坡地往下裂出一道小隙縫。她邊數著腳步邊牢記地勢。

等她回來時，奧格斯又畫了一張衛斯曼和那個叫羅傑的人的畫。她猜想他有必要發洩一下，但還是沒有畫出和命案當晚有關的任何情景。或許那個經歷卡在他心裡了。

莎蘭德深深感覺時間不斷溜走，不禁憂心地看奧格斯一眼。有一、兩分鐘的時間，她專注地看著他在新畫旁邊寫下的那串龐雜而驚人的數字，研究那些數字的結構，突然間注意到有一個數列與其他的性質全然不同。

這串數字相對而言還算短：2305843008139952128。她一眼就看出來了，這不是一個質數，而是一個完美又和諧的結果，是由所有眞因數相加所得的數目——想到這裡她精神大振。換句話說，這是一個完全數，和6一樣，因爲6可以讓3、2、1除盡，而3＋2＋1又剛好是6。她微微一笑，並立即浮現一個令人興奮的念頭。

「你得把話說個清楚。」亞羅娜說。

「我會的，」艾德說：「不過儘管我信任妳，還是得先請妳鄭重發誓，絕不會向任何人洩漏一個字。」

「我發誓，你這爛人。」

「很好。事情是這樣的：我吼完殷格朗之後，跟他說他這樣做是對的，主要是做做表面工夫。我甚至假裝感激他不讓我們繼續調查下去。我跟他說，反正也不可能再查出什麼，這有一部分是實話。純粹從技術方面來看，我們已經無計可施，所有能做的都做了，甚至就算做得更多，還是沒用。那個駭客到處布下假線索，不斷把我們引進新的謎團糾葛中。我手下有個人說，就算不顧一切追到底，我們也不會相信自己眞的做到了，只會自欺說那又是個新陷阱。我們已經有心理準備，面對這個駭客，什麼事都可能發生，就是不會發現漏洞和弱點。所以不想再走老路子，我們已經走得夠多了。」

「你不打算走老路了。」

「對，我寧可繞路。事實上，我們絲毫沒有放棄，一直都和外頭那些友好的駭客還有軟體公司裡的朋友保持溝通。我們作了進一步的搜尋、監控，還入侵我們自己的電腦。妳要知道，像這次這麼複雜的攻擊行爲，事先肯定作了一些研究，問過某些特定問題，造訪過某些特定網站，而無可避免地有一些會被我們知道。不過亞羅娜，這其中對我們最有幫助的一個因素，就是那名駭客的技能。正因爲她太厲害，涉嫌的人數自然有限。就像在犯罪現場，罪犯忽然以跑百米九秒七的速度逃離，你就能確定他八成是短跑健將波特先生①這類人物，否則也是跟他不相上下的對手，對吧？」

「這麼說已經到達這種水準了？」

「說實話，這次的攻擊有些部分連我看了都瞠目結舌，而且想當年我也算是見過大風大浪了。所以我們才會花大把時間找駭客和熟悉業界內幕的人談，問問看誰有能力策畫很大、很大

①Usain Bolt（1986-），牙買加短跑選手，人稱閃電俠。二〇一二年倫敦奧運的百米紀錄是九秒六三。

的工程？目前又有哪些人是**眞正的**大玩家？當然，我們提問時要相當小心，以免被人猜到發生了什麼事。有很長一段時間都毫無進展，好像在黑暗中開槍，在死寂的深夜吶喊。沒有人知道一點消息，至少他們自稱不知道。雖然提到了幾個名字，但感覺都不對。我們一度追查過一個名叫尤利・波達諾夫的俄國人，他曾經是毒蟲兼竊賊，幾乎是想駭進哪就能駭進哪。當他還在聖彼得堡街頭偷車、討生活，體重只有四十公斤，瘦到皮包骨的時候，就已經有資安公司試圖網羅他。就連警方和情報單位也想用他。但不用說，這場搶人戰爭他們是輸了。現在的波達諾夫看上去清清白白、事業有成，體重也像吹氣球增加到六十公斤——雖然還是皮包骨——但我們相當肯定他是妳正在追蹤那個組織裡的罪犯之一，亞羅娜。這也是我們對他感興趣的另一個原因。從搜尋的結果看來他和蜘蛛會一定有關聯，只是……」

「你不明白他們的人怎麼會提供給我們新的線索和聯想。」

「完全正確，於是我們又繼續深入追查。後來在對話中忽然冒出另一個團體。」

「哪一個？」

「他們自稱駭客共和國，在網路上名氣很大。那是一群頂尖高手，加密手法非常嚴謹，這當然不是沒有原因。我們不時試圖滲入這些團體，而且想這麼做的不僅僅是我們。我們不只想知道他們在謀畫些什麼，同時也想網羅他們的人。最近大家爭搶那些高竿駭客搶得很凶。」

「結果我們全都成了罪犯。」

「哈，也許吧。總之，駭客共和國人才濟濟，跟我們談過的很多人都證實了這一點。不但如此，還有傳聞說他們正在策畫一件大事，而且有個別號巴布狗的駭客，我們認爲他和這個團體有關，他一直在搜尋並提問關於我們局裡一個叫理查・傳勒的人。妳認識嗎？」

「不認識。」

「一個自以爲是、有躁鬱傾向的討厭傢伙，已經煩了我好一陣子。他躁症一發作就變得又自大又愛發牢騷，典型的資安風險。他剛好就是一群駭客**應該**會瞄準的對象，而這可是機密資料。他的心理健康問題不算廣爲人知，就連他母親恐怕也不知情。但我十分肯定，他們最後不是透過傳勒滲入的，我們檢視過他最近收到的每個檔案，什麼都沒發現。他已經被徹頭徹尾、仔仔細細地檢查過了。不過我敢說駭客共和國最初是以傳勒爲目標，後來才改變策略。我無法提出具體證據指控他們，一點證據都沒有，但仍直覺到這些人就是這次電腦入侵的幕後黑手。」

「你剛才說那名駭客是個女的。」

「對。我們一盯上這個團體，就盡可能地找出他們的相關訊息，雖然很難分辨是謠言、傳說或事實，但有一件事太常被提及，到頭來已經沒有理由懷疑了。」

「什麼事？」

「駭客共和國有個大明星，代號叫黃蜂。」

「黃蜂？」

「我就不說那些無聊的技術細節了，總之黃蜂在某些圈子稱得上傳奇人物，而原因之一就是她能翻轉既定的方法。有人說你能在駭客攻擊行動中感覺到黃蜂的存在，就像你能從旋律循環中認出莫札特一樣。黃蜂有她專屬的明確風格，我一個手下在研究過這次的侵入行動後，第一句話就是這麼說的：這次和以前碰到的任何情況都不一樣，它有個全新的創意門檻。」

「總而言之，就是個天才。」

「毫無疑問。於是我們開始盡一切可能搜尋關於這個黃蜂的資料，試著破解這個代號。雖然沒有成功，大夥倒也不怎麼驚訝。這個人是不會留下任何蛛絲馬跡的。不過妳知道我後來怎麼做嗎？」艾德自豪地說。

「說說看。」

「我去查了這個詞的意思。」

「你是說除了字面意思之外？」

「對，但不是因爲我或是誰認爲這會是解決之道。我說過了，假如不能走大路，就繞道而行，妳永遠不會知道可能發現些什麼。沒想到『黃蜂』可能代表各式各樣的意思。黃蜂是二次世界大戰期間一架英國戰鬥機，是古希臘作家阿里斯托芬②的一齣喜劇，是一九一五年一部著名短片，是十九世紀芝加哥一本諷刺雜誌，當然也是白人盎格魯撒克遜新教徒的縮寫WASP，其他還有很多。不過這些相關訊息對一個天才駭客來說都有點太細緻，不符合駭客文化。但妳知道有哪個很符合嗎？漫威漫畫裡的超級英雄：黃蜂女是復仇者聯盟的創始成員之一。」

「就像電影裡演的？」

「沒錯，她和雷神索爾、鋼鐵人和美國隊長一起。在原著漫畫裡，她甚至還當過一陣子首腦。黃蜂女是個滿難搞的超級英雄，有點搖滾風，性格叛逆，穿著黃黑色服裝還有一對昆蟲翅膀，黑色短髮。她態度很強硬，是那種居下風會反擊的人，身體可以忽大忽小。所有和我們談過的消息來源都認爲黃蜂就是我們要找的人。這並不代表隱藏在代號背後的人就是個漫威世界的技客③。那個代號已經出現了一段時間，所以也許是某個忘不掉的童年回憶，或是意圖嘲諷。就像我把我的貓取名爲彼得潘，但事實上我從來就不喜歡那個自以爲是又不想長大的混蛋。無論如何……」

「無論如何怎樣？」

「我就是忍不住會在意，這個黃蜂在探查的犯罪組織也用了漫威漫畫裡的名字。他們有時候自稱蜘蛛會，對吧？」

「對，不過在我看來那只是個遊戲，只是想對我們這些監視他們的人表示輕蔑。」

「當然，這我懂，只不過就算是玩笑也可能提供線索，或掩飾重大訊息。妳知道漫威裡的蜘蛛會做了什麼嗎？」

「不知道。」

「他們向『黃蜂姊妹會』宣戰。」

「喔，好吧，這是個有趣的細節，但我不明白這怎麼會成爲你的線索。」

「妳先等等。可不可以跟我下樓去開車？我得盡快趕往機場。」

時間不晚，但布隆維斯特自知再也撐不下去，非得回家補充幾個小時睡眠，然後今晚或明天早上再重新動工。如果順便去喝幾杯啤酒，或許有幫助。因爲睡眠不足，額頭脹痛得厲害，

②Aristophanes（西元前448-380），希臘喜劇作家，知名作品是描述女性以不做愛來阻止男人參戰的《利翠西坦》。

③geek，原指擅長研究，不太會交際的人，近年意義轉為指稱科技鬼才、電腦技術高超的人物。

他需要抛開一些記憶和恐懼。也許可以找安德雷一起去。他轉頭看了看同事。

安德雷有耗費不盡的青春與精力。只見他咚咚猛敲鍵盤，好像才剛開始一天的工作，偶爾則亢奮地翻閱筆記，其實他早上五點就進辦公室，而現在是傍晚五點四十五，這中間他幾乎都沒休息。

「安德雷，我們去喝杯啤酒、吃點東西，順便討論一下，你覺得怎麼樣？」

一開始安德雷似乎沒聽懂他的話，愣了一下才抬起頭，這時忽然顯得不再那麼精力充沛。他微微露出苦笑，一面揉著肩膀。

「什麼……喔……可以啊。」他有點猶豫。

「那就當你是答應囉。」布隆維斯特說：「去民眾歌劇院好嗎？」

民眾歌劇院是一間位在霍恩斯路上的酒吧餐廳，離雜誌社不遠，是記者與藝術界人士經常光顧之處。

「只是……」

「只是什麼？」

「我有個側寫要做，是布考斯基藝廊的一個畫商，在馬爾摩中央車站搭上火車後就再也沒人見過他。愛莉卡覺得這個報導應該可以安插進去。」安德雷說。

「天哪，那個女人竟然把你操成這樣。」

「我眞的不介意。但是我現在不知道怎麼把它拼湊起來，總覺得好混亂又刻意。」

「要不要我幫你看看？」

「好啊，不過先讓我再修改整理一下，要是讓你看到現在的東西，我會無地自容。」

「那就晚一點再做。現在走吧，安德雷，我們至少去找點吃的。有必要的話，你吃完東西再回來工作就好。」布隆維斯特轉頭看著安德雷說。

那個印象將會留在他心裡很久很久。安德雷穿了一件褐色格紋獵裝外套和一件鈕釦從上到下扣得整整齊齊的白襯衫，很像個電影明星，總之比平常更像年輕版的安東尼奧．班德拉斯。

「我想我最好還是留下來繼續奮鬥。」他說：「我冰箱裡放了些東西，可以微波來吃。」

布隆維斯特猶豫著要不要擺出老闆的架子，命令他一起去喝個啤酒。最後他還是說：

「好吧，那我們明天早上見。對了，他們在那裡怎麼樣了？還沒畫出凶手的畫像嗎？」

「好像還沒。」

「看來明天得另想辦法。你保重了。」布隆維斯特說完便起身穿上外套。

莎蘭德想起很久以前在《科學》雜誌上看過一篇關於「學者」的文章，作者是一位數字理論專家安利科．彭別里④，文中提到奧立佛．薩克斯的《錯把太太當帽子的人》裡面的一段情節，描述一對有智能障礙的自閉症雙胞胎互相朗誦著天文數字般的巨大質數，就好像能從某種內在的數學景觀看見這些數目。

那對雙胞胎能做的事和莎蘭德現在想做的事並不一樣，但她認為還是有共通點，因此不管有多懷疑仍決定一試。她立刻放下加密的國安局檔案和她的橢圓曲線方程式，轉頭面向奧格斯，他以前後搖晃作為回應。

④Enrico Bombieri（1940-），義大利數學家，曾獲得號稱數學界諾貝爾的菲爾茲大獎。

「質數，你喜歡質數。」她說。

奧格斯沒有看她，也沒有停止搖晃。

「我也喜歡，而且現在有個東西讓我特別感興趣，它叫質因數分解。你知道這是什麼嗎？」

奧格斯呆呆看著桌子繼續晃，好像什麼都聽不懂。

「質因數分解就是把一個數重新寫成質數的產物，我所謂的產物指的是相乘結果。你懂嗎？」

奧格斯還是同樣的表情，莎蘭德心想是不是應該乾脆閉嘴別說了。

「根據基本的運算原則，每個整數都有它專屬的質因數分解式，很酷吧。像二十四這麼簡單的數字可以用很多種方法來表現，譬如12×2或3×8或4×6，但是分解成質因數卻只有一個方法，就是2×2×2×3。聽得懂嗎？問題是，雖然把質數相乘產生大的數目很簡單，但要反過來從答案去回推質數，卻往往做不到。有個大壞蛋就利用這點去加密一個秘密訊息，你懂嗎？這有點像調酒，混合很簡單，要恢復那些材料就比較困難了。」

奧格斯既沒點頭也沒吭聲，不過至少他的身子不再晃動。

「我們來看看你分解質因數厲不厲害好不好，奧格斯？好不好？」

奧格斯沒有動。

「那就當作你說好囉。我們先從四五六這個數字開始好嗎？」

奧格斯眼中閃著光但眼神恍惚，莎蘭德覺得自己這個主意真是荒謬透頂。

外頭寒冷風強，幾乎不見人跡。但布隆維斯特覺得寒冷對他有好處，讓他精神抖擻了些。他心裡想著女兒佩妮拉，以及她所謂「眞的」寫作，當然也想著莎蘭德和那個男孩。不知他們現在在做什麼？

往上走向霍恩斯路時，他盯著某間畫廊櫥窗掛的一幅畫看了一會，畫的是雞尾酒會上一群歡樂無憂的人。那一刻他感覺——也許是錯覺——自己最後一次像那樣端著酒杯、無憂無慮站在人群中，已恍如隔世。片刻間，他好希望走得遠遠的。這時他打了個寒噤，驀然感覺有人跟蹤他，可能是因爲過去幾天來經歷的這一連串事件吧。他回頭去看，身後卻只有一個穿著大紅外套、一頭飄逸暗金色秀髮的迷人美女。她略顯不安地對他淺淺一笑，他報以試探的微笑，接著便打算繼續上路。但他的目光仍停留著，彷彿預期女子隨時可能變得平凡普通一些。

不料，隨著一分一秒過去她愈加光采逼人，簡直有如無意中溜達入民間的貴族、明星，也像雜誌拉頁上的美艷人物。事實上在那一刻，在那充滿驚詫的第一時間，布隆維斯特無法描述她，也說不出她外表的任何一個細節。

「需要我幫忙嗎？」他問道。

「不，不用。」她顯得害羞，但事實再清楚不過：她的遲疑是演出來的。她不是那種會給人害羞感覺的女人，倒是有種擁有全世界的氣勢。

「那就祝妳有個愉快的夜晚。」他說著再次轉身，卻聽見她緊張地清清喉嚨。

「你不是麥可．布隆維斯特嗎？」她此時的口氣更不確定了，同時低頭看著路面的卵石。

「是，我是。」他說著禮貌性地微微一笑，就像對任何一人。

「喔，我只是想跟你說我一直都很崇拜你。」她抬起頭，意味深長地直視他的雙眼。

「很榮幸，只是我已經很久沒寫什麼像樣的東西了。請問妳是？」

「我叫黎貝嘉·瑪特森。」她回答道：「我一直住在瑞士。」

「現在是回國來玩？」

「可惜不能待很久。我想念瑞典，甚至想念十一月份的斯德哥爾摩。但我猜想家對每個人而言都是這樣，對吧？」

「妳的意思是？」

「連缺點都會想念。」

「的確。」

「你知道我都怎麼治療鄉愁嗎？我會看瑞典的報章雜誌。過去這幾年的《千禧年》，我應該一期都沒錯過。」她說。他再度看了看她，發現她身上從黑色高跟鞋到藍色喀什米爾格紋披肩，樣樣衣飾都昂貴而高雅。

黎貝嘉看起來不像典型的《千禧年》讀者，不過也沒道理抱持偏見，甚至於仇視移居外國的瑞典富有僑民。

「妳去那裡工作嗎？」他問道。

「我是寡婦。」

「原來如此。」

「有時候好無聊。你現在要上哪去嗎？」

「我正想去喝一杯、吃點東西。」剛說完他就後悔了。這回答太好預料，太具邀約的味道。但至少是實話。

「我可以陪你去嗎？」她問道。

「那就謝謝了。」他聽起來有些不確定。這時她碰到了他的手——是不小心的，至少他想這麼相信。她依然看似羞赧。他們倆緩緩走上霍恩斯路，經過一排畫廊。

「能跟你一起散散步真好。」她說。

「有點出乎意料。」

「就是說啊。今天早上醒來的時候沒想到會這樣。」

「妳想到什麼了？」

「覺得今天應該仍是個無聊乏味的日子。」

「不確定我的作伴會不會讓妳覺得有趣。」他說：「我現在滿腦子都在想一則報導。」

「你工作得太辛苦了吧？」

「也許。」

「那你需要休息一下。」她露出一個令人陶醉的微笑，笑容充滿期望或是某種承諾。那一刻他覺得她很眼熟，那個笑容似曾相識，只不過是另一種有點扭曲的樣子。

「我們以前見過嗎？」他問道。

「應該沒有，只是我在電視上看過你，也看過你的照片上千次。」

「所以妳從來沒住過斯德哥爾摩？」

「小時候住過。」

「那時候住在哪裡？」

她隨手比了一下霍恩斯路。

「那是一段快樂時光。」她說：「當時是父親照顧我們。我常常想起他，很懷念他。」

「他不在人世了嗎？」

「他太年輕就死了。」

「眞遺憾。」

「謝謝。我們要去哪裡？」

「喔，」他說：「貝爾曼路上有間酒吧叫主教牧徽，老闆我認識，那地方很不錯。」

「那是一定的……」

她再度露出那種羞怯、靦腆的表情，手也再度不經意拂過他的手指——這回他可就不敢說是碰巧了。

「會不會不夠新潮？」

「喔，我相信那一定是個好地方，」她帶著歉意說：「只是常常有人會盯著我看。我在酒吧裡遇過太多混蛋了。」

「這我相信。」

「你能不能……？」

「怎麼樣？」

她又低頭看地上，臉都紅了。起初他以為是自己眼花，成年人肯定不會臉紅成這樣吧？但這位來自瑞士、看起來有如超級富翁的黎貝嘉，竟然像個小學女生一樣臉紅了。

「你能不能請我到你家去喝一、兩杯紅酒？這樣會比較好。」她說。

「這個嘛……」他遲疑著。

他極需要睡眠，以便明天能呈現好的狀態。不過他還是說：

「當然可以。我酒架上有一瓶巴羅洛。」有那麼一刹那，他心想終於有點刺激的事情要發生了，就好像自己即將出發去冒險。

但內心的猶疑感始終不減，起先他也不明白爲什麼，這種情況對他而言通常都不是問題──他比大多數人都更容易碰到女人主動與他調情。這一次的邂逅發展得極爲快速，不過他也不是毫無經驗。那麼就是這個女人本身的問題了，對嗎？

不只因爲她年輕又美麗無比，除了追著筋疲力竭的中年記者跑之外，應該還有更有趣的事可以做。還有她的表情，她總是忽而大膽忽而羞怯，還有那些肢體的接觸。一開始讓他覺得自然的一切，都逐漸顯得做作。

「那太好了，我不會待太久，我可不想搞砸了你的報導。」她說。

「任何一篇搞砸的報導都由我負全部責任。」他試著報以一笑。

這個笑很勉強，就在這時候他捕捉到她眼中一個奇怪的突變，突如其來一道冰冷目光，轉瞬間又變成截然不同的溫暖熱情，像在作表演練習。他更加確信事情不對勁，但不知道哪裡不對，也不想讓疑心外露，至少暫時還不想。到底是怎麼回事？他想弄清楚。

他們繼續沿著貝爾曼路走──他倒不是還在想著帶她回住處的事，只是需要多一點時間了解她。他又看了她一眼，的確是個大美女。不過他忽然想到最初吸引他注意的不是她的美麗，是其他原因，一種更難捉摸的原因。此時，他將黎貝嘉視爲一個謎，他得找出答案來。

「很不錯的區呢，這裡。」她說。

「還好。」他抬起頭看向主教牧徽。

在酒吧斜對面，塔瓦斯街口再過去一點的地方，有一個矮矮瘦瘦、戴著黑帽的男人站在路燈下研究地圖。是個遊客。他另一手提著棕色行李箱，穿著白色球鞋和黑皮夾克，夾克的毛領往上翻起。若在平時，布隆維斯特不會再看他第二眼。

但現在他觀察到男人的動作緊張而不自然。這也許是布隆維斯特一開始就有所懷疑的緣故，然而他看地圖那副心煩意亂的模樣愈來愈顯得做作。這時候他抬起頭直視布隆維斯特和女子，端詳兩人片刻後，重新低頭看地圖，似乎很不自在，幾乎像是想用帽子遮住臉。那近乎怯懦的低頭模樣讓布隆維斯特想起一件事，他又再次注視女伴的深色眼眸。

他的眼神堅定而專注，她充滿熱情地凝視他，但他並未回報以熱情，只是兩眼直勾勾地打量她。直到她表情僵住了，布隆維斯特才露出笑容。

他笑是因爲他頓時恍然大悟。

# 第二十二章

十一月二十三日晚上

莎蘭德從桌旁站起身來。她不想再繼續煩奧格斯了，這孩子壓力已經夠大，而且她的主意根本就太瘋狂。

大家對這些學者總是太過奢求，奧格斯做的這些已經夠了不起了。她又走到露台上，小心地摸摸槍傷周圍的部位，還是會痛。她聽到背後傳來振筆疾書的沙沙聲，便轉身回到屋內，一看到奧格斯寫的東西，不由得微微一笑：

$2^3 \times 3 \times 19$

她坐了下來，這次不看他直接說：「好耶！眞厲害。不過再來一個難一點的。試試18,206,927。」

奧格斯趴在桌上，莎蘭德心想：一下子就丟給他八位數好像有點狠。但若想有絲毫成功的機會得到她想要的，數目還要大得多呢。看到奧格斯開始緊張地前後搖晃，她並不驚訝。不過幾秒鐘後，他身子往前一傾，在紙上寫了：

9419×1933

「很好。那971,230,541呢？」

奧格斯寫出：

983×991×997

「太好了。」莎蘭德說。他們就這樣繼續下去。

在米德堡那棟方塊狀的黑色玻璃帷幕辦公大樓外，距離布滿巨大高爾夫球狀雷達天線罩不遠處，亞羅娜和艾德站在停滿了車的停車場裡。艾德玩弄著車鑰匙，視線越過通電的鐵絲網望向四周樹林。他說應該要上路前往機場，都已經遲到了。但亞羅娜不想讓他離開。她一手按住他的肩膀，連連搖頭。

「太牽強了。」

「答案就在那裡。」

「所以說我們從蜘蛛會查到的每個代號——薩諾斯、魅惑魔女、齊莫男爵、阿琪瑪、旋風等等——的共通點，就是他們全都是……」

「沒錯，在漫畫原著中都是黃蜂女的敵人。」

「眞變態。」

「心理專家會覺得很有意思。」

「這種固著心理想必很強烈。」

「我覺得是眞正的恨意。」他說。

「到了那裡會好好照顧自己吧？」

「別忘了我以前混過幫派。」

「那已經是很久遠的事了，艾德，公斤數也差很多。」

「那跟體重無關。那句話怎麼說來著？孩子也許能擺脫貧民窟……」

「好啦，好啦。」

「卻永遠擺脫不了習性。何況斯德哥爾摩的國防無線電通訊局會幫我。他們也跟我一樣迫不及待想把那個駭客一次殲滅。」

「萬一被殷格朗知道呢？」

「那就不太妙了。但妳應該想得到，我一直在一點一點地做準備，甚至和歐康納說過一、兩次話。」

「我猜也是。有沒有什麼我幫得上忙的？」

「有。」

「說吧。」

「殷格朗的人對瑞典警方的調查工作好像一清二楚。」

「他們一直在竊聽警察嗎？」

「若非如此就是有消息來源，說不定是瑞典國安局裡面哪個野心勃勃的人。要是我安排手下兩個頂尖的駭客給妳，妳可以去挖一下。」

「聽起來很冒險。」

「好吧，那就算了。」

「我不是拒絕。」

「謝啦，亞羅娜。我會傳消息來。」

「旅途愉快。」她說完，艾德便帶著傲然的微笑上了車。

再回想起來，布隆維斯特也說不清自己是怎麼推敲出來的。有可能是那個叫黎貝嘉的女人臉上，有一種陌生卻又熟悉的感覺。或許是那張臉的完美和諧讓他想到完全相反的一面，再加上其他的直覺與疑惑，便得出答案了。沒錯，他還沒有百分之百的把握，但可以肯定有個地方非常不對勁。

現在拿著地圖和棕色行李箱走開來的男人，正是他在鹽湖灘的監視器上看到的那個人，這樣的巧合幾乎不可能沒有什麼重要意義，因此布隆維斯特站在原地沉思。接著他轉向那名自稱黎貝嘉的女人，盡可能以自信的口吻說：

「妳的朋友走了。」

「我的朋友？」她看起來真的很驚訝。「什麼朋友？」

「那邊那個男的。」他指著男人骨瘦如柴的背影說，只見他正踩著笨拙的腳步沿著塔瓦斯街慢慢走去。

「你在開玩笑嗎？我在斯德哥爾摩一個人也不認識。」

「妳想從我這兒得到什麼？」

「我只是想多認識你，麥可。」她撫弄著自己的上衣，好像打算解開一顆釦子似的。

「別這樣！」他粗聲粗氣地說，眼看就要發脾氣，卻看見她用那麼楚楚可憐的柔弱眼神望著自己，不禁感到困惑，一度以爲自己弄錯了。

「你在生我的氣嗎？」她受傷地問。

「不是，只是……」

「什麼？」

「我不信任妳。」他本不想說得這麼坦白。

她幽幽一笑說道：「我總覺得今天的你不太像你，對不對，麥可？我們還是改天再見吧。」

她出其不意又迅速地上前親了一下他的臉頰，讓他來不及阻止，隨後挑逗地揮揮手指，便踩著高跟鞋走上坡去，見她那般堅決自信，他心想是否應該叫住她提出猛烈質問。但他想不出這麼做能有什麼收穫，於是轉而決定跟蹤她。

這樣很瘋狂，但他別無選擇，因此等她消失在坡頂另一頭，他隨即尾隨而去。他匆匆趕到十字路口，確信她不可能走遠，不料已全然不見她的蹤影，那個男人也一樣，他們就像被城市給吞噬了。路上空蕩蕩，只有前方稍遠處有一輛黑色BMW正在倒車進停車格，以及對面人行道上有一個留著山羊鬍、穿著舊式阿富汗羊皮大衣的男人，朝他的方向走來。

他們跑哪去了？這裡又沒有小巷弄能溜進去。難道是進哪家店去了？他繼續朝托凱．柯努松街走去，一面左看右看。什麼也沒有。他經過了以前他和愛莉卡最喜歡去的「薩米爾之鍋」，現在已改爲一間名叫「塔布里」的黎巴嫩餐廳。他們有可能到裡面去了。

但是他不明白她怎麼有時間走到這裡，他幾乎是緊跟在她後面。她到底在哪裡？會不會正和那個男人站在附近某個地方看著他？他有兩度倏地轉過身去，深信他們就在後面，還有一次心頭猛然一驚，覺得有人用望遠鏡在看他而全身發冷。

當他終於死心而漫步回家時，感覺彷彿逃過一場大危難。他也不知道這感覺有多接近眞相，但確實心怦怦跳得厲害，還口乾舌燥。他不是個容易害怕的人，誰知今晚竟被一條空蕩的街道嚇壞了。

他唯一想通的一件事就是該找誰談。他得連絡潘格蘭，莎蘭德昔日的監護人，不過在此之前他要先盡盡國民的義務。假如那個男人眞是他在鮑德的監視器畫面上看到的人，如今又可能有機會找到他，哪怕機會微乎其微，他都應該通報警方。於是他打了電話給包柏藍斯基。

要說服這位督察長可眞不簡單，起初他要說服自己也同樣不容易。然而不管近幾年來他讓現實起了多大變化，終究仍殘留了一些可以倚賴的誠信度。包柏藍斯基說他會派出一組人。

「他怎麼會出現在你住的那一帶？」

「我不知道，但試試能不能找到他總是無妨吧？」

「應該是。」

「那就祝你們大大好運了。」

「鮑德的孩子還不知道人在哪裡，眞夠讓人不滿的。」包柏藍斯基譴責地說。

「你們單位裡有內鬼也眞夠讓人不滿的。」布隆維斯特說。

「我們的內鬼已經找到了。」

「是嗎？那太好了。」

「恐怕也沒那麼好。我們認爲外洩的管道有好幾個，除了最後一個以外，其餘造成的損害多半很小。」

「那你們一定要加以阻止啊。」

「我們正在竭盡全力，只是我們開始懷疑……」他說到這裡忽然打住。

「什麼？」

「沒什麼。」

「好吧，你不用告訴我。」

「我們生活在一個生病的世界啊，麥可。」

「是嗎？」

「活在這個世界裡，必須得疑神疑鬼。」

「你說得也許沒錯。晚安了，督察長。」

「晚安，麥可。你可別做什麼傻事。」

「我盡量。」

布隆維斯特穿過環城大道後走進地鐵站。他搭紅線往諾爾博方向，在利里葉島站下車，潘格蘭是在大約一年前搬到這附近的一間現代化小公寓。在電話上聽到布隆維斯特的聲音時，潘格蘭顯得憂慮不安，全顧不得客套問候什麼的，直到確定莎蘭德安然無恙才放心——布隆維斯特暗暗希望自己沒有說錯。

潘格蘭是早已退休的律師，曾擔任莎蘭德的監護人多年，就是從這女孩十三歲被關進烏普沙拉的聖史蒂芬精神病院開始。他已經上了年紀，身體狀況也不好，曾兩度中風，目前使用固定式助行器已有一段時間，但依然行動不便。他的左臉頰下垂，左手也不能動，不過心思清明，長期記憶極佳——尤其是關於莎蘭德的記憶。

沒有人像他這麼了解莎蘭德。那許多精神科醫師和心理學家都未能做到，又或者是不想做到的事，潘格蘭做到了。經歷過地獄般的童年之後，這個女孩對所有大人和所有機關單位都失去信心，卻唯獨潘格蘭贏得她的信任，並說服她敞開心扉。在布隆維斯特看來，這是個小小奇蹟。莎蘭德是每個治療師的夢魘，但她把自己童年最痛苦的部分告訴了潘格蘭。正因如此，布隆維斯特此時才會出現在利里葉島廣場道九十六號門口鍵入大門密碼，搭電梯上六樓按了門鈴。

「親愛的老朋友，」潘格蘭在門口說道：「能見到你眞是太好了。不過你臉色好蒼白。」

「我一直沒睡好。」

「被人開槍射擊，難免的。我看到報紙的報導了，眞是可怕。」

「駭人聽聞。」

「事情有何進展嗎？」

「我會一五一十地告訴你。」布隆維斯特說道。他坐在背向陽台的黃色沙發上，等著潘格蘭艱辛地坐定在他旁邊的輪椅上。

布隆維斯特將整件事的梗概大略說了一遍。當他說到在貝爾曼路上突發的靈感或懷疑時，潘格蘭打斷了他：

「你想說什麼？」

「我覺得是卡蜜拉。」

潘格蘭一臉愕然。「**那個**卡蜜拉？」

「就是她。」

「天哪，」潘格蘭說：「後來呢？」

「她消失了。不過事後我覺得自己好像發瘋了。」

「我完全可以理解。我本來也很確定卡蜜拉已經從人世間消失。」

「而且我幾乎忘記她還有個姊妹。」

「她們是姊妹沒錯，差不多可以說是互相憎恨的雙胞胎姊妹。」

「這我記得，」布隆維斯特說：「但我需要你把你知道的全告訴我，以填補我所知道的故事當中的一些空白。我不斷自問：莎蘭德到底爲什麼會捲進這件事。像她這樣的超級駭客怎會對一個小小的資安漏洞感興趣？」

「嗯，你知道她的背景對吧？她母親安奈妲．莎蘭德在Konsum超市辛肯店當收銀員，和一對雙胞胎女兒住在倫達路。她們或許曾有過相當快樂的生活。她們沒什麼錢，安奈妲非常年輕，也沒有機會受教育，但她很有愛心、很會照顧人。她想給女兒好的教養，只不過……」

「那個父親找上門了。」

「對，那個父親，亞力山大．札拉千科。他偶爾會來，而每次來的結果都一樣。他會毆打並強暴安奈妲，而兩個女兒就坐在隔壁房間聽得清清楚楚。有一天，莉絲發現母親倒在地上昏迷不醒。」

「那是她第一次報復嗎？」

「那是第二次。第一次她在札拉千科的肩膀上刺了幾刀。」

「但這次她往他的車上丟汽油彈。」

「對，札拉千科整個人都著火了，莉絲也被關進聖史蒂芬精神病院。」

「而她母親則被送到阿普灣療養院。」

「對莉絲而言，那是最令她痛苦的部分。她母親當時才二十九歲，卻從此精神失常。她在療養院存活了十四年，大腦嚴重受損，吃盡苦頭。通常她根本無法與人溝通。莉絲一有空就會去看她，我知道她夢想著母親有一天會康復，她們又能再次交談、彼此照顧。但這夢想始終沒有實現。那可以說是莉絲人生中最黑暗的角落。她就眼睜睜看著母親逐漸衰弱直到死去。」

「眞可怕。不過我一直不了解卡蜜拉扮演的角色。」

「那比較複雜，從某些方面看，我覺得我們得原諒那個女孩。她畢竟也只是個孩子，早在她還懵懂無知的時候就已經是遊戲裡的一顆棋子。」

「怎麼說呢？」

「你可以說她們倆選擇了不同陣營。沒錯，她姊妹二人是異卵雙胞胎，外表長得不像，但個性也南轅北轍。莉絲先出生，卡蜜拉晚她二十分鐘，即使小小年紀就看得出她是個美人胚子。她不像莉絲老是一臉怒容，凡是看到她的人都會驚呼：『哇，好可愛的女孩！』所以札拉千科從一開始就對她比較容忍，這絕非巧合。我之所以說容忍是因爲最初那幾年，他絕不可能有更和善的態度。安奈妲在他眼裡就是個妓女，她的孩子自然也是雜種，不配得到他的愛，只是兩個礙事的小畜生。不料……」

「怎麼樣？」

「不料就連札拉千科也注意到其中一個孩子很美。有時候莉絲會說她的家族有一種基因缺陷，雖然這個說法不一定經得起醫學上的檢驗，但不能否認的是札拉的幾個孩子都很特殊。你見過她們同父異母的哥哥羅納德．尼德曼，對吧？他一頭金髮、身形魁梧，還患有先天性痛覺缺失，也就是對疼痛無感，所以是個理想的職業殺手。至於卡蜜拉嘛……她的異常基因純粹就在於她美得驚人、美得荒唐，而且年紀愈大愈糟。我說愈糟是因爲我很確定這是不幸的事。加上她的雙胞胎姊姊老是板著臉，或許更加大了她美貌的影響。大人看到姊姊往往會皺眉，但一看見卡蜜拉，就立刻滿面春風、暈頭轉向。你能想像那對她造成的影響嗎？」

「被忽略的心情一定很難受。」

「我說的不是莉絲，我也不記得她曾對這種情況表現出任何怨懟。如果只是美貌的問題，她很可能覺得妹妹怎麼漂亮都無所謂。但不是，我說的是卡蜜拉。當一個不太有同理心的孩子成天被讚美說她有多美，你能想像這對她有何影響嗎？」

「她會很驕傲。」

「這給她一種權力感。當她微笑，我們就融化。當她不笑，我們會覺得被排斥，也就會不擇手段想讓她重展笑顏。卡蜜拉很早就學會利用這一點，後來更是得心應手，成了操控女王。她有一雙像鹿一樣、會說話的大眼睛。」

「現在依然還是。」

「莉絲跟我說卡蜜拉會在鏡子前坐上幾個小時，練習臉上的表情。她的眼睛是一件可怕又厲害的武器，既能魅惑人也能排擠人，無論大人小孩都可能在某一天覺得自己很特別，第二天又覺得被拋棄了。這是個邪惡的天賦，你應該猜得到，她很快就成了學校裡的風雲人物。每個人都想跟她在一起，而她也會竭盡所能地利用這一點。她會想辦法讓同學每天都送她小禮物，例如彈珠、糖果、零錢、珍珠、胸針等等。沒送的人，或是大致而言不合她意的人，第二天她看都不會看一眼。只要曾經蒙她笑臉相迎，都知道這種感覺多痛苦，所以同學們會想方設法討好她、奉承她。當然了，只有一人例外。」

「她姊姊。」

「對了，所以卡蜜拉鼓動眾人排擠莉絲，她受到一些嚴重的霸凌，他們會把莉絲的頭按進馬桶，罵她怪胎、變態，諸如此類。直到有一天，他們才知道自己惹上了什麼樣的人。不過那是另一回事，你很清楚。」

「莉絲沒有忍氣吞聲。」

「的確沒有。但從心理學觀點來看，這件事有趣的地方在於卡蜜拉很早就知道如何馴服並操控周遭的人。她學會了控制每一個人，偏偏只有她生命中兩個重要的人例外，就是莉絲和她父親，這激怒了她，也讓她投注了大量精力以求獲勝，因爲對付這兩人所需的策略完全不同。她始終沒能拉攏莉絲，我想她應該很快就放棄了。在她眼中，莉絲根本就是個怪人，就是個脾氣暴躁、難以駕馭的女孩。反觀她父親……」

「他可是壞到骨子裡去了。」

「他是壞，但他也是家庭的重心。雖然他難得在家，但家裡一切都圍著他轉。他是個缺席的父親，在一個正常的家庭裡，這樣的人可能會在孩子心裡建立起一種半神秘的地位，但在他們家卻遠遠不只如此。」

「這又怎麼說？」

「我的意思是卡蜜拉和札拉千科應該是個不幸的組合。卡蜜拉自己恐怕也沒意會到，其實她只對一樣東西感興趣，即便在當時也一樣，那就是權力。而她的父親呢，你可以用很多話來形容他，但他就是不缺權力。這點有很多人能作證，特別是國安局那群無恥的傢伙。不管他們有多努力想要表現出強硬態度，每當一和他面對面，總還是像一群受驚嚇的綿羊似的縮在一起。札拉千科有一種醜陋卻堂而皇之的自信，加上誰都碰他不得，於是他更加自大。無論他被投訴到社會福利局幾次都無所謂，秘密警察總會保護他。就是這樣莉絲才會決定自己來解決。可是卡蜜拉完全是另一回事。」

「她想要像父親。」

「對，應該是。父親是她追求的目標——她希望能同樣享受那種豁免與力量的光環。不過最主要的，她或許是希望得到他的認可，希望他認爲她配當他的女兒。」

「卡蜜拉一定知道他是怎麼虐待她母親的吧。」

「當然知道，但她還是站在父親那邊。她可以說是選擇了力量與權力的一方。她好像從小就常說她看不起弱者。」

「你覺得她會不會是看不起她母親？」

「很不幸，我想你說對了。莉絲跟我說過一件事，我一直忘不了。」

「什麼事？」

「我從來沒告訴過任何人。」

「該是說出來的時候了嗎？」

「也許吧，但在說之前我需要一點烈酒。來點上乘的白蘭地如何？」

「這主意不錯，不過你待著，我去拿杯子和酒。」布隆維斯特說著走向廚房門邊角落裡的桃花心木酒架。

正忙著搜尋酒瓶時，他的iPhone響了，是安德雷，總之螢幕上顯示的是他的名字。但布隆維斯特接起時卻無人出聲，他心想大概是不小心按到了。他倒了兩杯「人頭馬」之後，重新坐回潘格蘭身邊。

「好了，說吧。」他說。

「眞不知道該從何說起。總之據我所知，在某個晴朗夏日，卡蜜拉和莉絲坐在房間裡，房門上了鎖。」

# 第二十三章

十一月二十三日晚上

奧格斯的身體再度繃緊。他已經想不出答案，數字實在太大，他沒有拿起鉛筆，而是緊緊握住拳頭直到手背泛白。他用頭重重撞擊桌面。

莎蘭德本應試著安撫他，或至少防止他傷害自己，只是她並沒有清楚意識到周遭發生了什麼事，一門心思都在那個加密檔案上。她明白了這條路也已經走不下去，這其實不令人訝異，超級電腦都做不到的事，奧格斯怎麼可能做到？她的期望從一開始就高得荒謬，他能做到這個地步已經夠了不起。不過她還是悵然若失。

她走到漆黑的屋外眺望四周光禿、充滿野性的景致。在陡峭的岩坡底下鋪展著海灘和一片覆蓋著白雪的田野，當中有個空無一人的亭子。

在美好的夏日裡，這地方應該到處都是人。如今卻空空蕩蕩。船都拉上岸來了，沒有一點生氣，對岸的房子也沒有亮燈。莎蘭德喜歡這裡，至少在十一月底當成藏身處她是喜歡的。

若有人開車前來，不太可能聽得到引擎聲。因爲唯一能停車的地方在下方海灘旁，而要到屋子來就得爬上陡峭岩坡的木梯。在夜幕的掩護下，也許有人能成功偷襲。但今晚她還是要睡覺，她需要睡眠。傷口依然發疼，也許正因如此她才會把希望寄託在奧格斯身上，儘管可能性極小。然而當她回到屋裡，卻發覺除此之外還有一個原因。

「平常莉絲不是一個會費心去注意天氣的人，」潘格蘭說：「她只會全心放在當下專注的焦點，阻絕一切她認爲不重要的事物。但這一次她竟然提到陽光照耀在倫達路和希拿維克公園，可以聽到孩童的笑聲，在窗子另一邊的人都很快樂——或許這才是她想說的。她想指出兩邊的強烈對比。一般人正在吃冰淇淋、放風箏、玩球，卡蜜拉和莉絲卻坐在上了鎖的臥室裡，還能聽見父親凌虐母親的聲音。我認爲這就在莉絲向札拉千科報復前不久，但事情發生的順序我不是很確定。強暴的次數太多，而且都是循相同模式。札拉會在下午或晚上出現，整個人醉醺醺。有時候他會撥撥卡蜜拉的頭髮，說『這麼美麗的小女生怎麼會有那麼討人厭的姊姊？』之類的話。然後就把女兒鎖進房間，自己又到廚房繼續喝酒。他喝的是純伏特加，一開始他往往是安靜地坐著，像隻飢餓的野獸一樣咂嘴唇。接著會嘟噥幾句類似『我的小騷貨今天怎麼樣啊？』的話，聽起來幾乎是充滿感情。可是安奈妲就是會做錯事，或者應該說札拉千科會認定她做錯事，於是第一拳就來了，通常還會接著一個巴掌，並說：『我還以爲我的小騷貨今天會乖乖的。』然後就把她推進臥室毆打。不一會搧耳光就變成揮拳，莉絲可以從聲音聽得出來，她可以清楚分辨是哪種打法，打的又是什麼部位。那種感覺清晰得就好像她自己是暴行的受害者。拳打之後便是腳踢。札拉踢她母親，把她推去撞牆，一面嚷著『賤人』『婊子』『騷貨』，這會讓他亢奮，她的痛苦給他帶來了快感。直到安奈妲全身瘀青流血，他才強暴她，達到高潮時還會罵出更難聽的話來。然後會安靜一陣子，只聽到安奈妲的哽咽啜泣和札拉粗粗的呼吸聲。之後等他醒來又會再喝酒，再嘟囔、咒罵、往地上吐口水。有時候他會打開孩子的房門，說些『媽咪現在又乖乖的了』之類的話，接著甩門離開。這是平常的模式。但就在這一天出現了新狀況。」

「什麼狀況？」

「兩個女孩的臥室很小，不管她們多想盡量遠離對方，床還是靠得很近，父親施虐之際，她們通常就坐在自己的床上，面向彼此。她們幾乎都不說話，而且多半會迴避眼神的接觸。這一天，莉絲盯著窗外的倫達路──八成是因爲這樣她才會提到外面的陽光和孩童。但接著當她將目光轉向妹妹，她看到了。」

「看到什麼？」

「卡蜜拉的右手在拍打床墊，這有可能是緊張或不由自主的行爲，莉絲起先也這麼想。但後來她發現手拍打的節奏是配合隔壁房間的毆打聲，她隨即抬起頭看卡蜜拉的臉，只見妹妹的雙眼興奮得發光，而最詭異的事情是：卡蜜拉簡直就像札拉的化身，而且面帶微笑。她在壓抑得意的笑容，就在那一刻莉絲領悟到卡蜜拉不只是想討父親歡心，還全力支持他的暴力。她是在激勵父親。」

「眞變態。」

「但事實便是如此。你知道莉絲怎麼做嗎？她非常鎭定地坐到卡蜜拉身邊，近乎溫柔地拉起她的手。或許卡蜜拉以爲姊姊想尋求一些安慰或親密感，不料更奇怪的事情發生了。莉絲捲起妹妹的衣袖，將指甲深深戳進卡蜜拉的手腕，戳出一個可怕的傷口，血流如注把床都弄髒了。莉絲把卡蜜拉拖下床重重摔在地上，誓言說要是毆打和強暴不停止，她會把妹妹和父親都殺了。」

「天哪！」

「你可以想像這對姊妹間的恨意。安奈妲和社福局的人實在很擔心會發生更嚴重的事，便將她們倆分開。有一段時間，他們爲卡蜜拉安排了另一個家，但遲早她們應該還是會再次起衝突。結果你也知道，事情的發展並非如此。我認爲莉絲被關起來以後，她們姊妹倆只見過一次面——那是在數年後，當時險些發生一場災難，但細節我一無所知。我已經好久沒聽說卡蜜拉的消息。最後與她有連繫的是她在烏普沙拉的寄養家庭，他們姓達格連，我可以把電話給你。不過自從卡蜜拉十八或十九歲那年，收拾行李離開瑞典後，就再也杳無音信。所以當你說你遇見她，我眞的很驚訝。就連以追蹤人出了名的莉絲也一直找不到她。」

「這麼說她**試過**囉？」

「是啊。據我所知，最後一次是在分配父親遺產的時候。」

「我都不知道。」

「莉絲只是順口提起。那份遺囑她一分錢也不想要，對她來說那是血腥錢，但她看得出來有些怪異處。遺產總共價値四百萬克朗，包括：哥塞柏加的農場、一些有價證券與諾塔耶一處荒廢的工業用地、位於某地的一間度假小屋，還有其他林林總總的零碎資產。當然已經很可觀了，可是……」

「應該還有更多。」

「對，莉絲知道他經營了一個龐大的犯罪帝國，照此看來，四百萬應該只是零頭。」

「所以你是說她懷疑卡蜜拉繼承了絕大部分。」

「我想她是試著想查證。一想到父親死後，他的財富還繼續作惡，就讓她痛苦萬分。不過她毫無所獲。」

「卡蜜拉顯然把新身分隱藏得很嚴實。」

「我想也是。」

「你有什麼理由認爲卡蜜拉可能接手了父親的毒品生意嗎？」

「也許有，也許沒有。她有可能開創了截然不同的事業。」

「比方說？」

潘格蘭闔上眼睛，喝了一大口白蘭地。

「麥可，這我並不確定，可是當你跟我說到鮑德教授，我有了一個想法。你知不知道爲什麼莉絲在電腦方面這麼厲害？你知道這一切是怎麼開始的嗎？」

「不知道。」

「那我來告訴你。我想過或許你說的這件事的關鍵就在這裡。」

當莎蘭德從露台進屋，看見奧格斯以僵硬而不自然的姿勢蜷縮在圓桌旁，她才發覺這個孩子讓她想起小時候的自己。

她在倫達路時就是這種感覺，直到有一天她清楚意識到自己不得不早早長大，找父親報仇。這種重擔不是任何一個孩子應該承擔的，但至少能從此開始眞正地生活、更有尊嚴地生活。不能讓任何一個像札拉千科一樣的混蛋做了壞事不受懲罰。於是她走到奧格斯身邊，像在下達重要命令般表情肅然地說：「你現在上床睡覺。睡醒以後，我要你畫畫，好抓到殺死你爸爸的凶手。你懂嗎?」男孩點點頭,拖著腳步走進房間,莎蘭德則打開筆電,開始搜尋關於衛斯曼和他的朋友圈。

「我想札拉千科本身應該不太會用電腦,」潘格蘭說:「他不屬於那個世代。但或許因爲黑心事業擴展到了一定程度,不得不用電腦程式記帳,而且不讓同謀發現。有一天他拿了一部IBM來到倫達路,安裝在窗邊的書桌上。在此之前,家裡沒有人看過電腦。札拉千科發了重話,說要是有人敢碰這台機器,他就活剝了她的皮。純粹就心理層面而言,這話也許起了作用:誘惑變得更大。」

「就像禁果。」

「當時莉絲大約十一歲,還沒有戳傷卡蜜拉的右手,也還沒有帶著刀和汽油彈去找父親。可以說是在她變成我們現在所認識的莉絲之前不久。她缺乏刺激,沒有朋友可以說話,這有一部分是因爲卡蜜拉設法禁止學校同學接近她,但也有一部分是因爲她確實與衆不同。我不知道她自己當時是否已經發覺,至少老師和她身旁的人都沒有發現,其實她是個天賦異秉的小孩,光是她的天資就已經不同於他人。學校對她來說,無聊至極,所有課程都是一目了然又簡單。她只須很快瞄上一眼就懂了,所以上課時她總是坐著發呆。不過我相信那個時候她已經利用空閒找到自己感興趣的東西,例如進階數學書籍等等。但基本上她還是無聊得要命。她很多時間都用來看漫畫,這雖然遠遠及不上她的智力程度,卻可能具有另一種治療功能。」

「此話怎講?」

「老實說,我一直都不想以精神科醫生的角度分析莉絲,她要是聽到會很厭惡。不過那些漫畫裡充斥著對抗大壞蛋的超級英雄，他們靠著自己的力量報仇雪恨、主持正義。我想這或許是完美的讀物，也許是那些故事裡黑白分明的世界觀幫助她想通了一些事情。」

「你是說她明白了自己必須長大，變成一個超級英雄。」

「在某些方面，可能是吧，至少在她的小世界裡。那時候她不知道札拉千科是蘇聯間諜，而他那些秘密讓他在瑞典社會取得特殊身分，她更不可能知道國安局裡有個特別小組在保護他。但她跟卡蜜拉一樣，也感覺到父親享有某種豁免權。有一天，公寓來了一個穿灰大衣的男人，暗示說她們的父親不能受到任何傷害。莉絲很早就領悟到向警方或社福機關舉發札拉千科沒有用，結果只引得另一個穿灰大衣的男人出現在她們家門口。

「麥可，無力感有可能成爲毀滅的力量，在莉絲長到一定年紀，可以做點什麼之前，她需要一個強有力的避風港，而她在超級英雄的世界裡找到了。我比大多數人都了解文學的重要性，無論是漫畫或細膩的舊小說都一樣，而且我知道莉絲對一個名叫珍妮特．范．戴因的年輕女英雄情有獨鍾。」

「范．戴因？」

「對，這女孩的父親是個富有的科學家，如果我沒記錯的話，她父親遭外來物種殺害，珍妮特爲了報仇，去找了她父親一位老同事，並在他的實驗室裡獲得超能力。她後來變成黃蜂女，一個不任人擺布或欺負的人。」

「這我倒不知道。這麼說她網路上的代號就是這麼來的？」

「不只是網路代號。不用說也知道我對那種東西毫無所知，我根本是史前恐龍了，連魔術師曼德雷克和幻影俠①都搞不清楚。不過第一眼看到黃蜂女的圖片時，我心下一驚。她和莉絲有太多相似處。從某方面來說，現在也還是像。我想她的很多行事風格都是效法這個角色。我不想多作揣測，但我確實知道她對於珍妮特變成黃蜂女所產生的蛻變想了很多，也多少了解到自己必須經歷同樣的巨大改變：從幼小的受害者變成有能力反擊一個受過高度訓練又冷酷無情的情報員。

「這些念頭日日夜夜縈繞在她腦海，因此黃蜂女成了她過渡時期當中一個重要角色，一個靈感來源。這件事被卡蜜拉察覺了。這女孩有種超乎常人的能力，可以摸清他人的弱點——她會用她的觸角去探知別人的敏感點，然後一擊中的。於是她開始用盡各種方法嘲笑黃蜂女，甚至找出她在漫威世界裡的敵人，用來給自己取外號，例如薩諾斯等等。」

「你說薩諾斯？」布隆維斯特瞬間起了警覺。

「我想是這個名字沒錯，他是個毀滅者，曾經愛上死神。死神化為女身出現在他面前，後來他想要證明自己配得上她，諸如此類的。卡蜜拉成了薩諾斯迷，就為了挑釁莉絲，還把她那幫朋友稱為蜘蛛會——在那一系列漫畫中的某一冊裡，蜘蛛會是黃蜂姊妹會的死對頭。」

「真的嗎？」布隆維斯特問道，同時思緒飛快地轉著。

「真的，這或許很幼稚，卻不一定天真無邪。當時她們姊妹倆之間的敵意之深，甚至賦予了那些外號凶險的意義。」

「你認為這還有關係嗎？」

「你是說那些外號？」

「大概是吧。」

布隆維斯特也不知道自己想說什麼，只是隱約覺得意外有了重大發現。

「我不知道，」潘格蘭說：「她們現在已經長大成人了，但也不能忘記那是她們一生中的關鍵時刻，一切都起了變化。回頭想想，即使微小細節也很可能具有決定性的重大意義。不只是莉絲失去母親又被關起來，卡蜜拉的生活也是破碎不堪，她失去了家，崇拜的父親也嚴重燒傷。誠如你所知，汽油彈事件過後札拉千科就變了個人。卡蜜拉被安置到寄養家庭，遠離了那個曾經任憑她呼風喚雨的世界，她想必也是痛不欲生。我毫不懷疑從那時起，她就對莉絲恨之入骨。」

「看起來的確如此。」布隆維斯特說。

潘格蘭又啜飲一口白蘭地。「事實上，這對姊妹已經處於徹底的對戰狀態，而且我覺得她們倆都知道一切即將爆發，她們的人生將從此改變。她們甚至應該作了準備。」

「只是方式不同。」

「那可不。莉絲有顆聰明的腦袋，凶狠的計畫與策略時時刻刻在腦子裡運轉著。可是她是孤軍奮戰。卡蜜拉沒有那麼聰明，我是說以傳統的定義而言——她從來不是讀書的料，也無法理解抽象的推理——但她知道如何讓人對她言聽計從，因此和莉絲不同的是她從未落單過。即便卡蜜拉曾經發現莉絲有某種專長可能威脅到她，她也從來不會試著去學習同一技能，原因很簡單：她自知比不過姊姊。」

「那她會怎麼做？」

---

①魔術師（Mandrake the Magician）與幻影俠（Phantom）的作者同為Lee Falk（1911-1999），而魔術師曼德雷克被認為是第一個出現在報章上且廣為人知的超級英雄。

「她會去找到能做所有該做的事的某個人，如果不只一人更好，然後藉由他們的幫助給予反擊。她總有許多嘍囉。不好意思，我有點說遠了。」

「是啊，告訴我札拉千科的電腦怎麼樣了？」

「就像我說的，莉絲缺少刺激，而且她會徹夜醒著，擔心母親。安奈妲每回遭強暴後都流血不止，卻不肯去看醫生，很可能是感到羞恥。每隔一段時間她會陷入深度憂鬱，不再有力氣去工作或照顧兩個女兒。這讓卡蜜拉更加瞧不起她。『媽媽好弱。』她會這麼說。我剛才也說了，在她的世界裡，軟弱比什麼都差勁。至於莉絲看到的則是她愛的人——她唯一愛過的人——淪爲可怕的侵害行爲的犧牲者。在許多方面她都還是個孩子，但她也愈來愈堅信這世上只有她能拯救母親不被打死。於是某天晚上她下了床——當然是很小心，以免吵醒卡蜜拉——看見臨倫達路那扇窗旁邊的書桌上放的電腦。

「那時候她連怎麼開機都不會，可是她摸索出來了。電腦好像在輕聲呼喚她：『解開我的秘密吧。』第一次，她沒有太大進展。因爲需要密碼。既然父親被稱爲札拉（Zala），她便試了zala、zala666與類似組合，以及她所能想到的一切可能性。結果都不對。我相信她就這樣徒勞無功地試了兩、三個晚上，要是有睡覺，那就是在學校或是下午回家後。

「後來有一天晚上，她想起父親在廚房一張紙上用德文寫的東西——Was mich nicht umbringt, macht mich stärker。『凡殺不死我的，只會讓我更強大』。當時這句話對她毫無意義，但她發覺到它對父親很重要，便試了一下，但也沒有成功。字母太多了。所以她又試試此話的作者Nietzsche（尼采），結果中了，她一下就進入了。一整個世界在她眼前敞開。後來她形容自己從那一刻起便改頭換面。一旦突破那道障礙後，她開始成長茁壯。她探索了父親意圖隱藏的一切。」

「札拉千科始終不知道？」

「好像是，而一開始她什麼都看不懂，全部都是俄文。裡面有各式各樣的清單，以及一些數目，那是他毒品交易的收入帳目。直到今天我仍然不知道她當時了解多少，又有多少是後來才得知。她發現受父親凌虐的不只有母親一人，他也在摧毀其他女人的人生，這讓她怒火中燒。她就這樣變成了我們今天認識的莉絲，一個憎恨男人的人……」

「她恨的是憎恨女人的男人。」

「正是。但這也讓她變得堅強。她看出自己已經無法回頭，她必須阻止父親。她繼續在其他電腦上搜尋，包括在學校裡，她會偷偷溜進教職員辦公室，有時候則是佯稱要到不存在的朋友家過夜，事實上則是坐在學校的電腦前熬夜到天亮。她開始學習一切關於侵入電腦與設計程式的知識，我猜想那就跟其他天才兒童找到命定的安身之處一樣——她完全無法自拔，覺得自己是爲此而生。即使在當時，數據世界裡便有許多網友開始對她感興趣，就像老一輩的人總會找上有才華的年輕人，不管是爲了鼓勵或打壓。她的不按牌理出牌、她全新的手法激怒了網路上不少人，但也有人深感佩服，與她成了朋友，瘟疫就是其中之一，你知道他的。透過電腦莉絲第一次交到朋友，最重要的，這是她有生以來第一次覺得自由。她可以飛翔在虛擬空間，就像黃蜂一樣，沒有什麼可以束縛她。」

「卡蜜拉有沒有發覺她變得多厲害？」

「肯定有所懷疑吧，我不知道，我眞的不想多加揣測，不過有時候我會把卡蜜拉想成是莉絲的黑暗面，是她的黑影人。」

「邪惡雙胞胎妹妹。」

「有點像，但我不喜歡說人邪惡，尤其是年輕女子。如果你想深入挖掘，我建議你去找瑪格麗塔．達格連，就是卡蜜拉在倫達路那場浩劫後的養母。瑪格麗塔現在住在斯德哥爾摩，好像是在梭納市。她守了寡，生活十分悲慘。」

「怎麼說？」

「這個嘛，你可能也會有興趣知道。她丈夫薛勒本是愛立信的電腦工程師，在卡蜜拉離開他們之前不久上吊了。一年後，他們的十九歲女兒也從一艘芬蘭渡輪上跳海自盡，至少調查結果是這麼說的。那個女孩有情緒方面的問題，因爲自尊心太強，但瑪格麗塔始終不相信這套說詞，甚至還自己僱了私家偵探。瑪格麗塔滿腦子都是卡蜜拉，說起來很不好意思，她其實一直讓我有點傷腦筋。就在你發表了關於札拉千科的報導後，瑪格麗塔就和我連絡了。你也知道，當時我剛從復健中心出院，精神和肉體都繃到極點，瑪格麗塔卻說個沒完沒了，完全是病態的偏執。光是看到電話螢幕顯示她的號碼，我就覺得累，所以刻意躲避她。只是現在想想，我比較能理解她了。我想她會樂意和你談的，麥可。」

「你能給我她的詳細連絡方式嗎？」

「我去拿，你等一下。」片刻過後，潘格蘭回來說道：「所以你確定莉絲和那個男孩安全地躲在某個地方囉？」

「我確定。」布隆維斯特說。**至少我希望我是確定的**，他暗想道。接著他起身擁抱潘格蘭。

來到外頭的利里葉島廣場道，暴風雪再度迎面猛撲而來。他將外套裹緊了些，心裡想著莎蘭德和她妹妹，不知爲何也想到安德雷。

他決定再打個電話問問他那個畫商的報導寫得如何。然而安德雷始終沒接電話。

# 第二十四章

十一月二十三日晚上

安德雷打了電話給布隆維斯特，因為他改變心意了。他當然想出去喝杯啤酒，剛才怎麼就沒答應他的邀約呢？布隆維斯特是他的偶像，也是他進入新聞界的唯一原因。但是才撥完號碼又覺得難為情，便掛斷了。說不定布隆維斯特找到更有趣的事情做了。若非必要，安德雷不喜歡打擾別人，尤其是布隆維斯特。

因此他依然繼續工作。但無論怎麼努力，還是沒有進展。寫出來的字句就是不對，約莫一小時後他決定出去走走，便收拾好辦公桌並再次確認已刪除加密連線上的每個字，然後才向埃米道別，此時辦公室裡就只剩他們兩人。

埃米今年三十六歲，曾任職於ＴＶ４的新聞節目「真相告白」與《瑞典晨間郵報》，去年獲頒瑞典新聞大獎的年度最佳調查記者獎。不過儘管安德雷極力克制自己不這麼想，仍覺得埃米傲慢自大，至少對待他這種年輕的約聘人員是如此。

「我出去一下。」安德雷說。

埃米看他的眼神好像忘了說什麼似的，之後才用厭煩的口氣嘟囔一句：「好啦。」

安德雷覺得鬱悶，也許只是因為埃米高高在上的態度，但又似乎比較像是因為那篇有關畫商的文章。怎會這麼困難呢？可能是因為他現在只想幫布隆維斯特寫鮑德的新聞，便覺得其他一切都是次要。但他也很沒骨氣，不是嗎？為什麼不讓布隆維斯特看看他寫好的部分？

沒有人能像布隆維斯特一樣只要簡單加減幾筆，就能提升整篇報導的高度。算了，明天再用新的角度把報導看一遍，然後不管寫得多糟，還是拿給布隆維斯特看看。安德雷關上辦公室的門後走向電梯，卻看見底下的樓梯間似乎有些騷動。起先看不出是怎麼回事，接著才發現有個瘦巴巴、雙眼凹陷的傢伙正在欺負一名年輕貌美的女子。安德雷僵在原地——打從雙親在塞拉耶佛遇害後，他一直很厭惡暴力，討厭打架。但這次事關自尊。為了自己而逃跑是一回事，把另一個人留在危險境地又是另一回事，因此他一面跑下樓梯一面喊道：「住手，放開她！」

最初看來，這麼做似乎是個致命的錯誤，因為那個眼窩凹陷的男人拔出一把刀，用英語嘟囔了幾句威脅的話。安德雷幾乎都要腿軟了，但他好不容易鼓起最後的勇氣反嗆回去，就像B級片中的台詞：「喂，快滾！要不然你會後悔的。」虛張聲勢了幾秒鐘後，那人便夾著尾巴溜走了。樓梯間裡只剩安德雷和那名女子，這也很像電影畫面。

一開始女子全身發抖又害羞，說話聲音小到安德雷必須靠近些才聽得見，過了好一會才弄明白是怎麼回事。女子說自己一直過著有如地獄般的婚姻生活，如今雖然離了婚、身分資料受到保護，前夫卻還是找到她，並派手下前來騷擾。

「那個噁心的男人今天已經糾纏我兩次了。」她說。

「妳怎麼會在這裡？」

「我想擺脫他才會跑進來，結果沒有用。實在太感謝你了。」

「沒什麼。」

「我眞是受夠了猥褻的男人。」她說。

「我是個好男人。」這話或許說得太快了些，他自己都覺得可悲，因此看見女子只是尷尬地低頭看著樓梯沒有應聲，他一點也不意外。

他對自己這麼低俗的回答感到羞愧，但就在他自以爲遭拒時，女子卻抬起頭來，小心地對他淺淺一笑。

「你可能眞的是吧。我叫琳達。」

「我叫安德雷。」

「很高興認識你，安德雷，也再次謝謝你。」

「我也謝謝妳。」

「爲什麼？」

「因爲……」

他沒有把話說完，只覺得心跳怦然，口乾舌燥，不由得低頭看著樓梯。

「怎麼了，安德雷？」她問道。

「要不要我陪妳走回家？」

他也後悔說了這句話。

他擔心被誤會。沒想到她再一次露出那種迷人、遲疑的微笑，並說有他在身邊會感到安全，於是他們一起來到馬路上，朝斯魯森走去。她說自己住在耶秀姆的一棟大宅，一直以來的生活都像在坐牢。他說他明白，因爲他寫過一系列關於受暴婦女的文章。

「你是記者嗎？」她問道。

「我在《千禧年》工作。」

「哇，」她說：「眞的嗎？我可是這本雜誌的頭號粉絲。」

「我們做了很多好事。」他不好意思地說。

「這是眞的。」她說：「不久之前我讀到一篇很棒的文章，是關於一個伊拉克人，他本來在城裡某家餐廳當洗碗工，在戰爭中受傷後就被解僱了，落得貧困潦倒。如今他卻成了大型連鎖餐廳的老闆。我看得感動落淚，文章寫得太美了，也很發人深省。」

「那是我寫的。」他說。

「你不是開玩笑吧？眞的寫得太棒了。」她說。

很少有人讚美安德雷在新聞報導方面的努力，更不用說是出自陌生妙齡女子之口。每當提起《千禧年》，大家想談的都是布隆維斯特，對此安德雷並無異議。只是他私心也夢想著能得到認可，如今這位美麗的琳達就在不知情的狀況下稱讚了他。

他實在太高興、太自豪了，便鼓足勇氣提議到他們剛剛經過的「帕帕格羅」喝一杯，更令他欣喜的是她回說：「好棒的主意！」於是他們一起走進餐廳。安德雷的心怦怦跳個不停，他盡可能不去接觸她的目光。

那雙眼睛讓他整個人飄飄然，他簡直不敢相信這種事眞的發生了。他們挑了一個離吧台不遠的桌位坐下，琳達試探性地伸出一隻手。他拉起她的手時微微一笑，嘟嘟噥噥說了幾句，卻幾乎是不知所云。

他低頭看一眼手機，是埃米來電。連他自己都想不到，他竟然視而不見，還把手機關成靜音。這一次，雜誌社的事得等等了。他只想凝視著琳達的臉龐，沉醉其中。她的美有如狠狠揮來的一記猛拳，但她又顯得那麼弱不禁風，像隻受傷的小鳥。

「我眞想不到怎會有人想傷害妳。」他說。

「這種事常常發生。」

也許他終究還是可以理解。像她這樣的女人應該很容易招惹一些精神不正常的人，否則一般人是不敢約她的。多數男人看到她都會畏縮自卑。

「能跟妳一起坐在這裡眞好。」他說。

「能跟**你**一起坐在這裡才好呢。」她反駁道，一面輕輕撫摸他的手。他們各點一杯紅酒後便聊開了，有太多話要說，他甚至沒注意到口袋裡的手機在振動，而且不是一次，是兩次，這也是他有生以來頭一次漏接了布隆維斯特的電話。

不久之後，她牽起他的手帶他走入夜色中。他沒有問要上哪去，反正已打定主意要隨她到任何地方。他從未有過如此美好的遭遇，當她偶爾回眸一笑，每塊鋪路石、每個氣息都彷彿在在向他保證：有一件難以抗拒的美好事情發生了。**你活了一輩子，爲的就是享受一次這樣的散步**，他暗想著，對於四周的寒冷與市景幾乎無感。

他深深陶醉於她的陪伴以及期待後續的發展，但或許——他不敢肯定——這當中也有一絲疑慮。起初他揮走這些念頭，知道自己習慣對任何形式的快樂抱持懷疑。但仍忍不住自問：**眞會有這麼好的事嗎？**

他換一個角度細細端詳了一下琳達，發覺她也有不那麼迷人的地方。當他們走過卡塔莉娜大電梯①，他甚至覺得在她眼中看見近似無情的眼神。他憂慮地俯視波浪起伏的海水，問道：

「我們要上哪去？」

「我有個朋友在默坦．特羅齊巷有一間小公寓，」她說：「有時候會借我用。我們可以再到那裡去喝一杯。」他聽了露出微笑，好像有史以來第一次聽到這麼棒的主意。

其實他愈來愈感到困惑。片刻之前還是他在照顧她，現在卻變成她採取主動。他很快瞄一眼手機，知道布隆維斯特打過兩次電話來，覺得一定要馬上回電。無論如何，他不能放棄雜誌社。

「我也很想，」他說：「不過我得先打個電話。我現在還在寫一篇報導。」

「不行，安德雷。」她的口氣異常強硬。「你不能打電話給任何人。今晚只屬於你和我。」

他們來到亞恩廣場。儘管風雪大作，四下還是有不少人走動，琳達直盯著地面，似乎不想引人注目。他往右看向東長街與埃弗特．陶布②的雕像。這位吟唱者動也不動地站在那兒，右手拿著一張樂譜，戴著墨鏡的雙眼仰望天空。是否應該提議隔天再約她見面呢？

「也許……」他開口道。

但沒能再說下去，因爲她將他拉過去吻了他，那力道之猛掏空了他的心思。隨後她重新加快腳步往前走。她拉著他的手左轉上西長街，然後馬上進入一條黑暗巷弄。有人跟在他們後面

---

①斯德哥爾摩市斯魯森區連接索德毛姆區的快速通道，最早興建於一八八一年，但基於安全考量已在二〇一〇年關閉。

②Evert Taube（1890-1976），瑞典作家、吟遊詩人，他的作品在北歐廣受喜愛與流傳。

嗎？不，沒有，他能聽到的腳步聲與說話聲都是從較遠處傳來。現在只有他和琳達，對吧？他們經過一扇掩著黑色窗板的紅框窗戶，來到一道灰色門前，琳達費了一番工夫才打開。她手中的鑰匙抖個不停，他看了有些納悶，難道她還在擔心前夫和他的打手？

他們爬上陰暗石階，腳步聲發出回音，並隱約聞到類似腐敗發臭的味道。經過四樓後，他在一級階梯上看見一張撲克牌，是黑桃皇后，他心下不喜，卻不明白為什麼，八成是某種荒謬的迷信吧。他試著將它拋到腦後，只想著這是多麼美好的邂逅。琳達大口喘著氣，右手握得緊緊的。巷子裡響起一個男人的笑聲。肯定不是在笑他吧？他整個人心浮氣躁。可是他們就這麼不斷爬呀爬，好像永無盡頭。這棟屋子真有這麼高嗎？沒有，他們已經到了。她朋友住在頂樓公寓。

門牌上的姓名是奧羅夫，琳達再次拿出那一大串鑰匙。這次她的手不抖了。

布隆維斯特此時坐在梭納市普羅思路上的一棟公寓裡，屋內擺設著舊式家具，屋外緊鄰一大片墓地。果然不出潘格蘭所料，瑪格麗塔·達格連一口就答應見他，儘管在電話上聽起來有些癲狂，本人卻是個氣質優雅的六旬婦人。她穿了一件淡黃褐色套頭毛衣，黑色長褲燙得筆挺。也許是特地作了打扮。她穿著高跟鞋，若非眼神透著浮躁，他會以為她是個無論發生什麼事都能平心靜氣的女人。

「你想問卡蜜拉的事。」她說。

「特別是她近年來的生活——如果妳知道的話。」他說。

「我還記得她剛來的時候，」她好像沒聽到他的話。「我先生薛勒認為這樣既能對社會有所貢獻，也能為我們的小家庭添點人氣。因為我們只有一個孩子，我們可憐的莫娃。當時她十四歲，很孤單，我們以為收養一個和她年齡差不多的女孩，對她應該有好處。」

「妳知道莎蘭德家的事嗎？」

「不知道所有細節，只知道是衝擊很大的可怕悲劇，母親有病，父親又被嚴重燒傷。我們深感同情，本以為會看到一個身心俱疲、需要大量關照與愛的女孩，可是你知道來了什麼樣的人嗎？」

「請說。」

「那是我們這輩子所見過最最可愛的女孩，不只漂亮而已，天哪，你眞該聽聽她說話，那麼聰明又成熟，聽她敘述她那個患有精神疾病的姊姊如何恐嚇家人，讓人心都碎了。沒錯，我現在當然知道那些話有多麼悖離事實，但當時怎麼可能懷疑她呢？她眼神堅定炯炯發亮，當我們說：『可憐的孩子，太可怕了。』她回答說：『是很辛苦，但我還是愛姊姊的，她只是生病了，現在正在接受治療。』這話聽起來多成熟、多為人著想，有一段時間感覺上幾乎像是她在照顧我們。我們全家都開朗起來，就好像生活中出現了魔法，把一切變得更大更美，我們都很快活，尤其是莫娃更加快活。她開始注重自己的外表，在學校裡的人緣也很快就變好了。那個時候，我願意為卡蜜拉做任何事。至於我丈夫薛勒，該怎麼說呢？他整個人煥然一新，隨時都面帶微笑或開懷大笑，我們也重新享受起魚水之歡，請原諒我說得直接。也許早在那個時候就應該開始擔心了，我卻覺得家裡的一切終於步上正軌，有好一陣子我們都很快樂，就像每個遇見卡蜜拉的人，一開始也都很快樂。然而……和她相處一段時間後，你就再也不想活了。」

「有那麼糟嗎？」

「太可怕了。」

「發生了什麼事？」

「毒害開始在我們之間蔓延。卡蜜拉慢慢地掌控了我們全家。現在回頭去想，很難準確說出歡樂何時結束、噩夢何時開始，事情是在不知不覺中逐漸發生，直到有一天醒來才發覺我們的信任、我們的安全感、我們共同生活的基礎，這一切都毀了。莫娃的自信瞬間跌到谷底，她夜裡睡不著，整晚哭著說自己又醜又討人厭，活著也沒用。直到後來我們才發現她帳戶裡的錢被提領一空。我到現在還是不知道怎麼會這樣，但我相信卡蜜拉敲詐過她。敲詐對她來說，就像呼吸一樣自然。她會蒐集有礙別人聲譽的資料。有好長一段時間我都以為她在寫日記，誰知原來是在記錄她所蒐集到關於身邊衆人的醜事。而薛勒……那個混帳東西……你知道嗎？他跟我說他睡不好覺，需要一個人睡到地下室的客房，我相信他了，沒想到那只是他想和卡蜜拉在一起的藉口。從十六歲起，卡蜜拉就會在晚上偷偷溜到那裡，和他發生變態的性關係。我會說變態是因為當我問薛勒胸口的刀傷是怎麼來的，這才得知了原因。當然了，當下他什麼也沒說，只是用一些難以令人信服的理由搪塞，勉強壓制我的疑心。不過你知道他們做了什麼嗎？到最後薛勒坦白說了：卡蜜拉把他綁起來，用刀割他。他說她樂在其中。有時候我甚至希望這是眞的，聽起來也許很奇怪，但我是希望她確實覺得享受，而不只是想要折磨他，想要毀滅他。」

「卡蜜拉也勒索了他？」

「是啊，但我不清楚事情的全貌。他被卡蜜拉羞辱到即使失去了一切，仍不願意告訴我眞相。薛勒是我們一家的支柱，每當開車外出迷了路、家裡淹水或有人生病，他都能保持冷靜理性。『不會有事的。』他總會用他迷人的聲音這麼說——我到現在都還會幻想著那個聲音。可是和卡蜜拉生活了幾年後，他竟成了廢人。幾乎連過馬路都不敢，還要東張西望上百次以確保安全。他也喪失了所有工作的動力，一天到晚垂頭喪氣地呆坐。一位和他很親近的同事馬茨·海德隆偷偷打電話來，跟我說公司正在著手調查薛勒是不是一直在出賣公司機密。簡直滿口胡言，我這輩子沒見過比薛勒更老實的人了，再說他要是賣了什麼，那錢到哪去了？我們家從來沒這麼窮過，他的帳戶幾乎空空如也，我們的聯名帳戶也一樣。」

「恕我冒昧請問，他是怎麼死的？」

「上吊自殺，一句解釋也沒有。有一天我下班回家，發現他從客房的天花板垂掛下來，沒錯，就是卡蜜拉和他一起作樂的那個房間。當時我是個薪資豐厚的財務長，而且很可能前景大好。但在那之後，我和莫娃的世界崩塌了。這我就不多說了。你想知道卡蜜拉後來怎麼樣。其實悲劇並沒有結束，莫娃開始用刀自戕，也幾乎不吃東西。有一天她問我是否覺得她是個廢物。『我的老天啊，親愛的，妳怎麼能說這種話？』我這麼回答。然後她告訴我是卡蜜拉說的，卡蜜拉說凡是看過莫娃的人都很討厭她。我尋求了所有可能的協助管道：心理專家、醫生、聰明的朋友、百憂解。但毫無成效。在一個春光明媚的日子，當瑞典所有人正為了在歐洲歌唱大賽中取得可笑的勝利而歡欣鼓舞，莫娃卻從渡輪跳下海去，我的生命也跟著結束——我就是這種感覺。我從此失去活下去的意志，為了憂鬱症我住院治療了好久。但忽然間……我也不知道……總之麻痺和悲傷轉變成了憤怒，我覺得我有必要去了解，我的家人到底發生了什麼事？到底著了什麼魔？於是我開始查問卡蜜拉的事，不是因為還想再見到她，我是絕不會再見她了。但我想了解她，就如同受害者的母親想去了解凶手一樣。」

「妳發現了什麼？」

「一開始什麼也沒有。她掩飾得很好，我好像在追一個影子、一個幽靈。爲了請私家偵探、爲了求助於其他許多答應要幫忙卻不可靠的人，我都不知道花了幾萬克朗，結果一無所獲，簡直快把我逼瘋了。我變得偏執，晚上幾乎不睡覺，所有朋友都再也受不了我。那段時間眞可怕。大家都覺得我走火入魔不聽勸，也許現在還這麼覺得，不知道潘格蘭是怎麼跟你說的。可是後來……」

「說下去。」

「你發表了關於札拉千科的報導。那個名字對我來說當然沒有意義，但我慢慢拼湊出來了。我讀到他的瑞典身分卡爾．阿克索．波汀，讀到他與硫磺湖機車俱樂部的關係，接著我想起了最後那些可怕的夜晚，就在卡蜜拉背棄我們之後。那時候我常常被摩托車的噪音吵醒，從臥室窗戶可以看到那些印著可怕標誌的皮背心。她和那種人鬼混，我並不意外，我對她已經不抱任何幻想。但我沒想到她竟然來自這樣的環境，而且她還打算接收她父親的生意。」

「她有嗎？」

「當然。在她自己那個骯髒的世界裡，她爲女權奮鬥，至少是爲她自己的權利奮鬥，這一點對俱樂部裡的許多女孩意義重大，尤其是凱莎．法克。」

「她是誰？」

「一個個性莽撞、長相美麗的女孩，她男朋友是帶頭的人之一。在那最後一年期間，她常來我們家，我記得我還挺喜歡她的。她有一雙輕微斜視的藍色大眼睛，強悍的外表下有熱情、脆弱的一面。看了你的報導之後，我又去找她。雖然她的態度一點也不冷淡，卻絕口不提卡蜜拉。我發現她的風格變了，原來那個飛車黨女孩變成了商界女強人。不過她沒有多說。我還以爲這又是一條死胡同。」

「結果不是嗎？」

「不是。大約一年前，凱莎主動來找我，當時她又變得不一樣了，完全沒有一點拘謹或冷漠，而是像被迫害似的神情緊張。過後不久她遭人槍殺，陳屍在布羅馬的大沼澤運動中心。我們見面時，她跟我說札拉千科死後發生一些繼承權的糾紛。卡蜜拉的孿生姊姊莉絲幾乎什麼也沒得到——她好像連那一點點都不想要——大部分的財產都給了札拉千科在柏林那兩個還在世的兒子，還有一部分給了卡蜜拉。你在報導中寫到的毒品交易有一部分由她繼承，這讓我心裡淌血。我懷疑卡蜜拉根本不關心那些女人，對她們也毫無惻隱之心。不過她還是不想和那些活動扯上關係。她跟凱莎說只有沒用的人才會爲那種下流貨色傷神，對於組織的未來，她有一個截然不同的現代化視野。經過一場激烈協商後，她說服一個哥哥將她擁有的部分全部買下。然後她就帶著現金和幾個想跟隨她的員工跑到莫斯科去了，凱莎也是其中之一。」

「妳知道她從事的是哪種事業嗎？」

「凱莎始終沒能深入核心，所以也不了解，但我們自有懷疑。我想應該和愛立信那些商業機密有關。現在我幾乎可以肯定卡蜜拉眞的讓我先生偷出有價值的東西轉賣出去，大概是利用恐嚇威脅。我還發現她來到我們家的前幾年，曾經找學校的幾個電腦高手侵入我的電腦。據凱莎說，她對入侵電腦多少有點沉迷。倒不是她自己學會了些什麼，完全不是，但她老是在說進入銀行帳戶、侵入伺服器、偷取資料能賺多少錢。她建立的事業一定和這個脫不了關係。」

「聽起來很有可能。」

「而且恐怕是很高階的，卡蜜拉絕不會安於小成就。據凱莎說，她很快就設法打入莫斯科具有影響力的圈子，還成為某個有錢有勢的國會議員的情婦，並透過這名議員開始和一群頂尖的工程師與罪犯等奇怪成員締結關係。她把他們玩弄於股掌之間，而且她非常清楚俄羅斯國內經濟的弱點。」

「弱點是什麼？」

「俄羅斯充其量只是個插了國旗的加油站。他們出口原油和天然氣，製造業卻絲毫不值一提。俄國需要先進科技。」

「她想給他們那個？」

「至少她是這麼說的。不過她顯然另有目的。我知道凱莎很佩服她建立人脈、為自己取得政治保護的能力，要不是後來害怕了，她很可能會一輩子忠於卡蜜拉。」

「她害怕什麼？」

「凱莎認識了一個曾經非常傑出的軍人——我想是個少校——搞到完全迷失自我。根據卡蜜拉透過情夫打聽到的機密訊息，那人曾經為俄國政府執行過幾次見不得光的行動，其中一次殺死了一位知名記者，伊琳娜．亞札洛娃，我想你應該聽說過她。她在許多報導和書中都強烈反對政府。」

「是的，她的確是個女中豪傑。很可怕的遭遇。」

「那可不。計畫出了差錯。亞札洛娃預定要到莫斯科東南郊區一棟位於僻靜街道的公寓，和一位批判政權的評論家會面。依照計畫，那位少校要在她走出公寓時開槍。但沒有人知道亞札洛娃的姊姊羅患肺炎，她必須代為照顧兩個分別八歲和十歲的外甥女。當她帶著小女孩走出前門，少校迎面將三人都射死了。此事過後他便失寵了——不是有誰特別在乎那兩個孩子，而是輿論一發不可收拾，整個行動計畫恐怕因此曝光，成為政府遭受抨擊的把柄。我想那個少校是擔心自己成為代罪羔羊。就在那同時，他還要應付很多個人問題。他老婆跑了，把一個十幾歲的女兒丟給他，他好像還有可能被趕出公寓。在卡蜜拉看來這是最完美的組合了：一個冷血無情又可以為她所用的人，剛好面臨敏感處境。」

「所以她就拉他上船了。」

「對，他們見面了，凱莎也在，奇怪的是她一眼就喜歡上這個男人。他完全出乎她意料之外，一點都不像她在硫磺湖俱樂部認識的那些同為殺手的人。這個人身材極好、非常強壯，外表看起來粗暴，卻也溫文有禮，甚至有點脆弱敏感，她是這麼說的。凱莎看得出來他真的很懊悔殺死那兩個孩子。他是個殺人兇手，車臣戰爭期間專門刑求犯人，但凱莎說他還是有自己的道德尺度，所以當卡蜜拉向他伸出魔爪——這麼說幾乎不誇張——凱莎才會那麼心慌。卡蜜拉用指甲劃過他胸口，像貓一樣尖聲嘶叫：『我要你為我殺人。』她的話語充滿性曖昧，她施展出魔鬼手段喚醒了這個男人殘虐的一面。他把自己殺人的過程描述得愈驚悚，卡蜜拉就會愈興奮。我是不太明白，但凱莎嚇死了，不是害怕殺人者本身，而是害怕卡蜜拉。她的美貌與魅力終究誘發出他的掠奪性格。」

「妳從來沒向警方說過這些？」

「我一再地請求凱莎，我跟她說她需要保護。她卻說她已經有了，還不許我找警察。是我太笨才聽信她的話。她死後，我把我聽到的一切告訴調查人員，但我懷疑他們並不相信，應該不會相信才對，那只不過是關於一個身在國外、沒有姓名的男人的傳言。卡蜜拉沒有留下任何紀錄，我也始終沒有發現與她的新身分相關的任何資訊。而可憐的凱莎的命案當然也還沒偵破。」

「我完全理解這有多痛苦。」布隆維斯特說。

「是嗎？」

「我想是的。」他正想伸手搭在她手臂上以示安慰，卻因爲口袋裡的手機響起而猛然打住。原本希望是安德雷，可惜卻是史蒂芬．莫德。布隆維斯特花了幾秒鐘才弄清他是和李納斯連絡過的那個國防無線電通訊局人員。

「有什麼事嗎？」他問道。

「有一位資深的公務人員正在前來瑞典的途中，他希望明天能盡早在大飯店和你見上一面。」

布隆維斯特朝達格連太太打了個手勢表達歉意。

「我的行程很滿，」他說：「如果要我去見任何人，至少得給我一個名字和解釋。」

「他名叫艾德溫．尼丹姆，想談談關於一個以黃蜂爲網路代號的人，此人涉嫌犯了重罪。」

布隆維斯特登時一陣驚慌，說道：「那好，幾點？」

「明天清晨五點。」

「你開什麼玩笑！」

「很抱歉，這一切都不是開玩笑。建議你準時到，尼丹姆先生會在他的飯店房間裡和你碰面，你得把手機留在櫃檯，而且需要搜身。」

布隆維斯特隨即起身向瑪格麗塔道別。

第三部

# 不對稱的問題

11/24　12/3

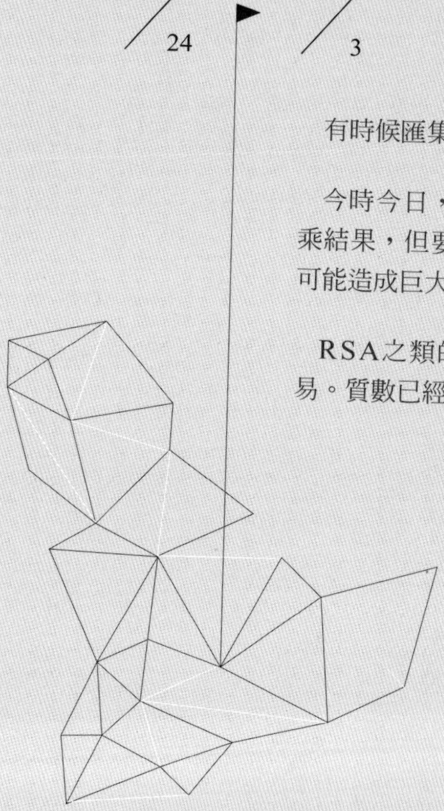

有時候匯集比打散容易。

今時今日，電腦可以輕易計算出百萬位數的質數相乘結果，但要反過來卻極其複雜。僅僅幾百個數字就可能造成巨大問題。

RSA之類的加密演算法便是利用質因數分解之不易。質數已經成爲機密的摯友。

# 第二十五章

## 十一月二十四日清晨

莎蘭德沒花多少時間便查出奧格斯畫的那個羅傑的身分。她找到一個介紹昔日瓦薩區革命劇場演員的網站，裡面有此人年輕時的照片，他叫羅傑·溫特，入行之初曾主演過兩、三部電影，但近幾年事業停滯不前，如今的名氣還比不上他困坐在輪椅上的兄弟托畢亞。托畢亞是個率直的生物學教授，據說最近已和羅傑徹底疏遠。

莎蘭德記下羅傑的地址，然後駭入國科會重大研究計畫單位的超級電腦，並同時開啟她投注無數心力的那個程式，她一直想利用此程式建立一個動態系統，找出最可能破解的橢圓曲線方程式，並盡可能減少反覆運算的次數。但不管她怎麼試，都無法更進一步，國安局的檔案依然堅不可摧。最後她去看了看奧格斯。她一看不禁咒罵一聲。男孩已經醒了，正坐在床上在一張紙上不知寫些什麼，她走近後發現他又在分解質因數。

「沒有用的，不會得到任何結果。」她喃喃地說。當奧格斯又開始歇斯底里地前後搖晃，她叫他鎮定一點，再繼續睡覺。

時間很晚了，她心想自己也該休息一下，便躺到他隔壁床上，卻又睡不著。奧格斯翻來覆去，嘴裡唧唧哼哼，莎蘭德終於按捺不住，決定說幾句話試著安撫他。她所能想到最好的一句話就是：「你知道橢圓曲線嗎？」

當然得不到回答，但她並不洩氣，還是盡可能作出簡單明瞭的解釋。

「你懂嗎？」她問道。

奧格斯沒應聲。

「那好吧，」她接著說：「就拿3,034,267這個數字來說好了。我知道你能輕易找出它的質因數，不過也可以利用橢圓曲線來找。我們就以曲線 $y^2=x^3-x+4$ 和曲線上的點 P=(1,2) 做例子。」

她把方程式寫在床頭櫃一張紙上，但奧格斯好像完全聽不懂。她想到自己研讀過的那對自閉雙胞胎，他們能透過一種神秘的方式分辨巨大的質數，卻解不出最簡單的方程式。或許奧格斯也是這樣，或許比起數學天才，他更像一台計算機，但無論如何現在都已不重要了。槍傷又開始作痛，她需要一些睡眠，也需要趕走舊日童年的所有魔鬼，這個男孩讓他們再次復甦了。

布隆維斯特回到家時已過午夜，雖然筋疲力盡，還得一大清早就起床，他仍然坐到電腦前搜尋艾德溫．尼丹姆。全世界叫這個名字的人真不少，其中包括一個在罹患白血病後東山再起、成績斐然的橄欖球員。

有一個艾德溫．尼丹姆似乎是淨水專家，還有一個經常在社交場合中入鏡，看起來有點蠢。但似乎沒有一個有可能破解黃蜂的身分，指控她從事犯罪活動。有一位艾德溫．尼丹姆是在ＭＩＴ取得博士學位的電腦工程師，這至少是一條方向正確的線索，但似乎就連他都不吻合。他現在在一流的電腦病毒防護公司「安全線路」擔任資深主管，該公司對於駭客肯定有興趣，只是這個被稱爲艾德的人所發表的言論，全部都是關於市占率與新產品。他說的話頂多也就是一般八股的行銷話術，即使逮到機會談論休閒活動，也同樣了無新意：保齡球和飛蠅釣。他說他喜愛大自然，喜歡競賽類的活動……他所能做出最具威脅性的事情，大概就是讓人無聊到死。

他有一張照片，光著上身咧開嘴笑，兩手高舉著一條大鮭魚，就是釣客圈內那種廉價的快照，還是一樣平凡無趣，但是布隆維斯特漸漸起了疑心，也許這份平凡無奇正是重點所在。他又把資料重看一遍，這回忽然覺得這些是捏造的，是虛假表象。他慢慢但也很確定地得出相反結論：就是這個人。輕而易舉就能嗅到情報單位的氣息，不是嗎？感覺很像國安局或中情局。他再次端詳那張與鮭魚的合照，這次好像看出一些很不一樣的東西。

他看到的是一個裝裝樣子的硬漢。他的站姿和他在鏡頭前露出的嘲弄笑容，都帶有一種堅定不可動搖的感覺，至少布隆維斯特是這麼想的，他也再次想到莎蘭德。他琢磨著是否應該將這次會面的事告訴她。但現在沒有道理擔心她，何況他自己其實也一無所知，因此還是乾脆上床睡覺。他需要睡上幾個小時，以便清晨和艾德見面時能保持腦袋清醒。當他慢慢地刷牙、更衣、爬上床後，才發覺自己是出乎意外地疲倦，頭一沾枕就睡著了。他夢見艾德站在一條河裡，他則被人拖入水中差點溺斃，之後矇矇矓矓看見自己爬過河床，四周圍全是蹦跳打滾的鮭魚。不過他肯定沒睡很久，一下子驚醒過來後，更加堅信自己忽略了什麼。他的手機放在床頭櫃上，心思瞬間轉到安德雷身上。他想必一直記掛著這個年輕人。

▲ ▲ ▲

琳達將門上了兩道鎖。這沒什麼奇怪，她這般處境的女子是該採取所有必要的防範措施，但安德雷仍感到不安，只是他將原因歸咎於公寓本身，總之他試著說服自己這麼相信。這裡全然不像他預期的樣子，這眞的是她某個女性友人的家嗎？

床很寬，但不特別長，床頭床尾都是亮晶晶的鐵格柵。床罩是黑色的，讓他聯想到棺材，還有牆上掛的裱框相片他也不喜歡，拍的大多是手持武器的男人。整個地方散發著一種貧乏、冰冷的感覺。

但話說回來，很可能只是他太緊張而誇大了，或者是想找藉口離開。男人總想逃離自己所愛——唯美主義作家王爾德不是說過類似的話嗎？他注視著琳達。他這一生從未見過如此美麗的女子，此時她正朝他走來，那一襲緊身洋裝更襯托出她的婀娜多姿。她彷彿看穿了他的心思，說道：「你是不是想回家了，安德雷？」

「我的確還有很多工作要做。」

「我明白。」她吻了他，接著又說：「那麼你當然得回去繼續工作了。」

「那樣或許是最好的，」他低聲說道，這時她已整個人緊貼上來吻他，激情得令他無力抗拒。

他回應了她的吻，兩手抱住她的臀，她猛力朝他一頂、一推，他重心不穩往後倒在床上，有那麼一瞬間忽然覺得害怕。但轉眼看見了她，她依然帶著溫柔的微笑，他暗忖：她只不過是玩得稍微狂野一點罷了。她是眞的想要他，不是嗎？她當下就想和他做愛，因此他任由她跨坐在自己身上、解開他襯衫的釦子、指甲刮劃過他的腹部，同時眼中閃著光芒，包裹在洋裝內的豐滿胸部劇烈起伏著。她張開了嘴，一道唾液順著下巴流下，接著低聲說了一句話他沒聽清。

「現在，安德雷，」她再次低聲說：「現在！」

「現在？」他猶疑地重複她的話，並感覺到她在撕扯他的褲子。她的大膽超乎他預期，技巧之純熟、表現之狂野淫蕩更是他前所未見。

「閉上眼睛，靜靜躺著別動。」她說。

他照做了，耳邊聽到窸窸窣窣的聲音，不知道她在弄什麼。隨後又聽到喀喇一聲，感覺有什麼金屬套住手腕，這才察覺自己被銬起來了。他想反抗，因爲實在不太喜歡這類事情，只是一切都發生得太快。她以迅雷不及掩耳的速度將他的手銬在床頭架，看似十分熟練。然後再用繩子綁住他的雙腳，並用力拉緊。

「輕一點。」他說。

「放心。」話雖如此，他卻不喜歡她那眼神。這時她用嚴肅的聲音說了一句話。肯定是他聽錯了吧。「**什麼？**」他問道。

「我要用刀割你，安德雷。」她說著往他嘴上貼了一大塊膠布。

布隆維斯特努力勸自己別擔心。安德雷怎麼會出事呢？除了他和愛莉卡，誰也不知道他參與了保護莎蘭德與男孩、不讓他們曝光的行動。對於兩人所在之處的訊息，他們一直非常謹慎，比處理其他部分都要謹慎許多。可是……他怎會沒消沒息的呢？

安德雷不是一個會忽略手機的人。相反地，每當布隆維斯特來電，他總會在第一聲鈴響就接起來。但現在竟完全連絡不上他，這不是很奇怪嗎？又或者……布隆維斯特再次試圖說服自己，安德雷因爲忙著工作而忘了時間，或者最糟的是他丟了手機。很可能只是因爲這個，但畢竟……在這麼多年後卡蜜拉忽然又出現了。這裡頭一定有蹊蹺，再說包柏藍斯基是怎麼說來著？

「**活在這個世界裡，必須得疑神疑鬼。**」

布隆維斯特拿起床頭櫃上的電話，又打給安德雷，這次還是沒接，於是他決定吵醒新同事埃米，他就住在瓦薩區紅山一帶，離安德雷家很近。埃米聽起來意興闌珊，但仍答應立刻上安德雷家看看他在不在。二十分鐘後他回電了，說是在安德雷家猛敲了好一會的門，他肯定不在家。

布隆維斯特隨即換了衣服出門，匆匆走過風雪肆虐、空無一人的索德毛姆區，來到位於約特路的雜誌社。他心想，運氣好的話，就會發現安德雷睡在沙發上。他已經不只一次在工作時打盹而沒聽到電話響。原因應該就這麼簡單。但布隆維斯特卻愈來愈不安。當他打開門、關閉警報器時，沒來由的打了個寒顫，像是害怕看到什麼悽慘景象，不料四下搜尋後發現毫無異狀。他的加密電子郵件上的訊息，全都依事先約定仔細刪除了。一切看似正常，但辦公室那張沙發破舊空蕩一如既往，並無安德雷躺臥的身影。布隆維斯特在沙發上坐了片刻，陷入沉思，然後再次打電話給埃米。

「埃米，」他說：「真對不起，大半夜的一直吵你。不過這整件事不由得我不多想。」

「我明白。」

「我總覺得剛才提到安德雷的時候，你的口氣好像有點緊張。你有什麼事沒跟我說嗎？」

「全都是你已經知道的事。」埃米說。

「什麼意思？」

「我是說我也和資料檢驗局的人談過了。」

「什麼叫你也談過了？」

「你是說你沒有……」

「沒有！」布隆維斯特打斷他的話，只聽到埃米在電話另一頭的呼吸聲變得沉重。出大問題了。

「說吧，埃米，長話短說。」他說。

「就是……」

「怎麼樣？」

「我接到資料檢驗局的一位李娜・羅勃森來電。她說和你談過了，也同意在目前的情況下，提升你電腦的安全層級。但之前好像給了你錯誤的建議，她擔心防護不足，所以她說想要盡快連絡為你處理加密訊息的人。」

「那你怎麼說？」

「我說我對這件事一無所知，只是看安德雷用過你的電腦。」

「所以你要她和安德雷連絡。」

「當時我人剛好在外面，就跟她說安德雷可能還在辦公室，她可以打到辦公室找他。就這樣。」

「拜託，埃米。」

「可是聽她的口氣眞的……」

「我不管她的口氣怎樣。但願你跟安德雷說了這件事。」

「我是沒有馬上說。我現在也和所有同事一樣，工作量太大了。」

「但你後來告訴他了。」

「我還沒找到機會，他就出去了。」

「所以你就打電話給他。」

「當然，還打了好幾次。可是……」

「怎麼樣？」

「他沒接。」

「好吧。」布隆維斯特口氣冰冷地說。

他掛斷後改撥包柏藍斯基的號碼，打了兩次，督察長才接起。布隆維斯特別無選擇，只能全盤托出——除了莎蘭德和奧格斯的所在地之外。

接著打給了愛莉卡。

莎蘭德睡著了，但仍隨時保持機動，皮夾克和靴子都沒脫，衣冠整齊。她一直是睡睡醒醒，要不是因爲風聲呼號，就是因爲奧格斯連睡覺都會發出呻吟。但每次到最後她還是會再度入睡，否則也會打起盹來，進入短暫卻出奇眞實的夢境。

這次她夢見父親在毆打母親，甚至能感受到童年那股已然久遠卻仍強烈的怒氣，甚至強烈到讓她又驚醒過來。三點四十五分，她和奧格斯寫滿數字的紙張仍安放在床頭櫃上。外頭下著雪，但風暴似乎已經平息，沒有一點不尋常的聲響，只有從樹梢呼嘯而過的風聲。

不過她感到不安，起初以爲是剛才作的夢像一張細密的網籠罩著房間，一回神便打了個哆嗦。旁邊的床是空的，奧格斯不見了。她立刻無聲無息地跳下床，從地上的袋子裡一把抓起貝瑞塔手槍，悄悄溜進鄰接露台的大廳。

下一刻她才鬆了一口氣。奧格斯就坐在桌邊，不知忙些什麼。她直接越過他的肩頭去看，以免驚擾他，結果發現他不是在作新的質因數分解，也不是在畫新的挨打景象。這回他畫的是倒映在衣櫥鏡子裡的棋盤方格，上方隱約可見一個人影，帶著威脅伸出一隻手來。凶手逐漸成形了。莎蘭德淡淡一笑，隨即退去。

回到房間後她坐在床上，脫去毛衣、卸下繃帶，檢視槍傷。傷口狀況不太好，感覺也仍虛弱。她又吞了兩顆抗生素，試著休息一下。本來說不定還能稍微再睡一會，但她模模糊糊覺得在夢裡見到了札拉和卡蜜拉，緊接著又好像感覺到什麼。外頭有隻鳥在鼓翅。她可以聽到廚房裡奧格斯的粗重呼吸聲。她正打算下床，一聲尖叫劃空而過。

布隆維斯特在清晨時分離開辦公室，準備搭計程車前往大飯店時，仍無安德雷的消息。他再一次想說服自己，是他反應過度了，安德雷可能隨時會從某個朋友家打電話來。但憂慮揮之不去。他隱約意識到又開始下雪了，人行道上遺留了一隻女鞋。他拿出三星手機，用 Redphone app 打給莎蘭德。

莎蘭德沒接，這令他更加不安。他又試了一次，並透過 Threema app 傳送一則簡訊：〈卡蜜拉在找妳，馬上離開！〉這時他攔下一輛從賀錢斯街駛來的計程車，司機對上他眼神時嚇了一跳。那一刻的布隆維斯特流露出一種堅決而危險的神情，更糟的是司機有意攀談，他卻不予理會，逕自坐在陰暗的後座，發亮的雙眼中滿是擔憂。

斯德哥爾摩市區冷冷清清。風雪緩和了，但海上依然白浪滔滔。布隆維斯特望向另一側的大飯店，猶豫著是否乾脆就別管和尼丹姆先生見面的事，直接去找莎蘭德，不然至少也安排一輛警車過去。不行，沒有事先警告她之前不能這麼做。要是再次洩密，後果不堪設想。他又打開 Threema app 寫簡訊：〈需要我求救嗎？〉

沒有答覆。當然不會有答覆。他付了車資下車，心事重重。他推開旋轉門進入飯店時是凌晨四點二十分，早到了四十分鐘。他做事從來沒有提早四十分鐘過。但他心急如焚，將手機交給櫃檯前，打了通電話給愛莉卡，要她試著找到莎蘭德，並與警方保持連繫。

「要是有任何消息，就打到大飯店，轉接尼丹姆先生的房間。」

「他是誰？」

「想見我的人。」

「在這個時候？」

艾德住六五四號房。門打開後，眼前站著一個汗臭淋漓、怒火沖天的男人。他與釣魚照中那名男子的相似度，大約就如同一個宿醉的獨裁者與其經過美化的雕像。艾德手裡端著一杯酒，臉色陰沉、滿頭亂髮，有點像隻鬥牛犬。

「尼丹姆先生。」布隆維斯特說道。

「叫我艾德，」艾德說：「很抱歉這麼一大早就把你拖到這裡來，但事態緊急。」

「看起來也是。」布隆維斯特冷冷地說。

「你知道我想找你談什麼嗎？」

布隆維斯特搖搖頭，往沙發上坐下，旁邊的桌上擺了一瓶琴酒和幾罐小瓶裝的舒味思通寧水。

「當然了，你怎麼會知道呢？」艾德說：「但話說回來，像你這種人卻也難說。我調查過你。你應該要知道我最討厭拍人馬屁，嘴裡會留臭味，不過你算是你們這一行的佼佼者，對吧？」

布隆維斯特勉強一笑，說道：「能不能直接說重點？」

「別緊張。我會說得一清二楚。你應該知道我在哪裡工作。」

「不太清楚。」他老實地說。

「在謎宮，信號情報城。我在一個被世人唾棄的地方工作。」

「美國國安局。」

「答對了。你知不知道招惹我們是多愚蠢的事？你知不知道？」

「我明白得很。」他說。

「那你知不知道我認為你女朋友的最後歸宿其實在哪裡？」

「不知道。」

「監獄。要待一輩子！」

布隆維斯特盡可能露出平靜、從容的微笑，其實腦中思緒轉得飛快。莎蘭德駭入美國國安局的電腦了嗎？光是這麼一想就把他嚇壞了。如今她不只在逃避殺手的追殺，連美國的情報突擊隊也要傾巢而出來對付她嗎？這聽起來……聽起來如何呢？聽起來太不可思議了。

莎蘭德的特質之一就是採取行動前，一定會仔細分析後果，不貿然躁進，那怕只要有任何一絲被抓的可能，就會停手。所以，他實在無法想像她會如此愚蠢地冒險。的確，她有時候會讓自己身陷險境，但那必然是權衡過利害得失的決定。他不肯相信她侵入了美國國安局系統，最後只落得這樣的下場：成爲此時站在他眼前這頭暴躁乖戾的鬥牛犬的手下敗將。

「我認爲你話說得太快了。」他說。

「你就繼續作夢吧，老兄。但你也聽到我剛才用了『其實』兩個字，很好用的字眼哦？可以有各種意思。其實我早上是不喝酒的，但現在手上卻拿著酒杯，哈哈！我的意思是如果你答應幫我一、兩個忙，你女朋友也許就能安然脫困。」

「我聽著。」他說。

「好極。不過你得先向我保證，不會把我當成報導的消息來源。」

布隆維斯特詫異地看著他，沒想到他會這麼說。

「你是什麼告密者嗎？」

「拜託，不是，我是一條忠心的老獵犬。」

「但你不是正式代表美國國安局。」

「你可以說我目前有自己的計畫，有點像是辦私事。所以，怎麼樣？」

「我不會引述你的話。」

「太好了。我還想確保一件事，我接下來要跟你說的話不能傳到第三人耳裡。你也許會覺得奇怪，我幹麼向一個調查記者透露天大的消息，卻又不許他洩漏半個字？」

「好問題。」

「我有我的理由。而我相信你——別問我爲什麼。我敢打賭你想保護你女朋友，而且你認爲整件事的重點在其他地方。關於這點我說不定也能幫上忙，假如你準備要合作的話。」

「這還有待觀察。」布隆維斯特態度強硬地說。

「好吧，幾天前我們的內部網路NSANet出現了資安漏洞，這件事你知情吧？」

「多少知道一點。」

「NSANet是在九一一事件之後建立的，目的是增進我們國內各情報系統與其他英語系國家——也就是所謂的『五眼聯盟』——之間的協調運作。這是一個密閉系統，有專屬的路由器、入口網站與橋接器，與其他的網際網路完全隔絕。我們透過衛星與光纖電纜從這裡管理我們的信號情報，這裡也是我們的大資料庫，儲存了機密的分析資料與報告——從最不敏感的莫瑞級文件，一直到連美國總統都不能看的溫布拉最高機密。這個系統的運作中心在德州，老實說還眞愚蠢，不過它終究是我的寶貝。告訴你吧，麥可，我可是拚了老命才創造出它來，沒日沒夜辛辛苦苦才有的成果，所以我不許哪個王八蛋濫用它，更別說是侵入了。只要稍有異常就會啓動警報鈴，另外還有一大票獨立作業的專家在監控這個系統。如今，只要幹了什麼事就不可能不在網路上留下足跡，至少理論上是這樣。一切都會被記錄下來經過分析，應該不可能按了哪個鍵卻沒有啓動通報功能，但偏偏……」

「有人做到了。」

「對，也許我本來可以心平氣和地接受這個事實。電腦總會有漏洞弱點，也總是有進步的空間。漏洞能讓我們隨時提高警覺。但問題不在於她成功侵入，而在於她的做法。她駭入我們的伺服器，建立了一個進階的橋接器，利用我們的一個系統管理員進入內部網路。如果光是這樣，手法眞是漂亮得沒話說。但不只如此，事情沒這麼簡單。後來這個賤人把自己變成了幽靈使用者。」

「變成什麼？」

「幽靈。她到處飄來飄去，誰也沒發現。」

「你的警鈴沒響？」

「那個該死的天才安裝了一種我們從未見過的木馬病毒，要不然系統早就發覺了。那個惡意程式不斷地將她的身分升級，她的使用權限愈來愈大，吸收了許多高度機密的密碼與代號，並開始連結、比對紀錄與資料庫，然後忽然就……賓果了！」

「什麼賓果了？」

「她找到了她要找的東西以後，就不想再當隱形人，她想讓我們看看她的發現，直到這個時候，我的警鈴才在她想讓它響的時候響了。」

「她發現了什麼？」

「發現了我們的虛僞，我們的兩面手法，所以我才會跟你坐在這裡，而不是一屁股坐定在馬里蘭州，派出海軍陸戰隊來追捕她。她就像小偷，闖空門卻只是爲了揭發這個家裡早已堆滿贓物，我們一發現之後，她就變得非常危險，危險到有幾個高層想放過她。」

「但你不想。」

「我不想。我想把她綁在燈柱上活活抽死。可是我沒別的選擇，只能放棄追蹤，麥可，這眞的讓我很火大。我現在看起來也許很平靜，但你沒看到我當時……媽的！」

「你都氣瘋了吧。」

「沒錯，所以我才會等不及天亮就把你找來。我必須在黃蜂逃出國以前抓到她。」

「她為什麼要逃？」

「因為她幹完這件瘋狂事以後又幹了一件，不是嗎？」

「我不知道。」

「我想你知道。」

「話說回來，你為什麼認為她就是你的那個駭客？」

「這個嘛，麥可，這正是我現在要告訴你的。」

但他沒有說下去。

房間電話響了，艾德立刻接起。是櫃檯要找布隆維斯特，艾德將話筒遞了過去。他很快便猜到布隆維斯特得知驚人的消息，因此當這位瑞典記者隨口胡亂道了個歉後奪門而出，他並不訝異。不過艾德可不會讓他輕易脫逃，於是他也抓起外套追了上去。

布隆維斯特有如短跑選手般急速奔過走廊。艾德不知道出了什麼事，但倘若與黃蜂／鮑德一事有關，他希望自己也能在場。他有點追不上——布隆維斯特太過心急等不了電梯，直接就衝下樓梯。等艾德氣喘吁吁跑到一樓，布隆維斯特已經拿出手機，聚精會神地講起另一通電話，一面跑出旋轉門到馬路上去。

「怎麼回事啊？」艾德見布隆維斯特講完電話打算攔計程車，如此問道。

「一堆問題！」布隆維斯特說。

「我可以開車送你。」

「可以才怪。你剛才在喝酒耶。」

「至少可以開我的車。」

布隆維斯特這才放慢腳步，轉身面向艾德。

「你想做什麼？」

「我想和你互相幫助。」

「你的駭客你得自己抓。」

「我已經沒有抓任何人的權限。」

「那好，車在哪？」

艾德租來的車停在國立博物館附近，兩人一同跑過去時，布隆維斯特匆匆解釋了一下，說現在要前往斯德哥爾摩群島的印格勞島，他會在上路後問問該怎麼去，而且不打算遵守時速限制。

# 第二十六章

十一月二十四上午

奧格斯發出尖叫，就在同一時間莎蘭德聽到腳步聲，是屋側響起急促的腳步聲。她抓起手槍跳起身來，雖然感覺很糟，卻不予理會。

當她衝到門口，看見露台上出現一個高大的男人，一度以爲自己占了剎那的先機，不料那人並未停下來打開玻璃門，而是直接衝破玻璃，用手中的槍射向男孩。

莎蘭德隨即反擊，又或者她本來就開槍了，她也不知道。她甚至沒有意識到自己是什麼時候開始朝那個男人跑去，只知道自己用大到令人失去知覺的力量衝撞他，此時兩人一起倒在方才男孩所在的圓桌旁邊，她就壓在他身上。她一秒也沒猶豫就狠狠給了他一記頭槌。

由於用力過猛，她整個頭顱嗡嗡鳴響，起身時搖搖晃晃，房間在旋轉，她的衣服上有血。又挨子彈了嗎？她無暇細想。奧格斯人呢？桌邊沒人，只有一桌的鉛筆、畫、蠟筆和質數演算。他到底跑哪去了？她忽然聽到冰箱旁邊有唉哼聲，沒錯，正是他，兩膝屈起靠在胸前坐著，全身發抖。剛才想必是正巧來得及撲到地上。

莎蘭德正想衝上前去，聽到外頭又有了令人擔憂的聲響，是人聲和樹枝的劈啪聲。有其他人正在靠近，沒時間了，他們得離開此處。她迅速在腦中想像一下四周地勢後，奔向奧格斯，喝道：「我們走！」奧格斯沒有動。莎蘭德一把將他抱起，痛得臉都扭曲了。每個動作都痛。但他們就是得走，奧格斯想必也理解到這一點才會從她手中掙脫。於是她躍向圓桌，抓起電腦和奧格斯的外套後直奔露台，從躺在地上那個男人身邊經過時，他顫顫晃晃地撐起身子，想去抓跟隨在她身邊的奧格斯的腿。

莎蘭德本想殺了他，但念頭一轉只是狠踢他的喉嚨和肚子，並將他的武器丟到一旁，然後帶著奧格斯穿越露台，跑下陡峭岩坡。但是她驀地想到了畫。剛才沒看到男孩已經畫了多少，是不是應該回去拿？不行，其他人隨時會到，他們得馬上走。可是……那幅畫也是一項武器，更是這番瘋狂局面的起因。因此她將奧格斯和電腦留在岩棚上，這地方是她前一晚發現的，然後自己往回爬上斜坡，回到屋內在桌面翻找。一開始沒看見，到處都只有那個混蛋衛斯曼的素描，和一排又一排的質數。

不過有了，找到了，只見棋盤方格與鏡子上方已多出一個淺淡人像，額頭上有一道清晰的疤痕，這時莎蘭德輕而易舉就認出來了。他正是在她眼前倒地不起、出聲呻吟的男人。她連忙拿出手機拍照，傳給包柏藍斯基和茉迪，甚至還在紙張最上頭匆匆寫了一行字。但片刻過後她發覺自己做錯了。

他們已經被包圍。

莎蘭德發送了兩個字到他的三星手機，也同樣傳給了愛莉卡：〈危急。〉這幾乎已無誤解空間，莎蘭德是不會讓人誤解的。不管布隆維斯特怎麼看，這則訊息都只可能有一種意思：她和奧格斯被發現了，最糟的是現在恐怕已經遭到攻擊。經過史塔茲戈登碼頭時他將油門踩到底，一下便上了瓦姆多路。

他開的是全新的奧迪A8，艾德就坐在旁邊。艾德沉著一張臉，偶爾在手機上打簡訊。布隆維斯特也不明白自己為何讓他跟來——或許是想看看這個人對莎蘭德知道多少，又或者還有其他原因。說不定艾德可以派上用場。反正無論如何，情況都不會因為他而更糟。此時警方已獲得通報，但他懷疑他們能否來得及迅速組成小隊，尤其是他們對於訊息不足一事仍抱有疑慮。愛莉卡一直是中心點，負責讓所有人互相保持連繫，也是唯一知道路線的人。不管能得到什麼樣的幫助，他都需要。

就快到丹維克橋了，艾德不知說了句什麼，他沒聽到，他在想著其他事情。他想到安德雷——他們把他怎麼了？他為什麼就不跟他去喝一杯呢？布隆維斯特試著再打一次電話給他，也試著打給莎蘭德。但都沒人接。

「你想知道我們對你那個駭客了解多少嗎？」艾德問。

「好啊……有何不可？」

誰知這次還是沒聊成。布隆維斯特的手機響了，是包柏藍斯基。

「希望你明白事情過後我們得長談一番，而且必定會涉及法律層面。」

「我聽到了。」

「不過我打這通電話是要給你一些訊息。我們知道莎蘭德在四點二十二分還活著。她傳簡訊給你是在這之前或之後？」

「之前，一定是之前。」

「好。」

「你怎麼能這麼確定時間？」

「她傳來一樣非常有意思的東西。是一幅畫。麥可，我不得不說這超乎我們的期望。」

「這麼說她讓那孩子畫出來了。」

「是啊。如果要拿這個當證物，我不知道會不會有什麼技術性的問題，也不知道聰明的辯方律師會提出什麼樣的抗辯，但依我之見，畫裡的人毫無疑問就是凶手。栩栩如生得太不可思議了，還是同樣地精準神奇。事實上，在紙張最底下還寫了一個方程式，不知道與本案有無關聯。不過我把孩子的畫傳給國際刑警組織了，如果他們的資料庫裡有這個人的檔案，他就完了。」

「你也要把畫發給媒體嗎？」

「我們還沒達成共識。」

「你們什麼時候會到達現場？」

「會盡快……等一下！」

布隆維斯特可以聽到背景裡有電話響聲，包柏藍斯基去接了另一通電話，一、兩分鐘後再回來時，只簡短說道：

「我們獲報那裡發生槍擊。聽起來不妙。」

布隆維斯特深吸一口氣，說道：「有安德雷的消息嗎？」

「我們利用他的手機訊號追蹤到舊城區一處基地台，但僅此而已。到現在已經有好一陣子收不到訊號，手機好像被砸了，也可能只是關機。」

布隆維斯特開得更快了，幸好這個時間路上沒車。起先他幾乎沒跟艾德說什麼，只是簡單交代一下，但最後再也忍不住。他需要想想別的。

「說說看，你覺得你們發現了什麼？」

「關於黃蜂嗎？有很長一段時間，零發現。我們深信已經查到頭了。」艾德說：「所有能試的辦法都試過了，還是沒有結果。從某方面說，這倒也合理。」

「為什麼？」

「能作這種攻擊的駭客應該也能湮滅所有痕跡。我很快就領悟到了，用傳統方法不會有任何收穫，所以我跳過所有狗屁辯論直搗核心問題：誰有這樣的技術能力？這個問題是我們最大的希望。外面幾乎沒有人有這種程度，照這樣看來，這駭客的技能對其他人是不利的，再者我們分析了惡意程式本身，發現……」艾德低頭看著手機。

「什麼？」

「發現它具有一些藝術特質，也許可以說是個人風格，現在只須找出作者，於是我們開始向駭客界傳送貼文，沒多久就發現有一個名稱、一個代號一再出現。你能猜到是哪一個嗎？」

「也許。」

「就是黃蜂。當然還有其他名稱，但黃蜂最特別。到最後關於這個人的狗屁傳說實在聽得太多，我恨不得能破解他的身分，於是我們從頭來過，把黃蜂在網路上寫的東西一字不漏地全看過，並仔細研究有黃蜂簽名的每項操作。很快地，我們便確定黃蜂是個女的，並猜測她是瑞典人。早期有幾篇貼文是用瑞典文寫的，但線索不多。不過既然她在追蹤的組織和瑞典有點關聯，鮑德又是瑞典人，這至少是個好的起點。我連絡國防無線電通訊局，他們搜查了紀錄，結果眞的……」

「怎麼樣？」

「有了突破。許多年前他們調查過一起駭客行動，使用的代號就是黃蜂。因爲年代久遠，當時黃蜂的加密手法還不太高明。」

「那是怎麼回事？」

「黃蜂一直在找其他國家情報單位叛逃者的資料，這就足以啓動國防無線電通訊局的警報系統了。經過調查，他們追到烏普沙拉一間兒童精神病院，追到那裡一個姓泰勒波利安的主任醫師的電腦。他好像替瑞典秘密警察做過一點事情，所以沒有嫌疑。通訊局轉而盯上幾個精神科護士，而她們之所以被鎖定爲目標是因爲……好吧，我就老實說，她們是移民。那眞是愚蠢透頂、心胸狹隘的做法。總之，還是毫無結果。」

「可以想見。」

「所以我請通訊局的人把舊資料全部送過來，然後用截然不同的心態去過濾。你要知道，一個厲害的駭客不一定是又高又肥，而且會在早上乖乖刮鬍子，我就見過十二、三歲的超級高手。我很清楚，應該查一查當時病院裡的小孩，於是派三個手下把每個院童都徹徹底底查一遍，結果你知道我們查到什麼了嗎？有一個孩子是當過間諜的超級大壞蛋札拉千科的女兒，我們中情局的同事知道這號人物，接下來一切都變得非常有趣。你大概知道，這個駭客在調查的網絡和札拉千科以前的犯罪集團有一些重疊之處。」

「也不能因此就咬定侵入你們電腦的是黃蜂。」

「當然。但我們又更進一步查過這個女孩，該怎麼說呢？她的背景挺有意思的，不是嗎？

公開檔案裡關於她的資料，有很多都離奇消失了，但我們找到的資訊仍綽綽有餘，而且……不知道，說不定是我錯了，但我覺得往這個方向找準沒錯。麥可，你對我沒有一丁點認識，其實我知道一個孩子親眼目睹極端暴力是什麼感覺，我也知道當社會完全不採取行動懲罰有罪的人又是什麼感覺。太痛了，所以當我看到有過這種經歷的孩子最後大多沉淪，一點也不驚訝。他們自己往往也變成了害蟲混蛋。」

「對，眞是不幸。」

「但麥可，還是有少數幾個變得跟熊一樣壯，然後挺身反擊。黃蜂就是其中之一，對吧？」

布隆維斯特若有所思地點點頭，油門也踩得更深一些。

「他們把她關起來想把她搞到崩潰，可是她一再挺了過來，你知道我是怎麼想的嗎？」

「不知道。」

「每一次都讓她更加壯大，最後變成一股絕對致命的力量。以前發生的事她一件也沒忘記，點點滴滴都烙印在心裡，對吧？也許這一切亂七八糟的事情的根本眞相就在這裡。」

「你想幹麼？」布隆維斯特不客氣地問。

「黃蜂想幹麼我就想幹麼。我想導正一些事情。」

「還要抓到駭客。」

「我想見見她，當面罵她幾句，還要把我們每一個資安漏洞都堵上。但最重要的是我想報復一些人，因爲黃蜂揭了他們的底，他們就不讓我把份內的工作做完。我有理由相信你會幫我的忙。」

「為什麼？」

「因為你是個好記者。好記者不會希望骯髒的秘密始終是骯髒的秘密。」

「那黃蜂呢？」

「黃蜂將會有機會使出她最狠的手段。這一點也需要你幫忙。」

「要不然呢？」

「要不然我會想辦法把她弄進牢裡，讓她再次嘗嘗生不如死的滋味，我說到做到。」

「但目前你只想和她談談？」

「我絕不允許再有哪個王八蛋駭入我的系統，所以我需要知道她到底是怎麼做的。我要你轉告她這一點。只要你的女朋友能坐下來好好跟我解釋，我準備要放了她。」

「我會告訴她的，只希望……」

「只希望她還活著。」艾德接口說道。他們高速左轉，朝印格勞濱海道駛去。

侯斯特難得一次把事情搞砸到這步田地。

他有種浪漫的幻想，認為遠遠地就能看出一個男人能否在肉搏戰中獲勝。正因如此，當綺拉企圖誘惑布隆維斯特失敗，他毫不訝異。奧羅夫和波達諾夫充滿信心，但侯斯特就是心有疑慮，儘管他只在鹽湖灘瞥見那個記者一眼。布隆維斯特看起來是個問題，他看起來就像個無法輕易愚弄或打敗的男人。

那個較年輕的記者就不一樣了。他一看就是典型的孬種，不料完全不是這麼回事。侯斯特刑求過的人，從來沒有一個撐得比安德雷還久，雖然痛苦萬分，他仍不肯鬆口。他眼中閃著堅忍不拔的光芒，內心似乎有更高的原則在支撐著，侯斯特還一度以爲沒希望了，安德雷恐怕寧可忍受一切折磨也不會開口。直到綺拉信誓旦旦地說，要讓《千禧年》的愛莉卡和布隆維斯特也受到同樣折磨，安德雷才終於屈服。

那時已經是凌晨三點半。侯斯特知道自己永遠不會忘記這一刻。雪紛紛落在天窗上，這個年輕人的臉失去了水分光澤，眼周出現黑眼圈，鮮血從胸口往上噴濺，沾染得嘴巴和臉頰血跡斑斑。貼了許久膠帶的嘴唇也已龜裂、滲出血水。此時的他不成人樣，卻仍看得出是個俊秀青年。

侯斯特想到歐佳——她對他會有什麼感覺？這個記者不正是她喜歡的那種有學識、打擊不公不義、爲乞丐與弱勢族群發聲的人嗎？他想到這個，也想到自己一生中的其他事情。之後他畫了個十字，俄國的十字，一邊通往天堂另一邊下地獄，接著瞄了綺拉一眼。她的美更勝平日。

她雙眼炯炯發亮，一身優雅的藍色洋裝——大致沒有沾到血漬——坐在床邊的凳子上，用瑞典話不知跟安德雷說些什麼，語氣聽起來很輕柔。隨後她拉起他的手，他也緊緊回握，因爲無法尋求其他慰藉。屋外巷弄裡風聲淒厲。綺拉對侯斯特點了點頭，面露微笑。雪花落在外側窗台上。

後來他們一同坐上一輛荒原路華，出發前往印格勞。侯斯特心裡感到空虛，對於事態的發展並不滿意。但事情走到這一步全怪他自己，這是避無可避的事實，因此他只能安靜坐著聽綺拉說話。她出奇地興奮，一說起他們即將面對的那名女子就恨得牙癢癢的。侯斯特覺得這不是好預兆，要是他辦得到，他會促使她回頭，馬上離開這個國家。

但他什麼也沒說，一行人在下著雪的黑夜中向前行駛。綺拉那雙閃著冷酷光芒的眼睛令他害怕，但他隨即抛開這念頭，他至少得相信她——她的邏輯推理能力一向快得驚人。

她不但推測出是誰衝進斯維亞路救了男孩，還猜到誰會知道男孩與那女子藏身何處，而她想到的人正是布隆維斯特。她的推斷令人費解，瑞典的知名記者為何會藏匿一個在犯罪現場無端冒出並綁架兒童的人？然而愈是深入檢視她的理論，愈覺得有理。不僅因為那名女子——她名叫莉絲．莎蘭德——與布隆維斯特關係密切，《千禧年》雜誌社也出了一些狀況。

鹽湖灘命案發生後，波達諾夫駭入布隆維斯特的電腦，想查出鮑德為何三更半夜叫他到家裡去。要進入他的電子信箱再簡單不過，但如今卻不然，什麼時候竟然也有波達諾夫無法讀取的電子郵件？就侯斯特所知，從來沒有過。布隆維斯特頓時變得小心許多，就在那名女子帶著男孩從斯維亞路消失之後。

這也不能保證布隆維斯特知道他們在哪裡，但隨著時間過去，愈來愈多跡象顯示這個推理可能是對的。反正綺拉好像也不需要什麼鐵證，她就是想向布隆維斯特下手，就算不是他，也是雜誌社裡的人。她現在一心一意只想找到那個女人和孩子。

侯斯特或許無法理解綺拉的微妙動機，但為了他自己好，也得除掉那男孩。綺拉甘為侯斯特冒天大的風險，他十分感激，是真的，儘管此時坐在車內的他有些不安。

他想著歐佳，試圖藉此獲得力量。不管發生什麼事，都不能讓她一覺醒來，看見自己父親的畫像出現在各報頭版。他試著自我安慰說最困難的部分已經過去，假如安德雷給他們的地址正確，剩下的工作應該就簡單了。他們有三個全副武裝的男人，連波達諾夫也算進去的話就是四個，而他大部分時間還是盯著電腦看，一如往常。

成員包括侯斯特、波達諾夫、奧羅夫和威頓，威頓原是硫磺湖機車俱樂部的幫派分子，現在改聽綺拉差遣。四個大男人對付一個八成已經入睡，還要保護一個小孩的女人，應該不成問題，一點都不成問題。可是綺拉幾乎像發了瘋似的：

「別小看莎蘭德！」

她實在說了太多次，連平時對她唯命是從的波達諾夫也開始氣惱。當然了，侯斯特在斯維亞路已經見識到那個女人有多強健、快速而無所畏懼，但依照綺拉的描述，她簡直就是女超人，太荒謬了。侯斯特從未遇過哪個女人在近身搏鬥時能及得上自己——或甚至奧羅夫——之萬一，不過他還是答應會小心。首先他會先上去勘查地勢，擬定策略，以免落入陷阱。他一再地強調這一點，最後當他們來到緊鄰著一道岩石斜坡和一座防波堤的小海灣後，由他發號施令。他叫其他人先待在車上作為掩護，他先去確認是不是這棟房子。

侯斯特喜歡清晨時分，喜歡這時刻的寧靜與空氣中那種變化的感覺。此時他彎著身子往前走，一面豎耳傾聽。四下的漆黑令人安心——燈都熄了。他逐漸遠離堤防，來到一道木圍籬前，圍籬柵門歪歪斜斜，旁邊生長著茂密的荊棘灌木。他打開柵門，右手扶著欄杆，起步爬上陡峭木梯，不久便隱約看到上面的屋子。

屋子藏在松樹與白楊樹林背後，只見暗暗的輪廓，南側有個露台，露台上有幾扇玻璃門，要闖入毫無困難。乍看之下，似乎並無太大問題。他無聲無息地移動著，一度還考慮自行動手，也許他該負起這個道義責任，這次總不至於比他以前的任務更棘手。恰恰相反吧。

這回沒有警察、沒有守衛，似乎也沒有警報系統。沒錯，他沒帶衝鋒槍，但其實不需要。步槍太誇張，那是綺拉多慮了，他有他的手槍、他的雷明頓，這已綽綽有餘。忽然間，他不像平時先經過謹慎計畫，便開始沿著屋側，朝露台和玻璃門走去。

緊接著他僵住了，一開始也不知道爲什麼——有可能只是他隱隱感覺到的一個聲響、一個動靜、一個危險。他抬頭望向上方的方形窗，但從他的位置看不到裡面。他仍靜止不動，愈來愈沒把握。會不會不是這間屋子？

他決定靠近一點窺探，沒想到……他隨即在黑暗中定住，無法動彈。他被發現了，那雙曾一度盯著他看的眼睛此時正呆滯地凝視著他的方向。他應該要馬上行動，應該跳上露台，直接衝進去射殺男孩。但他卻再次猶豫不決，就是無法拔槍。面對那個眼神，他茫然若失。

男孩發出刺耳的尖叫聲，彷彿連窗子都振動起來，直到此時侯斯特才終於掙脫麻痺狀態奔上露台，一刻也未再考慮便衝破玻璃門，自認爲精準無比地開槍射擊，卻始終不知道究竟有沒有打中目標。

忽然有個充滿爆發力、宛如魅影般的人向他撲了過來，速度之快幾乎讓他來不及反應。他知道自己又開了一槍，那個人也回擊了，下一刻他便整個人轟然倒地，一名年輕女子摔壓在他身上，她眼中的怒火是他生平僅見。他憑著直覺反應試圖再次開槍，但那女子有如一頭猛獸，頭往後一揚……砰！

當他清醒過來，嘴裡有血的味道，套頭毛衣溼溼黏黏的，肯定是挨打了。就在這時候，男孩與女子從他身邊經過，他試著去抓男孩的腿，至少他是這麼認爲，不料忽然一口氣喘不過來。

他已經弄不清是怎麼回事，只知道自己挨了打，但是誰呢？一個女人嗎？這個領悟加深了他的痛楚，他躺在地上的玻璃屑與自己的鮮血當中重重喘息著，閉上了眼睛。他希望一切很快過去。張開雙眼時，卻赫然驚見那個女子還在。她不是走了嗎？沒有，她就站在桌旁，他可以看見她那雙像男孩般的細腿。他拚盡全力想站起來，摸索自己的武器，同一時間也聽到破窗外傳來人聲，緊接著他再度向女人發動攻擊。

然而他還來不及採取任何行動，那女子便冷不防地往外衝，從露台一頭往下栽入樹林中。黑暗中槍聲四起，他喃喃自語道：「殺死這些王八蛋。」但他卻只能勉強起身，黯然看了看眼前的桌子。

桌上有一堆蠟筆和紙，他眼睛看著卻有點心不在焉。忽然他的心好像被一隻爪子給攫住。他看見一個臉色蒼白的惡魔正伸出手要殺人，過了一、兩秒才醒悟到那個惡魔正是他自己，不由打了個寒顫。

但他仍無法轉移視線，這時才注意到紙張最上面潦草寫了幾個字：

四點二十二分寄給警方

# 第二十七章

十一月二十四日早上

快速應變小組的亞朗·巴札尼在四點五十二分進入嘉布莉的別墅，看見一個身穿黑衣的高大男子，成大字形躺在圓桌旁的地上。

他小心翼翼地接近。屋裡似乎已經沒人，但他不能冒險。剛才接到幾起通報說這棟屋子發生激烈槍戰，他也能聽到同事在屋外的陡峭岩坡激動高喊：「這裡！這裡！」

巴札尼不知道發生了什麼事，一度猶豫著：是否應該去瞧瞧？最後他決定先看看地上這男人的狀況。四下全是碎玻璃和血跡，桌上則散置著撕碎的紙和壓碎的蠟筆。地上的男子虛弱地畫了個十字，嘴裡嘟噥一句，大概是在祈禱，聽起來像是俄語。巴札尼聽懂了「歐佳」兩個字。他對男子說醫護人員馬上就到。

「她們是姊妹。」男人用英語說。

但這話令人摸不著頭緒，巴札尼沒當一回事，而是開始搜男人的身以確定他沒有武器。他很可能是腹部中彈，毛衣全是血，臉色異常蒼白。巴札尼問他出了什麼事，他沒回答，一開始沒回答。隨後又拚著一口氣說出另一句奇怪的話。

「那幅畫捕捉了我的靈魂。」他說著眼看就要失去知覺。

巴札尼待了幾分鐘看守男子，一聽到救護人員的聲音便留下他，逕自步下岩坡，想看看同事們在叫嚷什麼。雪還在下著，腳下十分冰冷。下方水岸邊可以聽到說話聲和更多車輛到達的聲音。天色仍暗，視線不佳，岩石凹凸不平，松樹凌亂散布。這裡的地形陡峭驚險，要在這片地界上打鬥並非易事，頓時一股不祥預感襲上巴札尼心頭。他發現四周變得出奇安靜。

不過同事們就在一片茂密的白楊林後面，距離不遠。當他看見他們低頭瞪著地面，不禁害怕起來——這對他來說很不尋常。他們看見什麼了？那個自閉男孩的屍體嗎？

他緩緩走過去，想到自己的兩個兒子。他們今年分別滿六歲和九歲，迷足球迷得不得了，除了足球什麼也不做、什麼也不談。畢永和安德斯，他和蒂范替他們取了瑞典名，覺得這樣會讓他們的生活輕鬆一點。是什麼樣的人會跑到這裡來殺一個孩子？他忽然怒不可遏，但也旋即鬆了口氣。

那裡沒有男孩，只有兩個男人躺在地上，似乎腹部中彈。其中一個長相粗暴，臉上布滿痘疤，還有一個像拳擊手被打扁的塌鼻子；他試圖想站起來，卻輕易地便再次被推倒。他流露出屈辱的表情，右手不知是因爲疼痛或憤怒而顫抖。另一人穿著皮夾克，頭髮綁成馬尾，情況似乎更糟，只見他動也不動地躺著，愣然凝視黑暗的天空。

「沒見到孩子嗎？」巴札尼問。

「什麼都沒有。」同事科萊斯．朗恩說。

「那個女人呢？」

「沒看見。」

巴札尼也不知這算不算好消息，他又問了幾個問題，卻沒人知道是怎麼回事。唯一能確定的是在三、四十米外防波堤附近，找到兩把巴雷特REC 7自動步槍。應該是這兩個男人所有，但被問到遭遇了什麼事，痘疤臉的男子卻咬牙切齒地給了一個不知所云的答案。

巴札尼和同事花了十五分鐘仔細地四下搜索，只看到更多的打鬥痕跡。這時愈來愈多人抵達現場，有救護車隨行人員、偵查佐茱迪和兩、三名犯罪現場蒐證人員、一批批的正規員警，還有記者布隆維斯特陪同一位理了小平頭、身材魁梧的美國人，每個人一見他便肅然起敬。五點二十五分，他們接獲通知說有位目擊者正在岸邊停車區等候問話。那人希望被稱為K. G.，其實他本名叫卡爾—古斯塔夫．馬聰，前不久才在對岸買了一棟新屋。據朗恩說，他的話需要打點折扣，「這老小子想像力太豐富了。」

茱迪和霍姆柏站在停車區，試著釐清真相。事情全貌到現在仍支離破碎，他們只希望這個證人馬聰能為黑暗帶來一定程度的曙光。

可是當他沿著海岸走來，他們愈看愈覺得不樂觀。馬聰頭戴一頂提洛爾帽①，身穿綠格紋長褲和紅色Canada Goose羽絨衣，全身燦爛耀眼，還留了兩撇可笑的翹鬍子，看起來就像要登場搞笑的。

「是K. G.馬聰嗎？」茱迪問道。

---

①提洛爾帽（Tyrolean），歐洲農夫常用的氈帽，帽簷窄、凹頂，帽子會綁上有色細帶，帶子上還插一支羽毛。

「正是。」接著不等警察提問，他便主動解釋——也許是自知可信度有待提升——強調自己是「眞實犯罪」的老闆，這家出版社專出有關著名犯罪事件的書。

「好極了。不過我們現在想聽的是事實陳述，不是新書宣傳。」爲了保險起見，茱迪提醒道。馬聰說他當然明白。

他畢竟是個「有頭有臉的人」。他說他在一個荒唐的時間醒過來，躺在床上傾聽著「萬籟俱寂」。但就在快四點半的時候聽到一個聲響，立刻聽出那是手槍聲，便急忙穿上衣服走到陽台上，從這裡可以看到海灘、岩岬和他們此時站立的停車區。

「你看到什麼了？」

「什麼也沒有。四下安靜得詭異。接著空氣爆裂了，聽起來好像戰爭爆發。」

「你又聽到更多槍聲？」

「海灣對岸的岬角傳來劈哩啪啦的槍聲，我凝神眺望，目瞪口呆，然後……我有沒有提到我是賞鳥人士？」

「沒有。」

「總之，這個愛好讓我練出絕佳視力，我有像老鷹一樣的眼睛，常常能準確無誤地指出遠方的微小細節，一定是這樣，所以才會發現那上面岩石突出的地方有個小點，你們看到了嗎？它的邊緣有點往岩坡凹陷進去，像個口袋。」

茱迪抬頭看著斜坡，點了點頭。

「一開始我看不出那是什麼，」馬聰接著說道：「但後來發現是個小孩，我想是個男孩。他蹲坐在那裡不停發抖，至少我是這麼覺得，忽然間……天哪，我這輩子都忘不了。」

「怎麼了？」

「有個人從上面跑下來，是個女的，她騰空躍起，降落在突出的岩石上，因為力道過猛差點就摔下來。之後他們，那女的和男孩，一起坐在那裡乾等，等著無可避免的事情發生，然後……」

「怎麼樣？」

「有兩個男人拿著衝鋒槍出現，射啊射的，你們一定可以想像，我馬上就撲倒在地。我很怕被射中，卻還是忍不住抬頭看。說眞的，從我的位置可以很清楚看到那個男孩和女孩，可是站在崖頂的人卻看不見他們，至少暫時看不見。我心裡很清楚，他們遲早會被發現，到時就無路可逃了。而他們只要一離開岩棚，就會被那兩個男人射殺。根本就是絕望的處境。」

「可是在那上面既沒發現男孩也沒發現那個女的。」茱迪說。

「就是了！那兩個男人逐漸逼近，只須彎個身就能看見那女的和孩子。最後說不定還能聽到他們的呼吸聲。但就在這個時候……」

「說下去。」

「你們一定不會相信，快速應變小組那個人就壓根不信。」

「你倒說說看，可不可信以後再說。」

「那兩人可能感覺到非常靠近了，便停下來豎耳傾聽，那女人忽然跳起來朝他們開槍。砰，砰！接著衝上前奪下他們的武器丟開，簡直就像看動作片，之後她帶著孩子連滾帶跑，幾乎是跌下坡去，直奔向停在停車區的一輛ＢＭＷ。就在他們上車以前，我看到那個女的抱著一樣東西，看起來很像電腦袋。」

「他們開著ＢＭＷ走了？」

「那速度太嚇人了。我不知道他們去哪裡。」

「當然。」

「但還不只這樣。」

「什麼意思？」

「還有另外一輛車，應該是荒原路華，黑色，新款。」

「那輛車怎麼了？」

「我當時忙著打電話報警，但正要掛電話時，看見又有兩個人從那邊的木梯走下來，是一個瘦瘦高高的男人和一個女人。太遠了看不清楚，不過還是可以跟你們說兩件關於那個女人的事。」

「什麼事？」

「她是一隻十二角鹿，而且她很生氣。」

「十二角鹿是說她很美嗎？」

「至少是時髦、有魅力，遠在一公里外都看得出來。不過她火氣可眞大。就在他們上車之前，她打了那男的一巴掌，奇怪的是，他幾乎毫無反應，只是點點頭，好像是自己活該。然後他坐上駕駛座，他們就走了。」

茱迪把這些全記下來，知道現在必須馬上對一輛荒原路華和一輛ＢＭＷ發出全國通緝令。

嘉布莉在別墅街住處的廚房內喝著卡布奇諾，心想就各方面而言，自己並未亂了方寸。但她八成是受到了打擊。

柯拉芙要她八點到國安局辦公室見她。嘉布莉猜想自己不只會丟了工作，還要承擔司法的後果，將來想找工作恐怕無望。她才三十三歲，職業生涯便宣告結束。

這還不是最糟的。她原本就知道自己藐視法律，存心冒險，但這麼做是因為她認為這是保護鮑德的兒子最好的方式。如今，在她的夏日別墅外發生槍戰後，好像誰也不知道男孩的下落。他有可能受了傷，或甚至喪命了。嘉布莉內心飽受愧疚的煎熬：先是父親，現在是兒子。

她站起來看看時鐘，七點十五分，得走了，以便在去見柯拉芙之前還有點時間清理桌子。她下定決心要維護尊嚴，不找任何藉口也不懇求留下。Blackphone響了，但她懶得接，只管穿上靴子和Prada大衣，圍上一條奢侈的紅色圍巾。既然都要走了，還不如走得神采飛揚一點。她站在玄關鏡子前補妝，諷刺地比出勝利手勢，就像當年辭職後的尼克森。Blackphone再度響起，這回她遲疑了一下還是接起。是美國國安局的亞羅娜。

「我剛剛聽說了。」她說。

她當然聽說了。

「妳還好嗎？」

「妳說呢？」

「感覺像全世界最慘的人？」

「差不多。」

「而且從此再也找不到工作？」

「完全正確，亞羅娜。」

「要是這樣，我告訴妳，妳一點也不必覺得羞恥。妳做得對。」

「妳是在說笑嗎？」

「現在好像不是說笑的時候，寶貝。妳的團隊裡有內鬼。」

嘉布莉深深吸了口氣。「是誰？」

「倪申。」

嘉布莉愣在當下。「有證據嗎？」

「有啊，過幾分鐘我會全部傳過去。」

「倪申爲什麼要背叛我們？」

「我想他並不認爲是背叛。」

「不是背叛？那他到底覺得這叫什麼？」

「也許是和老大哥攜手合作，對自由世界的領導國盡責吧？誰知道呢？」

「所以說他提供訊息給妳。」

「應該說他幫助我們自取所需。他給了我們關於你們的伺服器和加密法的資料，聽起來很令人髮指，但其實不然。我們就面對現實吧，從鄰國的八卦到總理的電話，我們無所不聽。」

「但這次消息的洩漏又更進一步了。」

「這一次是我們像漏斗一樣洩漏出去的。嘉布莉，我知道妳沒有完全照規矩來，但我絕對相信妳有妳的道理，我一定會讓妳的長官聽聽妳的說法。妳看出了組織裡有腐敗現象，所以無法遵守組織規則行事，但妳又堅決不逃避責任。」

「可惜出了差錯。」

「事情總有出錯的時候，不管妳多小心。」

「謝了，亞羅娜，很感謝妳這麼說。但如果奧格斯．鮑德出了什麼事，我永遠不會原諒自己。」

「嘉布莉，那孩子沒事。他正和莎蘭德小姐開著一輛車到處跑，如果還有人在追他們的話。」

嘉布莉沒聽懂。「這是什麼意思？」

「就是說他沒受傷，寶貝，而且多虧了他，殺他父親的凶手已經被捕並驗明身分了。」

「妳是說奧格斯還活著？」

「沒錯。」

「妳怎麼知道？」

「就當我有一個非常高層的消息來源吧。」

「亞羅娜……」

「什麼事？」

「如果妳說的是真的，是妳讓我重新活過來了。」

掛斷電話後，嘉布莉打給柯拉芙，堅持要倪申也一起見面。柯拉芙勉強答應了。

早上七點半，艾德與布隆維斯特從嘉布莉的避暑小屋拾級而下，走向停在海灘停車區的奧迪。四周景致被白雪所覆蓋，他二人都一語不發。五點半時，布隆維斯特收到莎蘭德的簡訊，一如既往地言簡意賅。

〈奧格斯沒受傷。還要再躲一陣子。〉

莎蘭德依舊沒有提及自己的身體狀況。但聽到男孩的消息，眞讓人鬆了一大口氣。之後，布隆維斯特接受茱迪和霍姆柏的仔細盤問，並一五一十說出雜誌社過去這幾天的作業情形。他們對他並不友善也無好感，他卻覺得他們多少是理解了。一個小時後的現在，他從堤防旁邊走過，斜坡上有隻鹿倉皇逃入樹林裡。布隆維斯特坐上駕駛座，等著隨後大步走來的艾德。這個美國人正爲背痛所苦。

前往布崙途中遇上了塞車，好幾分鐘動彈不得，布隆維斯特想到了安德雷，其實他心裡一直掛念著安德雷。至今這男孩仍毫無半點消息。

「收音機上可以找個吵一點的頻道嗎？」艾德說。

布隆維斯特轉到一〇七．一，詹姆士．布朗正在高唱著自己有多像性愛機器。

「把你的手機給我。」艾德說。

他把手機都塞到後座喇叭旁邊，顯然打算談一些敏感話題，對此布隆維斯特沒有異議——他必須寫他的報導，因此需要盡可能蒐集事實資料。但他也比大多數人都清楚，天底下沒有白吃的午餐。雖然他對艾德抱有一定的好感，甚至欣賞他的暴躁魅力，卻一刻也不信任他。

「說來聽聽吧。」他說。

「事情可以這麼說，」艾德說道：「我們都知道在工商業界，總有人會利用內部消息。」

「同意。」

「有一段時間，我們情報界幾乎沒有這個問題，原因很簡單，因爲我們保守的秘密不一樣。潛在的危險在其他地方。但自從冷戰結束後，一切都變了。大致說來，監視工作變得更加廣泛，現今我們掌控著大量的寶貴資料。」

「你是說有人在利用這個。」

「基本上這正是重點所在。商業間諜活動讓公司行號得以知道競爭對手的優勢與弱點，這是一個灰色地帶，數十年前被認爲是犯罪或不道德的行爲，如今卻成了標準作業程序。在我們國安局也沒好到哪去，事實上我們甚至可能是……」

「最糟的？」

「別緊張，聽我說完。」艾德說：「應該說我們有一定的道德準則，只不過這是個養了數萬雇員的龐大組織，難免會有幾顆老鼠屎——我想交給你的那些老鼠屎當中，甚至有一、兩個位高權重。」

「想當然你是出於一片好意。」布隆維斯特略帶嘲諷地說。

「好吧，也許不全然是，不過你聽我說。當我們那裡的高層超越底線，參與犯罪活動，你認爲會發生什麼事？」

「絕不是太好的事。」

「如你所知，索利豐有一個腐敗單位，爲首的是一個叫齊格蒙．艾克華的人，專門負責找出與他們競爭的科技公司在研發些什麼。他們不只竊取技術，還轉手出售。這對索利豐不利，甚至可能對整個那斯達克股市都不利。」

「對你也是。」

「沒錯。原來我們商業間諜活動中最高層的兩名主管——分別叫做雅各．巴克萊和布萊恩·艾波特——都得到艾克華和他手下的幫助，交換條件就是國安局幫助艾克華進行大規模的通訊監控。索利豐去找到哪裡正在進行大革新，而我們那些白癡就去挖出製圖和技術細節。」

「我想這賺來的錢不一定會進國庫。」

「不只是這樣呢，老兄。身為公務員要是做這種事，就會變得很脆弱，尤其艾克華和他的手下也同時在幫助重大罪犯。說句公道話，他們很可能一開始並不知道客戶是重大罪犯。」

「但那些人真的是重大罪犯？」

「那可不，而且那批罪犯也反過來利用這個好處。像艾克華他們這麼高明的駭客是我夢寐以求的，而他們的強項就是四處挖掘資訊，所以你應該可以想像：他們一旦察覺我們國安局的人在做些什麼，自然就知道自己挖到金礦了。」

「所以說他們就能敲竹槓了。」

「還說什麼優勢呢。我們的人竊取的對象不只是大企業，同時也掠奪那些勉強維持的小型家庭或個人獨資企業。要是所有事情都曝光，恐怕不好看。結果國安局被迫不只要幫助艾克華和索利豐，也要幫助那些罪犯。」

「你是說蜘蛛會？」

「說對了。也許有一段時間大家都開心，這是大事業，錢滾滾而來。後來進行到一半時，偏偏冒出一個小天才，一個鮑德教授，他做什麼事都很厲害，也包括蒐集情報。於是他發現了這個計畫，或者至少是一部分計畫。這下所有人當然都嚇得屁滾尿流，決定要採取行動。我不完全清楚他們是怎麼作出這些決定的，我猜我們的人是希望以合法的手段威脅就好，可是當你和一群罪犯私通……蜘蛛會的人又偏愛暴力，所以他們到計畫後期才把我們的人牽扯進去，就為了把他們拴得更緊一點。」

「天哪。」

「要不是我們的電腦被駭，我永遠不會知道這些事。」艾德說。

「又多了一個放過那個駭客的理由。」

「我正有此打算，只要她告訴我她是怎麼做的。」

「我不知道你的承諾有幾分效力，不過我一直在想另一件事。」布隆維斯特說。

「說吧。」

「你提到了兩個人，巴克萊和艾波特。你確定只到他們兩個為止？他們的老闆是誰？」

「可惜不能告訴你，這是機密。」

「我想我只能勉強接受了。」

「沒錯。」艾德毫不動搖地說。就在此時，布隆維斯特發現車流又開始動起來了。

# 第二十八章

十一月二十四日下午

艾鐸曼教授站在卡羅林斯卡學院的停車場上，納悶自己到底蹚了什麼渾水。他接下來作的安排意味著他必須取消一連串的會議、演說與座談會。

儘管如此，他仍感到異常興高采烈。令他神魂顛倒的不只有那個男孩，還有那個看似剛在街頭打完架，卻又開著一輛全新的BMW，說起話來帶有一種冷漠威嚴的年輕女子。當他聽完她的問題，回答說：「好啊，當然好，有何不可？」他幾乎不知道自己在做什麼，但這顯然是既愚蠢又魯莽。他唯一展現的一絲自主性，就是婉拒了任何報酬。

他的旅費與旅館費都由他自己出，他這麼說。想必是覺得內疚吧，但這孩子引發了他科學研究的好奇心，因此他動了保護他的念頭。一個既能如照相般精準作畫又能演算質因數分解的學者——實在太誘人了。他自己都沒想到，他甚至決定不出席諾貝爾獎的餐會。這個年輕女子讓他完全失去了理智。

漢娜坐在托爾斯路公寓的廚房裡抽菸。她除了抱著沉甸甸的心，呆坐在那裡猛抽菸之外，好像就沒做過其他事情。她得到的支持多得不尋常，但承受的肢體暴力也多得不尋常。她的焦慮讓衛斯曼難以忍受，也轉移了他的注意力，暫時忘記自己的痛苦。

之前他老是突然就大發雷霆，嚷嚷著：「妳連自己的兒子都找不到嗎？」也常常對她揮拳，或是把她當成破布娃娃一樣摔丟。現在他八成又要抓狂了，因為她把咖啡灑到《當日新聞報》的文化版，而衛斯曼本來就已經因為報上的戲劇評論太偏袒一些他不喜歡的演員而很不痛快了。

「妳在搞什麼啊？」

「對不起，我會擦乾淨。」她連忙說道。

從他的嘴形她看得出光是這樣無法令他滿意，他會反射性地打她，而她也已作好準備迎接這記耳光，因此一聲未吭，連頭都沒動。她可以感覺到淚水湧上眼眶，心怦怦地跳，但事實上這和耳光無關。當天早上她接到一通十分令人困惑不解的電話：奧格斯找到了，但又失蹤了，而且「很可能」並未受傷——「很可能」。漢娜實在不知道應該更擔心或更放心。

時間一分一秒過去，仍無進一步的消息。她猛然起身，不再在乎會不會又引來一陣毆打。她走進客廳，聽到衛斯曼在身後粗聲喘氣。奧格斯的畫紙還躺在地上，外面一輛救護車呼嘯而過。她聽見樓梯間響起腳步聲，有人要上這兒來嗎？接著門鈴響了。

「別開門。一定是哪個該死的記者。」衛斯曼厲聲說。

漢娜也不想開門。但她很難置之不理，不是嗎？說不定是警方有問題想再問她，也說不定，說不定他們現在有了更多消息，不管是好是壞。

她往大門走去時想到了鮑德。她記得當時他站在門口，說要來接奧格斯的樣子。她記得他的眼神，記得他把鬍子剃掉了，也記得自己有多渴望回到在衛斯曼之前的舊生活，那個時候電話響個不停、工作邀約不斷，她尚未落入恐懼的魔爪中。她扣上了安全鏈才開門，起先什麼也沒有，只看到電梯門和淡紅棕色的牆面。接著她全身像有一陣電流通過，一時震驚得不敢置信。但真的是奧格斯！他的頭髮糾結得一團亂，衣服髒兮兮，穿著一雙大了好幾號的球鞋，可是：他仍然用那種深不可測的嚴肅表情看著她。她心知他不可能自己跑來，但打開門鏈後還是嚇了一跳。奧格斯旁邊站著一個酷酷的女孩，她身穿皮夾克，臉上有抓痕，頭髮沾了泥土，兩眼直瞪著地上，手裡還有一只大行李箱。

「我來把兒子還給妳。」她說話時沒有抬起頭。

「我的老天，我的老天啊！」漢娜驚呼著。

她只能說出這幾個字來，整個人完全不知所措地在門口呆站了幾秒鐘。接著她的肩膀開始顫抖，然後跪到地上，忘了奧格斯討厭被擁抱，還是張開雙臂摟住他，喃喃低呼：「我的孩子，我的孩子……」直到落下淚來。奇怪的是：奧格斯不但由著她，自己也似乎想說些什麼——就好像他會說話了，這才是最要緊的。但他還沒來得及開口，衛斯曼已經站在她身後。

「妳在搞……哇，看看是誰來了！」他咆哮道，彷彿還想繼續剛才的爭吵。

但緊接著他克制住了，從某方面而言，這是很了不起的演技。才一轉眼，他開始展現曾經讓女人陶醉不已的翩翩風采。

「妳把孩子快遞到家門口來啦。」他對門外的女子說道：「真貼心。他還好嗎？」

「他很好。」女子用奇怪的平板語氣說道，然後問也沒問就拖著行李箱、踩著沾滿泥土的靴子走進公寓。

「可不是嘛，快請進來吧。」衛斯曼口氣刻薄地說。

「我是來幫你打包的，衛斯曼。」

這個回答太過奇怪，漢娜相信是自己聽錯了，衛斯曼似乎也沒聽懂。他只是愣愣地站在原地，張大了嘴。

「妳說什麼？」

「你要搬出去。」

「妳在開玩笑吧？」

「不是。你現在就離開這間公寓，馬上走，以後再也不許你靠近奧格斯。這是你最後一次見到他。」

「妳失心瘋了吧！」

「其實我已經格外寬容了。我本來打算把你從樓梯上丟下去，但我還是帶了行李箱來，想想應該讓你打包幾件襯衫長褲。」

「妳是哪來的怪胎啊？」衛斯曼大吼道，心裡既驚慌又怒不可遏，以充滿敵意的態度向女子施壓，漢娜不禁擔心他會不會也揍她一頓。

但不知什麼原因阻止了他，也許是那女子的眼神，也可能只是因爲她的反應不同於常人。她沒有後退或顯得害怕，只是微笑看著他，並從內側口袋掏出幾張皺皺的紙遞給衛斯曼。

「萬一你和你的朋友羅傑忽然想念奧格斯了，就看看這個，懷念一下。」她說。

衛斯曼困惑地把紙張倒轉過來，接著他的臉驚恐得扭曲變形，漢娜也很快地看了一眼。那上面畫了東西，最上面一張畫的是……衛斯曼。揮舞著拳頭的衛斯曼，看起來像個凶神惡煞。

後來她幾乎也難以解釋，總之她不但明白了當奧格斯獨自和衛斯曼及羅傑待在家裡時發生了什麼事，也更加看清了自己的生活，多年來她從未看得如此清楚明白。

衛斯曼用那張扭曲、暴怒的臉看著她已不下數百次，最近一次就在一分鐘前。她知道誰都不應該忍受這種事，無論是她或奧格斯，於是她往後退縮。至少她這麼覺得，因爲那女子以新的目光看著她。漢娜不安地凝視她，她們彼此似乎有了某種程度的理解。

「他必須得走，我說得對嗎，漢娜？」女子問道。

這個問題有致命的可能，漢娜低下頭看到奧格斯腳上那雙太大的鞋。

「他穿的是什麼鞋子？」

「我的。」

「爲什麼？」

「今天早上走得太匆忙。」

「你們都做了些什麼？」

「躲藏。」

「我不明白……」她沒能把話說完。

衛斯曼粗魯地抓住她，怒沖沖地吼道：「妳怎麼不跟這個神經病說要走的人是她？」

漢娜有些畏縮，但……或許是看到衛斯曼臉上的表情，也或許是感覺到那女子的神態有種無法平息的怒氣。沒想到……漢娜聽見自己說：「你走，衛斯曼！永遠別再回來！」

這話好像是別人替她說的。接下來一切變化得好快。衛斯曼舉起手來要打她，但沒有打成，他沒打成。倒是年輕女子以快如閃電的速度往他臉上揍了兩、三拳，宛如訓練有素的拳擊手，隨後往他的腳一踢，讓他跌倒在地。

「搞什麼啊！」他只能這麼說。

他摔倒後，女子站到旁邊俯視著他。當漢娜帶奧格斯進房間，她才驚覺到自己老早就巴不得衛斯曼從她的生活中消失。

包柏藍斯基好想見見高德曼拉比。

他也好想念茱迪的柳橙巧克力，還有他的Dux床墊和春天。但此時此刻，他必須讓這次的調查行動稍微上軌道。的確，在某個程度上他是滿意的。據說奧格斯毫髮無傷，而且正要回家找母親。

多虧了這個孩子本身和莎蘭德，才能夠將殺他父親的凶手繩之以法，雖然還不確定傷重的他能否存活下來。包柏藍斯基在人在丹得利醫院的加護病房。床上的病人名叫包里斯．拉維諾夫，但已經使用化名楊．侯斯特一段時間。他是個少校，從前是蘇聯軍隊的精英，名字曾出現在過去幾次的殺人案中，卻從未被判刑。他有自己的保全事業，擁有芬蘭與俄羅斯雙重國籍，目前住在赫爾辛基，無疑有人竄改過他的官方資料。

在印格勞避暑別墅外發現的另外兩人，已經藉由指紋確認身分：丹尼斯．威頓，昔日硫磺湖機車俱樂部的幫派分子，曾因加重搶奪罪與重傷害罪入獄服刑；弗拉狄米．奧羅夫，俄國人，在德國有仲介賣淫的犯罪紀錄，兩任妻子死因不明。這兩人都還是一語不發，不管是關於這起事件或是任何事情，包柏藍斯基也不抱太大期望，像他們這種人在偵訊時往往會保持緘默。但話說回來，那也是遊戲規則。

然而令包柏藍斯基不滿意的是，他覺得這三人只不過是聽命行事，他們上面還有一個領導階級，連結了俄國與美國的社會高層。一個記者比他更了解他自己在調查的案子，這點他沒意見，當然他並不爲此自豪，他只是想有所進展，無論來源爲何，任何情報他都感激在心。但布隆維斯特對此案的敏銳洞見直指他們內部缺失，也讓包柏藍斯基想起調查期間消息外洩，男孩因他們而陷於險境的事。對此，他的憤怒絕不可能平息，也許正因如此他才會對汲汲營營想找到他的國安局長如此惱火。而且柯拉芙不是唯一一人，國家刑事局的ＩＴ人員也在找他，此外還有檢察長埃克斯壯和一位名叫史蒂文·華伯頓的史丹佛教授，傅蘿說這位教授是機器智能研究院院士，想談談關於一項「重大風險」。

這件事加上其他拉哩拉雜的事情，讓包柏藍斯基心煩不已。這時有人敲他的門，是茉迪，只見她神情疲憊，臉上脂粉未施，看起來與平時有些不同。

「三個犯人都在進行手術。」她說：「得等上好一會才能再訊問他們了。」

「應該是說試著訊問他們。」

「我倒是和拉維諾夫說上了一、兩句話。他動手術前清醒了一下。」

「他有沒有說什麼？」

「只說他想和神父談。」

「怎麼搞的，最近所有的瘋子和殺人犯都成信徒了？」

「偏偏所有明理的老督察長又懷疑他那個上帝的存在，你的意思是這樣吧？」

「好啦，好啦。」

「拉維諾夫也顯得很沮喪，我認爲這是好現象。」茉迪說：「當我把畫拿給他看，他只是神情無奈地將它揮開。」

「這麼說他沒有試圖宣稱那是假造的？」

「他只是閉上眼睛，就說起了要找神父的事。」

「你有沒有查出那個美國教授想做什麼？一直打電話來的那個。」

「這……？沒有……他只要跟你談。我想應該和鮑德的研究有關。」

「還有安德雷，那個年輕記者呢？」

「我來找你就是爲了這個。情況看起來不樂觀。」

「現在知道些什麼？」

「他工作到很晚，有人看見他經過卡塔莉娜大電梯，身旁還有一個留著紅金或暗金色頭髮、衣著名貴的美女。」

「這我沒聽說。」

「看見他們的人叫肯恩．埃可倫，是斯康森一家麵包店的老闆，住在《千禧年》雜誌社那棟大樓。他說他們看起來像戀人，至少安德雷很像。」

「妳覺得會不會是美人計？」

「有可能。」

「這個女人，和出現在印格勞的那個會不會是同一人？」

「我們正在查。但他們好像往舊城區去了，這點我不喜歡，不只因爲我們在那裡追蹤到安德雷的手機訊號，還因爲那個討厭的傢伙奧羅夫——每次要問他話，他就朝我吐口水——他在默坦．特羅齊巷有一間公寓。」

「去過了嗎？」

「還沒，剛剛才查到地址。公寓登記在他一家公司名下。」

「但願那裡沒有什麼令人不快的場面在等著我們。」

衛斯曼躺在托爾斯路公寓玄關的地板上，不明白自己怎會這麼害怕。她只是個女生，一個身高勉強到他胸部、臉上穿洞的龐克女，他大可以像丟小老鼠一樣把她丟出去。但他卻好像全身癱瘓，他覺得這和女孩的打鬥方式無關，和她把腳踩在他肚子上更無關，主要是她的眼神和她整個人有種感覺，他也說不上來。他就像個白癡躺在那裡，靜靜聽她說了幾分鐘的話。

「剛剛有人提醒我，」她說：「我的家族有個很大的問題。我們好像什麼都做得出來，再難以想像的殘酷行爲也不例外。這可能是基因缺陷。我個人很看不慣那些欺負小孩和女人的男人，碰上這種事我就會變得危險。當我看到奧格斯畫你和你的朋友羅傑，我眞想狠狠教訓你們，但我認爲奧格斯已經吃了夠多苦頭，所以你們倆也許有一丁點機會可以逃過一劫。」

「我……」衛斯曼才一開口就被打斷。

「閉嘴。」她說：「這不是談判，更不是對話。我只是把條件一一列出，如此而已。法律上沒有任何問題。鮑德夠聰明，他把公寓登記在奧格斯的名下，至於其他呢，就這麼辦：你有整整四分鐘時間可以打包滾蛋。要是你或羅傑敢再回到這裡或是以任何方式和奧格斯接觸，我保證會把你們折磨到讓你們下半輩子再也不能好好做任何一件事。同時，我會準備好把你們虐待奧格斯的所有細節呈報給警方，你們也知道，我們有的不只是畫，還有心理醫師和專家們的證詞。我還會連絡各家晚報，告訴他們我握有關於你傷害荷娜塔．卡普辛斯基的具體影像資料。跟我說說，衛斯曼，你做了些什麼？狠狠咬傷她的臉頰又踢她的頭嗎？」

「所以說妳要找媒體。」

「我要找媒體。我要讓你和你的朋友受盡一切恥辱。不過也許——我是說也許——你們有希望逃過最悽慘的羞辱，只要永遠別讓我看見你們接近漢娜和奧格斯，也永遠不再傷害女人就行了。說實話，我根本懶得理你。只要你離開後，可以像個膽小害羞的小和尚一樣過日子，可能就沒事了。我是不太相信，畢竟我們都知道，對女人施暴的再犯率很高，而基本上你又是個人渣，但如果幸運一點的話，誰知道……？你懂了嗎？」

「懂了。」他眞恨自己這麼說。

他別無他法，只能答應並乖乖照做。於是他起身進到臥室，迅速地收拾好衣物，拿起大衣和手機便離開了。他無處可去。

他這一生從未感覺這麼窩囊過。外頭無情的雪雨迎面打來。

莎蘭德聽到前門砰地關上，腳步聲走下石梯漸漸遠去。她看著奧格斯，只見他兩手垂在身側，動也不動地站著，兩眼直盯著她。這讓她心煩意亂。片刻前，一切都在她的掌控中，但現在她卻沒把握。漢娜・鮑德究竟是怎麼回事？

漢娜彷彿就要痛哭流涕，而奧格斯……最糟的是他開始搖起頭來，嘴裡嘟嘟噥噥。莎蘭德只想趕快離開，但她還是留下了，因爲任務尚未完成。她從口袋掏出兩張機票、一張飯店優待券和一疊厚厚的紙鈔，克朗和歐元都有。

「我只想打從心底……」漢娜開口說道。

「閉嘴。」莎蘭德打岔道：「這是去慕尼黑的機票，今天晚上七點十五分起飛，所以你們動作得快點。我已經安排車子直接送你們到艾茂城堡飯店，這間飯店很不錯，在加米許—帕騰基欣附近。你們會住在頂樓的大房間，登記的姓氏是穆勒，一開始先在那裡待三個月。我已經連絡艾鐸曼教授，也向他解釋過絕對保密的重要性。他會定期去看你們，讓奧格斯得到好的照顧，還會替他安排適當的教學。」

「妳是認真的？」

「再認真不過。如今警方已經拿到奧格斯的畫，凶手也已經落網，但幕後指使這一切的人還逍遙法外，我們又沒法知道他們會打什麼主意。你們必須馬上離開這棟公寓，我還有其他事情要忙，但已經安排一個司機載你們去機場。他看起來可能有點怪，不過人沒問題，妳可以叫他瘟疫。都聽懂了嗎？」

「懂，可是……」

「別可是了。仔細聽好，漢娜：你們離開的這段時間，妳絕對不能使用自己的信用卡或手機。我幫妳準備了一支加密手機，一支Blackphone，遇到緊急狀況可以使用。我已經輸入我的號碼。飯店的所有費用我會處理，妳會拿到一萬克朗的現金，以備不時之需。還有問題嗎？」

「聽起來很瘋狂。」

「我不覺得。」

「但這麼大的花費妳怎麼負擔得起？」

「我可以。」

「我們該怎麼……」漢娜一臉茫然，好像不知道該相信什麼。接著便哭了起來。

「我們該怎麼感謝妳呢？」她好不容易把話說完。

「**感謝？**」

莎蘭德重複說出這兩個字，好像無法理解似的。當漢娜張開雙臂上前要擁抱她，她往後一退，眼睛盯著玄關地板說道：

「冷靜下來！好好克制自己，不管妳本來在嗑藥還是什麼東西，都停了吧。妳可以這樣感謝我。」

「我會的……」

「要是有人大費周章想說服妳把奧格斯送進療養院或什麼機構，希望妳能拚盡全力、毫不留情地反擊，瞄準他們的最大弱點，像個戰士一樣。」

「戰士？」

「沒錯，別讓任何人……」

莎蘭德沒有再說下去。這些或許不是最理想的道別話語，但非說不可。她轉身走向大門，沒走幾步，奧格斯又開始嘟嘟噥噥，這回她們聽出了他在說什麼。

「不走，不走……」

對此莎蘭德也不知該如何回答，只說：「你會沒事的。」然後彷彿自言自語般加上一句：「謝謝你今天早上的尖叫。」接著靜默了一會，莎蘭德心想是否該再說些什麼，但最後還是靜靜地轉身出門。

漢娜在背後喊道：「我不知道該怎麼跟妳說這對我有多重要！」

但莎蘭德一個字也沒聽見。她已經奔下樓上了車。當她來到西橋，布隆維斯特用Redphone

app打來說美國國安局已經追蹤到她。

「跟他們打聲招呼，說我也在追蹤他們。」她說。

隨後她開往羅傑的家，嚇掉他半條命。之後再開回自己住處，開始解美國國安局的加密檔案，但仍無進一步突破。

艾德和布隆維斯特在大飯店的房間裡工作了漫長的一天。艾德給了布隆維斯特一個大好故事，他將能寫出現在《千禧年》最需要的獨家，可是他的不安感仍未稍減。不只因為安德雷依然下落不明，關於艾德也有些說不通的地方。首先他為什麼會出現在這裡？又為什麼要花那麼大精力，幫助一家遠離美國所有權力核心的瑞典小雜誌社？布隆維斯特保證了不會披露駭客的攻擊行動，也半承諾會試著說服莎蘭德和艾德談談。但這些看起來幾乎是不夠的。

艾德的行為看似冒著極大風險。他們將窗簾拉攏，手機放在安全的距離外，房間裡有種猜疑的氣氛。機密文件攤開放在床上。布隆維斯特可以看，但不能引用或拷貝。偶爾，艾德會中斷敘述，開始從各方面討論關於保護消息來源的權利。他把關把得一絲不苟，以確保這次的洩密不會追溯到他身上，有時候他會緊張地傾聽走廊上的腳步聲，或是從窗簾縫查看外面有沒有人在監視飯店，但是……布隆維斯特總覺得這其中多半都是演戲。

他愈來愈相信艾德完全知道自己在做什麼，甚至不怎麼擔心有人偷聽。布隆維斯特想到艾德在扮演的角色可能有長官撐腰——說不定他們也給他安排了角色，只是他自己還不清楚。

因此他密切注意的不只是艾德說了什麼，還揣摩他沒說的，並思考著他將這些公諸於世是想得到什麼。他心裡確實有一定程度的怒氣。在一個名叫策略技術保護處的單位裡，有些「王八蛋」阻止了艾德揪出那個侵入他系統的駭客，只因爲他們不想曝光出糗，他說這件事讓他氣炸了。布隆維斯特沒有理由不相信他，更沒有理由懷疑艾德不是眞的想把這些人全部消滅，想「把他們踩在腳底下，輾成肉醬」。

這整件事還有其他地方讓他覺得不太對勁。有時感覺上，艾德似乎在爲某種自律而掙扎。布隆維斯特不時會到樓下大廳去想想事情，或是打電話給愛莉卡或莎蘭德。愛莉卡總會在第一聲鈴響就接起電話，儘管他們倆對這則報導都很興奮，談話時仍每每會提到安德雷的失蹤。莎蘭德整天都沒接電話，最後他終於在五點二十分和她通上話了。她有些漫不經心地告訴他，孩子現在和母親在一起很安全。

「那**妳**呢？」他問道。

「沒事。」

「沒有受傷？」

「至少沒有新傷。」

布隆維斯特深吸一口氣。「莉絲，妳有沒有侵入美國國安局的內部網站？」

「你是不是一直在和艾德老大談？」

「無可奉告。」

他什麼都不會說的，對莎蘭德也不例外。對他來說，保護消息來源比對她的忠誠度更重要。

「艾德畢竟沒有那麼笨。」她說。

「這麼說妳有了。」

「也許。」

布隆維斯特差點衝口而出，質問她到底在搞什麼。後來還是盡可能心平氣和地說：「他們準備要放過妳，只要妳答應見面並告訴他們妳是怎麼做的。」

「替我轉告他們，我也盯上他們了。」

「這是什麼意思？」

「我手裡掌握的比他們想的還要多。」

「好，不過妳會考慮見見……」

「艾德嗎？」

她怎麼會知道？布隆維斯特嘀咕道。艾德原本想要自己告訴她。

「艾德。」他說。

「自大的傢伙。」

「相當自大。不過要是我們保證妳不會被捕，妳願意見見他嗎？」

「這種事誰也無法保證。」

「我可以找我妹妹安妮卡，請她當妳的代理律師。」

「我有更好的事情可以做，」她說道，似乎不想再談這個。他忍不住說道：「我們現在正在寫的報導……我好像不完全明瞭。」

「問題在哪？」莎蘭德問。

「首先，我不明白卡蜜拉為何在這麼多年後再次露面。」

「我想她只是在等待時機。」

「此話怎講？」

「她八成一直都打算回來，爲她自己和札拉找我復仇，只是她想等到各方面的力量都夠強大以後。對卡蜜拉來說，再也沒有比強大更重要的事，我想她是忽然發現了一個一石二鳥的機會。至少我是這麼猜的。下次你們一起喝酒的時候，你何不自己問問她？」

「妳跟潘格蘭談過了嗎？」

「我一直很忙。」

「不過她失敗了，妳逃脫了，謝天謝地。」

「我做到了。」

「可是妳不擔心她隨時可能再回來嗎？」

「我想過。」

「好，那就好。妳知道嗎？我和卡蜜拉只是在霍恩斯路上走了一小段，什麼也沒做。」

莎蘭德沒回答，只說：「我了解你，麥可。現在你既然已經見到艾德，我想我也得防著他了。」

布隆維斯特暗自微笑。

「對，」他說：「妳說得可能沒錯。我們絕對不能太相信他，我可不想成爲被他利用的笨蛋。」

「這聽起來不像你的角色，麥可。」

「對，所以我想知道妳進入他們的內部網站發現了什麼？」

「一大堆可疑的骯髒事。」

「有關美國國安局和艾克華及蜘蛛會的關係嗎？」

「另外還有一點其他的。」

「妳打算要告訴我吧。」

「應該會，只要你檢點一點。」她帶著揶揄的口氣說，聽了之後他只覺得高興。

接著他咯咯一笑，因爲就在這一刻，他領悟到艾德究竟想幹什麼了。

由於衝擊實在太大，回到房間後他費了好大的勁才得以裝作若無其事，繼續和這個美國人工作直到當夜十點。

# 第二十九章

## 十一月二十五日早上

奧羅夫位於默坦．特羅齊巷的公寓收拾得一塵不染，床鋪得整整齊齊，床單乾乾淨淨，浴室的洗衣籃也是空的，但仍有些跡象顯得不太對勁。鄰居舉報說有幾個搬家工人來過這裡，仔細檢視後也發現地上與床頭架上方牆面都有血漬。這血漬與安德雷住處的唾液殘留比對的結果是吻合的。

但目前已被捕的人表示——仍可說話溝通的那兩人——對安德雷的血跡一無所知，因此包柏藍斯基與手下便鎖定追查被人看見與安德雷同行的那名女子。現在報紙上一欄又一欄的報導已不光是針對印格勞事件，還有關於安德雷的失蹤案。兩大晚報與《瑞典晨間郵報》與《都會報》都放了這名記者的醒目照片，而且已經有人猜測他遇害了。事情發展至此通常能喚醒民眾的記憶，促使他們想起可疑的蛛絲馬跡，但如今的情況幾乎恰巧相反。

主動前來報案且被認爲可信的目擊者，證詞都格外模稜兩可，而且除了布隆維斯特和斯康森的麵包店老闆之外，每個人都自作主張地表示那個女人絕不可能犯案。凡是見過她的人似乎都留下了不可抗拒的好印象。有個名叫瑟林．卡斯登的酒保，在約特路的「帕帕格羅」爲該女子與安德雷調過酒，他甚至一再吹噓自己識人能力高超，可以百分之百肯定這個女人「絕對不會傷害人」。

「她是優雅的化身。」

若相信這些證人的話，她可以說是一切的化身，因此包柏藍斯基看得出來，要想根據他們的證詞拼出她的畫像幾乎不可能。每個證人對她的描述各有不同，就好像是把自己心中完美女子的形象投射到她身上，而且到目前爲止，她也沒有在任何監視器裡留下影像。簡直可笑。布隆維斯特說這名女子就是莉絲．莎蘭德的孿生妹妹卡蜜拉，絕無疑問。可是回溯多年檔案，都沒有她的蹤跡，彷彿這個人已經不存在。倘若卡蜜拉還活著，便是換了一個新的身分。

尤其令包柏藍斯基心有疑慮的是，她曾待過的寄養家庭發生了兩起原因不明的命案。當時警方的調查不充分，留下許多鬆散的線索和問號，始終沒有下文。

包柏藍斯基看了調查報告感到很慚愧，想不到警察同仁對這個慘遭悲劇的家庭出於某種奇怪的考量，竟然沒有追根究柢查明一個再明顯不過的問題，那就是父女倆死前都把銀行存款提領一空，還有父親被發現上吊身亡的那一星期曾寫一封信給她，開頭第一句就是：

「卡蜜拉，爲什麼毀滅我的一生對妳來說那麼重要？」

此人看似迷倒了所有目擊證人，其實是將他們籠罩在不祥的黑暗中。

現在是上午八點，包柏藍斯基還有其他上百件事要處理，因此當他聽說有人找他，隨即表現出氣惱又愧疚的反應。來者是名女子，茱迪已問過她話，但她現在堅持要見他。事後他自問當時是否過度敏感，或許是因爲他一心認定還會出現更多問題吧。門口的女子並不高，但有種威嚴的氣勢。一雙目光炯炯的深色眼睛讓她略顯憂鬱。她穿著灰色大衣和一件有點像印度紗麗的紅色洋裝。

「我叫法拉．沙麗芙，」她說：「是資訊科學教授，也是法蘭斯．鮑德的好友。」

「喔，是啊，」包柏藍斯基頓時尷尬不已，連忙說：「請坐。抱歉，這裡很亂。」

「我看過更糟的呢。」

「是嗎？那麼，請問找我有何貴幹？」

「我和另一位警員談的時候太過天真了。」

「此話怎講？」

「因爲我現在得知更多訊息。我和華伯頓教授長談過了。」

「沒錯，他也在找我。只是現在情況太混亂，我還沒時間回電給他。」

「華伯頓是史丹佛的神經機械學教授，也是科技奇異點領域中數一數二的研究專家。近幾年他在機器智能研究院工作，這個機構的目的就是確保人工智慧能對人類有正面幫助。」

「那很好啊。」包柏藍斯基說道。每次提起這個話題，他就感到不自在。

「華伯頓有點像是活在自己的世界裡，他直到昨天才得知鮑德的事，所以沒能早一點來電。但他跟我說他禮拜一剛和鮑德通過電話。」

「他們談了些什麼？」

「他的研究。你應該知道，鮑德自從去了美國一直都很神秘。我是他很親近的朋友，但連我都不知道他到底在做什麼。我也眞夠傲慢的，自以爲多少了解一點，但現在才知道我錯了。」

「怎麼個錯法？」

「鮑德不但把原來的ＡＩ程式提升了一級，還爲量子電腦研發出新的演算法和新的拓撲資料。」

「我不太懂。」

「量子電腦是以量子力學爲基礎的電腦，在某些部分要比傳統電腦快上數千倍。量子電腦的一大好處就是它的基本單位，也就是量子位元可以同時存在。」

「這個妳得慢慢解釋給我聽。」

「它們不只能像傳統電腦以零或一的二進位狀態儲存，還能讓零和一同時存在。目前量子電腦還太過專門，使用不易。但鮑德——我該怎麼解釋才能讓你完全明白呢？——他好像找到了讓它更簡易、更有彈性、能夠自學的方法。他有了偉大的發現——至少是有此可能。但是在爲自己的突破感到自豪的同時，他也憂心忡忡，而這顯然正是他打電話給華伯頓的原因。」

「他擔心什麼？」

「因爲放眼將來，他擔心自己的發明可能給世人造成威脅，我這麼猜想。但更近一點來說，則是因爲他知道了美國國安局的一些事情。」

「什麼事情？」

「那一方面我毫無所悉，總之他不知怎的發現了他們商業間諜活動骯髒的一面。但在另一方面，我有許多相關資訊。該組織特別致力於發展量子電腦，這已不是秘密。對美國國安局而言，那可是道道地地的天堂。效能強大的量子電腦能讓他們破解所有加密，進而破解所有數位保安系統，那麼以後再也沒有人能逃過該組織的監視之眼了。」

「可怕的想法。」包柏藍斯基驚詫地說。

「但其實還有更令人害怕的腳本：萬一這種東西落入重大罪犯手中呢？」沙麗芙說道。

「我明白妳的意思了。」

「所以我當然很想知道你們從已經落網的人口中問出了些什麼。」

「可惜和這個都無關。」他說：「不過這些人都稱不上學識過人，我懷疑他們可能連中學數學都考不及格。」

「這麼說眞正的電腦天才逃走了？」

「恐怕是的。他和一名女嫌犯已經消失無蹤，他們很可能有好幾個身分。」

「令人擔憂啊。」

包柏藍斯基點點頭，直視沙麗芙的深色眼眸，而她也正以懇求的目光看著他。登時一個樂觀的念頭使他不再陷入絕望。

「我不太確定這意味著什麼。」他說。

「什麼事？」

「我們請IT人員檢查過鮑德的電腦。既然他的資安意識那麼高，自然不容易查，這點妳應該可以想像。但我們做到了，可以說運氣不錯吧，而且我們很快就發現肯定有一台電腦被偷了。」

「我想也是，該死！」她說。

「等一下，我還沒說完。我們也得知最初有幾台電腦相互連結，而這些電腦偶爾會連接到東京的一部超級電腦。」

「我們可以確認有一個大檔案，或至少是很大的一部分，最近被刪除了，到現在還沒能復原。」

「聽起來行得通。」

「你是說鮑德有可能銷毀自己的研究結果？」

「我不想驟下斷論。只是聽妳說了這麼多，我忽然想到罷了。」

「你想會不會是凶手刪除的？」

「妳是說他先複製完，再從他的電腦移除檔案？」

「對。」

「我覺得很難相信。那個人只在屋裡待了很短的時間，根本來不及做這樣的事，更別提他有沒有這個能力了。」

「好，無論如何，這聽起來讓人放心了些。」沙麗芙心中存疑，說道：「只不過……」

包柏藍斯基等著她說下去。

「我認爲這不像鮑德的性格。難道他眞會毀掉自己有史以來最偉大的成果？那就好像……怎麼說呢……好像剁掉他自己的手臂，或甚至更糟，像是殺死一個朋友，奪走一條性命。」

「有時候不得不作出重大犧牲，毀掉自己心愛的東西。」包柏藍斯基若有所思地說。

「要不然就是還留了一份拷貝。」

「要不然就是還留了一份拷貝。」他把她的話重複了一遍，接著突然作出一個奇怪的動作：他伸出一隻手來。

沙麗芙不明所以。她看著那隻手，彷彿以爲他要給她什麼東西。但包柏藍斯基並不因此氣餒。

「妳知道我的拉比怎麼說嗎？他說矛盾就是人的特點。我們可能同時既想待在家裡又想離開家。我和鮑德教授素不相識，他也許覺得我就是個笨老頭。但有件事我很確定：我們可能對自己的工作都又愛又怕，就如同鮑德似乎也是既愛兒子卻又拋下他。沙麗芙教授，人生在世不可能完全前後一致，而是要同時往許多方向去冒險，我懷疑妳的朋友是不是遇到某種劇變而陷入痛苦的掙扎。說不定他眞的毀了自己的畢生心血。說不定他到最後顯露出自己與生俱來的所有矛盾，成了一個道道地地、有血有肉的人。」

「你這麼認爲？」

「我們也許永遠不會知道，但他改變了，不是嗎？他在監護權聽證會上宣稱他不適合照顧兒子，但他確實做到了，甚至還讓那個孩子變得成熟並開始畫畫。」

「說得不錯，督察長。」

「叫我楊吧，有時候他們甚至叫我泡泡警官。」

「因爲你像泡泡一樣輕盈快活嗎？」

「哈，不是，我倒不這麼覺得。但我可以肯定一件事。」

「什麼事？」

「就是妳……」

他沒有繼續說下去，但也不需要了。沙麗芙對他微微一笑，就這麼一個簡簡單單的笑容，讓包柏藍斯基恢復了對生命與上帝的信念。

▲　▲　▲

八點，莎蘭德在菲斯卡街的公寓起了床。又是一夜少眠，不僅因爲試圖破解美國國安局加密檔案徒勞無功，還因爲不斷留意著樓梯間的腳步聲，並不時檢查警報器和樓梯平台上的監視器。

她和其他人一樣不知道妹妹究竟還在不在國內。在印格勞受到那番羞辱後，要說卡蜜拉正在準備以更強的力道展開新攻擊，絕非不可能的事。美國國安局的人也可能隨時闖進來。這兩件事莎蘭德都心知肚明。但今天早上她把這一切都拋到腦後，踩著堅定步伐走進浴室，脫去上衣檢視子彈傷口。她覺得傷勢終於開始好轉，忽然一時興起瘋狂的念頭，決定到霍恩斯路的拳擊俱樂部去打一回合。

以痛制痛。

打完拳後，她筋疲力竭坐在更衣室裡，幾乎沒有精力思考。這時手機響起，她置若罔聞，自顧自地進入淋浴間讓溫水灑在身上。她的思緒逐漸清明，腦海中再次浮現奧格斯的畫，但這回引起她注意的不是凶手的畫像，而是紙張底部的一樣東西。

在印格勞的避暑別墅時，莎蘭德只是很快地瞥一眼完成的畫，當時她一心只想著把它傳給包柏藍斯基和茉迪，若是再稍微細看，一定也會像其他人一樣爲其細膩詳實的表現手法讚嘆不已。不過現在她那過目不忘的記憶卻專注於奧格斯寫在最底下的那道方程式，一面沉思一面走出浴室。問題是她幾乎無法集中思緒。歐賓茲正在更衣室外大吵大鬧。

「閉嘴，我在想事情！」她吼了回去。

但沒多大用處。歐賓茲已是怒火沖天，而除了莎蘭德，誰都能理解。方才歐賓茲看她打沙袋打得有氣無力、心不在焉，已經夠吃驚了，當她開始垂著頭露出痛苦的表情，更是令他憂心。最後他出其不意地跑上前去，捲起她T恤的袖子，這才發現她的槍傷。他整個人都氣瘋了，顯然到現在還沒恢復平靜。

「妳是個白癡，妳知道嗎？瘋子！」他怒吼著。

她無力回答，全身一點力氣也不剩，那幅畫殘留的記憶如今也逐漸模糊。她來到更衣室長椅前，一屁股頹坐到嘉米拉．阿契貝身旁。她經常和嘉米拉打拳、上床，而且多半就是照這個順序。當她們發狠打上幾回合，往往就像一段又長又狂野的前戲。有幾次她們還在淋浴間裡做出不甚得體的行爲，她們倆都是不拘禮節的人。

「其實我也覺得外面那個吵死人的王八蛋說得對。妳腦子是有點問題。」嘉米拉說。

「也許吧。」莎蘭德說。

「那個傷看起來不輕。」

「開始癒合了。」

「可是妳需要打拳？」

「好像是。」

「要不要回我那去？」

莎蘭德沒有應聲。她黑色袋子裡的手機又響了。三則簡訊內容一樣，來電號碼則未顯示。她邊看邊握起拳頭，流露出致命的表情。嘉米拉感覺得到最好還是改天再和莎蘭德上床。

布隆維斯特六點醒來，對這篇報導有了幾個極好的想法，在前往辦公室途中，輕輕鬆鬆就拼湊出了個大概。進了雜誌社後他專心一意地埋頭工作，對周遭的情形幾乎渾然不覺，只是偶爾會忽然想到安德雷。

他不肯放棄希望，卻又怕安德雷已經為這則報導犧牲了性命，因此每個句子都極盡所能地向這位同事致意。一方面，他想寫一篇關於鮑德父子遭謀害的故事——敘述一名八歲的自閉兒如何目睹父親遭射殺，又如何克服心智障礙找到反擊的方法。但另一方面，他也想寫一篇有啟發性的文章，描述一個充斥著監視與間諜活動、法律與犯罪界線已然模糊的新世界。儘管文思泉湧，卻仍有難以下筆之處。

他透過警局舊識取得尚未偵破的凱莎·法克命案的相關文件，被害人是硫磺湖機車俱樂部一位首腦人物的女友。凶手身分始終沒有確認，而警方偵訊的人也全都不肯提供有用的訊息，但布隆維斯特還是蒐集到一些情報，得知這個機車俱樂部已嚴重失和分裂，而且幫派成員對某位「札拉女士」都有一種潛藏的恐懼，至少有個證人是這麼說的。

儘管費盡心力，警方仍未能查出這個名稱所代表的人或意義。不過布隆維斯特心裡毫無疑問，「札拉女士」就是卡蜜拉，發生在瑞典國內外其他一連串犯罪事件，也都是她在幕後指使。然而要挖出證據卻不容易，他為此義憤填膺。目前在文章中便暫時以她的代號「薩諾斯」稱呼她。

其實最大的挑戰並不是卡蜜拉或是她與俄國國會議員間的可疑關係。最令布隆維斯特煩惱的是他知道艾德若非有意隱瞞更大的事情，絕不會千里迢迢來到瑞典洩漏最高機密。艾德並不傻，他自然知道布隆維斯特也不傻，因此並未試圖美化任何敘述內容。

相反地，他描繪了一個相當可怕的美國國安局。只是……進一步檢視這些資訊後，布隆維斯特發現艾德大致上描述的還是一個運作正常、行事十分正派的情報機關，除了那個名爲策略技術保護處的局處裡有一群造反的罪犯之外——而這也恰巧正是不讓艾德抓駭客的那個局處。

這個美國人必然是想要重重傷害少數幾個特定的同儕，但與其毀了整個組織，他寧可讓它在一場已經無可避免的墜機事件中緩緩著陸。所以當愛莉卡從身後出現，面有憂色地遞給他一篇TT通訊社的電訊稿時，他並不特別訝異。

「這會破壞我們的報導嗎？」她問道。

電訊稿寫道：

美國國安局兩名高階主管雅各．巴克萊與布萊恩．艾波特，因在財務上涉及重大不法行爲被捕，並遭無限期停職等候審判。

「這是本單位名譽上的一個污點，我們已經竭盡全力處理問題，讓犯行者承擔責任。凡是爲美國國安局工作者都必須秉持最高道德標準，我們會盡可能將司法程序透明化，同時也小心維護國家安全利益。」美國國安局局長查爾斯．歐康納上將向美聯社記者表示。

電訊稿除了長篇引述外並無太多內容，對於鮑德命案或任何可能與斯德哥爾摩這些事件有關的訊息，隻字未提。但布隆維斯特明白愛莉卡的意思。既然新聞出來了，《華盛頓郵報》和《紐約時報》和一大票認眞的美國記者都會開始追這條新聞，至於他們會挖到些什麼可就難說了。

「不妙，但不意外。」他平靜地說。

「眞的嗎？」

「和美國國安局的人找我是同一手策略：損害控制。他們想拿回主導權。」

「什麼意思？」

「他們把這個消息洩漏給我是有原因的。我馬上就看出這其中有鬼。艾德爲什麼堅持要到斯德哥爾摩來找我談，而且還是在清晨五點？」

「所以你認爲他這麼做是得到上級許可？」

「我懷疑，不過一開始我不知道他在做什麼，只是覺得不太對勁。後來我跟莎蘭德談了。」

「事情就弄清楚了？」

「我發覺艾德對於莎蘭德在駭客攻擊當中挖出了什麼一清二楚，他當然擔心我也會全部知道，所以才想把損失控制到最低程度。」

「即使如此，他也沒給你什麼光明美景啊。」

「他知道把事情說得太好我不會買單。我懷疑他只是說到讓我滿意，可以寫出一篇獨家，以免我再挖得更深。」

「那他可就要失望了。」

「最起碼希望是這樣。只不過我還沒找出突破的方法，美國國安局依然是不得其門而入。」

「連布隆維斯特這麼老練的尋血獵犬也不例外？」

「連他也不例外。」

# 第三十章

十一月二十五日

簡訊上寫著：〈下次見了，姊妹！〉。莎蘭德看不出這訊息是誤傳了三次，還是為了反覆再三地強調。反正也無所謂了。

訊息顯然是卡蜜拉傳的，但她想傳達的莎蘭德都已經知道了。印格勞的事情只是加深了舊恨──這回只差一點就成功了，她確信卡蜜拉還會再來找她。

讓莎蘭德煩亂不已的倒不是簡訊內容，而是它引發的思緒，讓她想起了在晨光熹微的陡坡上看見的畫面，當時還下著雪，她和奧格斯就蹲在狹窄的岩棚上，子彈在頭頂上咻咻亂飛。奧格斯沒穿外套也沒穿鞋，隨著時間過去，身子愈抖愈厲害，莎蘭德也意識到他們的處境有多危急。她不但有個孩子要照顧，唯一的武器也只是一把不起眼的手槍，反觀上面那些混蛋拿的卻是衝鋒槍。她必須來個突襲，否則她和奧格斯都成了待宰羔羊。她聆聽著那些人的腳步聲和他們開槍的方向，甚至於他們的呼吸聲與衣服摩擦聲。

但奇怪的是當她終於逮到機會，反倒猶豫了。關鍵時刻，她卻只顧著把一截小樹枝折成一段段丟在眼前。折完以後才當著那些人的面一躍而起，並利用偷襲的一剎那，接連開了兩槍、三槍。根據以往的經驗，她知道這種時刻會在心上烙下永難抹滅的印記，就好像不只是身體與肌肉繃緊神經，感覺也變得靈敏了。

每個小細節都閃閃發光，變得異常清晰，她彷彿透過相機鏡頭，看見了眼前景象的每一道波紋。她看見那些人眼中的驚詫與恐懼，看見他們臉上、衣服上的皺褶與不平整，也看見他們揮舞著槍亂射一通，幾次都差點命中目標。

然而她印象最深刻的都不是這些，而是她眼角餘光瞥見坡頂上的一個身影，那個身影本身不具威脅性，卻比她開槍射擊的這些人對她影響更大。那是她妹妹的身影。哪怕是遠在一公里外，即便兩人已經多年未見，莎蘭德還是認得出來。光是她的存在已經讓空氣受到毒害，事後莎蘭德不禁自問當時是否也該開槍射殺她。

卡蜜拉在那兒站得稍嫌久了些。其實她本來就不該如此大意地站在外頭的岩坡上，但也許是按捺不住想親眼看到姊姊被處決吧。莎蘭德還記得自己已經半扣下扳機，胸中怒潮澎湃，但仍遲疑了零點一秒，這也就夠了。卡蜜拉立即閃到一塊岩石背後，接著一個瘦巴巴的人出現在露台上開始射擊。莎蘭德又跳回到岩棚上，和奧格斯一起跌落斜坡。

此時，走出拳擊俱樂部，回想起這一切，莎蘭德全身又緊繃起來準備迎接新的戰鬥。她忽然想到或許根本不該回家，而是應該出國一陣子。不過另一件事把她又拖回到書桌前；剛才淋浴時，看到卡蜜拉的簡訊前，出現在她心眼裡的畫面，現在愈來愈讓她念念不忘。那就是奧格斯的方程式：

N=3034267

$$E: y^2=x^3-x-20 ; P=(3,2)$$

從數學的觀點看，這毫無奇特之處。可是最了不起的是奧格斯用她在印格勞隨意給他的一個數字，建構了一個比她自己計算出來的還要好得多的橢圓曲線。當時男孩不願去睡覺，她就把算式留在床頭櫃上，可是她既沒有得到答案也沒看見絲毫反應，上床時她以爲奧格斯根本不了解數學的抽象概念，只是一種質因數分解的人體計算機。

不料，我的天啊……她錯了。奧格斯熬夜不只是爲了畫畫，還把她的數學運算式改得更加完美。她連靴子和皮夾克都沒脫，就砰砰砰地衝進公寓，打開美國國安局的加密檔案和她的橢圓曲線程式。

然後給漢娜打電話。

漢娜幾乎沒睡覺，因爲沒帶藥，不過飯店和四周環境還是讓她心曠神怡。看到那美得令人屏息的山景，她不禁想到自己的生活變得多麼狹隘。慢慢地，她開始放鬆自己，就連體內根深柢固的恐懼也開始釋放出來。但這可能是她自己癡心妄想。在這宛如仙境般的環境裡，她也微微感到茫然失措。

曾經有一度她會踩著輕盈的腳步、自信滿滿地走進這樣的房間：**瞧瞧，誰來了**。如今她卻膽怯得渾身發抖，就連無比豐盛的早餐也難以下嚥。奧格斯坐在她身邊，無法自制地不停寫著他的數列，他也不吃東西，只是不停不停地喝鮮榨柳橙汁。

她的新手機響了，嚇了她一跳。但一定是送他們到這裡來的那個女人。據她所知，沒有其他人知道這個號碼，而她無疑只是想問問他們是否平安到達了。因此漢娜興高采烈地接起電話，便開始興奮地描述飯店裡的一切有多好。對方卻很突兀地打斷她：

「你們在哪裡？」

「正在吃早餐。」

「那就別吃了，馬上上樓回房間。我和奧格斯有工作要忙。」

「工作？」

「我現在傳幾個方程式過去，我要他看一下。這樣明白嗎？」

「不明白。」

「反正拿給奧格斯看就對了，然後打電話告訴我他寫了什麼。」

「好。」漢娜有點不知所措。

她抓了兩個牛角麵包和一個肉桂捲，便和奧格斯走向電梯。

奧格斯只在開頭幫了她，但這樣就夠了。之後她會更清楚看到自己的錯誤，重新改善程式。她一個小時接著一個小時心無旁騖地工作，直到天色轉暗，又開始下起雪來。這時忽然間——這是她永遠難以忘懷的一刻——檔案發生了怪事。它崩解了。她感覺到一陣電流竄遍全身，然後往空中揮了一拳。

她找到秘密金鑰破解了檔案，有好一會因爲太過激動，幾乎無法靜下心來閱讀。接著她開始檢視內容，隨著時間一分一秒過去，她也愈來愈吃驚。這有可能嗎？她壓根沒想到會是這麼爆炸性的東西，之所以會被寫下來，只可能有一個原因：有人以爲RSA加密演算法是銅牆鐵壁。殊不知那所有的骯髒事此刻就呈現在她眼前，白紙黑字。內文全是一些行話、奇怪的縮寫和秘密的相關訊息，可是莎蘭德對這方面熟悉得很，不成問題。就在她看完五分之四的內容時，門鈴響了。

她決定不予理會，八成只是郵差。但一轉念想到卡蜜拉的簡訊，便在電腦上查看門口的監視器。一看當下愣住了。

不是卡蜜拉，而是另一個威脅她的怪物，因爲手邊有太多事要忙，她幾乎把他給忘了。他媽的艾德老大。他和網路上的照片一點也不像，但就是他，錯不了。見他一臉乖戾又堅定的神情，莎蘭德開始動起大腦來。他是怎麼找到她的？現在該怎麼辦？她能想到最好的辦法就是用PGP連線把檔案傳給布隆維斯特。

然後她闔上電腦，勉強起身去開門。

包柏藍斯基是怎麼回事？茉迪一頭霧水。他最近幾個星期的那張苦瓜臉不見了，好像被風給吹走了。現在的他笑咪咪，還會自得其樂地哼歌。沒錯，的確有不少事值得高興。凶手落網了；奧格斯安然度過兩次謀殺活了下來；鮑德和那家研發公司索利豐之間的矛盾與關聯等細節也愈來愈明朗。

但還是存在著許多問題，而且她所認識的包柏藍斯基不是一個會無緣無故開心的人。他比較有自我懷疑的傾向，即使是在成功的時刻。她想不出他到底是怎麼了，不但笑容滿面地在走廊上來來去去，就連現在坐在辦公室裡看著舊金山警方偵訊艾克華的枯燥筆錄，嘴角也帶著笑意。

「親愛的茱迪，妳來啦！」

她決定不對他這不尋常的熱情招呼作評論，直接說重點。

「侯斯特死了。」

「唉呀。」

「這麼一來，就沒法得知更多有關蜘蛛會的訊息了。」

「所以說妳覺得他會開口？」

「至少有點機會。」

「爲什麼這麼說？」

「他女兒一現身，他整個人就崩潰了。」

「我都不知道呢，這是怎麼回事？」

「他有個女兒叫歐佳，」茱迪說：「聽說父親受傷，她就從赫爾辛基趕來了。可是當我跟她談過，她一聽說父親企圖殺死一個小孩，就抓狂了。」

「怎麼抓狂？」

「她衝進去找他，用俄語說了一堆話，衝得不得了。」

「妳能聽懂她說什麼嗎？」

「好像說他乾脆去死、說她恨他之類的。」

「也就是說她叱責他了。」

「對，之後歐佳跟我說她會盡一切力量協助調查。」

「那侯斯特有何反應？」

「我剛才說的就是這個。有一會我心想我們突破他的心防了，他像是整個人被擊垮，眼裡全是淚水。天主教有個教義說人的道德價值是在臨死前一刻決定的，這我本來不大相信，但親眼看到還眞是有點感動。這個幹盡壞事的男人眞的崩潰了。」

「我的拉比……」

「拜託，楊，現在可別提你的拉比，聽我說完。侯斯特說起他以前是個多可怕的人，我便告訴他身爲基督徒，應該趁機坦白認罪，告訴我們他在替誰賣命，那一刻我相信他話已經到嘴邊了。他猶豫著，兩隻眼睛轉來轉去，結果他沒認罪，反而談起了史達林。」

「史達林？」

「他說史達林不只懲罰犯罪的人，還連帶懲罰他們的孩子、孫子和整個家族。我想他是想說他老闆也是一樣。」

「所以他是擔心女兒。」

「不管女兒可能有多恨他，他確實是。我試著告訴他我們可以替他女兒申請證人保護計畫，可是侯斯特漸漸陷入昏迷，接著不省人事，一個小時後就死了。」

「還有什麼？」

「我們開始覺得有個人可能是超級情報員，但他失蹤了，還有安德雷．贊德依然沒有下落，就這些。」

「知道了，知道了。」

「我們至少在某一方面有點進展，」茉迪說：「你還記得傅蘿在奧格斯那幅紅綠燈的畫裡認出的男人嗎？」

「以前當過演員那個？」

「對，他叫羅傑．溫特。傅蘿問了他一些背景資料，想看看他和那個孩子或鮑德之間有無關聯，我想她本來也沒抱太大希望。沒想到羅傑好像驚嚇過度，傅蘿都還沒開始施壓，他就自己把罪行全招了。」

「眞的？」

「我說的可不是什麼單純無知的事。你知道嗎？衛斯曼和羅傑打從年輕時在革命劇院裡就認識，下午常常趁漢娜不在，一塊在托爾斯路的公寓裡喝酒。奧格斯就坐在隔壁房間拼拼圖，他們倆都不太理他。但是有一次，漢娜給了兒子一本厚厚的數學書本，內容顯然遠遠高於他的程度，但他還是發瘋似的翻看，還發出興奮的叫聲。衛斯曼被激怒了，從男孩手中搶過書丟進垃圾桶。奧格斯頓時抓狂，好像激動得壓不住，衛斯曼踢了他好幾次。」

「太過分了。」

「這只是開始而已。在那過後，奧格斯變得非常奇怪，這是羅傑說的。那孩子老是用一種怪異的眼神瞪他們，有一天羅傑發現他的牛仔夾克被剪得破破爛爛，又有一天不知道是誰把冰箱裡的啤酒全倒光，還砸碎所有烈酒酒瓶。最後演變成一種壕溝戰，我懷疑羅傑和衛斯曼在發酒瘋之餘，開始針對男孩想像各種奇奇怪怪的事，甚至變得怕他。這種情形的心理層面並不容易了解。羅傑說這讓他覺得自己像廢物，後來他再也沒和衛斯曼談過這事。他並不想打那個孩子，但就是克制不了自己。他說這麼做好像找回了自己的童年。」

「這到底是什麼意思？」

「不太清楚。好像是羅傑有個殘障的弟弟，童年時期的羅傑始終很不爭氣，而他那個天才弟弟則是成績優異備受稱讚，無論在哪方面都很受重視。我猜羅傑可能因此心懷怨恨，說不定是下意識想報復弟弟。不然就是……」

「不然就是什麼？」

「他的說法很怪。他說感覺好像是想把心裡的慚愧給打出來。」

「真病態。」

「就是。最奇怪的是他忽然全招認了，好像想被抓起來似的。傅蘿說他跛著腳，兩眼還瘀青。」

「怪事。」

「對吧？不過還有一件事更讓我吃驚。」茱迪說。

「什麼事？」

「我那老闆，一個總是心事重重又愛發牢騷的老傢伙，忽然變成樂天派了。」

包柏藍斯基顯得有些尷尬。「看得出來啊？」

「看得出來。」

「喔，是啊。」他支吾地說：「就是有位女士答應和我一起吃飯。」

「你該不會是戀愛了吧？」

「只是吃飯。」包柏藍斯基說著說著竟臉紅了。

艾德不喜歡做這種事，但他知道遊戲規則，這就好像又回到多徹斯特，不管做什麼都不能退縮。假如莎蘭德想來硬的，他就跟她來硬的。他怒目瞪著她看，但沒有持續太久。

她也一語不發回瞪著他。感覺像在對決，最後是艾德轉移了目光。這整件事就是荒謬。這個女孩畢竟是被打敗，暴露了眞面目。他破解了她的秘密身分，追蹤到她，現在他沒帶著陸戰隊員闖入屋內進行逮捕，她就應該心存感激。

「妳自以爲很強，對吧？」他說。

「我不喜歡不速之客。」

「我不喜歡有人入侵我的系統，所以我們扯平了。也許妳想知道我是怎麼找到妳的吧？」

「我一點也不在乎。」

「是經由妳在直布羅陀的公司。把它取名爲黃蜂企業不怎麼聰明。」

「看來也是。」

「妳這麼聰明的女孩，卻犯了很多錯誤。」

「你這麼聰明的男孩，卻替一個很腐敗的機關做事。」

「這倒是被妳說中了。不過在這個邪惡的世界裡，我們是必要之惡。」

「特別是因爲有強尼·殷格朗這種人存在。」

他沒想到會有此一說，眞的沒想到，但他不願顯露出來。

「妳還挺有幽默感的。」他說。

「笑破人的肚皮，對吧？又殺人，又和俄國國會的壞蛋聯手賺大錢兼保命，眞的很好笑，不是嗎？」她說。

他有一刻幾乎無法呼吸，再也假裝不下去了。她到底從哪得到這些訊息？他感到暈眩。但一轉念想通了：她在吹牛，這麼一想脈搏速度也跟著放慢。他之所以相信她，哪怕只有一剎那，只不過是因爲他自己在最低潮的時候也曾經想像殷格朗可能犯下類似罪行。但艾德比誰都清楚，這種事毫無根據。

「妳別想矇我，」他咆哮道：「妳手上的資料我也有，而且比妳多得多。」

「艾德，我可不敢這麼說，除非你有殷格朗的RSA加密私鑰？」

艾德看著她，心裡暗想這不可能是眞的。她絕不可能破解了密碼吧？就連他掌握了這麼多資源和專家，也一直認爲試都不用試。

但現在她竟說……不，不可能。難道她在殷格朗的小圈子裡有眼線？不對，這麼解釋同樣很牽強。

「事情是這樣的，艾德。」她重新以嚴峻的口氣說道：「你跟布隆維斯特說只要我說出我是怎麼入侵電腦的，你就會放過我。你說的可能是實話，也可能在撒謊，又或者這件事你根本沒有置喙的餘地。你有可能被炒魷魚。總之我看不出有任何理由可以相信你或是你的頂頭上司。」

艾德深深吸了口氣。

「我尊重妳的想法。」他說：「但我是個守承諾的人。倒不是因爲我有多正派，其實我是個有仇必報的人，就跟妳一樣，小姐。可是我要是會在關鍵時刻扯人後腿，也不可能活這麼久。妳愛信不信。只不過我可以向妳發誓，妳如果不老實說，我會讓妳生不如死。」

「你是個硬漢，」她說：「但也是個傲慢的傢伙，對不對？你得不計代價，百分之百確保我取得的資料不會傳到任何人耳裡。但關於這一點，我可是作好萬全的準備了。你恐怕連眨個眼都來不及，我就已經把每個小細節公諸於世了。老實說我也不想這麼做，但若是逼不得已，我一定會讓你無地自容。」

「妳只會鬼扯。」

「我要是只會鬼扯，也活不到現在。」她說：「我恨死了這個隨時都被人監視的社會。我這一生受夠了老大哥和官方機構。但是艾德，我準備爲你做點事情。如果你能閉嘴，我可以給你一些資訊讓你的立場變得更強硬，幫助你清除米德堡裡的老鼠屎。關於電腦入侵的事，我一個字也不會說，只因爲這對我來說是原則問題。不過我可以幫你報復那些王八蛋。」

艾德注視著眼前這個奇怪的女人，接著做了一件讓自己也驚訝許久的事。

他忽然放聲大笑，直笑到飆淚。

# 第三十一章

十二月二日至三日

雷文在海靈格城堡一覺醒來心情愉悅。昨天以媒體數位化為主題開了一整天的會，會後還有一場盛大餐宴，喝不盡的香檳烈酒，美中不足的是挪威《今日晚報》的一位工會代表惡意宣稱賽納「解僱的人愈多，餐宴就愈豪奢」，引發了一點衝突，最後雷文的訂製禮服還濺到了紅酒，不過他倒是很高興能教訓教訓他，尤其還因此在半夜裡把娜妲莉．佛斯弄進了飯店房間。娜妲莉今年二十七歲，性感得要命，雷文雖然醉了，還硬是在昨晚和今天早上都和她溫存了一番。

現在已經九點，手機嘟嘟嘟地響，一想到有那麼多事要做，這宿醉的情況對他眞是有害無益。但話說回來，他在這方面是佼佼者，「賣力工作賣力玩」是他的座右銘。而娜妲莉，天哪！有幾個五十歲的男人能釣上這種正妹。不過現在得起床了。歪歪斜斜走到浴室去小便時，頭還暈暈的。接著就是檢視自己的股票投資組合帳戶，每逢宿醉的早晨，這通常是個好的開始。他拿起手機，進入網路銀行。

肯定是哪出錯了，可能是他不懂的技術問題。他的投資組合現值暴跌，當他全身發抖坐在那裡瀏覽所有資產時，突然發現一件怪事。他所持有大量的索利豐股份就像是憑空蒸發一般。

進入股市網站看見到處都是同樣的標題，他簡直要瘋了：

**美國國安局與索利豐合謀殺害法蘭斯．鮑德教授**

**經《千禧年》雜誌披露，震驚全世界**

他也不知道自己接下來做了什麼，八成就是吼叫、怒罵、搥桌吧，只隱約記得娜妲莉醒來，問他怎麼回事。而他唯一清楚知道的就是他抱著馬桶吐了許久，好像怎麼也吐不完。

嘉布莉已將瑞典國安局的辦公桌清理乾淨，不會再回來了。此時她已經靠著椅背坐了一會，正在看《千禧年》。在她看來，第一頁不像是一本揭露世紀大獨家的雜誌。那一頁全黑、優雅、沉鬱，沒有照片，最頂端寫著：

獻給安德雷．贊德

再往下寫著：

**法蘭斯．鮑德命案——**

俄國黑手黨與美國國安局、美國頂尖科技公司合謀害命

相關報導

第二頁有一張安德雷的特寫。儘管嘉布莉從未見過他，卻也深受感動。安德雷看起來俊美而略顯脆弱。他的笑容帶著好奇、猶豫，給人一種既積極熱情又不自信的感覺。在報導裡愛莉卡寫道，安德雷的雙親都在塞拉耶佛的一場爆炸事件中喪生。她又接著說他深愛《千禧年》雜誌、詩人李歐納．柯恩與安東尼奧．塔布齊的小說《佩雷拉先生如是說》；他夢想著轟轟烈烈的愛情與轟轟烈烈的獨家。他最喜愛的電影是尼基塔．米哈爾科夫的《黑眼睛》和李察．寇蒂斯的《愛是您，愛是我》。愛莉卡很讚賞他針對斯德哥爾摩遊民所寫的文章，說那是報導文學的經典。雖然安德雷痛恨那些攻擊他人的人，自己卻不肯對任何人口出惡言。愛莉卡繼續寫道：

寫這篇文章時，我雙手在顫抖。昨天我們的朋友兼同事安德雷．贊德被發現陳屍於哈馬比罕能的一艘貨輪上。他飽受虐刑，生前痛苦萬分。這份痛我將銘記終生。

但能有這份殊榮與他共事，我仍感到自豪。我從未見過比他更全心投入的記者，比他更善良的人。安德雷今年二十六歲，他熱愛生命也熱愛新聞事業。他想要揭發不公不義，協助弱勢族群與流離失所者。他之所以遇害是因爲他試圖保護一個名叫奧格斯．鮑德的小男孩，本期所揭露的近代數一數二重大醜聞中，報導內容的每字每句也都在向安德雷致意。麥可．布隆維斯特就在該篇報導中寫道：

「安德雷相信愛。他相信會有一個更好的世界與一個更公正的社會。面對他，我們所有人都只能自嘆不如。」

這篇報導足足寫了三十頁，這或許是嘉布莉有生以來讀過最精采的報導文章，有時候還會眼眶泛淚，不過讀到以下這段文字仍不免露出淺笑：

瑞典國安局的明星分析師嘉布莉．格蘭展現了卓越的公民勇氣。

新聞的基本內容很簡單。強尼．殷格朗中校——位階僅次於美國國安局長查爾斯．歐康納上將，與白宮及國會都有密切關係——手下有一群人，利用組織所掌握到的大量商業機密爲自己謀利。他還得到索利豐研發部門「Y」的一群商業情報分析師協助。

假如僅止於此，這樁醜聞在某方面還能說是情有可原。然而一旦有犯罪集團（蜘蛛會）加入，事件便自然而然依循著自身的邪惡邏輯發展了。布隆維斯特有證據證明殷格朗如何勾結聲名狼藉的俄國國會議員戈利巴諾夫與蜘蛛會的神秘領導人「薩諾斯」，向各科技公司竊取價值難以估計的點子與新技術，再轉賣出去。不料這一切被鮑德教授發現了，導致他們喪心病狂地決定殺人滅口。這是整篇報導中最驚人的部分。美國國安局的最高長官之一明知有一位瑞典頂尖研究學者即將遭殺害，竟然不聞不問。

最令嘉布莉感興趣的不是那些政治困境的陳述，而是人性的一面。布隆維斯特充分發揮了寫作功力，他讓讀者領悟到自己生活在一個扭曲的世界，凡事不分大小都受到監視，凡是值錢的東西也一定會被不當奪取，她一想到就覺得毛骨悚然打哆嗦。

才剛看完文章就發現有人站在門口，是柯拉芙，一身名牌服飾一如以往。

嘉布莉不禁想起之前是怎麼懷疑柯拉芙洩漏調查訊息的。當時在她看來柯拉芙是心虛慚愧，其實她只是對調查行動的不專業感到遺憾——至少在倪申認罪被捕後，她們有過一次長談，而柯拉芙是這麼跟她說的。

「就這樣看著妳走，真不知道該怎麼表達我的遺憾。」柯拉芙說。

「萬物皆有時。」

「妳有什麼打算嗎？」

「我會搬到紐約去。我想從事人權方面的工作，而且妳也知道，聯合國的一封工作邀約函已經在我桌上擺了一段時間。」

「這是我們的損失啊，嘉布莉。但卻是妳應得的。」

「這麼說妳原諒我的背叛了？」

「我敢說不是所有人都原諒了，但我會把它看成是妳良好品格的展現。」

「謝謝，柯拉芙。待會在記者俱樂部替安德雷‧贊德舉行的追悼會妳會去嗎？」

「我恐怕得代表政府對這整件事作個公開說明。不過今晚稍晚，我會舉杯向年輕的安德雷和妳嘉布莉致意的。」

亞羅娜坐在稍遠處注視著驚慌場面，心裡竊笑。她看著歐康納上將穿過整個樓層，看起來活像個被霸凌的小學生，而不像全世界最強大的情報機關的首腦。但話說回來，今天國安局內所有的大人物都感覺被愚弄又可悲，當然，只有艾德一人例外。

艾德其實心情也不好。他兩隻手臂揮來揮去，汗流浹背，脾氣暴躁，但平日的威嚴絲毫未滅。很明顯，就連歐康納也怕他。艾德從斯德哥爾摩帶回了眞眞正正的炸藥，造成大騷動，並堅持要對組織進行徹底的大改革。局長可不會因此感謝他，八成是更想把他送到西伯利亞去——馬上走而且永遠不要回來。

然而他什麼也做不了。走向艾德的他顯得好渺小，艾德卻連頭也沒轉過去，他無視於局長就如同無視於那些他理都懶得理的可憐混蛋，一開口交談後，歐康納的處境也絲毫未見改善。大部分時間艾德都一副愛理不理的樣子，雖然亞羅娜聽不見談話內容，卻猜得出他們說了什麼，或者應該說是他們沒說什麼。她和艾德已經詳談過一回，但他絕口不提自己如何取得這些資訊，而且一點也沒有妥協的意思，這她尊重。

如今他似乎決定盡可能利用此情勢，亞羅娜也鄭重發誓要挺身維護局裡的團結，假如艾德遇到任何問題，她都會給予最大的支持。她還暗自發誓，倘若嘉布莉要來的傳聞屬實，她會打電話去，最後再試著約她一次。

艾德並不是故意忽視局長，他只是不會因爲上將站在他的桌子旁邊，就中斷自己正在做的事——此刻他是對手下兩名管控員大吼大叫。大約一分鐘後，艾德才正視他，並且說出相當友善的話，這不是爲了討好或彌補自己的冷淡態度，而是出於眞心。

「你在記者會上表現得很好。」

「是嗎？」上將說道：「簡直像地獄一樣。」

「那你可以感謝我，讓你有時間準備。」

「感謝**你**？開什麼玩笑？全世界每個新聞網站都貼出我和殷格朗的合照。我也被連坐了。」

「那就拜託你從現在起把你自己的人管好。」

「你竟敢這樣跟我說話？」

「我愛怎麼說就怎麼說。我們現在正面臨危機，安全問題又是由我負責，我可不是領薪水來表現禮貌的。」

「說話注意分寸……」歐康納說道。

不料艾德猛然起身，壯得像頭熊，也不知是想伸伸懶腰或展現權威，總之是把上司嚇壞了。

「我派你到瑞典去收拾這些殘局，」上將接著說道：「沒想到你回來以後，一切都成了大災難。」

「災難本來就發生了，」艾德厲聲反駁：「你跟我一樣清楚。」

「那你怎麼解釋那本瑞典雜誌刊登的那些亂七八糟的東西？」

「我都已經解釋過好幾百次了。」

「對，你的駭客。要我說根本純屬臆測，瞎扯淡。」

艾德答應過不把黃蜂扯進來，這個承諾他會遵守。

「那也是最高明的瞎扯淡，你不覺得嗎？」他說：「那個該死的駭客，不管他是誰，肯定是破解了殷格朗的檔案後洩漏給《千禧年》。這很糟，我同意，但你知道更糟的是什麼嗎？更糟的是我們本來有機會把那個駭客給閹了，讓機密外洩到此爲止，誰知道竟接獲命令停止調查。你可別說你當時有努力地挺我。」

「我派你去斯德哥爾摩了啊。」

「可是你把我的人給撤了，讓我們整個調查工作戛然而止。現在所有軌跡都被掩蓋了，就算查出我們上了某個蹩腳小駭客的當，又有什麼用？」

「用處或許不大，但我們還是可以給《千禧年》和那個叫布隆斯壯的記者惹點麻煩，這你最好相信。」

「他叫布隆維斯特，麥可·布隆維斯特。你請便吧。要是你大搖大擺進入瑞典國土，逮捕目前全世界最出名的記者，人氣肯定會直線飆高。」艾德說。

歐康納低聲嘟嚷了一句，便氣沖沖地走了。

艾德和所有人一樣心知肚明，歐康納正在政治生命的生死關頭，經不起任何魯莽之舉。而他自己則已經受夠了這麼賣力又賣命地工作，便大步走向亞羅娜找她閒聊。他現在想做一點無須負責的事。

「我們去喝個爛醉，把這一切亂糟糟的鳥事都忘掉。」

漢娜穿著雪靴站在艾茂城堡飯店外的小山丘上。她輕推奧格斯一下，然後看著他坐在向飯店借來的舊式木製平底雪橇上，咻地滑下坡去，到了一座褐色穀倉附近才停下來。儘管有一絲微弱的陽光，天空仍下著細雪，幾乎一點風也沒有。遠方的山巒連天，一片開闊的平野鋪展在眼前。

漢娜從未住過這麼棒的地方，奧格斯復原的情況十分良好，尤其要感謝艾鐸曼的費心。但這一切並不容易。她感覺糟透了，即便是在這山坡上，她也停下兩次撫著胸口。停止服用安眠藥的痛苦遠遠超乎她的想像。到了晚上，她會像蝦子一樣蜷起身子躺在床上，毫不寬容地檢視自己的人生，有時甚至握起拳頭搥牆痛哭，咒罵衛斯曼也咒罵自己。

不過……有些時候她會有種身心滌淨的奇怪感覺，偶爾還幾乎覺得幸福。有時奧格斯會坐著寫他那些方程式和數列，甚至也會回答她的問題，只不過都是單字和怪異用詞。

至今這孩子對她來說仍是個謎。有時他會說一些數字的乘方，數字大、乘方數更大，好像以爲她能聽懂似的。但確實有些事情改變了，她永遠不會忘記第一天在飯店房間裡，她看見奧格斯坐在桌旁，順暢無比地寫出一堆冗長曲折的方程式，讓她拍下來傳送給斯德哥爾摩那個女人。當天深夜，她的 **Blackphone** 收到一封簡訊：

〈告訴奧格斯，密碼破解了！〉

她從未見過兒子如此高興又自豪。雖然她完全不知道這是怎麼回事，也從未提起過——對艾鐸曼也不例外——對她卻是比什麼都重要。她也開始感到自豪，無可比擬地自豪。

她開始對學者症候群產生莫大興趣，當艾鐸曼留在飯店過夜，他們經常趁奧格斯入睡後，一起討論關於他的能力還有其他許多事情，直到深更半夜。

她不能肯定貿然和艾鐸曼上床是不是好事，卻也不能肯定這是不是壞事。艾鐸曼讓她想起鮑德。他們組成了一個非典型的小家庭：有她、奧格斯、艾鐸曼，還有那個十分嚴格但和善的老師夏綠蒂·葛芮波，以及前來造訪的丹麥數學家彥思·紐瑞。待在這裡的這段時間就是一趟深入她兒子腦袋奇異小宇宙的冒險之旅。此時當她悠閒步下積雪的山坡，奧格斯也從平底雪橇站起身來，可以說是她好久好久以來第一次感覺到自己可以成爲一個好母親，也能讓自己的人生變得更美好。

布隆維斯特不明白身體怎會如此沉重，像在涉水的感覺。但外頭可熱鬧了，簡直是一場慶功宴。幾乎所有的報紙、網站、電台和電視頻道都想訪問他，他一個邀約也沒接受。以前每當《千禧年》刊登大消息，他和愛莉卡都不確定其他媒體會不會緊咬住他們，所以必須有策略性的思考，必須確保自己加入正確的聯盟，有時甚至要分享獨家新聞。但是，如今這一切都不需要了。

這次的新聞很順利地自行爆發。當美國的國安局長歐康納與商務部部長史黛拉．帕克一同出席聯合記者會公開道歉，也同時掃除了大衆對這則新聞可信度的最後一絲疑慮。現在世界各國的社論都在如火如荼地熱烈討論這則消息曝光的後續效應與意涵。

但儘管鬧得沸沸揚揚、電話響個不停，愛莉卡仍臨時決定在辦公室開個派對。她覺得他們應該暫時逃離這一切喧騰，舉杯慶祝一下。第一刷五萬冊已在前一天上午銷售一空，兼有英文版的雙語官方網站點擊次數已高達數百萬。寫書邀約蜂擁而至，雜誌訂閱基數每分鐘都在增加，想要共襄盛舉的廣告業者也大排長龍。

此外他們還買下了賽納傳播的股份。幾天前愛莉卡已經成功談妥交易，過程卻是困難重重。賽納的代表感受得到她勢在必得，便充分利用此形勢，有一度她和布隆維斯特都認爲恐怕辦不到了。直到第十一個小時，直布羅陀某間不知名的公司提供了豐裕資金，讓布隆維斯特臉上露出一抹微笑，也讓他們得以買下這些挪威人的股份。就當下的情況而言，他們談定的買價高得離譜，但隔天刊出獨家新聞後，《千禧年》雜誌的市場價值一飛衝天，因此這筆投資仍算是小小的成功。他們再度恢復了自由獨立，只是幾乎還沒時間好好享受。

在記者俱樂部爲安德雷舉行追悼會時，甚至有記者與攝影師緊跟著他們不放，無一不是想表達道賀之意，但布隆維斯特感覺被逼得透不過氣，即使想親切回應也力不從心。失眠與頭痛繼續困擾著他。

此時，也就是第二天下午，辦公室裡的桌椅已經過倉促重排，香檳、紅酒、啤酒與外送的日式料理也都放到桌上了。人潮開始湧入，首先是員工與自由撰稿人，隨後是雜誌社的一些友人，其中包括潘格蘭。布隆維斯特幫忙他出電梯後，兩人擁抱了一下。

「我們這姑娘做到了。」潘格蘭眼泛淚光說道。

「她通常都可以做到的。」布隆維斯特微笑著回應。他將潘格蘭安置在沙發的榮譽座上，並特別吩咐絕不能讓他的酒杯見底。

能在這裡見到他眞好。能見到這許多新舊朋友眞好。嘉布莉也來了，還有督察長包柏藍斯基，有鑑於他們職業上的關係，加上《千禧年》又自詡爲警察機關的獨立把關者，或許不應該邀請他，但布隆維斯特就是希望他來。這位泡泡警官整晚都在和沙麗芙教授說話。

布隆維斯特與他們還有其他人一一乾杯。他穿了牛仔褲和他最好的一件西裝外套，而且一反常態喝了不少酒。但仍甩不掉那種空虛、沉甸甸的感覺，這當然是因爲安德雷。安德雷始終縈繞在他腦海，這名同事差一點就應他邀請一同去喝啤酒的那一刻，深深烙印在他心裡，那是多麼平凡卻又生死交關的一刻。他不時回想起這個年輕人，與人交談時自然難以集中精神。

他實在受夠了這些讚美與奉承——唯一令他感動的讚詞是佩妮拉傳來的簡訊：〈你是眞的

在寫作，老爸。〉——目光偶爾會往大門飄去。莎蘭德當然受邀了，她若出現也會是貴賓。布隆維斯特想要感謝她慷慨相助，終結了賽納的糾紛。但不見她的蹤影。難道他真以爲她會來？

她所破解的聳動文件讓他釐清了整個事件，甚至說服了艾德與索利豐的老闆戈蘭特向他提供更多細節。但自那時起他只和莎蘭德連絡過一次，就是透過Redphone app，盡可能地訪問她關於在印格勞度假小屋裡發生的事情。

那已是一星期前的事，布隆維斯特不知道她對他寫的文章有何看法。也許她在氣他寫得太誇張——她給的答案少得可憐，他也只好自己塡空了。又或者她感到憤憤不平，因爲他沒有提到卡蜜拉的名字，只說是一個外號「薩諾斯」的瑞俄混血女子。再不然就是她對於他未能全面採取更強硬的態度感到失望。

誰知道呢。更糟的是檢察長埃克斯壯似乎眞的打算起訴莎蘭德，非法剝奪自由與侵占資產則是他企圖羅織的罪名。

最後布隆維斯特終於再也受不了，連聲再見都沒說便離開了派對。天氣十分惡劣，由於無事可做，他便滑手機看簡訊。有道賀的，有要求採訪的，還有兩、三個不當提案。就是沒有莎蘭德的隻字片語。他關掉手機，拖著步伐回家，一個剛剛寫出世紀大獨家的人腳步竟如此沉重，著實出人意表。

莎蘭德坐在菲斯卡街公寓的紅色沙發上，兩眼無神地望著舊城區與騎士灣。開始追蹤妹妹與父親遺留下的犯罪資產至今已一年多一點，她不得不承認在許多方面都很成功。

她找到了卡蜜拉，給予蜘蛛會重重一擊，切斷了他們與索利豐及美國國安局的關係。俄國國會議員戈利巴諾夫在莫斯科受到莫大壓力，卡蜜拉的殺手死了，她的心腹波達諾夫和其他幾名電腦工程師都遭到通緝，被迫隱身。只是卡蜜拉還在某個地方活得好好的，事情還沒結束。莎蘭德只是傷了敵人的羽翼，這樣不夠。她陰沉著臉低頭看著茶几，那上頭有她的一包菸和一本尚未翻閱的《千禧年》。她拿起雜誌又放下，然後又再次拿起來，讀起了布隆維斯特的報導。讀完最後一句之後，她瞪著他放在作者署名旁的近照看了好一會。接著她跳起來，進浴室化點淡妝，套上黑色緊身T恤和皮夾克後，隨即走入十二月的夜色中。

她幾乎凍僵。穿這麼少簡直是瘋了，但她不在乎。她抄近路快步往瑪利亞廣場方向走去，左轉上斯威登堡街，走進一家名叫「旭德」的餐館，然後坐在吧台前輪流喝著威士忌和啤酒。由於店裡的顧客多半是文化界與新聞界人士，有許多人認出她來倒也不令人意外。例如吉他手約翰．諾貝，他固定爲《我們》雜誌寫專欄，向來以目光敏銳、能留意到微小卻重要的細節著稱，據他觀察，莎蘭德不是在享受喝酒，反而像是嫌酒礙事想趕快把它解決掉。

她的肢體語言透著一種毅然決然，有位認知行爲治療師剛好坐在較內側的一張桌子，他甚至懷疑莎蘭德根本沒有意識到餐廳裡的任何人，她幾乎沒有抬頭看向餐廳其他地方，就好像正準備採取某種行動。

九點十五分她付了現金，沒有說一句話、沒有打任何手勢，便步入黑夜。

布隆維斯特不顧寒冷，悶悶不樂地緩緩走回家去。在主教牧徽酒吧外巧遇幾個常客，嘴角才牽起一絲笑意。

「結果你到底還是沒有一敗塗地嘛。」那個叫亞納還是什麼的嘟囔著說。

「也許還沒有吧。」布隆維斯特說。有一刻他想著不妨進去喝杯啤酒，和阿密爾聊聊。

但是心情實在太糟，只想一個人靜一靜，因此還是走進了住處大樓的大門。上樓時，沒來由地隱隱感到不安，也許是經歷了太多事情吧。他試著鎮定心神，但這感覺怎麼也揮不去，尤其當他發現頂樓有盞燈壞了，四下一片漆黑。

他放慢腳步，感覺到有動靜。那裡有光影晃動，是一道微弱的銀光，看似手機的光，還能看出樓梯間站著一個鬼魅般的人影，那人身形瘦小，有一對閃亮的深色眼睛。

「是誰?」他驚恐地問。

接著他看出了是莎蘭德。

他先是綻放笑顏張開雙臂，卻見她滿面怒容，眼周泛著一抹黑氣，身體彷彿蜷曲起來，一副準備發動攻擊的模樣。

「妳在生我的氣嗎?」他問道。

「很生氣。」

「爲什麼?」

莎蘭德上前一步，蒼白的臉上閃著亮光，他想起她的槍傷。

「因爲我來找人，卻沒人在家。」她說道。

「這有點太不應該了，對吧?」他向她走近說道。

「我也這麼想。」

「如果現在請妳進去呢?」

「我應該會接受吧。」

「那麼，歡迎。」他說著綻放出大大的笑容，這是好長時間以來第一次如此開懷。

外面夜空中有一顆流星墜落。

# 致謝

我要誠摯感謝經紀人Magdalena Hedlund、史迪格．拉森的父親埃蘭德與弟弟約瓦金、瑞典出版人Eva Gedin與Susanna Romanus、編輯Ingemar Karlsson，以及Norstedts版權公司的Linda Altrov Berg與Catherine Mörk。

此外還要感謝卡巴斯基實驗室的資深安全研究員David Jacoby、烏普沙拉大學的數學教授Andreas Strömbergsson、Ekot電台的挖新聞高手Fredrik Laurin、Outpost 24資安軟體公司的副總Mikael Lagström、作家Daniel Goldberg與Linus Larsson，以及Menachem Harari。

當然還要謝謝我的安妮。

千禧系列
Millennium

**全球售出50國版權，系列總銷量9,000萬本**
**史無前例，全系列長踞歐美各國暢銷書榜**

透過莎蘭德與布隆維斯特，拉森創造了一對能讓讀者投入感情的非凡角色。我們若非將自身投射於那個飽受摧殘卻意志堅定的反英雄，那個超級技客兼女性主義戰士莎蘭德，就是與另一個較傳統的犯罪小說人物產生共鳴，也就是那個地位不保但品德仍受肯定的調查記者布隆維斯特。而拉森不偏不倚的平衡敘述，讓讀者堅守著對角色的忠誠之心，不斷地追著故事跑，想知道自己最在乎的人接下來會發生什麼事。

——薇兒·麥克德米（英國犯罪天后）

MÄN SOM
HATAR KVINNOR

# 龍紋身的女孩

**她，是合法獵物：破舊皮衣、眉穿環、身刺青、毫無社會地位。**
**所以，她的選擇一如既往──自己的問題自己解決！**

八十二歲的產業鉅子生日收到一幅匿名寄來的裱框壓花，令他情緒潰堤地哭了起來……

四十三歲的《千禧年》雜誌發行人，栽在一個卑鄙股市投機客手上，面臨牢獄之災與信用破產危機……

二十四歲的保全公司調查員，身材瘦削、刺青處處、性情乖僻，卻擁有高超詭譎的電腦技能與調查能力。但若有人想欺負看似完美受害者的她，未來恐怕會十分堪慮……

一樁疑似小島密室的謀殺案，一個權貴家族的黑暗歷史，一場小記者對抗資本家的正義之戰，一段受害女子的復仇之路，交織成這部精采絕倫的小說。全書處處驚奇，令人拍案叫絕。

LUFTSLOTTET SOM
SPRÄNGDES

# 直搗蜂窩的女孩

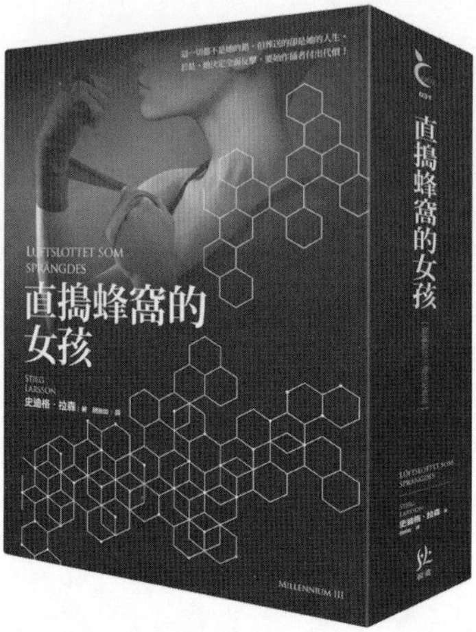


**這一切都不是她的錯，但葬送的卻是她的人生。**

**於是，她決定全面反擊，要始作俑者付出代價！**

約特堡的醫院來了兩名重傷病患──頭部中彈的殺人嫌疑犯莎蘭德；以及被莎蘭德用斧頭重擊的老人札拉千科。

全身動彈不得、又受到警方嚴密監控的莎蘭德，面對的不只是想致她於死地的札拉千科，還有謀殺罪名，以及希望她消失的詭異組織。

她將如何突破重圍、進行復仇計畫？

同時，布隆維斯特著手撰寫一篇將撼動瑞典政府與國家根本的揭密文章。

他真有本事逼出幕後黑手嗎？他的調查會引來什麼樣的危機？莎蘭德與他的關係又會有何進展？

且看絕不向惡勢力妥協的莎蘭德與布隆維斯特直搗權力核心，討回公道與自己的人生！

The Eurasian Publishing Group
圓神出版事業機構
用心與你對話・視野無限寬廣
寂寞出版社
Solo Press

www.booklife.com.tw reader@mail.eurasian.com.tw

Cool 022

# 蜘蛛網中的女孩

作　　者／大衛・拉格朗茲（David Lagercrantz）
譯　　者／顏湘如
發 行 人／簡志忠
出 版 者／寂寞出版股份有限公司
地　　址／台北市南京東路四段50號6樓之1
電　　話／（02）2579-6600・2579-8800・2570-3939
傳　　真／（02）2579-0338・2577-3220・2570-3636
總 編 輯／陳秋月
主　　編／李宛蓁
責任編輯／朱玉立
校　　對／李宛蓁・朱玉立
校對協力／周婉菁・李宗翰・林雅萩
美術編輯／林雅錚
行銷企畫／張鳳儀、范綱鈞
印務統籌／劉鳳剛・高榮祥
監　　印／高榮祥
排　　版／杜易蓉
經 銷 商／叩應股份有限公司
郵撥帳號／ 18707239
法律顧問／圓神出版事業機構法律顧問　蕭雄淋律師
印　　刷／祥峯印刷廠
2016年4月　初版
2021年3月　12刷



定價 450 元　ISBN 978-986-91709-3-2　

希望妳能拚盡全力、毫不情地反擊，瞄準他們的最大弱點，
像個戰士一樣。

——《蜘蛛網中的女孩》



國家圖書館出版品預行編目資料

蜘蛛網中的女孩 / 大衛．拉格朗茲（David Lagercrantz）著；
顏湘如 譯. -- 初版. -- 臺北市：寂寞，2016.4
496面；14.8×20.8公分（Cool；22）
譯自：DET SOM INTE DÖDAR OSS

ISBN 978-986-91709-3-2（平裝）

881.357 105001799